司马玉常 著

烟花三月看神州

SPM
南方出版传媒
花城出版社 中国·广州

图书在版编目（CIP）数据

烟花三月看神州 / 司马玉常著. -- 广州 ： 花城出版社，2017.11
ISBN 978-7-5360-8141-3

Ⅰ. ①烟… Ⅱ. ①司… Ⅲ. ①散文集－中国－当代②杂文集－中国－当代 Ⅳ. ①I267

中国版本图书馆CIP数据核字(2017)第094459号

出 版 人：詹秀敏
责任编辑：谢日新　殷　慧
技术编辑：薛伟民　凌春梅
封面设计：李玉玺

书　　　名　烟花三月看神州
　　　　　　YANHUA SANYUE KAN SHENZHOU
出版发行　花城出版社
　　　　　　（广州市环市东路水荫路 11 号）
经　　　销　全国新华书店
印　　　刷　佛山市浩文彩色印刷有限公司
　　　　　　（广东省佛山市南海区狮山科技工业园 A 区）
开　　　本　787 毫米×1092 毫米　16 开
印　　　张　26.5　1 插页
字　　　数　332,000 字
版　　　次　2017 年 11 月第 1 版　2017 年 11 月第 1 次印刷
定　　　价　72.00 元

如发现印装质量问题，请直接与印刷厂联系调换。
购书热线：020－37604658　37602954
花城出版社网站：http://www.fcph.com.cn

小　序

　　这些文字，除个别篇章，都是我在二十世纪八十年代末到二十一世纪初，散见于报刊，尚未结集的杂烩。所谓杂烩，即拉杂写下，兴之所至，思之所及，信手拈来，并无任何系统的拼盘，不登大雅之堂的。但确然反映了个人的心路历程，以及周遭社会或大或小，或急促或悠然的某些变化。犹如一滴滴水珠，不敢妄说大千世界，但一花叶、一沙石、一呼吸、一悲欢，还是会自自然然地或深或浅地反映在水滴之中的。

　　除了自己抓着头发，发誓要远离尘嚣，不沾人间烟火的某某主义，即便是大杂烩，即便你并无刻意经营之意，只要你活在这世上，只要你还有自己的思考，便不免多少会给现实以投影，连同自己的悲欢好恶，真没有法子。有些人不喜欢现实主义和反映论，但人活在现实，面对现实，闭眼不看固然也可，但仍能听见和感知现实。于是在自觉和不自觉之中，走进了反映论，除了"我偏不反映"的固执，第一，他仍然要吃饭，这就是现实；第二，吃饭好了高兴，吃饭不好了他要骂娘，这就是反映。伟哉，各种稀奇古怪的牌子不妨高挂，人们也并不排斥思维的多样和牌子的各擅其胜。"火星殖民"现实只是一个美丽的梦，即便已经飞入太空，最后还是要回到地球上来。于是，我便在改革开放的烟花三月，用自己有点现实主义的文字，做出了也许并不够现实

1

主义的反映。

唐朝的李大诗人，以"烟花三月下扬州"，绘出了亮丽繁华引人入胜的意境，使得越千余年之后的我们也为之怦然心动。我欣喜于神州大地经过多番折腾之后，终于有了欣欣向荣的烟花三月，自然，我也感知了那夹杂在烟花之中的微尘。无论你喜欢也罢，不喜欢也罢，世界上哪有什么"高大全"的所谓"三突出"之物？那不过痴人说梦而已，我们只管摸着石头看清了前方，披荆斩棘地大步走去便是。

作　者
二〇一二年七月二十一日于广州

目　录

余味可吟

——代贺卡

我是喜欢读点序跋编后之类的文字的，觉得余味可吟，很可能"吟"出一些正文里"吟"不出的东西，也就是所谓"味"来。偶有所获，其乐也陶陶。读鲁迅著作的序跋便不乏此种享受。一篇《伪自由书》的后记，洋洋约两万言，活画出二十世纪三十年代上海滩头文化围剿与反围剿的生动态势，夹叙夹议，以活材料剥下了阴谋者的假面。就是寥寥数语的文末附言，如《〈唐宋传奇集〉序例》末段的"中华民国十有六年九月十日，鲁迅校毕题记，时大夜弥天，璧月澄照，饕蚊遥叹，余在广州"，也能令人浮想联翩，若有所悟。乃至《三闲集·吊与贺》结末十分简略的一句"十二月四日，于上海正寝"，在那人们随时会"枪终路寝"的彼时彼地，表达了一种凛然正气，极其耐人寻味。前些年沈从文偶有题写，文末常缀以"窄而霉小斋"的大实话，也是他多年处境的写照，对比后来总书记讲话之后换为宽而亮单元，不也很有点韵味的么？

现在的不少报刊编者，大约出于节省篇幅的考虑，往往把作者的文末缀语尤其是年月日删去，不太注意其中的韵味，没把它作为文章总体的一个也许是不可缺少的部分看待。韵味之类且不说，设若文中有一句去年某月某日某事的记载，没了文末的写作

1

年月，往往会令读者不明其究系何年何月之事，弄得"一头雾水"，甚至误解。

《当代文坛报》的编者是注意及此的，而且每期均有一篇《编后偶记》，三五百字，纵意而谈，颇有内涵。最近有机会通读了近几年的《编后偶记》，很可见出编者的观点、态度、主张和思路，刊物的变化及文坛的趋向，乃至一个时期里人们所关注的热点的递嬗，"吟"之确有不少余味。

文艺理论报刊里的理论文章，长期以来，形成了一种庄严的道貌，内容固然巍巍乎高哉，"论"起来也一股一股的（不知是否刚好凑成八股），叫人昏昏欲睡；就是格式，仿佛从一个模子里浇塑而成，总令人想起名山古刹里珍藏的经文，"诸比丘当知，于父母所，少作不善，获大苦报；少作供养，获无量福"；那语言，也带着"经"气，只能供在文艺神龛上让人顶礼膜拜，好不"颙颙卬卬，如圭如璋"（意为庄严恭敬，气概不凡。见《诗经·大雅·卷阿》。"卬"，非"印"之误）。而《当代文坛报》的编者，并不喜爱经文，主张"理论形式的晖丽万有，不定于一法；理论风格的色彩斑斓，不拘于一格。打破单一格局，也是本报要致力的一个方面：论辩式、随笔式、杂文式、特写式，以至摄影、漫画、相声，均可在此一试身手，派上用场"（一九八六年七月号）。采取这种开拓性措施，并非编者心血来潮，忽发奇想，或是标新立异，哗众取宠，我们仍然可以从《编后偶记》里找到编者的思路。

"……文学理论，是抽象的，也是具体的；是深奥的，也是可触的。试图在较多层次的读者中，专家们和普通读者，有相当文化素养和一般文化水平……找到一些临界点和结合部，捕捉和细究共同关心的美学命题，这也是本报尝试努力的一个方面。"（一九八六年八月号）

那么，有没有这样的"临界点和结合部"？找到了怎样的

"美学命题"呢？我想，不敢说已经取得了多么辉煌的成果，以致可以如某些高头讲章似的理论那样胡吹一通，但编者所做的努力历历在目，确也取得了可喜的收获。"津泸之谜""巴蜀之谜""'琼瑶热'之谜"和"岭南之谜"的讨论，论"消遣性出版物"，论"文艺消费""当代文艺新潮"的反思，"珠江文学"的回顾，以及后来声势浩大地展开的，以"改革大潮成为作家'引力中心'"为其特色的"报告文学热"的讨论……编者无不灌注以十分的热情。许多讨论和争鸣确然因其"具有普遍性，不少人至今兴趣盎然，讨论不衰"（一九八七年十月号）。一个理论性的刊物能够做到这一点，颇不容易，倒不必一定要得出八方诚服的结论才算功德圆满。"议论不衰"的本身就说明着人们的思想之活跃，探索的起劲，和编者确是不怕溅湿鞋袜的弄潮者。——至于是否"领导世界新潮流"，还是让广告商们去吹嘘吧，咱们只管老老实实地、实事求是地去做就是。重要的是参与，而不是"领导"，也许参与中做出榜样来，恰是不言自明的领导。编者说得好：

"并逐曰竞，对辩曰争；无并逐，无对辩，即无发展。参与竞争，实施争鸣，呼唤文坛的融洽氛围和长治久安，乃本报办刊初衷并孜孜以求的。"（一九八六年七月号）

"回顾、反思、总结。论者各师其法，并不要紧。编者'命意结穴'处系：既呼唤理论领域的新建树，又指望批评实践的新突破，让两者结合起来而不是脱节开来。"（一九八七年十月号）

既"争""竞"，又"融洽""安""治"；既"建树"，又"突破"。这样的眼光和魄力，都得真有点辩证头脑和民主意识方可实行，而不致流于一句空话。证之数十期刊物之新鲜热辣、沸沸扬扬、活泼洒脱、高潮迭起；有引人思考之胜，无捉人跪拜之神；有新招迭出之畅，无刻意求全之病。用一句某读者的话来说，叫作"确有看头"。虽不算是对编者的"最高奖赏"，却真

3

正是毫不夸张的朴素评价。

刊物办到今年年底，已满五周年了，我是刊物的老作者和老读者，照理应该致贺，但我写不出"受天之祜，四方来贺，于斯万年，不遐有佐"（《诗经·大雅·下武》）之类的文字，只好另辟蹊径，将几年来的《编后偶记》把玩一番，吟出若干味来，公诸同好，算是一份小小的贺卡。

然而，编者是不会就此停步的，已经发出了"开辟第二战场"的呼唤，打算接触"理论界长期以来羞于正面接触，而文学实践发展证明势必解决的问题"，即"商品与文化（文学）""消费与文化（文学）"的问题，目的是"助长广东大众文化的发展"（一九八八年四月号）。好的，人们和我都将饶有兴味地期待着，也许竟参加进去，想必会益增兴味的吧。

一九八八年八月二十日

"八一发"：现代图腾之我观

　　"八"成了不少广东人心目中的现代图腾，这现象当然并非自今日始，但在商品经济迅猛发展的今天，这图腾似乎也随之而胀大、升高，连不少现代化的大企业也不能不照顾到某些人的这种心理需要，或是因这种需要而翻出可称奇观的景象。你不妨留心一下某些著名宾馆的电话号码，中国大酒店——六六六八八八，白天鹅宾馆——八八六九六八，花园酒店——三三八九八九，白云宾馆——三三三九九八。这些大酒店，大概是由于考虑到海外某些人士重意头（即"兆头"）的心理，这当然是可以理解的。他们要做生意嘛。据说今年八月八日上午八点和晚上八点，广州许多酒家的雅座被结婚者预订一空，仿佛不在此时结婚就不会生孩子似的。不要以为这是笑话，还真有怀孕不足月的孕妇，要求医院在逢"八"那天给她做剖宫产。宁挨一刀之苦，也不放过这个"八"，这真有点赴汤蹈火的精神了。

　　除开有些不过是随意玩玩，并无若何深意的之外，无可否认，相当多的人的确怀着宿命形式的迷信心理，而且很是虔诚。当年鲁迅先生曾说广东人"迷信得认真""店家做起玄坛和李逵的大像来，眼睛里嵌上电灯，以镇压对面的老虎招牌""就非百来块钱不办"，不像别的地方那样"小家子气"，用以骗人、骗神、骗鬼还骗自己。半个世纪过去了，今天广州的某孕妇依然很认真地在迷信着"八"发之说,乃至"引刀求一发",就是一个突出的代表,可见迷信之源远流长,很难看到尽头的。

然而鲁迅又说:"广州人的迷信,是不足为法的,但那认真,是可以取法,值得佩服。"确然,从公安局了解到,不少出了车祸的车牌号码,正好也有"八八"之数,可见"好意头"只能讨个欢喜,却救不了性命。不如把认真的精神,用到改革开放、发展经济、推动文明上,就是用到维修保养好车辆、学好交通管理法去,这恐怕也要比自我安慰地多争"八发"要靠得住一些。有读者来信问道:

> 编辑同志,人们的心理是要有一些寄托的,即使带点迷信色彩。对此,我们理解,甚至作某种程度的顺应,却不宜着意地提倡,还要多加引导。我们现在发展商品经济,却对那些现代宿命观熟视无睹,这不是一种讽刺吗?不知你们以为如何?
> 此致
> 未能免俗的八发之礼,随喜!随喜!

"龙年大发!"发,发达也。这话从年头喊到年尾,不知有多少人"大发"了?经营有方的企业自然"大发",劳累终年的专业户理当"大发",不择手段地掏走国家财产和别人荷包的大小倒爷们也在"大发"。"大发"而有菩萨掌管的话,则这菩萨该把倒爷们的"大发"收回,还给诸位黎民百姓。

百姓们这些年大多有所"发",但仍然希望继续"发",这从不少广东人对"八"这个数字的非常之有兴趣可以感知。不知从何时起,这儿极喜欢取"八—发"同音,送礼买八只水果,装电话要带"八"字的号码,车牌有"八"字的许多人争着要,连个体户售物标价也要特地带上一个"八"。

在一个展厅举办的"竞丽时装展销"会上，几百元一套的衣裙，十几元一件的衬衣，琳琅满目，花色款式令人眼花缭乱。我发现，"八"字以惊人的概率出现在服装的标价中：十八、三十八、七十八，四百多元一套的衣裙也标价为四百二十八。我向一位货主请教其中奥妙，他笑道："吉利啰！同样一件衣服，我标九十八就比九十四好销，虽说贵了四块，买家还是宁肯要九十八的。九十八，九十八，就发，就发，马上就发；久发，久发，长久发达嘛。"

春节前夕，我去某市场选购衣服，顾客如云，但掏钱买的却不多，只有一个卖灰色针织线衫的小摊生意特好。我看那线衫平平常常，价钱也不便宜，便问身边的一位大婶："这衣服好吗？"她抖开刚买的线衫，指着缀在前襟的商标笑盈盈地说："看，八八八，发发发，快买吧，明年有财发！"原来人们挤挤攘攘，就为了买这么个商标，外省来的同志看了这情景会莫名其妙的。

一九八八年十一月五日

采不尽生活之矿

——《相思在天涯》序

登五岳、观沧海、行万里路、读万卷书，有人是有所为而为，有人是无所为而为。无所为的自然超凡脱俗、仙风道骨，且不去说它；有所为的又各有目的、各有想法，很不一样。踏旧踪、寻故迹，思亲朋知遇，怀怆然情愫，是一种；开眼界、增见识，念天地之悠悠，道风物之短长，又是一种；度山川、审时势，悟人生之真谛，叹历史之浩阔，也是一种。真要细数起来，一时也数之不尽。而符启文的上罗峰、登长洲、虎门远眺、金沙滩夜游、观西苑盆景、赏流溪河森林，近审街巷雕塑小景、书房变迁、金鱼添春、花城微笑、补鞋姑娘、椰雕少女、文明礼貌、保险意识，远观坎儿井叹奇、天地思幻、望大雁塔之神、唤呼兰河之魂、北国冰城、天涯故里……无不牵动着他的情思，他是在开掘生活的矿藏，于是，才有了这本散文集：《相思在天涯》。

那么，这位勤勤恳恳、兢兢业业，几乎把全部业余时间都倾注到这项艰苦工作中去的开掘者，究竟开掘到一些什么呢？珠玑盈室、盆满钵满？自然还谈不到，也不是许多人所能达到的境界，但小有收获，常有一得，可以启人心智，引人思考，仍可说不负所望，且亦颇为不易的。

在老诗人艾青的笔下，盆景是被扭曲变形的生命。老诗人饱受"左"害，亲见亲历了不少被扭曲变形的灵魂的呼喊，情发乎中而形于外，他才以独到的眼光领略到盆景的痛苦，见人之所未见，因而也震撼过不少善良的灵魂。同是盆景，符启文以自己的眼光感受到与老诗人所感很是不同的东西——

> ……它们生存的空间太窄小了，就那么一些泥土，那么一些水分，那么一点阳光的辐射。然而，它们没有屈服，没有悲观，没有失望，一切生死的抗争在悄悄进行。它们搏击着、期待着、呼唤着，当春天到来的时候，那一棵棵树根长出了新枝，绽放出绿叶。
>
> 正如陶渊明说的："连林人不觉，独树众乃奇。"这方寸之地的独树，它所体现的，乃是"生命的顽强不屈"，显示了"理想和追求的凝聚力"。

作者形象地描绘了这样一种惊心动魄的景观，更加深了我们的感受——

> ……那些被蛀虫挖空半身或遭受火烤的奄奄一息的枝干，人们以为它们已经走完生命的最后历程了，然而，它们挣扎着，用顽强的意志，出人意料地活下来了，活得生机勃勃，活得苍劲有力。这不能不说是一个奇迹……

这样的观察和思考，看似和老诗人艾青的思考大为不同，我却从中感知了某些相通的神韵，只不过老诗人灌注了对施暴者强烈的憎恨，符启文更多地颂歌被侮辱与被损害者的不屈。精神一脉相承，艺术表达迥异其趣。从这里，很可以令我们悟出一些艺术创造之需要独立的审视，独自的思考与独创的刻画的道理。

小小的一间书房，大约是每个中国知识分子都曾十分想望的一片属于自己的天地。对不少人来说，这却是可望而不可即的梦幻。悠悠岁月，只有在拨乱反正之后，才逐渐化梦幻为现实。当作者无限喜悦地获得一间六平方米的书房之时，不禁忆起过去长期和孩子轮流争当"桌长"的辛酸往事。那集吃饭、睡觉、会客、读书写作、孩子温课游戏等多种功能于一空间的斗室，书桌就像一艘在生活的大海里飘荡不定的小舟，现在才终于泊进了六平方米的宁静港湾。这小小的然而比黄金珠宝还要珍贵的六平方米，是改革开放对中国知识分子热情呼唤的一个响应，无怪乎当作者坐到书桌前铺开稿纸之时，灵感顿时起飞，"眼前涌来黄山的云海，南海的惊涛，长江的急流，戈壁的坦荡，蜀道的崎岖曲折，珠江三角洲蔗林蔗海的迷人风光……"还有生活中那些熟悉的人，一起和他"回忆、思索、遐想"——

　　这时我觉得，这几平方米的书房，连接着万千平方公里的大地，连接着时代的脉搏和生活的晴雨表……

这感受是真实、亲切而又自然的。设若书桌仍处在孩子的吵闹、妻子为生活发愁而没完没了的絮叨，乃至"砸烂""打倒"不绝于耳、"样板戏"高八度的嗓音无休止反复、"早请示，晚汇报"的诵经声绵绵不断之中，试想，你的"灵感"将被扭曲成为什么模样？这么一想，我们便能体味到作者在文末为什么要热情欢呼"啊！书房，我心中的一片绿洲"了。

"罗峰橙人"也是作者笔下一位饶有现代气息和时代感的有趣形象。这位因承包三千亩橙地而勤劳致富的中年橙农，造了两层小楼，冰箱、彩电齐备，衣食不缺，这是众多致富者的自然之举，可以理解。与众不同的是，这位橙农竟还为自己辟了一间画室，相当潇洒地走进了艺术的圣殿，令作者感到"就像荒原中出现一块绿洲，大漠中闪现一泓清泉"。更其出人意表的事，体现在我所归纳的下列对话之中——

        作者：你是怎么操起画笔来的呢？

        橙农：过去为两餐发愁，眼下吃饱穿暖住好，空闲时间再也不用去想柴米油盐了，干什么好呢？不知怎么搞的，自己也想弄起笔墨来了。

        橙农妻：叫他无事去打打桌球，开开心，他说没有什么兴趣，一有空就钻进他那小房间乱画，还上美术夜校呢！

        作者：会成为有作为的画家的。

        橙农妻：当什么画家！你不知道，他画画是娱乐消遣。

        橙农：我画画确是有点自得其乐。

抓锄头的手，拿起了画笔，画出了有相当水平的水墨画，而又并不想当画家，纯粹为了"娱乐消遣"，雅一点谓之陶冶情性。在别人，难以置信，对这位橙农来说，极其自然，因为他毕竟更倾心于他的橙园，物质的富有给了他如此思考问题的基础，他又何必非成为画家不可呢？也许，正因为脱离了各种利害关系的考虑，他或许竟能成为一位真正的八十年代新型的农民画家，且让我们拭目以待吧。

我不能一篇篇地去分析符启文笔下的生活之流，上举数例，便足以看出这位开掘者所做的努力。

天下的主义似乎不少，我个人至今仍然推许现实主义，如果再能吸收别的主义的长处，我以为，现实主义的生命力将是常青的，原因在于文学艺术的本质是植根于现实的（且不说为人所诟病的反映现实吧）。有谁见过真的可以脱离现实的作品么？把颜料瓶对着画布乱洒而成的"名画",似乎与现实毫无干系,然而,那颜料的飞洒,也得受到存在于现实中的力学原理的制约,何曾"超"了什么?所以,我希望符启文沿着这条现实之路走去而决不动摇,且不仅注意于生活的露天矿,还要努力开掘那深层的蕴藏,并努力冶炼为精品。

是为序。

一九八八年十二月十日

欲求当有道

一篇寄自日本的文章，谈到了日本人的欲望和追求比较实际。手表只要精确，不追求高档；吸烟者大多吸日本产的七星烟；日吃三餐，多为和食。即使也有买意大利皮鞋者，也不过因其穿着舒适结实，图其实惠。日本人的民族自豪感和求实精神，在生活中表现得如此明显，在统计上表现为：人均收入列世界最前列之中，消费却列世界第三。

日本并不闭关锁国，并不拒绝吸收外来的东西。这是无可怀疑的。否则，战后不过才四十多年，就能恢复生机并蓬勃发展便不可想象。同样，尤其在消费方面，要是没有这种自律的民族心理的配合，发展同样不可想象。

"欲生于无禁"。要是像我们某些人那样，吃喝无度，无"洋"不荣；一个县穷到要靠救济，头头们却首先挪款购买进口轿车自用；小学校舍就要倒塌，教育经费却流进了皮包公司去参加倒买倒卖；工作拖拉扯皮不已，办公大楼倒要辉煌高级……不知道有人统计过没有，我们的人均收入名列世界第几？消费又名列第几？我想，那数字是会叫我们脸红的。

欲求当有道，现在提倡一下自律精神，看来很有必要。

一九八八年十二月十七日

由戴尼提而想起

　　最近有一本耗资二十万美元、宣传得颇有声势的翻译新书《戴尼提技术》，据说是介绍自我心理调节的读物，名列《纽约时报》畅销书目榜首。没有看过内容，不敢妄加评论，却由此想起一个问题，即这位美国作者，大约很难直接触及许多中国当代心理问题的吧？而这些心理问题，则迫切地需要咱们自己的心理学家，运用自己的心理技术，加以研究、分析、疏导和化解。

　　独生子女成了"小皇帝"，其父母乃至祖父母以及"小皇帝"自己，都有其独特心理，以致出现孩子功课不能达到每门九十分以上，竟被"爱"之过于热切的母亲责打致死的事。赚得几个大钱或小钱，不是考虑扩大再生产，而是急急建造百年之后或许会用上的坟墓；追求致富，却走上偷讹拐骗直至犯罪的"捷径"。很容易地便接受了洋烟、洋酒、洋服、洋汽车，却不容易接受洋干劲、洋艰苦、洋认真、洋功夫……

　　这些现象背后都有心理问题，如果像早些年那样摆起教师爷面孔去教训人，效果定然不佳；而要是我们的心理学家也来做点细致的探索、民主的讨论、平等的疏导、求实的化解、亲切的倾谈，我想，是会有较好的实效的。不知我们的心理学家们盍兴乎来？

一九八八年十二月二十四日

言行之间

——前面站是人民中路，要下车的同志请带齐你的行李物品，准备下车。

——老人、孕妇和孩子们挤车困难，请让个座位给他们。

——前面是本次车的终点站，感谢各位一路上的合作。

声音柔婉，言辞恳切，语意显豁，感情也很真挚，听去的确令人如沐春风，尤其是从外地初来广州的同志，听见公共汽车上不时用普通话和广州话交替播送的录音，在人地生疏的他乡，那是会倍感亲切的。就是本地人听来，也颇觉悦耳。

这是改革开放后广州出现的新的景观之一，受其益者真有"雁引愁心去，山衔好月来"的欣然之感，听惯了争斗之声的心多么需要爱的滋润。

然而，这样好的改革措施，也有被某些"心不在车"的人弄得变了味的。比如耳听热情柔婉之声，眼见的却是冷然木然乃至恨恨然的面孔、拒人于千里之外的闷声不答，甚至把乘客当作"仇人"般的训斥！有的不负责任地乱揿按钮，结果让人下错站，弄得外地人"茫然何所之"。总而言之，言和行有些时有点对不上号。孔子说："有德者必有言，有言者不必有德。"太史公也感叹过："能行之者未必能言，能言之者未必能行。"众生百态，看来也不独公共汽车上如此。

一九八九年二月二十三日

话说"南下兵团"

　　不久之前，从全国各地涌到先是深圳、珠海，后是海南特区等地寻求发展、"表现自我"的人潮，被戏称为"南下兵团"。近来，这个兵团又以日均数万人的"声势"涌到广州，一部分分流到珠江三角洲各地，许多人因劳务需求已趋饱和而滞留广州，引起一系列的社会问题，有关方面已在极力疏导。

　　历史上的居民大迁徙，固有其悲痛的一面，同时也意味着社会的某种进步。例如十五世纪末发现新大陆后就开始的美国西部淘金热，历数世纪的血泪开拓，终于迎来美洲大陆的繁荣。明末张献忠以后，由广东等地往西南内地的移民，于内地的迅速发展起了不可磨灭的作用。

　　那么，当今的"南下兵团"之汹涌而来，又意味着什么呢?我以为，它首先意味着人们对美好生活的向往，也就是对改革开放前沿得风气之先的繁荣之向往；其实，也还是对改革开放明确或不那么明确的向往。十年改革开放，这不是停留在理论上或中上层人士的探讨乃至某个地区的实验，而是深入下层、深入人心、深入穷乡僻壤带来生之活力的阳光。

　　然而，我们毕竟已进入社会主义时代，要避免或减少这种迁徙的痛苦方面，应当实行宏观控制和微观疏导，并把深入改革的实际行动，一浪簇拥一浪地向内地推进。

一九八九年三月五日

权之为用

"有权便有一切"，是林彪的哲学；"有权不用，过期作废"，是攫掠者的哲学；"道不行，乘桴浮于海"，是无权者的哲学，可以妄解作：惹不起，还躲不起？

当然，一个社会，没有权和权威是不行的；社会的有秩序运转需要它。但权之为用，一要用之于民，二要用得公正合法。歪了，滥用了，都将引出极坏的结果。那些有点大权或小权，便为私利而滥施的人——大到"四人帮"的胡作非为，小到负点小责任、有个小名义便威风八面地瞎吆喝，甚至搞歪门邪道，两者性质固有不同，其不为人们所接受则一。

我很钦佩一位参加革命多年的老党员、老记者，前些年有一种"记者优先购买车船票证"，却极少见他拿出来使用。有些青年记者问他干吗不用，他说："我不是去采访，当然不用；就是采访，不那么紧急也不必用。"对待小小的一点"优先"权也不愿滥用的人，也许会被某些唯恐不显其"优"的人视为傻瓜，我却从中窥见一个朴实无华的革命者不被权所腐蚀的精神境界，并希望有更多"后天下之乐而乐"的心灵代代相传。

一九八九年四月三日

天涯何处无芳草

南朝梁·萧绎的《金楼子·戒子篇》云："施人慎勿念，受恩慎勿忘。"我就来谈一件身受难忘的小事——

因为办点事情奔波了老半天，疲惫不堪地在花园酒店门前等候30路公共汽车，一辆跑"沙河—火车站"的中巴缓缓开来，打开了车门。我知道这条线在远洋宾馆无站停车，由于疲累得连不到一站的路也不想跑了，就姑且问道："我想在远洋下车，行吗?"岂料年轻的售票员竟点头道："上车吧。"另一个想不到的是，当我上了车掏钱买票时，他竟再三地不肯收钱。转眼到站下车，他见我年事较长，还两次叮嘱："小心单车。"怕我被飞驰的单车撞了。司机还配合着把车停到人少单车不到的地方。

当金钱在不少人的眼中其大如斗之时，竟有营运中巴上的年轻经营者，做出此种免费载客的事，不禁令我思绪如潮。也许，他只不过觉得不到一站之地，就不必收费了吧；然而，他也可以不必唤我上车的，因为他并无免费载客的义务……已有好长一段时间了，习惯于那锱铢必较的种种明争暗夺的氛围，在感到经济活跃的同时，也难免觉得世态竟有些炎凉，或许，这便是所谓"此事古难全"吧。

一块几毛的车费并不珍贵，我珍贵的是那点感情，那点心意，那点令人想到"天涯何处无芳草"的希望。

我想，我应当把这一丝绿意介绍给广大读者，希望能蔚为一片芳菲。那车牌号码是："出租07432"。

一九八九年十月二日

购物遐想

　　学人时髦，从南方大厦购得双面夹克一件而归，想不到全家大小赞好，说是做工、质地、样式、价格均"没得弹"。

　　盖我常轻信广告，买些不切实用的东西回家，遭到妻儿的反对。这次竟出乎意料地受到夸奖，难免有点得意洋洋，便去看衣上所附的"信誉卡"，原来是福建省晋江地区一间中外合资企业的产品，卡上颇为自信地写道："若本产品质量不合格，可向我厂调换或退货。"其实。我不单不会去"调换或退货"，还想再去买件给孩子呢。看来，好质量确是最有力的好广告，而那些质量低劣却专在广告上吹嘘的"聪明人"，不过是在自砸招牌、自毁信誉、自断财路。

　　猛然间，我忆起好几年前轰动全国的"晋江假药案"，不是曾经闹得沸反盈天么？而这回却是优质产品和十分自信的信誉卡，改革的深入怎样提高了我们企业的素质，不就实证在眼前么？联想到前些年我们这里的"庵埠掺杂奶粉案"，也曾"誉"满全国，而现在的庵埠"九制陈皮"，因其质量上乘而风行海内外，闹到几换包装，还有人要来冒牌以行。这变化，竟令我有翻天覆地之感。

　　然而，几个月前我曾购买红外线双头石油气炉一只，价上二百，却因设计不周，无法微火煲汤，我曾去函厂家请教补救之

20

法，厂家竟不予置理。这样的"售后服务"（如果这个概念尚未被取消的话），似乎和晋江与庵埠的不断精进，落下了相当的差距。

一九八九年十月十八日

评"只管"论

电视报道：发生在深圳的一宗六神丸商标侵权案，在经历了三年多的诉讼之后，终于裁定，有了结论：假六神丸收缴销毁，侵权单位做出赔偿。

事情其实并不复杂，道理原也"一字咁浅"，却要由中级人民法院而高级法院，甚至惊动中央，且历时数载方能解决，实在令人不胜感叹：我们有些同志化简单为复杂的本领，正与在某些领域化复杂为简单的本领相同。事情之所以旷日持久难以解决，除其他因素之外，侵权单位以其理论根据而振振有词："商标侵权是生产单位的事，我们只管购销流通……"诚然，生产单位侵权不能辞其咎，必须首先绳之以法，"购销流通"单位就"只管购销"而不必负责了么？其实，许多假冒伪劣商品之能源源出台，就和"购销流通"之有意无意地支持配合有关。你不购销流通，他还能一而再、再而三地生产么？"只管"论其实是种推搪之辞，站不住脚的。

"只管"而能有理，那开车的"只管"开车，到站或过站他不负责；种菜的"只管"种菜，菜上有无残余农药相应不理；写小说的"只管"编故事，黄色黑色社会效果关我屁事；建房的"只管"砌砖，哪天墙倒屋塌与我无涉……生活在必须相互为依存的社会而"只管"自己，恐怕最后要闹到自己也活不下去才能有所悟。遗憾的是，至今我们还不难碰到各种"只管"，并且"有理"不让人，噫嘻！

一九九〇年一月七日

略论古典情绪

　　陈夔龙其人，可算典型的"逊清遗老"。朝廷"逊位诏书颁出"，他只觉得如丧考妣："二百六十八年之天下，从此断送，哀何可言"，"病中惊起，无泪可挥，瞻望阙廷，神魂飞越"，还想"纠合海上诸遗老，连电津榆，作包胥秦廷之哭"，也就是搬兵救驾，其不自量力若此。当然，事情并不按照这位进士出身的顺天府尹，曾经官至直隶总督兼北洋大臣的上海寓公的愿望发展，连张勋的辫子兵也不能拗过民意而再次"拥立"，终于灰溜溜地滚出了北京城。他这个手无寸铁的上海寓公的"包胥秦廷之哭"，似乎更未起到预想的作用。皇祚不继，皇统见替，他也只能满腔古典情绪，在他的"寓"里，"每逢溥仪生日，仍北向三跪九叩首，呼'恭祝万寿'"而已。

　　窃国大盗袁世凯比陈夔龙走得更远，他不仅情绪古典，连行动也古典到返祖的程度：公元一九一五年（也就是"中华民国"四年）十二月，这个靠投机告密起家的北洋军阀政府总统，终于撕下假面，正式宣布恢复帝制，改"中华民国"五年为洪宪元年，准备明年元旦便冒天下之大不韪而黄袍加身，坐上龙庭。在这前后，御制兼御用的"筹安会""全国请愿联合会"等等，"劝进"于前，众多情绪古典到无以复加的胜朝遗老、皇亲国戚簇拥于后，袁世凯自然更是晕头涨脑地飘飘欲仙，以为从兹南面而孤、八方来朝，龙庭大概是可以逐步稳坐的了。想不到的是，他竟大错而特错，把形势完全估计错了。蔡锷振臂一呼，孙中山奋起号召，南北纷纷谴责，全国齐声讨伐，"千夫所指，无病而死"，八十三天皇帝梦，落得万年遗臭名！——这就是逆历史潮流而动的必然下场。

导致袁世凯当初做出错误判断的主客观因素固然很多，其中的一件却特别耐人寻味，即他那想当皇子以便早日继位，其古典情绪不弱于他的宝贝儿子，以及他的谋士亲信梁士诒、袁乃富等辈挖空心思，专门为他一人炮制的《顺天时报》。在这张特为袁世凯一人撰写排印仅供御览的报纸上，讨袁称帝和护国军胜利进军的消息，神奇地变成了拥袁称帝的消息和改制有理的文章，让袁世凯看得"龙心大悦"，不断地点其肥头，同时也给他迅速跌下龙床准备了又一个条件。

所谓"稽式古典"（《后汉书》），总得有点古典情绪来为之支撑。设若剥开这情绪雅致的外衣，那内囊也有极其不雅的东西。南向天下称孤道寡也好，北望阙廷三跪九叩也好，总有它的个人利益所在的深层思考。袁世凯固然野心勃勃，渴望登极；他的儿子也大做其皇储继位之梦；梁士诒、袁乃富等辈，不也想"乃命以位"得尝一脔么？便是上海寓公陈夔龙，似乎已经清心寡欲，进入禅境，无所求的了，但倒过来想想，设若他还高踞在直隶总督兼北洋大臣的大衙门里，又何必劳神费事地去做什么"秦廷之哭"呢？他的所作所为，看是为了"皇上"，其实仍是为他自己，只不过名称雅致一些，叫作"虑难以立权"，说白了就是"却望长安道，空怀恋主情"，以便各归其位罢了。

这样的古典情绪当然是要不得的，因为那是历史的倒退，我们必须从中吸取教训。然而，走到另一极端去，是否就好？又不能不是一个疑问。

当今之世，改革开放，各种思潮挟各种名词蜂拥而入。商品经济的迅猛发展，也难免裹泥挟沙，人们的情绪，以至思想观念，都起了很大的变化。许多变化萌动着社会发展的生机，自然令人非常高兴，而另有一些变化，却隐含着腐蚀人们心灵乃至社会肌体的病毒，又不能不令人为之忧虑。有一个相当粗糙，不无片面然而得其大要的概括："五十年代人帮人，六十年代人推人，七十年代人斗人，八十年代个人顾个人。"这当然并非事物的全貌，但却显然透露出在"个人顾个人"的时候，对于"人帮人"的时代的怀念，也算是一种古典情绪吧。唯其有此种情绪的存在，这才是我们至今还能看见人帮人的德行，乃至勇斗歹徒而献身的雄风。虽说在有人叹其"满腹诗书不值钱"，有人"汲汲于富贵"，敛钱不择手段的时候，此种德行雄风尤感难能而且可贵，但也似乎并不有悖于一个现代人的现代情绪。我很欣赏白居易的《红线毯》："地不知寒人要暖，少夺人衣做地衣。"老实说吧，这种古典情绪，比之贪赃枉法以权谋私，玷污了"共产党人"这个神圣称号，如以权谋私8房4厅公房，外加8房6厅3厨3卫生间私房的梅州市水电局副局长×××之流的现代情绪，说句不敬的话，白居易的情绪——哪怕相当古典——倒更令人佩服、更觉可爱可亲一些，即便他也做过江州司马。

前些年老讲师黎敏子辞世，秋耘同志撰文悼念说："敏子对于一切'身外之物'，什么评职称啊，提工资啊，分房子啊……全都不放在心上，自然更不会去积极'争取'。"对这位"三十六年党龄、四十多年工龄、学贯中西、博古通今、一生忠诚党的教育事业"，死后才被追认为副教授的"黎老夫子"之萧条身后，颇有感慨。他写道："我们有些具有'古典色彩'的老知识分子，讲'清高'，讲'淡泊明志'。然而，'介之推不言禄，禄亦不及'。"谁叫你跟不上时代？谁叫你不去争名于朝、争利于市？谁叫你不会及时输入一点现代意识？呜呼！

然而，把一些事情拿来对比咀嚼之后，不免感到有些奇怪。

像×××之类，生活在二十世纪八十年代，照例入了现代人的户口。他讲的现代话（相当冠冕堂皇），做的现代事（名称自然漂亮），吃的现代饭（不乏牛奶面包），而骨子里头，却实实在在地继承了袁世凯、陈夔龙、梁士诒、袁乃富之辈的衣钵，只不过所叩拜的不是光绪、洪宪，而是赵公元帅，并实实在在地损害了"四个现代化"。至于"黎老夫子"，当然古典得可以，你讪笑他也好，同情他也好，他那埋头苦干，不计个人得失的精神，却于国于民、于"四个现代化"有实益。我想，问题不在于名称或招牌，古典情绪也好，现代情绪也好，如果于人于社会有害无益，你把它油漆一新，也不足取；反之，你就是叫作达达主义、复古主义，或是外星人主义，咱们也不妨挑选拿来，决不怕因之会变作"达达"、古人或外星人。

　　我就是这个情绪。

"狼来了！"

　　为了人民的健康保障，广州市政府拨款一千七百万元，装备了市属医院的急救科和市急救中心；卫生部和省卫生厅也先后拨款，装备了七家大医院的救护车，安装了移动电话；年前，更开通了全国统一呼号的"120"电话广州急救系统，危重病人的抢救成功率及大型事故的应变能力将得到很大的提高。然而，某些毫无教养的人就来捣乱，谎报乱拨，严重地干扰了正常的急救工作。这种恶作剧，拿人家的生命来开玩笑，可谓"乞人憎"到了极点！

　　契诃夫的短篇小说，曾经写到了一个从铁轨上取下一颗螺钉的汉子，在法庭上反复说明他这只不过需要一枚钓大鱼的坠子，这可怕的愚昧，孕育着怎样可怕的后果啊！一个世纪之后，我们这儿也不缺乏这样的人：先前，消防电话常有谎报乱拨者；最近，街头电话亭的玻璃仍会被人无端踢破；至于垃圾箱被扳倒，公共汽车标牌被卸下，路树被折断，花栏被弄弯……更是司空见惯，不以为奇了。

　　我们古有为博宠妃一笑而举烽火以戏诸侯的周幽王，这恶作剧的结果是失却江山；民间也有"狼来了"的故事，这恶作剧的结果是羊被狼吃掉。"120"急救电话的谎报乱拨者不会长生不老，百年顽健，等到他自己也需要急救而被延误之时，也许才会觉醒过来的吧？然而，已经为时晚矣！这便是古往今来的大小恶作剧者的悲剧。

一九九〇年一月三十日

相看好处无一言

　　沈从文在早年的作品里，曾经谈到人的视力不如禽鸟，听力不如蝙蝠，"至于嗅觉，一条鼻子不通气的狗也会使我们甘拜下风"。可是，剑齿象早已绝迹，人却至今还活着，原因盖在前者不识字，后者识字。

　　所谓"知识就是力量"，沈从文给培根的论断提供了有力的实证。而我在看了《现代人报》设在区庄立交桥的那个"无人售报点"之后，不禁浮想联翩。又从培根的论断引出新的问题：一个学富五车的人，如果独自陷身非洲撒哈拉腹地渺无人迹的大沙漠中而别无救援，他那"五车"知识怕也救不了他的命。时间已进入二十世纪八十年代，人类的知识已进化到可以航天、登月的高度，而单个的人，哪怕他是某方面的当今权威，曾获诺贝尔奖，他也无法独立飞上九重。可见知识要极大地转化为力量，除了其他条件之外，还得有一个决定性的条件，即：人们的齐心协力、团结一致。反之，老是彼此瞎斗一气，多好的知识也会被糟蹋了。如果说，团结的基础是共同的目标，团结的核心则是信任。《现代人报》的"无人售报点"，虽说只有一个小钱箱，一张小方凳和凳上的一叠报纸，却体现了团结人信任人的宏大气魄。据说，报款回报率达到了百分之八十几。这就很不错了，我们不能立即奢望一个纯之又纯的社会，且不会因之失去信心。

　　凝望那默默无言的小小的"无人售报点"，不禁神驰"相看好处无一言"的诗中之境。

春在千门万户中

　　春背负着一个沉重的冬，步履艰难，却不屈不挠地拨开凛冽的寒潮，顶住漫天的风霜，急急地朝羊城走来。羊城以萝岗的红梅、沥滘的银柳和满城花市、满城鞭炮的欢唱，早早地伸出迎春的双臂；白云山手搭凉棚，急不可待地眺望着远方，哪一片云彩里藏着春的消息？哪一丝阳光里传送着春的情意？

　　然而今年的五岭山脉，不再那么难以翻越了。穿过长长的大瑶山隧道，复线列车载着一路春光北上南下，轰隆轰隆！——噢噢——谁能阻挡？

　　于是，"寒随一夜去，春逐五更来"，经过十年改革开放洗礼的广州，便以日新月异的风貌，迎来二十世纪九十年代第一春。挺拔不屈的木棉花，像炸开一朵朵礼炮，灿烂吐艳，给羊城镶上一串串熠熠生辉的红宝石。孩子们嬉戏笑闹，流泻出世界上最纯美的童音，人间遂有了不尽的欢乐。归来了，海峡彼岸的骨肉同胞，踏着长长的铭心镂骨的思念，走进春之羊城温暖的怀抱。春游的年轻人，架设着理想的彩虹之桥，要亲手筑出一个辉煌的明天……

　　春雨潇潇，是羊城在春之欢乐里沉思。她头枕珠江，眼望迷蒙的遥空，在想些什么呢？南越王赵佗归汉的故事？太邈远了。石门贪泉的传说？太不可思议了。沙基惨案的枪声？太凄怆了。

还是问那绿波万顷的菜田、六畜兴旺的饲养场、热火朝天的乡镇企业吧，问问那挑灯早集的鱼市、深宵不眠的大排档和终年客如云集的华夏公司、南方大厦、友谊商店，也不妨问问花园酒店的旋转餐厅、白天鹅宾馆的套间和卜通100舞厅的迪斯科节奏，问问那一排排春笋般崛起的住宅楼、一座座凌空人行道、回环立交桥、一间间医院、诊所、敬老楼，自然，不能忘了夜大学的琅琅书声，两平方米以下特困户迁入新居时的笑语喧哗，更不能忘了和一切丑恶宵小战斗之路正长，正长……

　　春雨潇潇，滋润万物。远方的来客若是问：羊城的春光什么最美？我说最美是她的社会主义品格。

　　春在千门万户中。

一九九〇年二月二日

揠苗一例

当今的"小皇帝"们，生活、学习条件之优越，令到美国的尤丽丝·商福德女士都要在广州的中外妇女联欢会上问道："中国儿童为什么非要学钢琴不可呢？"因为联欢会上中国儿童表演的扬琴合奏和民族风味浓郁的歌唱，给了她很深印象。她颇有见地地指出："中国儿童很有音乐才华，但因强迫学钢琴之类的教育方法失当，反而会抑制了音乐才华的发展。"

信哉斯言。有的"小皇帝"不是因为在该休息游玩的时间，都被迫坐到钢琴面前，觉得了无生趣，反而滋生了厌恶音乐的情绪么？! 我们的望子成龙太过性急的父母们，揠苗助长的结果，往往与良好愿望适得其反。我想，钢琴自然也是需要有人学的，如果条件合适、孩子也有兴趣的话；但叫众多的孩子都成为钢琴家，正如都成为画家或别的什么父母们普遍希望成为的"家"那样，千军万马争过独木桥，似乎确如尤丽丝小姐所言，无此必要，虽然她是和中国民族音乐对比而言，我则从社会的角度看问题。道理并不复杂，因为除钢琴之外，这个世界还需要有人种田、织布、建房、开路……要是世界上单有人弹钢琴，那是几天便弹不下去的，无论其多么美妙好听。

听说，电子琴、钢琴经过旺销—滞销后，又开始有了转旺的

34

迹象。这自然是好事，我不过只希望其中少一点揠苗助长的成分而已。

一九九〇年四月二十六日

九十年代三愿

值此二十世纪九十年代第一夏，室温升至摄氏三十六度有余之际，一边挥汗不止，一边推敲编者出的好题目，一边浮想以至联翩，遂有九十年代三愿——

一愿国泰民安，不再有"文革"之类的噩梦来拉着改革开放倒转。人们安居乐业，各尽绵薄，各适其适，有小小的欢乐，也不怕前进中的挫折；认准目标，一步步地向前走去，跨过二〇〇〇，走进二十一世纪的新天。

二愿文坛"从此离开脐下三寸"；挂羊头卖狗肉者失去市场；挑选—拿来—改造，并非为了做招摇过市的头巾，而要化为营养肌体的肴馔；文采品格两重，写实浪漫各便；既要寻回自我，还得想想他人。

三愿家庭和睦幸福，生活一年胜过一年。不去想大发横财，增收应靠诚实劳动；享受多作纵向比较，做学问不妨横里看看；老来也不准备给儿孙置备什么遗产，不过一点家计，几架图书，愿读就读，不读自便；路总得自己去走，遂改《红高粱》词云：

孩子你大胆地向前走，

向前走，

莫回（呃）头！

【自按】写完一看，既无宏图大略，也没豪言壮语，本应活

36

色生香、凝光聚彩，殊不知竟然有点空腹高心、近于拉杂扯淡，而且缺乏有轰动效应的新意，似乎仍属老生常谈。转念人有多种，色分七彩，愿展宏图大略的，就展宏图大略去；要讲豪言壮语的，便讲豪言壮语去；我则一点实心实意，就此存真而已——拜拜！

一九九〇年六月二十六日

读报观法谈

因为受了"法是官家的事",而"衙门八字开,有理无钱莫进来"等等旧观念的影响,中国的老百姓对这类"官家事"向来是敬而远之,几乎和躲避麻风差不多。尽管古之法家或某些儒家谆谆告诫人们:"言不中法者,不听也;行不中法者,不离也;事不中法者,不为也""法出于仁,成于义"。人们依然不大买账,盖那时的法,不过是"牧民"的工具之一而已,人们虽不甚懂,却感觉得到它那"不上大夫"的实质,远之是其宜也。

然而,一个社会,一个家庭,一个人,其实是一刻也不曾离开过法的,姑无论是成文的法,不成文的法;有形的法,无形的法;上头颁布的法,大伙公议的法;正儿八经的法,约定俗成的法……总而言之,法是一个客观存在,因为从广义来说,法就是规则,自然社会也好,人类社会也好,总要按照某种规则运行。试问,从你来到这个世界之日起,你何曾离开过法?离开过规则?不管你自觉不自觉,喜欢不喜欢,你总得依法按规则办事。出生三个月,你只能吃奶或少量米糊,绝不能吞下油炸花生;长大上街喝"可乐",你没付钱,不能白吃。这就是法,不然你违反一下试试,得到的只能是——罚,天罚或人罚。

于是,姑且试着从法的角度,去读刚好在手的一份《羊城晚报》,自觉很是脱盲通塞,法眼大开,不妨公诸同好,就正方家。

迎面第一版，便法意盎然，耐人寻味。大到"联合国安理会一致通过决议，宣布伊拉克兼并科威特无效"；小到"广东即将实施食品标签暂行规定"；中不溜儿的，则有因父辈的经济纠纷，被从广东花县（今花都区）诱骗到河南安阳当作人质，扣押两年多的少年曾玉华，在公检法和新闻媒介的关怀下终于被解救回乡，扣人的李保林则"犯非法拘禁罪"。联合国的决议是否那样地为人们所"凛遵勿违"，抑或被人各取所需，成了一种公理，或婆理的伸张，这里暂且不谈；回到我们自己的国土上来，你会发现，人们的"法念"（恕我杜撰"新"词，解作：法制观念、法的意念等等均可）其实从来就弱，至今不强，甚至只得个零。——然而，就思想观念来说，除非精神错乱或辞别人世，又没有事实上的零，你没有这种法念，另一种法念就会主动找上门来，叫你得到另一种结果。就在第一版右下角，便报道了女青年杜某"将自行车驶出机动车道，不幸被一辆大客车撞倒辗过，当场丧生"的消息。杜某此时观念里之没有交通管理法，是明白无误的，"我怎么方便就怎么办"。"法"立即占据了这个空白，结果呢？来了个"不幸"。

　　某些执法机关的同志，法念自然比一般人强，但有时也会闹出"你有你的法、我有我的法"这样令人啼笑皆非的事。第三版有报道：广东地质科学研究所有北京吉普一辆，谁都知道连司机实际只能坐五人，但在交养路费时，某养征站却要按六人收费，理由是行车执照上"驾驶室准乘人数"栏写二人，"核定载客"栏内写四人，加起来六人，除非去公安局修改驾驶室准乘人数。而公安局认为"准乘人数"没错，数字不能改。于是，该所只好一年多交一百八十元，一面又向报纸呼吁"明知多收费，为何还不改"？看来，他们三方都很守法，但这法又和实际确然有点出入，该怎么办？这是很可令我们思索一下的事。（后来获悉，此事已协商解决了。）

港澳同胞回乡证无疑是一种有效的法律文件，三版揭露有人持伪造的"回乡证"以"钱包被窃无法回港"骗取人们的信任和同情，向好几个县的单位及个人"借钱"，居然得逞。在这里，假的、不合法的"合法证件"掩盖了骗，人们便误抛了一片真情。类似的事还有以"英德家东电器厂"的名义，在全国许多报刊刊登广告，兜售什么胡吹的"致富的理想钓鱼工具"，骗得汇款八千余元。人们相信报刊，报刊相信了伪造的"证明"，骗子在"合法"的幌子下利用了人们希望致富的迫切心理。说起来，我国十亿以上的人口中法盲不少，学法懂法的不多，而骗子们反倒很知道法的重要，必须披上"合法"的外衣，即便不懂他也要努力地学，只不过为的假李逵不要被真李逵逮着。呜呼，就从加强识别能力，不要上当受骗这个角度，人们也应该多学一点法，以法来保护自己。否则，破点财还是小焉者矣，要是像二版报道的那样，几乎倾家荡产，好不容易筹款购得一张伪造出境证件集团的假护照，贸贸然地跑到人地生疏的海外，结果流落异乡街头，呼天不应，唤地不灵，那就惨不忍睹，而且悔之晚矣！

　　幸而，我们国家的法制在改善，人们的法念在加强。瞧，"广东省商检机构严格执法把关，堵住（进出口的）不合格货物"；人们投书报纸，要求依法治理立交桥下的违法现象……都是此中消息。至于日籍华裔商人许田定良遵照先人重托，回到二百年前的祖乡嘉应州镇平县寻根，"查族谱，勘神主牌，识辨校核"，得到许多人的热心帮助，为一字之差而不辞辛劳地多方奔走，终于替他弄清根源，找到祖坟，让他得以取走一抔坟前黄土，回去后给报纸寄来感谢信，叙述自己"激动得热泪盈眶"的情景，祝愿"家乡建设得更加美好"……我想，这就是人们遵循前人传下来的"亲相帮、邻相助"的不成文法办事，而绘出来的一幅《亲情图》。

　　一张报纸，正是一个历史时期的横切面，而世事纷纭，七彩杂陈，既多芳草美人，也不乏莠子荆榛，如果我们不仅是看看新闻，还怀着一点法念，用法眼去梳理一下，那是会别有一种收获的，起码于是非的明辨就不无裨益。

此外，还得请法学家们原谅我把自然社会的法则和人类社会的法律法规，甚至情理等等联系在一起来谈，似乎有点缠夹不清。然而，我却认为他们关系原就十分密切，不妨倒过来看看：要是我们制定的法律法规，不符合自然社会运行的法则，也不顾及人类社会的情和理，那结果又当如何？

总而言之，我其实并不懂法，之所以要奢谈什么"读报观法"，不过是要自己借此学一点法，动动脑子而已。

一九九〇年八月十七日晨，东方欲晓之时

关于杂感的杂感

　　萧乾老人的《八十自省》说得好："一个没有讽刺文学的社会，犹如一位闺秀手里没有一面镜子。"可惜的是，相当一个时期，我们把一面面很好的镜子或是有点斑痕、有点模糊不清的镜子，一股脑儿敲碎了。我想，哈哈镜之类，最好送到上海的"大世界"、广州的儿童乐园里去，让大孩子小孩子们笑口常开，却不宜放到"闺秀"手上，让她的花容扭曲、玉貌变色。自然，镜子总得有一面两面，脸上的雀斑粉刺消退了没有？耳际的尘垢洗净了没有？额首的刘海梳得如何？身上的衫裙穿得怎样？到河边去看水中倒影固可勉强对付，总不如一面合适的镜子来得明白。于是，仍有包括杂感在内的讽刺文学一波三折地继承发展，仍有自己也莫名其妙地写起杂感来了的创作冲动，仿佛思想里装了一盒发酵的面粉似的。

　　不过我当初的的确确并未想到镜子之类的神圣使命，大抵是多年来南朔奔波，所阅渐众，聚感积虑，便发而为文，也可说是一种所爱所憎的感情宣泄吧。自然，觉得十一届三中全会捅住了因袭的闸门，解放思想、改革开放的划时代国策打开了大河小溪的道路，人们的聪明才智得以扬帆远游，我也在相当程度上没有了先前那样的顾虑多多，杂感便一篇又一篇地写了出来，并且集而成册，其中之一居然获得广东省第三届鲁迅文学奖，这确是有点大出所料。我给老同学郑莹写信说：老虎未进山，遂使山中无老虎，猴子来出台。自然，猴子也不必妄自菲薄，猴子也有点自己的特色，或是其毛金丝，望去却还好看，或是活泼好动，可放猴山观赏。但却不好头脑发热，以为老子天下第一猴而不自知其斤两矣。

前人云：及甚老也，戒之在得。我可算已入老境（虽然还有点不服），这回未思得而竟得，似乎有违古训，难免其心惴惴，补救之道，便是要求自己严格一点——

其一曰：好好做文，更要好好做人。夫好好做人者，不是说一点毛病没有，一点错误不犯，而是一要过而能改，二要大节不糊涂，三要有点社会责任感。北影老演员赵子岳以其多年积蓄设立青年演员奖励基金，奖给德才兼备者，"不给那些'台上一枝花，台下豆腐渣'的人"。文人无行，历来为人们所诟病，做一个文人，虽不敢言"兼备"，总得要争口气，而不要满足于成为花似的豆腐渣吧！

其二曰：不以勇士自许，必要时，也不惮于"精神的冒险"。话是鲁迅先生在《华盖集·评心雕龙》里假"寅"之口说的："骂人，自然也许要得到回报的，可是我们也须有这一点不怕事的胆量：批评本来是'精神的冒险'呀！"关于"骂"，还有这样的说明："满口谩骂，不成其为批评……至于说批评全不能骂，那也不然。应该估定他的错处，给以相当的骂，像塾师打学生的手心一样，要公平。"

我当然始终不赞成骂，但如果我们不抠字眼，而去体会其精神，则这里的"骂"，不妨理解为批评得尖锐一点。而我，恰巧缺少这样的勇气，比较地温良恭俭让，且喜欢某种中庸之道。即便这样的平和，因为"砭痼弊常取类型"，也难免触动某根神经，引来喊喊喳喳，即"得到回报"。我想，有人对号入座来了，可见所写文字并非全都是沉海之石，也还起了点作用。鲁迅先生当年不是常被人"呜呜不已"地"回报"以封建余孽、堕落文人、买办洋奴、纸糊的桂寇么？而郁达夫却赠诗鼓励他："醉眼蒙眬上酒楼，彷徨呐喊两悠悠，群盲竭尽蚍蜉力，不废江河万古流。"我似乎也因之而增加了与邪恶战斗的勇气，虽然我仍然愿意温良恭俭让，且喜欢某种中庸之道。

其三曰：杂感既然是文学艺术的一个门类，自也应"给人以愉快和休息"。就是说还要努力注意于作品的艺术性，让人读得有味。教科书当然不可不读，可也不能叫人整天地读教科书。便是教科书，我们的前人也很注意它的艺术性，或是"如囊萤，如映雪，家虽贫，学不辍"，合辙押韵，朗朗上口；或是"半溪流水绿，千树落花红。野渡燕穿杨柳雨，芳池鱼戏芰荷风"，对仗工整，音调铿锵；或是"老当益壮，宁知白首之心。穷且益坚，不坠青云之志"，骈四俪六，摇头晃脑。鲁迅先生笔下的细腰蜂、正人君子、二丑、生命○、带头羊颈下的铎铃、中国的模范的名城、药渣、抢终路寝、摩登圣人等等形象或意象，既是高度的艺术概括，也是深刻的思想寄托，读之令人兴趣盎然，浮想联翩。鲁迅的杂文，不仅是一座思想的宝库，也是一座艺术的宝库。他所展示的对照、起兴、反衬、排比、散而后聚、大幅度跳动、声东击西、小中见大、形象议论、新闻剪辑等等艺术手法，令人目不暇接，运用得何等游刃有余，自应很好地研究吸取，融入从古今中外拿来的精华之中。

悬此三的，意在自勉，究能做到什么程度，实在难说得很，而岁月不居，总还没有熄灭了上进之心。获奖的事，我看成是一种鞭策、鼓舞，也看成是对长期以来不知何方神圣的杂文的一种肯定，认为它也是社会主义文艺园地里应当开放的一朵红玫瑰。

一九九○年九月八日

44

并非饮食文化

　　梁君要编个饮食文化专版，嘱我写点东西，口轻轻地答应下来之后，发现自己虽然天天都在"饮食"，却实在缺乏对饮食文化的深刻体会，有如法国谚语说的："像霍思山的炮"，吵吵了半天却放不响。家在四川，自然吃过回锅肉、麻婆豆腐、灯影牛肉、赖汤圆、龙抄手之类，但吃归吃，吃完就算，并未想深一层，把它"文化"一下。于是，思路顺着饮食方面滑去，反而想到不是饮食文化那边去了，几件往事跳上心头，便过而录之，算是并非饮食文化的饮食神化吧——神化者，不可思议之化也，它带着岁月的影子，时代的痕迹，于我是颇难忘怀的。

　　一次是新中国成立前少不更事耽于各种美好幻想的年纪，平生第一次离开家门校门，便在一个陌生的举目无亲的异地，遭逢了失学失业的困厄。这失学失业不打紧，三餐不继，饿起肚子来的滋味，可是一言难尽。那时正当年轻还在继续长身体的时候，忽然间一连饿了几天，除了凉水，没有固体食物下肚。这时候，看看树上的青叶，地上的绿草，仿佛都可以用来饱肚；见了什么东西，首先想到的是：能不能吃？尽管如此，仍未能摆脱所谓"读书人"的劣根性，不好意思向别人诉说自己的困境，于是就让肚子这么饿着。其实，饿了几天，那感觉已近乎麻木，并不像开始那么难以忍受，只是意识里的茫然之感，随着体力的消耗而愈加茫然了。奇怪的是却并未因此想到死，也许那时太过年轻，一向在父母的庇荫之下过着虽说并不富裕然而稳定的小康生活，此时竟不会想到那严重的后果！——而在抗战胜利不久的当时社会，饿死人的事简直就像广东话说的："易过食生菜"。几年之前，大名鼎鼎的戏剧家洪深，就因为生活艰难而全家服毒呢（幸而获救）。然而，我的幸运在于尚有一位相当知心的同班同学，从学校饭堂里给我偷来一口盅用开水泡软的饭焦（锅巴）。在离校园不远的一丛枯树下，我尝到了平生第一次的怪味。

饭焦我并非没有吃过，记得在家乡时，常常缠着妈妈要饭焦吃，妈妈便往锅里落点菜油，把饭焦放锅里略为煎煎，洒上点盐末，有时还有几粒葱花。我和弟弟便不等摊凉便轮着咬得脆崩脆崩响，确是"味道好极了"。而此刻的白开水泡饭焦，带点在箩底放久了的馊味，我竟觉得不亚于葱花油盐的脆香，虽然此时此刻，我根本吃不出什么味道，却感到世界上再也找不到比这更好吃的东西了！

第二次体验是在大跃进大办人民公社的时候，那时我是广州市郊一片肥沃之地的下放干部。奋发图强的热风席卷神州大地，这里也仿佛"进入了共产主义"，我衷心地感到兴奋，还对一些老农和基层干部情绪不高不以为然，内心认为他们太保守了。那时办公共食堂、搞亩产六万斤试验田、挑灯夜战、营养钵育果苗、做插秧船、筑沼气池、办墙报、组织"人民公社好"赛诗会等等，不论实的虚的，我们这些下放干部和一批青年积极分子，总是热情洋溢而且信心十足地一马当先并肩战斗。自然，日夜劳累下来，吃饭也是颇够分量的。

隔着架了几条木板桥的小小河涌，两岸办了有五六个公共食堂。那时一平二调，食堂餐餐都不乏鱼肉荤腥，有时还有鸡鸭腊味，瓜菜之类的就更不用提了。有副对联道："放开肚皮吃饭，落足力气耕田"。还是很有号召力的。每到开饭的时候，河涌两岸和木板桥上，总是匆匆走着几条方向不一的人流，各自找寻自认菜好饭香的食堂，随你挑什么、吃多少，只是不许带走。于是，我也夹在这大人孩子、老少男女混杂的浩浩人流中，先后吃过几个食堂，虽不是山珍海味，总也充足有余，油水很够的了。——自然，我们下放干部照规定还是要交伙食费和粮票的。

可惜的是，这样天天过节般的超前到来的"共产主义"好时光，只维持了半个月左右，食堂库存就开始告急了。此后，大饥荒的一步步逼近早已人所共知，说明着违反客观规律的惩罚是怎样的无情！

第三次体验是在"四清运动"初期，我作为一名普通工作队员，来到粤西滨海的一个半渔农地区。照理，这里自然条件如此之优越，人们的生活应当很好了吧，然而因为生产关系长期没有理顺，人们没有生产积极性，生活之穷困实在出人意表：大多数人家三餐喝稀粥就酸菜，叫作"过电影""照镜子"，因为粥中缺乏固体物质，水清得可以清晰地看见人们的倒影。那时一股脑地说这是因为"干部四不清"之故，这自然是一个道理，但即便干部个个"四清"，人们的生产积极性恐怕也还是调动不起来的，若干年后，随着"联产承包责任制"实行而来的兴旺之象迅速出现，便是一个有力的反证。

工作队纪律是严格的，与贫下中农同吃、同住、同劳动，一样地喝粥水饿肚子，不许到墟镇上去买一块小饼吃。一位参加工作队不久的大学生实在饿得不行，偷了三同户几条番薯吃被发现了，批判之后开除出队。我们固然是低工资，但物价也相当便宜，随便买点东西来饱肚并无为难之处，然而纪律是不能违反的，可劳动又重，肚子整天咕噜咕噜地叫唤。怎么办？我忽然灵机一动，托人从镇上买回两盒蜡壳装的"银翘解毒丸"。这东西治感冒颇起作用，这时我用它来兼治肚饿，于咕噜叫唤之时剥吃两颗，苦中有微甜，总比肚里空荡荡的好受多了。这种体验，我想可以算是相当奇特而且有些个性化的吧？味道我也说不清，总之有点怪。

岁月不居，终于来到了既不必饿饭，也不会忽地大鱼大肉，转眼又以"银翘"填肚那样冷热间作，而是一天天渐进、一年好过一年，正常的改革开放的日子。遥思往事，旧社会的饿饭原也顺理成章，"神"也似乎"神"得有"理"；而在"大跃进"和"四清运动"中的"饮食神化"，却给人以本不应该然又难以避免的感觉，这里头包含着或者体现了一种怎样的文化意识，很是耐人寻思。我想，除掉诸种显而易见的因素之外，缺少丰厚的精神食粮的营养，恐怕是一个重要的原因。所谓偏食偏长，当然就会"神"起来的。

昨夜读报，喜看敦煌艺术的故乡敦煌市郊区农村，百分之八十的农户都有了自己的书房。他们在富起来的同时，想到了另一种不可或缺的营养。我由衷地为他们感到高兴，同时又想：道路崎岖曲折的中国知识分子，到目前为止，能有一间属于自己的书房者，不知达到百分之八十没有？从我周围看，未达标者大有人在，有的心向往之不下四十余年，但愿他们能迅速实现这一美好的梦。当然，这已经不是饮食文化，而是文化饮食了。

一九九〇年八月二十五日至九月十二日

白云悠悠

　　园林专家、同济大学建筑系教授陈从周曾著文反对搞"假古董"；就是真古董，他也不赞成去搞些近乎"佛头着粪"的事。他认为"在风景区搞雕塑要特别慎重。华清池在杨贵妃洗澡处想搞个贵妃出浴像；杭州虎跑寺搞个假老虎；南京莫愁湖搞个莫愁女，这都是不堪称道的"（《春苔集》）。

　　作为一种学术见解，自然尚可探讨，但我认为，其精神还是可取的。当年王洪文坐上火箭一步登天之后，不就有人在他曾经工作过的工厂里辟出什么"王副主席办公处"供人瞻仰么？类似这种新古董的积极制造者，其实是不惜弄虚作假以"为政治服务"的，价值等于零。

　　然而，就是真古董，过多也要成"灾"。因为地球只有这么大，而历史却绵绵不尽，只怕留给活人和后人的地方逐渐会不够用了，因而只能有所选择并作适当的处理保留。以此，我认为广州白云路的鲁迅旧居就处理得比较好。

　　鲁迅当然是我们所崇敬的巨匠，北京、上海、绍兴、广州、厦门甚至日本都有各种纪念设施，至于这里的白云楼旧居，文化主管部门只在小楼门外临街的墙壁上镶了一块大理石板，刻上"鲁迅白云楼旧居"几个字，楼房则一直用作民居。鲁迅泉下有知，我认为他是会赞成的。他不是主张"死了，埋掉拉倒""不要作任何纪念的事情"么？虽说我们对于他并不愿意完全实践他的这一主张。

白云悠悠，人民心中始终矗立着一座座丰碑，而且再多也能容纳。

成才（？）书庄

成才，是我们这个时代的特色——或时代的精神之一，我们希望万千年轻人一浪赶过一浪地成长为建设"四化"的栋梁之材。为此，人们确有一点"我愿天公重抖擞"的迫切之情。

而书，或曰知识，又是"才"之能"成"的重要养料。这些年出版事业以及图书发行的迅猛发展，也就从一个侧面透露出此中消息。看看书店里熙熙攘攘、门庭若市的盛况长久不衰，的确也令人高兴、欣慰。

然而，既有哲人布道、学子攻关，也会有野狐谈禅、贼秃论情，熙熙攘攘中总不免出现一点不伦不类的东西。

在繁华的中山路上，我骤见一处门面不算宽阔，装修倒还像样的小小店摊，全部"生财"之宝是一个密密麻麻插满书籍的书架，架顶粉墙上横幅大书曰："成才书庄"——冠冕之至，可见店摊主人想到了人们"成才"与他的"生财"之宝的书的关系了，立意不可谓不高。可是，细细审视一下那些花花绿绿的书脊之后，不禁瞠然、惘然而又慨然：《飞天黑狐》《情人剑》《通天小霸王》……多是些不知通过什么渠道弄来的"舶来品"；土产也有，也是些可谓严肃书刊以外的东西。我不知道这些"养料"将培"成"怎样的"才"？这样的"庄"应算是怎样的"庄"？

二十世纪四十年代，闻一多案头联曰："遥看北斗挂南岳，常撞大吕应黄钟。"自然，大吕黄钟不到的地方，瓦釜会来雷鸣不已的！

竞争有术，亦有道

广州有了"竞争术函授、面授班"，吸引了全国二十多个省市和省内七十多个县市的三千余名厂长、经理和营销人员，开的课程有《中小企业竞争之路》《消费者心理分析》《谈判技巧》等等，由广州地区的经济学家和成功的企业家登台授课，既有理论，也有实践经验，无怪乎门庭若市，记者呼为"爆棚"。

概自以行政命令、定额分配替代经济规律以来，总的来说，我们的经济，发展还是发展了的。不过，那速度之缓慢，弯路之频密、"学费"之昂贵，不算世界之最，也要算亚洲之最，甚至闹到濒临崩溃的边缘，确也够惊心动魄的。一旦醒悟过来，认真按经济规律办事，决然撇开那些不切实际的条条框框，敢于实事求是地对待马列、对待中国的现实，经济发展改观之迅速，不说世界之最，也不说亚洲之最，就说我们自己新中国成立以来各个历史时期之最，总还不算夸大其词吧。

开放、改革自然是这一发展的动力，而竞争却是推动经济发展，提高质量的润滑剂。据说，今天世界有两千四百多门学科，我们的竞争学恐怕和人家的竞争学也会有些不同之处的。香港的商场搞"跳楼大减价""大出血"之类的把戏，我们却不必弄这种耸人听闻的玄虚，因为我们究竟是社会主义的竞争，所以是——

竞争有术，亦有道。

布衣英雄精神

看惯了富丽堂皇、货如山积的大百货公司，或是装饰华丽、店堂开阔的大商店，自然令人目迷五色，体味到经济之繁荣、活跃。然而，还有那为数众多的横街窄巷里的小商店、小摊档，也为这繁荣、活跃起着不可忽视的作用。

当年的福建巡抚刘名传有《遣怀》诗云："名士无妨茅屋小，英雄总是布衣多。"这些小店档的"茅屋"固然可称为"小"，而如果不把"英雄"神化得高不可攀，那么，这些小店档中的佼佼者，也未始不是为人民服务的"布衣英雄"。

横街窄巷的地理环境和通街大道颇为不同，小店档没有"皇帝女不忧嫁"之利，必须首先考虑到街坊邻里日常生活的真实需要，而且是那种针头线脑、油盐酱醋、火柴肥皂、咸菜豆豉、草纸蜡烛、小钉铁线等等琐碎细小的需要。小店档恰好补充了大商店的某些不足。

其次还得薄利多销、认真服务。漫天开价、冷口冷面，只会拆了自己的台脚，把顾客赶跑。我曾见某些主妇总爱到某店档购买某物，叫孩子买时也特别交代要到某店档去买，皆因他们的诚实、热情的服务在顾客中建立起自己的信誉。许多能长期开业，并逐步发展的店档，大都有此特色。

横街窄巷对于做生意来说，当然是一个不利的环境；而不利的环境却能培育出有利于为人民服务的精神来，所以我称这种精神为布衣英雄精神。

第三样选择

到广州来的同志，如果觉得搭乘公共汽车和电车人太拥挤，坐"的士"花费又嫌太多的话，那就还有第三样选择——专线车。广州的专线车既有公营的，也有私营的，大都在人流比较繁忙的线路之间固定营运，收费比公共汽车和电车略高，却比"的士"便宜得多。最高也不过收到五角，登车固然不难，一般还能有位就座。跑人民南到火车站这条线的自号"公共小巴"，还能扬手即停，出声可下，确是便利。看来它是私营的，比公营的专线车服务还要灵活一些。因为不止一家，那竞争也很激烈。唯其有了激烈的竞争，人们便得到了较好的服务与多样的选择。

哲学可以把事物抽象为肯定与否定，或非此即彼，生活却不能这样简化。赤橙黄绿青蓝紫，多色彩才应是生活的本来面貌。青菜萝卜，各有所爱；软粥硬饭，各有所需；酸甜苦辣，各有所适。而相当一个时期，我们似乎已经习惯于非灰即蓝，非左即右，非"红五类"即"黑七类"，不是无产阶级一家便是资产阶级一家，不革命即反革命……诸如此类的二元哲学，化为了多少生活中的喜剧、悲剧和闹剧。

就日常生活的衣食住行而言，多样化可以提供人们多种的选择，大约是普遍的需要和愿望。开放、改革浇开了商品经济之花，多样化才有了现实的可能，而光喊好听的口号，即便那口号如何慷慨激昂、豪情万丈，也喊不出多样化来的。

马克思的爱情

除开专家不算，一般如我辈之对于马克思究竟知道多少？知道些什么？说来惭愧，《共产党宣言》，读了；《资本论》，翻过一下，许多地方读不懂；此外的著作，也囫囵吞枣地读过一些，实则不甚了了。虽说崇敬他解放全人类的博大胸怀，终有一点雾里看花的感觉，尤其在被供奉进神龛里之后，就愈加觉得高不可攀了。至于市井小民，恐怕连剩余价值也未必知道，经过多年的教育和耳濡目染，印象最深的大约只有一个"年年讲，月月讲，天天讲"的阶级斗争了。

然而，马克思要比这丰富得多。他不是神，而是人。他也要吃饭、睡觉、谈恋爱、结婚，和我们一样喜怒哀乐，甚至更富有人情味和人道主义精神。可是多年以来，人们却极少知道他理解人、关心人、爱人，极有人性，因而和人们十分贴近的一面，叫人误以为他老先生只讲斗争，却不食人间烟火呢。

花城出版社这次编辑出版《最美丽的爱情——马克思爱情诗文选》，帮助我们更深刻更完整地了解这位伟人，使我们感知他除了可敬之外，还可爱可亲，这是极有现实意义的事。自然，即便爱情诗文，也不必把它当作样板，再闹"样板戏"之类的笑话。人们大可吸取精神，融入新意，走自己的爱情之路。

芝麻地里长西瓜

　　凡列籍烟民，大都试过初次抽烟，一股苦辣味，被呛得连连咳嗽，其实并不好受的体验，有人劝诫，还颇有把握地说自己绝不会上瘾的——然而，后来终于抽上了瘾。倘年长月久，不幸而肺部发生病变，又会有悔之莫及的慨叹了。

　　如果把吞云吐雾之时，旁人被迫吸入的损害忽略不计，则抽烟之受害者，主要还是其本人。而另有一些小事，发展下去，不仅本人受害，还会危及国家社会，那就兹事体大了。例如索贿受贿，这是相当一个时期以来的热门，小则几百上千，大到几万几十万，花样百出，手法各异。我们的纪检和有关部门注意那些大案、要案，投入极大的力量去处理，这是完全必要的，当然不能捡了芝麻丢了西瓜——西瓜毕竟是西瓜。然而，又不可不注意到，那些小小不言的芝麻，如果没有适当的部门给以适当的注意，芝麻地里很有可能长出西瓜来，那就西瓜抓不尽，"春风吹又生"了。

　　现在的问题是：西瓜大大小小，"琳琅满目"，已有抓之不尽的感觉，蚊蠓那么大点的芝麻，在不少人的心目中，简直不能算是一回事。"如入鲍鱼之肆，久而不闻其臭"。不久之前，尤川印刷厂的有关人员，在承印个人批发户要求印刷的《八宅明镜》等风水迷信书时，每种收贿赂五十到一百元。这数目"理所当然"

地引不起人们的注意，看成是当今人际交往的一点点"茶水费"之类的芝麻而已，忽视了它的贿赂性质。结果怎么样？没多久的工夫，这间厂便演为兴宁、龙川两地不法书商大量印发封建迷信书籍的据点，成了个可观的西瓜。有的中小学生抽烟、看武打片、玩电子游戏机迷醉到荒废学业，有人提出忧虑时，竟也有人认为过虑；等到发展到赌博、偷自行车"玩"了，才觉得事情有点严重。然而，逆水行舟，不进则退，且退的速度惊人：本年八月三十一日，广州市郊人和镇鹤亭村张月莲与入屋案犯搏斗时被砍十多刀，不到两岁的幼女也被斩伤致死！而两个抢劫杀人犯，一为六年级学生，一为初二学生，芝麻的的确确变为了西瓜。

　　这里有两种情况，一为芝麻掩盖着西瓜，一为芝麻可能演变为西瓜。前者，公检法部门当然要依法剥出它的实质来；后者却需要社会的协同努力，才可望把西瓜消弭在芝麻地里。看来，事情已经到了刻不容缓的时候了，而首要解决的，则是认识问题。一心以为西瓜将至，固然大可不必；而认为不过芝麻一粒，犯不着"兴师动众"，又会大大地失算。个人认为，正因为还是芝麻一粒，朝哪个方向转化尚在两可之间，这才恰正需要"兴师动众"，请全社会各方面共同及时地加以引导，使之不要异化为西瓜。因为，一、此时的引导较之已异化后的引导其成功率较高；二、给他人和社会造成的损害较小；三、发展为西瓜的毕竟还是少数，人们有责任及时抢救那还可抢救的芝麻。

　　前人说得好："凡大事皆起于小事，小事不论，大事又将不可救。"看来，为了免于大事的"不可救"，小事还是及时地"论"一"论"的好，此之谓防微，也就是一声或许并非多余的呐喊：

　　谨防芝麻地里长出西瓜来！

一九九〇年十月十六日

文明楼（院）的不文明和文明

几乎每天都要经过一处地方，总要端详一下高挂在墙上的"文明楼（院）"牌，时间一久，就觉得这牌子的名和实有点矛盾。

例如清洁工人天天清晨打扫，而一夜之后，大楼四周的地面仍然撒满楼上住户随意抛出阳台或窗外的果皮、菜叶、烟盒、烂鞋，甚至硕大的缺耳锅盖，像是一条永不枯竭的垃圾河；楼道本不宽阔，一到下班之后，两旁摆满了自行车，车主为了自己方便，不肯放到指定地点或推进自己家去，叫人担心万一失火，人们怎么逃生？有人把垃圾包丢在楼梯转角让别人去清扫，不肯走多几步路丢进垃圾桶里去；时间已经不早，仍能听见震耳欲聋的流行曲，或是上下楼道的宾主们旁若无人的高声喧哗笑闹；有的从厨房伸出一段烟囱，把柴烟油烟排到公用的走廊，让本已阴暗的走廊更加乌烟瘴气；更有趣的是蚕食公用地段的景观——先在门外摆把躺椅，然后向门的两旁放两张小柜，过些日子，不见有人提出异议，便连煤炉也搬出门外，最后居然装上一道矮栏，算是完成占领过程，"外人莫进"了。

当然，文明楼（院）里确然也有不少文明住户在。有天早上，我就曾见一住户贴出呼吁书，呼吁人们不要向隔壁工厂抛垃

60

圾杂物，虽然此事与他毫无利害关联，我却从这里看见了文明楼
（院）之确然文明的所在。

一九九〇年十一月四日

"潮流兴"就一定要跟么？

"潮流兴"，是广东人——尤其是青年人喜欢用的口头禅，外地人也能懂。因为潮流兴，哪怕囊中羞涩，也要抽健牌、万宝路；因为潮流兴，即便有感染化脓的危险，也要在耳垂上打个洞，挂上些金光耀眼的东西，"何惧风流"；因为潮流兴，就是几百上千元一套衣服，这里拖一片那里空一块的古灵精怪，也要千方百计弄来裹在身上，自我感觉良好地招摇过市。

自从千年之前的东潮西渐之后，而今又来了个西潮东渐，倒也合乎历史潮流相互激荡的规律。我们也需要这种激荡，只不过得看清是怎么样的潮，掌握好弄潮的分寸，倒不可一概拒绝，"眼不见为净"。

然而，正当"潮流兴名牌"之际，不少西方青年却兴起"反名牌"的新潮，连某些影视歌星也一反盲目崇尚名牌的热潮，穿起普通夹克衫、灯芯绒裤之类的大路货来了。这是于人于己与于社会风尚都有好处的明智之举，大可以在我们这里也兴它一兴。我以为，名牌当然不可一概反对，货真价实的名牌也自有其可以推崇之处，我们反对的，只是那些伪名牌以及虽是真货却"飞起来咬人"的名牌，尤其反对崇拜名牌的盲目性。

对潮流应加以分析，看看是否顺应历史的发展，不能只要

"潮流兴"便跟，搞到"芳草无情人自迷"，连东南西北也分不清，那就要走冤枉路了。

一九九〇年十一月十六日

呼唤微火

　　逛过几次灯光夜市，在熙熙攘攘之中，总觉得还缺少点什么。缺什么呢？时装、箱包、皮件、鞋类、家电、塑料制品、五金杂架，乃至进口打火机之类的小玩意，看去似乎琳琅满目，何况一边还有"镬气小炒""丰俭由人"的大排档，平添了若干情趣。

　　外地来客，有的知道得比我还多。他们远在数千公里之外，就知道广州的高第街，西湖灯光夜市，东方宾馆的市街，甚至广园路的故衣市场，抵穗后行装甫卸，就忙着要去观光、购物。有的细节，连我这在广州生活了几十年的，反倒摸不着头脑，"只缘身在此山中"似也无法解释，大概还是兴趣不在此之故吧？虽说我对灯光夜市之类的事物和活跃商品经济，补充国营市场，满足群众需要的作用，还是给以充分的肯定的。然而，仍然感到缺了点什么。

　　老作家黄药眠曾经写道："有些科学家从显微镜里看见了世界的一角"，但"离开了显微镜却看不见世界"。当我们从商品经济之镜里看见了先前不曾给予应有注意的一角世界之后，还需要抬起头来，看看更为广阔的世界，不要被金钱的流通、增值挡住了视线，那就得借助文化知识之镜了。我想：在诸多夜市之中，是否也可增加一点灯光夜市的内容呢？有心人如果刻意经营，剔除下作的糟粕，传播有益世道人心的内容，那功德不亚于给人类送来火种的普罗米修斯，哪怕只不过是一星微火。

一九九六年十二月十三日

市招何用红须绿眼？

　　读了《漫画世界》两幅作品，禁不住笑中带泪。冰箱名曰利勃海尔，雪花膏叫莉丝梦思，衬衫大号尼达尔，发廊雅称 Beautiful……乃至明明是咱们自己创制的上好饮料，也要套称什么可乐，这情景四川叫作"耍洋盘"。盘者，招牌、面子之谓也。有趣的是，远在异国他乡的华人华裔，大约见的洋盘甚多，不过如此，其中固不乏"靓嘢"（好东西），也有不少"流嘢"（劣货），即便是好盘，毕竟是人家的好盘，不好照单全收，总得有所挑选，更不宜拿人家的屁股当脸，还需以我为主。于是，反倒思念起家乡的土盘来了；于是，人们在纽约可以吃到麻婆豆腐、龙抄手，在多伦多可以品尝东江杂锦煲，在雅加达可以试试小笼包、粉蒸肉，在拉斯维加斯可以吃到盐焗鸡，这些我们的土盘，从洋人看来，又成了他们的洋盘，要来试试新鲜，取其所需了。据说异域的"唐餐馆"生意不俗，大约就是因此之故吧。倒不是那儿的同胞忽发思古之幽情，他们思的不是古，而是祖国和家乡，那么，我们这儿洋化其招牌者思的又是什么呢？

　　其实，洋化其盘的，又何止于几块餐厅发廊的招牌？有一个时候，简直掀起了一个耍洋盘热潮，诗歌界的"大展"，挂上"迷宗派""三只猫派""撒娇派""未来派"等等一大串五光十色的招牌；美术界那当厅开枪吓人一跳的"行动艺术"；理论界的"非理性""写给下个世纪人看""只有曲高和寡才是真理"之类高论，无不洋得有型、髦得合时，令人想到《阿Q正传》中的赵秀才和假洋鬼子当年革掉静修庵龙牌的情景。这二位"咸与维斯"的结果，是怀里多出一座原属观音娘娘座前的宣德炉，襟上添块"抵得一个翰林"的柿油党的"银桃子"，不知道耍洋盘诸公又有些什么收获？

真正的"拿来主义者"，并不热衷于耍洋盘、挂招牌、发些耸人听闻的宣言，闹些哗众取宠的把戏，如鲁迅当年指出的"可怕的现象，是在尽先输入名词"，而是"沉着，勇猛，有辨别，不自私"地"运用脑髓，放出眼光"，占有而且挑选，把有益于人民的拿来。鲁迅先生当年"绍介"弱小民族文学，翻译果戈理的《死魂灵》而"字典不离手，冷汗不离身"，并不忙于挂什么招牌，而是勤勉坚实地劳作，我们那些货色不怎么样，招牌倒一块比一块唬人的耍洋盘者能够认真地下这样的"笨"功夫么？

牌牌自然还是需要的，只要名实相副，即便洋一点也无伤大雅，却不好化为了"红须绿眼"，更不好羊头高悬而大卖其狗肉。广东的"健力宝"饮料风行神州，昂首挺胸地走出国门，却不叫"健力可乐"，这是很可令我们深长思之的。

一九九一年二月五日

看《焦裕禄》断想

六十年代的焦裕禄，当着"七品芝麻官"，并不"回家卖红薯"，却一头扎进贫瘠荒寒的兰考大地，和那里的人民共着苦难，并为了那里的人民解脱苦难而历尽艰辛，最后献出了不可再得的生命。今天他的事迹被搬上了银幕，令人振聋发聩，感受殊深。

感受之一，是他竟然不理会"有权不用，过期作废"的名言，为自己的老婆子女、姨妈姑爹谋个肥缺，搞套私宅，弄个出国考察的名额，在那经济仍然困难的时候闹点好鱼好肉好烟好酒，相反，他倒自己把权作废，带头取消县常委的副食品特需证，连自己的窝窝头也要分给饥饿的儿童，心里还觉得内疚。

感受之二，是他竟然不按照某些官们的名骂"群众算什么东西"行事而趾高气扬，吆唤呵斥，端起架子，摆起谱子，自以为高人几等；相反，他牢记中国共产党的主张，把群众看作亲人，把群众的疾苦时时放在心上，真心诚意为群众而奔波劳累，查风口、探流沙、涉洪水、救庄稼，一身热汗一身泥，连自己的病痛也不顾，为人民挤出最后的一滴奶汁而后已。

感受之三，是他居然不像某些现代官员的做法，留给子女遗产十万八万，或是别的什么珍藏，且美其名曰："老子当年挨够苦，不让子孙再受穷。"相反，他只余一张破藤椅，几件旧衣衫，四壁萧然，两袖清风，弥留之时，还谆谆嘱咐儿女长大了要为国为民做贡献。

　　要数下去，还可数出许多来，归根到底，就是他只会为人而不会为己。这在今天某些视"彻底的自由市场经济"为大救星的人看来，当然不合时宜，因为随着"彻底""自由"而来的信条，便是"人不为己，天诛地灭"，而焦裕禄从行动到内心，对之可是大为不敬的。

　　我们的国家要现代化，观念当然也要现代化。和某些人不同的是，我们要划到社会主义来，而不是划到资本主义去。这便是我们今天还在呼唤焦裕禄的原因，也是焦裕禄仍然活在许多人心中的原因。

一九九一年三月二十三日

呼唤另半个春天

　　广州毕竟是广州，农历元宵一过，春意就逐渐显露出来了。大约因为近年世界性的气候变暖之故吧，今年的春天似乎来得特别早，不仅枝头的灼灼红棉早早探出头来，便是街上姑娘们的春装套裙、项链手袋、彩边风衣争妍斗艳，小伙子们的"名仕""蓝鸟""金利来""尼克"服饰，也鲜亮精神地及时上市。歌星南来，笑匠东行，名模献艺，专家合谋，都为的"提高广州人民的综合素质"。报载：书记提出了五个方面，其中的"塑造广州人和广州的美好形象"，尤为"具有十分鲜明的'广州特色'"云。我想，这是催开精神文明之花的盛举，缺少了这些"提高"，即使红棉开得如沸如燃，姑娘小伙子们个个都打扮得花容月貌，恐怕也只能算是半个春天，终究不免有些遗憾。

　　这些年，广州的形象的确建设得颇有些美好之处：大厦连云比肩，住宅楼如雨后春笋，高级商场美轮美奂，大排档宾客如潮，灯光夜市熙熙攘攘，歌厅的卡拉 OK 之声"半入江天半入云"，自然，还有夜大学的灯火，图书馆的人流，大街小巷的报摊书亭……在这日新月异之中，远方来客可能比本地人更有新鲜感地注意到某些文化现象和心态的变化，形成了奇特的景观。

　　比如说，这里有老字号陶陶居、莲香楼、大三元、菜根香、陈李济、何济公、执信中学、中山大学，甚至林则徐当年在此登陆上任开始禁烟抗英伟业的天字码头，标志着和海外通商交往的西来初地，叫人想到广州人（且不止于广州人）植根深厚的历史土壤。这里更有随着改革开放大潮而风起云涌的万宝集团公司、白云山制药厂、花园酒店、白天鹅宾馆、超级商店、电大、业大、广州大学，规模可观的经济技术开发区、广大路路边鸡、长堤胜记海鲜，以及浪漫阁、时装精品屋、美神发廊、珠宝首饰金店和高楼之顶的镀底天线，人家屋里的彩电、冰箱、录像机、山水组合音响，还有赴英、美、日、加、澳等地留学工读的子弟，以及春节刚过便如潮翻涌的十万民工下广东。自然，仍有着三元宫鼎盛的香火，地摊上的六王神课、麻衣相法……

今古并陈，华洋杂糅，这便是广州的历史特色，也是广州的时代特色——在新时期里焕发着社会主义的光彩。让我们把视野缩小一点，观察一下广州的语言文化吧，那是很可耐人寻味的。

这里的语言很像一块容易吸收各种水分的海绵，因为地近港澳、面临太平洋，南风徐徐，它就不免带上港味和海味。上海过去有洋泾浜语言，这里虽无此说，但也与之不相伯仲，除保留了古老的带有迷信色彩的习惯语，如把猪肝叫猪润、通书叫通胜、猪舌叫猪脷等外，更多的是引进洋词，有的还加以变化，形成了一大族洋式粤语：古老的如士担（邮票）、士巴拿（扳手）、巴士（公共汽车）、的士（出租小车）、打波（踢球）、饮啤（喝啤酒）之类，新潮的有迪斯科、卡拉OK、打的（叫出租车）、柯机（传呼机）等等。妙在人们运用外来语相当出神入化，例如"打的"的"打"，可不是谁都能创造发明且一"打"风行的；又如"饮啤"，可以转化为"今晚我们去啤一啤"，干脆以名词代动词，倒也别具风味。我曾向一位老广州请教："看电视广告，卖蛋糕的说有菠萝、柠檬、荔枝、士多啤梨等等品种，士多啤梨是个什么东西？"他答："草莓，s－t－r－a－w－b－e－r－r－y。""别的都叫中文名，为什么独独草莓要叫译音？"他想了想说："一因草莓先前不常见，二因莓霉同音，人们不愿倒霉。"
"哪样是主要的?"他笑了笑："我也拿不准。"

外来语的引进或转化，从总体来说，是一种文化的进步，可以丰富我们的文化宝库，但某些迷信和唯洋是崇的心态却不可取。迷信因素在后来的使用者也许并未的确地意识得到，而唯洋是崇的心态有时简直就掩之不住。招牌洋化之风劲吹时，有个老板挂出招牌曰："士多商店"，他不知道"士多"原义就是商店。长堤有间明明是敝同胞开的服装店，却摆出大字广告牌道："衣着の精华"，叫人误以为东洋人在这里做生意。

提高素质，重要的一环便是提高文化心态的品位，这就需要品位的精神营养食品。当我们欣喜地看见广州的自然景观和社会景观春意盎然之时，我们还要继续呼唤那已然信息纷然的另半个春天!

一九九一年四月十一日

一朵梦幻的云

　　常驾着一朵梦幻的云，三毛去到那个梦幻的世界，找寻她与之"心灵感应"，"保持电波联系"的荷西去了。

　　她是一个梦幻般的女人，然而她生活在缺少梦境的现实之中，她用梦幻来抵挡严酷的现实。她勇敢，一如她梦幻，因而有时她不得不把梦幻勇敢地碰碎在现实的墙上。

　　四十几个春秋的磨炼，她仍不失其赤子之心，明白了"成年人最幼稚的想法就是小孩子又懂得什么"，明白了"童年，只有在回忆中显现时，才成就了那份完美"。她活得热烈而浪漫，追寻人生中也许实际并不存在的那份完美，怀着一颗纯真的童稚之心，坚韧执着地踏过世界五十九个国家的土地，直到非洲的撒哈拉大沙漠……于是，她奉献给人们的诙谐机智、传奇色彩与异国情调中的"我"——"我写的就是我。"她说。

　　这就是三毛之所以为三毛。我想。

　　然而，三毛又并不会全是她书里那个快乐无忧的天使，那个潇洒豁达甚至有几分野性几分豪情几分娇憨的姑娘——尤其在她历经现实人生的坎坷挫折之时，你可从那不着一字的字里行间，抚摸到她找不回的失落、无法弥补的遗憾和不可言传的寂寞。

　　有时，她自己咀嚼这失落、遗憾和寂寞，如一头躲进密林深处的狮子，悄悄地舔干身上的伤口，重又奉献给人们以明快、爽朗和豪放。

她太热烈了，所以有人说她"容易受伤"。是的，她在飞翔，然而那翅膀却是沉重的。看不见，说不清，似乎总有什么有形无形的东西压在那奋飞的翅膀上，终于折断在正应有为的英年！

"我做任何事情都是用生命去做的。"她说。我们也看见了。

戏剧化的人生经验，风情别具的生活源泉，酿成她独特的艺术风格，文坛上遂有了一个无可替代的三毛。

她说她自己"是一个'我执'比较重的写作者，要我不写自己而去写别人的话，没有办法"，说她的文章的本质是"一个'情'字"。

有我有情，便有真切，有个性，有搞得人心弦颤动的共鸣。

可是，三毛也不乏冷静。她知道："你看我文章的时候，已经是你个人的再创造了，就像这么多人看《红楼梦》，每个人看出来的林黛玉都是不同的。"

这么多人看三毛，大约也会看出许多个不同的三毛来吧？这就看你怎样切入她的文章、她的思想感情和她的生活了。

不过，无论你从哪个角度看，看见了她的哪些方面或看不见她的哪些方面，三毛依然还是这个三毛，不会因之而有所增减——正如林黛玉永远不会变作王熙凤一样。

于是，朱紫、马莉怀着一种热烈的感情，连春节假日也奉献进去，重又翻遍三毛的作品，重又体验一遍感情的波澜，为我们精心剪裁出这本《三毛小语》，用三毛自己的话，阐述了她成熟的或不成熟的、激情洋溢的或不免有某些偏颇的、顺理成章的或有些彼此矛盾的思考：关于孩子、师道、快乐、岁月、自己，关于大自然、乐命、读书、男女、钱，关于孤独、爱情、处世、生死、朋友……

这是他俩摄取的一帧三毛的立体小照。说她立体，因为她不仅有平面的光影和色彩，更有着思考的深广和感情的起伏，甚至可以听见她热烈的呼唤和真实的悲怆。

　　驾着一朵梦幻的云，三毛终于步了海明威的后尘。她的心境不会像《老人与海》里的老人那样吧？那位可敬的搏斗到一无所获，一无所获依然搏斗的老人，似乎不曾给三毛以应有的启迪。

　　驾着一朵梦幻的云，三毛终于不辞而别。她自己就是一朵梦幻的云，依然飘浮在天宇的深处，冉冉，冉冉……

　　　　　　　　　　一九九一年三月十四日读《三毛小语》后

说"真或较真的话"

　　"认真学习过各种严谨的音乐创作技巧"的美国当代作曲家凯奇，他创作的钢琴曲《四分三十秒》，你做梦怕也想不到竟是"大师"坐在琴前几秒钟，作按键状四分余钟，然后鞠躬退场；《金属结构》则让锅、碗、铃、金属棒、洋铁皮加入演奏；《想象中的风景·4号》由24人操纵12台收音机，按作曲家的规定时开时关，出来的音乐、广播新闻或别的音响，纯由当时电台播送什么而定。

　　别以为凯奇是在恶作剧，他有其词振振的理论根据：他一面说"创作音乐的目的就是与音响打交道""只要这种游戏是对生活的肯定，就会非常美妙"。一面又宣称"我们的目的就是要取消目的"。这实在很难自圆其说。既然"与音响打交道"这个"目的""要取消"，那又何必开收音机、敲洋铁皮呢？倒是作按键状而后鞠躬退场有点像他的"目的"。然而，按照他的逻辑，"目的"既在"取消"之列，他又何必"创作"？何必登台？如何"美妙"地"肯定""生活"？

　　所谓"艺术家的脾气"，有时简直就不可理喻。而有一个时候，这种似是而非的呓语，以其似乎深不可测的玄妙的华衮，迷惑了不少求知心切的文艺青年。我并不佩服这一类摩登神祇，哪怕他有十万华丽的宣言，我依然看他如某些街边的"大"包——

76

馅少皮厚，并无多少实质性的内容，尤其不被它那汹汹之势所吓倒。

文艺创作不同于卖狗皮膏药，哪怕你抬出萨特、梵高、弗洛伊德等等大师，关键依然是你的膏药究系何等货色。大师固有其大而可敬之处，但大师是大师，你是你，拉大旗作虎皮的买卖终究经不起推敲。因此，我对做了遮住别人疮疤瘌痢头的大旗因而变了性状的大师只觉惋惜，反倒倾心于确有一得之见的"小师"，他小，但还你一个真我，不无可圈可点之处。

所以，我虽无什么雄心壮志、宏图大略，但也并不盲目迷信那些所谓"美妙"的"肯定"之类的洋膏药或土膏药，宁愿干点实实在在、平凡之至的"小补之哉"的工作。且不敢言字字皆真，却信奉也是大师的鲁迅先生的大实话：努力说些"真或较真的话"——这其实是一件并不容易做到的事情，因为有时不免会开罪于人，且易伤及自己。

八十年代后期某年，美国加利福尼亚班塔市的选民们，全部选票一致推举一只年满二十一岁的小驴"克加"为市长，为了"可以不必花钱支付办公费用"。此事几近荒唐，但我以为，比之"取消目的"的"目的"之类似乎正儿八经的高论，它倒是一种真话，或较真的话——那里的选民们并不以花言巧语来掩饰自己的目的。

一九九一年六月二十九日

设身处地

　　人们所处的位置，和观念的变化有着极大的关系。鲁迅先生早年就曾正确地指出过："穷人决无开交易所折本的懊恼，煤油大王哪知道北京捡煤渣老婆子身受的酸辛。"然而事物又会转化，"穷人"一朝暴发，可能就有"折本的懊恼"，"煤油大王"忽地破产，难免被人追讨欠债的酸辛——因为他们互易了位置。

　　六十年代，台风吹到广州，把我家一扇窗连窗框一起扯落马路，我想台风大约就是这样的了。七十年代我去海南，住在琼山乡下石块建筑的坚固瓦房里，台风刮得我心惊胆战，这才知道它的可怕。然而，琼山只给台风尾扫了一下，正面袭击是在屯昌，连钢筋水泥建筑都给推倒半截。并非我要长台风的志气，而是承认一种事实，抖威风可是战胜不了什么的。如这回华东百年不遇的洪水泛滥，近一点，潮汕地区遭受强台风的正面袭击，人们的生命财产损失惨重，那困窘艰辛的情状，我以为很值得我们设身处地去想一想的：要是我的家园被泡在许久不退的水里，我的居屋被强台风刮倒、财物随风而逝、亲人丧生，而重建家园又不是一件简单的事，你能不感到酸辛？当然，你相信社会主义是可以依靠的。而社会主义祖国又由亿万个你我他组成，今天你依靠我，明天我也可能需要依靠你。那么，就请你替受灾的人们设身处地想想，尽力给他们以实实在在的帮助吧！——为他，为我，也是为你。

一九九一年八月二日

关于"永不忏悔"

——从《中国知青部落》看知青文学中的一个观点

　　"知青文学"的崛起，时间比较早，延续得比较长，影响也比较广，成为"反思文学"（如果不说"伤痕文学"的话）的一个重要方面。十多年来，我们看过《蹉跎岁月》，看过《今夜有暴风雨》，看过《大林莽》，也看过《血色黄昏》，最近又读到《中国知青部落—— 一九七九·知青大逃亡》。这些作品，虽然所选取的视角不同，具体的题材背景不同，作者的侧重点和功力也不同，但都有一些共同的特色，例如因为作者从知青生活中走来，有大体相类的亲身体验，有着深浅不一的实际领悟，所以大都写得真实生动、细节丰富，感情浓烈、语言准确、形象鲜明、性格多样，而情节之起伏跌宕，更显示着时代之风云激荡、波诡云谲，程度不等地再现了中国人永难忘记的那个历史时期。其中的不少作品，也有着描绘的夸张和某些非理性色彩和感情的偏颇等缺失，夹杂在作者才华横溢、热情奔放几乎不能自已的酣畅淋漓之中。"知青文学"作品之能感人至深，和作者生活之充实和感情的投入大有关系，而《中国知青部落》的作者更运用时空交错、双线并行等手法，造成一种特殊效果，抒发了作者自己对人生社会的感受。这感受和此前此后的青年大异其趣——它在成熟中透着稚意，消沉掩盖着热烈，失落拥抱着向往，把生活开掘到了一个相当的深度。

然而，我对作者自序中透露的一个在别的"知青文学"作品里也常见到的观点——"永不忏悔"，却有一些自己的看法。

作者说："我与我的知青伙伴们，之所以永不忏悔，全然因为我们的一切过错，一切罪恶都是那个时代给予的。"这话当然有一定的道理，却不是道理的全部。红卫兵运动过去还不算太久，人们记忆犹新，在那疯狂的年代里，人们（包括红卫兵们）的疯狂行为（包括作者所说的"过错"乃至"罪恶"），不管你自觉与否、愿意不愿意，确是受着那个时代的主导思潮和氛围的影响，多数的时候简直就不以个人的意志为转移。而如果你细心回想一下，不难发现同是"疯狂行为"，却又因人的思想、个性、气质、直接动因等等差异而有所不同。"批斗走资派"，有的人义愤填膺，口诛笔伐，唯恐其不尖锐，上纲上线唯恐其不够高；有的人讲道理、摆事实，被认为"右倾""软弱"；有的人话里喷火，扇耳光、动拳脚以至其"永世不得翻身"，虽然"最高指示"明明白白："要文斗，不要武斗。"如此等等，可见人们并非都如想象那样行动一律。除开张志新这样少数的硬"汉子"，谁敢说自己"一贯正确"而无须略作反省，也就是所谓"忏悔"？

作者在自序的另一处地方阐释自己的写作意图："仅仅在于力求肯定这一代人中优秀的忧国忧民的思想，同时批判他们趋附于时代错误的某些劣质。"这个写作意图比较冷静客观，没有片面性，但和"我们的一切过错，一切罪恶都是那个时代给予的"，因而"永不忏悔"的认知，似乎有点矛盾。既然连"忏悔"都"永不"了，还"批判"些什么呢？

夫"忏悔"者，倒不是要我们也如佛教徒之青灯黄卷，苦修来世；也不必如基督徒之背着"原罪"，去洗刷从亚当夏娃直到我们自己的孽愆，不过指的是如前面所说的反省，或曰自省而已。如果再作诠释，也可把回顾、检讨甚至分析批判包括一点进去，其目的为了正确地认识时代、社会，也恰切地认识自己，以便大步前进，不致覆辙重蹈。比方说认识到打人不好，以后就多讲道理，道理讲不通还有法律，而不必劳及拳脚；又比方认识了走资本主义道路在我国曾经好几次走之不通，但养鸡生蛋至于十只以上其实和"资本主义道路"毫不相干，就是资本主义社会的一些好办法，咱们也不妨拿来为社会主义所用，那么，以后看见人家养鸡百只千只、生蛋万只亿只，你就会鼓励其发展生产增加社会财富的积极性，而不致惊为会导致"国将不国"的怪物。

八七老人巴金，被金棍子、银棍子之类打得遍体鳞伤，"浩劫"十年，他就住"牛棚"十年，其痛苦、冤枉、委屈恐不在"我的知青伙伴们"之下，而他在还能提笔一天写百十个字的时日里，为我们留下《随想录》五卷，"把笔当作手术刀一下一下地割自己的心"，这样无情地解剖自己，为的"分是非，辨真假，都必须先从自己做起，不能把责任完全推给别人，免得将来重犯错误"（《合订本新记》）。这是一种多么可贵的胸怀！在世界文化宝库里，多有我们可以视之为"忏悔"之作，卢梭的《忏悔录》且不去说，便是大文豪如列夫·托尔斯泰的《复活》，不也是一部形象化的忏悔录么？他写出了贵族聂赫留朵夫在妓女玛丝洛娃面前受到良心的谴责，于自我流放的忏悔行动中求得精神的"复活"。鲁迅先生骨头之硬人所共见，他在"我也留下一张罢"的"遗嘱"里，提到欧洲人临死前有一种"请别人宽恕，自己也宽恕了别人"的仪式，他说"我的怨敌可谓多矣"，就"让他们怨恨去，我也一个都不宽恕"。然而，他在《一件小事》里，看见了黄包车夫"须仰视才见"的"高大"和"皮袍下面藏着的'小'""我"。在《风筝》里，他为少年时代撕毁了小兄弟偷偷制作的风筝，而在"有了胡子"的年纪时企求小兄弟能够"宽恕"曾对其施行的"精神的虐杀"。在《我要骗人》里，他觉得明明知道自己那一元钱的捐款不够给"水利局的老爷买一天的烟卷",却换得小女孩一声"你是好人"的称赞,感到"嚼了肥皂"似的不舒服,深悔"骗她是不应该"的,乃至"想写一封公开信,说明自己的本心","付了一块钱。实则不过买了这天真烂漫的孩子的欢喜罢了。我不爱看人们的失望的样子"。这又是何等的自省精神啊!我以为,这种精神不仅能分黑白、辨是非,且能净化人的灵魂。

"知青文学"中"永不忏悔"的情绪之产生,乃是对一片纯真热诚之虚掷了的反拨,完全可以理解、同情,我们不好苛求,却又必须指出它会把人们引向何处,倒不是叫人们天天跪倒神坛之前"阿门"不止。《血色黄昏》可能有许多的不足,但有一个可取之处,是在展示出血淋淋的真实的同时,并不为自己的错误辩解,而是一样不留情面地展示给读者看。至于早期的《蹉跎岁月》,理性色彩更多一些,她既动人以情,又能启发人悟出情中之理,我个人是比较喜欢的。《中国知青部落》的作者才华横溢,激情澎湃,已经多有美誉,如"璀璨的沉重,残酷的浪漫","中国知青群体意识到思维特征"的"原始部落色彩","知青世界中群体的孤独、痛苦的迷惘与原始的野蛮"等等。我以为这些固然不失为此书的特色,但如果感情沉醉进去却跳不出来,以"永不忏悔"抵挡了必要的自省,就容易叫人陷入失落感中不能自拔,或是无休止地怨天尤人,或是愤世嫉俗,或是玩世不恭,或是自甘沉沦……无助于人们的奋进。而奋进又必须建立在对自己和社会的准确认识的基础之上,不能仅止于感情的激动而已。

还是高尔基的话说得对:"文学的目的是要使人变得更好。"至于有所"忏悔",或"不忏悔",或"永不忏悔",都可以这个目的去衡量一下再定其取舍,这对"我的知青伙伴们"想来是不会无所裨益的。

一九九一年八月二十五日

写在书市落幕之后

　　"书到用时方恨少。"这是前人的经验之谈，很确切的。我自己除开少不更事的一段时间，曾经荒谬地自以为读得颇不少了，大约可以对付一阵子的了，其余时间是愈读愈觉读书少，愈用愈觉读得不够。"文革"时期书逢厄运，我却越发感到书的难得，对两派内讧毫无兴趣，偷偷地躲在房里拆开自己"决心"封存的藏书，读得津津有味，不管外面天倾地陷，颇有古人"雪夜读禁书"之乐。可惜我的藏书后来仍未能逃脱厄运，妻子被"读书无用论"的阴魂驱使，在我去了干校时论斤卖掉，令我心痛了许久。爱人是怕我读书惹祸，"副统帅"又下了"战备疏散令"，何况家里经济拮据，所以只好……运也？命也？没法子可想。

　　待到四凶覆没，恢复出书，那时买起书来真有点奋不顾身，颇有"黄金散尽为收书"的气概。后来书愈出愈多，便有了选择的余地。再后来"商品意识"的消极方面侵入书界，某些书愈出愈滥，加之书价水涨船高，买书时难免左挑右拣，尽管琳琅满架、无千无万，街头书摊随处可见，我却对那些"畅销书"之类不大"感冒"，便有了"书到买时方觉少"的感叹，这自然是专指自己想买的书而言，不想买的倒大大的有。

　　这回第四届全国书市掀起一个购书热潮之后，有了建立规模不亚于大百货公司的购书中心之议，且已初步落实。我举双手拥护，而且十分高兴，不必大家都挤到短短十来天的全国书市里才能买到所需的书，而是随时随地均可如愿以偿，那就"书到买时佳作多"，真该真心诚意地说声谢谢。

一九九一年九月二十六日

选什么和怎么选

　　台湾剧作家高前在他自选集的后记里，发出了一声意味深长的感叹："天下有两件最困难的事情—— 一是把别人荷包里的钞票想办法弄到你口袋里；一是把自己的思想观念表达出来赢得别人共鸣。"

　　当今之世，商品经济发达，把别人荷包里的钞票想办法弄到自己口袋里的花样层出不穷，办法多多。外地人到广州动物园门口被人拉着拍照，说好一帧三元，拍后却索要三十五元。这种"搵钱"之道等于拦路打劫，当属低档；"高档"的则有某出版社的《钱钟书人生妙语》，如水在《"钱学"研究中少了点什么》里指出：该"妙语"把钱钟书小说、散文中人物的语言都当成钱先生本人的"人生见解"，例如"女人不喜欢男人对她们太尊敬""男人瞧不起容易到手的女人""女人恋爱经验愈多，对男人魔力愈大""一个可爱的女人说你像她的未婚夫，等于表示假使她没有订婚，你有资格得到她的爱"，等等。这样一来，仿佛钱先生的高妙处全在于"教唆女人怎么去勾引男人，男人怎么去引诱女人"，岂不冤哉枉也？钱先生之拒绝编者赠书，谁曰不宜？这样地去掏读者钱包，与打劫何异？

　　至于"把自己的思想观念表达出来赢得别人共鸣"，难自然是难的，但我想也并非没有法子，编选本便是"法子"之一。当今知识增加，信息"爆炸"，人们没有时间和精力都去窥其全貌，所以编选还是要不断地进行的，但总不好像上述"妙语"那样生安白造，只顾"收得"，更不好因为要"把自己的思想观念表达出来"而只取或突出其某一端，总得大体上顾及全人。鲁迅先生举例说某君既吃饭、穿衣、工作，自然也性交，但如果突出后者，将其绘图挂在妓院墙上，尊为性交大师，你说它假，他又确有性交行为，你说它真，似乎又不能将这作为他的代表。所以迅翁指出：有所取舍，已非全貌；再加抑扬，更离实际。因此他不喜欢某些选本的编者思想"在自己的脑子里跑马践踏"。

然而，受着时代和编选者个人思想的局限，又很难做到绝对的全面公正，编选者的思想倾向总会多少影响及于选本，所以我说：一要大体上顾及全人，不好只管一厢情愿而误人子弟；二要注意于思想观念之正确，所选应有助于推动社会向前发展，而不是相反。

一九九二年一月

新春的思路

  去年是羊年谈羊，今年便猴年谈猴。顺着这条思路谈下去，到了亥猪再回到子鼠，便开始新一轮十二属相的往复。这样盘旋复盘旋，生生而不已，就是这些年"新"起的一种时髦，也是中国人所习惯的一种古老的思路。"道生一，一生二，二生三，三生万物"，万物再各自"生"下去，遂成永无穷尽的洋洋大观。我想，咱们的经济这么发展不已，倒也是挺不错的合乎老子"道"意之盛事，只要我们不改初衷地努力以赴。

  于是，我便去推敲咱们的前人，在万千生物之中，何以不选别的，偏偏选中鼠牛虎兔龙蛇马羊猴鸡犬猪这十二种动物来配上十二地支？推敲的结果是：这里头并无任何的随意性，仍然服从唯物辩证法的一条规律——存在决定意识。牛耕田，马拉车，犬守屋，鸡生蛋，猪羊兔提供生活所需之肉食，和人们的关系十分密切。古人吃不吃老鼠我不知道，从广东有腊鼠干之类的美味看，大约也还是吃的吧？就是不吃，也有过"硕鼠硕鼠，勿食我黍"的感叹，关系仍然相当密切。至于山上有虎，林中多猴，虽然也是可吃的东西，但限于攻防手段，对前者不免怀着几分惊惧，对后者保持着一定的距离。比较复杂一点的是蛇和龙，蛇有三重性，一是可吃，二是蛇毒死人，三是龙的原型，而龙又是蛇的神化，十二生肖里头，只有龙是子虚乌有之物。人按照自己的面貌创造了神，按照蛇（还吸取了别的动物的局部）的面貌创造了龙；前者成为膜拜的偶像，后者变作尊贵的象征。人们拜倒在自己创造的虚有然而具象之物面前，为什么？当"生不常存，死不永灭"还只是"圣人知"的"玄机"，人们希望常存不灭，只好求助于神，有的人希望人们以为他是神在人间的代表，便披上似乎伟力无穷的龙的华衮。十二属相之中有龙出现，依然是意识形态中某种存在的反映。有趣的是，将龙和犬鼠之类并列，似乎又并不以为特别的尊贵——或许含有点"风水轮流转"的向往也说不定，古人早就以为"洪炉变化，物固有之。雀为蛤，蛇为雉，雉为鸽……腐草为萤，人为虎、为猿、为鱼、为鳖之类"。总而言之，这只是顺着我以为的人们思路的撷取，不可当作结论。猴年新春，就让自己的思路也这么"猴"一下吧。

然而，我们毕竟不仅和猴羊马牛关系密切，和人的关系、社会的关系更加密切。当我们成为家庭、社会、国家的一员之时，就不仅仅是一个"自我"，可以无限膨胀而"自我实现"。——氢气球是应当膨胀且飘然入云的，瘪在那里不能算是氢气球，但，一不好无止境地离开地面，忘了"今夕是何年"，二不能不顾及球体的膨胀系数，否则膨胀过度，也会成为瘪球，就什么也实现不了啦。所以，我愿人们在改革开放继续稳步发展之中，个个都能"自我实现"，为国家社会多做贡献，为家庭个人增添幸福，从而准确地找到自己的位置。

思路再扩展一点，还不妨想想我们所处这个非常热闹的世界。日前从收音机里听了新华社一位高级记者的分析，颇开茅塞：东欧剧变，苏联分解，中东战后，长期战乱不已的印支趋于缓和，"四小龙"之后中国大陆尤其东南沿海经济迅猛发展……使我的思路又辐射开去，想到物必先腐而后虫生之，想到堡垒最容易被从内部攻破，想到经济对于政治的确定性的巨大影响，想到文化之凝聚人心抑或涣散人心潜移默化的作用，想到一阔脸就变和一穷脸就变，想到鲁迅先生称之为中国的脊梁的虽落后仍朝着目标坚定地跑到终点的运动员，和见了不笑且为之肃然起敬的观众……

新春伊始，本应多想点四喜糖盒、金桔红梅、团年大宴、花市余韵之类，这些固然也想，别的似乎也无法不想，即便离题万里，因为——存在决定意识，依然是唯物辩证法在起作用。

或许有不思不想抑思不出孔方兄的人吧，我想他真有福了，那就——

恭喜发财。

一九九二年二月四日

岁月悠悠

　　娥带了两个女儿从台湾来到广州，专程探望四十多年前一块儿在剧专读书的同学，从第一届的汤大姐到新中国成立前夕入学的徐老弟，在广州共有十多位。相见时的万千感慨自不待言，且不自觉其老之已至，一个个又说又笑，又唱又跳——中山纪念堂中山先生铜像下的一段即兴的《青春舞曲》，娥就带头边唱边舞，肖、许、高几位立即加入进去，招惹了旁边游客们不胜惊诧的目光："这些老先生老太太今天怎么疯起来啦?!"他们怎么知道，这是四十五年前在重庆北碚校园里一幕欢乐之舞的再现。悠悠岁月，仿佛是一条柔软的丝带，把难忘的记忆拉到眼前来了。

　　最初的激动之后，娥的两个女儿先回台湾去了，娥尚在广州等待远在新疆的安前来相见。当年娥是保育院里一个无父无母的小丫头，后来考进剧校，得到高年级的安的悉心照料，自自然然地进入初恋。就在这时，从事进步活动的安受到当局迫害，只身奔去新四军，在中原突围中负伤，之后去苏联留学五年，新中国成立后一直在新疆从事文教领导工作，退下来后还在担任自治区政协常委；娥则在新中国成立前夕随剧团去了台湾，相当一段时间活跃在台湾和东南亚的舞台上，而今退隐家园，思念大陆的同学兄姐，便渡海而来，现在就差安尚未晤见。安早已收到电报，因去了昆明开会，便电告在深圳工作的女儿小红："速赴穗看望娥阿姨"，自己随后专程飞穗。两人终于相见时，娥已在广州等候他近一个月之久……

在同学们再次相聚举杯的晚宴上，安意味深长地谈起两件事：一、我和娥当年的事，我对女儿和妻子早就"坦白交代"，妻子还诚恳地邀请娥去新疆，她要好好地招待娥，让其玩得高兴；二、昨天和娥谈起来，竟有那么巧，我二十岁时在延安加入中国共产党，娥也在二十岁时在台湾加入中国国民党，我们今天正好是"第三次握手，第三次'国共合作'"（同学们欢快地笑，而且鼓掌）。

对此，我不禁生出感想——

经过时间的酿造，在新型的家庭关系里，过去常常酿成悲剧的爱情，可以升华为香冽的醇醪，这需要当事者开阔的胸襟、豁达的生活态度。

二人世界毕竟不能脱离历史和政治的制约，世间没有不沾烟火气的桃源，愈早意识到此点便愈能顺应规律而居于主动。有形的海峡和无形的海峡都割不断中国人的亲情，因为我们的歌哭、我们的血肉、我们的枝叶根茎都是连在一起的，因为我们确确实实，"都有一颗中国心"。

安带来西双版纳的红豆，赠给每位同学一对，一面哼起《渴望》的主题歌："悠悠岁月……"不过他说："想起当年，倒并不'困惑'。"是的，路正远，我们还将坚定地走下去。

一九九二年三月九日

名家脾气

　　我是尊重名家且喜读名家作品或编名家作品的。如果那名家之"名"，确是因努力加天赋以及所做贡献而来，就尤其喜欢。一般来说，名家总是"名"得有点原因的，或是思想深邃、艺术精美，或是构思奇妙、见解独到，或是文采斐然、个性鲜明，或是识广见深、不落窠臼——除开那些被捧成的或被宠成的潮头上跑马自以为不可一世的"明星"。而此等"明星"，一旦潮落日出，他们就不免捉襟见肘、黯然失色了。

　　作为编辑，我有过不止一次编读名家作品的艺术享受，有时竟连感情也沉醉进去，不自知其何所之了。这样的时候，就觉得"为他人作嫁衣裳"其实也并不坏，很可增知识、广闻见，面对一个个无声的老师，此时竟是无声胜有声，大有令人为之低回流连的乐趣。

　　然而，据说名家又容易有点所谓名家脾气。报刊上曾经有过这方面的"集锦"：有的写作时猛喝咖啡，有的挖鼻舔唇，有的边挥毫边捏脚趾，有的站而不坐，有的烟不离手，有的"斗酒诗百篇"，有的"红袖添香夜读书"，有的又哭又笑又叫又闹至于好几天走不出"规定情景"……叫人觉得要做名家，似乎非弄到疯疯癫癫不行。

　　自然，这些名家脾气如果不妨害他人和不妨害社会的正常秩序，倒也无伤大雅，均可悉听尊便，入于不议不论之列；而另有一些名家脾气，可就叫编者于莫名其妙之余，不得不认真想想该当怎么侍候才好。有名人焉，函告愿将某作品给我所在的出版社出版，一面固然赞扬敝社如何的声名远播成绩可观，一面也禁不住流露出把作品给了我们，其实是对敝社的支持，不可忘了与有荣焉的意思。果然是名家口气，一片豪情。可惜我这个有点老不更事的编辑不大理会这种潜台词，依然按章办事，函请其将稿件寄来看看。尽管通篇措辞恭谨，这不经意的"寄来看看"四字依然触犯了名家尊严，于是来函发名家脾气而严诘了：明示这是对他的不信任；暗示他的某作品在某著名出版社出版时编者"一字不改，一句不动"，意味着他乃"口含天宪"，下笔如金科玉律般不可摇动的。我想，既然如此，还要编辑来干吗呢？编辑固然不比名家高明，但或有一得之见可供参考也说不定的，何况鲁迅先生早就指出过，"我们的知识很有限，谁都愿意听听名人的指点"，但"博识家的话多浅，专门家的话多悖"。他还举了甚见精彩的实例，那是非照录若干不可的：

> ……太炎先生是革命的先觉，小学的大师，倘谈文献，讲《说文》，当然娓娓可听，但一到攻击现在的白话，便牛头不对马嘴……还有江亢虎博士……今年忘其所以，谈到小学，说"'德'之古字为'悳'，从'直'从'心'，'直'即直觉之意"，却真不知道悖到哪里去了，他竟连那上半并不是曲直的直字这一点都不明白。这种解释，却须听太炎先生了。(《名人和名言》)

高明如太炎先生这样的名人，都有"牛头不对马嘴"的时候，今之名人又怎能保证自己"一贯正确"？鲁迅先生接下去说，"可是我想，'愚者千虑，必有一得'，盖亦'悬诸日月而不刊'

之论也"。在前面那位"口含天宪"的名人面前，我是未敢言"必"的愚者，但还有点编辑的责任感，不能因为不是名人，便可以乱删乱改，也不能因为是名人，便连"牛头不对马嘴"也得"一字不改，一句不动"地预约照发不误，我没这个权力。当这层意思婉转地然而坚决如实地达知名人后，该名人是稿也不寄信也不再来了，如是相安无事者约半年。直到 L 君有次出差归来，告诉我该名人曾经向他不无惊诧地发牢骚曰："你们社有个某某，居然把我的稿给退了！"我不知道他这"退"是何所指，但"居然"二字的确可圈可点，颇具"有眼不识泰山"之慨。

呜呼，我尚未修炼到见名家即一味首肯，闻名家脾气便诚惶诚恐的地步，依然有点不识时务。年纪虽有了一把，言行却不怎么"现代"，不会"灵活"一点去捞点什么好处。然而我又以为，做一个编辑，这点骨气还是必须要有的。

一九九二年三月

从人生观说到人死观

　　人生在世，不论你自觉不自觉，总会在这说长不算长，说短也不算短的路途中，逐渐形成一种生活态度，雅称人生观，俗一点就是干吗活着。回答这个问题，可说千奇百怪、见仁见智：咱们祖先最正统的态度，心雄万夫的"齐家、治国、平天下"，心雄千夫的"致君尧舜上，再使风俗淳"，心雄百夫的"光宗耀祖、富寿双全"，自然还有介乎万夫与一夫之间的"穷则独善其身，达则兼善天下"，这话看其实质，也许应为首句，"兼善"云云，不过是个好听的陪衬，以免"独"得脸红起来，下不了台。至于不那么正统的，就更是猗欤盛哉，洋洋洒洒！阮籍诗酒佯狂，郑燮"难得糊涂"，陶潜挂印不仕，海瑞备下棺木再疏陈时政之弊，朱厚熜在皇帝宝座上却"喜神仙老道之术"……都有点脱离了常规，自然又各有其原因。有的西哲把话说得曲里拐弯，不过想想也还能够明白。莎翁有言，"人生就像是一匹用善恶的丝线交织的布；我们的善行必须受我们过失的鞭挞，才不会过分趾高气扬；我们的罪恶又赖我们的善行把它们掩盖，才不会完全绝望"。雨果笔下的人物口气比较大，"我活在这世界上，不是为了自己的生命，而是来保护世人的心灵"。歌德认为人生每一阶段都有某种与之相应的哲学——"儿童是现实主义者"，青年人"变成了理想主义者"，"成年人有一切理由成为怀疑主义者"，"当他老了，他就会承认自己是个神秘主义者"。就是说，人的生活态度会随着思想的发展和境遇的不同而变化，这倒确是实情，只不过未必都按照歌德所说的格式。曾为袁世凯复辟称帝服务的"筹安会"会长杨度，后来逐渐觉醒，晚年成为共产党员，在白色恐怖之下坚持党的地下工作，就是另一种不遵古训的变法，毫无"神秘"之处，虽然他已"老了"。集西方文化之某些精华的《圣经》，说得颇为耐人寻味，"不依靠罪恶手段而发财致富的人，可算是幸运。你见过这种人吗？倘若见过，我们真得向他表示祝贺，因为他创造了一个旷古未有的奇迹"。先前我以为左脸挨一耳光还教人把右脸也送上去让人打的耶和华当然温顺到不能再温顺了，这时才知上帝对一味不择手段地聚敛之徒也相当激愤不满，只不过表述这激愤的方式仍然是温和的，他叫你自己去批判某种生活态度，从而建立与之不同的生活态度。这是个聪明得很会做思想工作的上帝。

从前的皇子皇孙颇多夭折，《钱钟书论学文选》引《全三国文》王朗《屡失皇子上疏》："若常令少小之温饱不至于甚厚，则必咸保金石之性，而比寿于南山矣 。"钱老接着引："吾乡谚亦云：'若要小儿安，常带三分饥与寒。'"可见锦衣玉食、饫甘餍肥，往往倒要了这些"龙种"的命，正应了老子"福兮祸之所伏"的预见。不知道当今"小皇帝"的"皇娘""皇爷"们能否从中吸取一点教训，能否略为把自己人生态度中的养儿育女观做点修改，听听王朗疏中的可取成分。巴金老人却说"人活着正是为了给我们活在其中的社会添一点光彩，这我们办得到，因为我们每个人都有更多的爱、更多的同情、更多的精力、更多的时间，比用来维持我们个人生存所需要的多得多，当别人花费了它们，我们的生命才会开花结果，否则，我们将憔悴地死去"（《巴金谈人生》）。是的，巴金高龄八十七岁，还在给"社会添一点光彩"，我们的所作所为，将给社会添点什么，是否也曾好好地思考思考呢？就算力有不逮，添不了什么光彩，总也不好添上些累及子孙和他人的荆棘吧？

好在无论多么曲折，社会总还是在前进，可见持有推动社会前进的人生观的人不在少数。古往今来，多少英雄豪杰、仁人志士、革命先烈、农工大众，或是"待从头收拾旧山河"，或是"愿以马革裹尸还葬"，或是"此去泉台招旧部，旌旗十万斩阎罗"，或是自觉应为对"天下兴亡""有责"的"匹夫"，都是极为可取可感乃至可歌可泣的人生态度，足以奉为楷模。有趣的是，他们的人生观往往和他们的人死观紧密相连，不可不一并加以考察。有生就有死，这是谁也无法逃脱的自然法则。秦始皇寄望于率数千童男女乘船入海去仙山寻求长生不老药的徐福，奈何一去便无消息，他也只得"病终路寝"；东汉经学家郑康成是"行酒伏地气绝"；"非汤武而薄孔周"的嵇康，沉湎于酒未死，服"五石散"也没有死，却让司马昭借吕安"不孝"案杀掉；拒不给朱棣草即位诏的方孝孺被诛了十族；永乐皇帝惨杀建文的忠臣，铁弦被"寸磔"油炸，景清被剥皮楦草。自然，也有享寿过百，无疾而终的许多"耆英"，令人欣羡不已。无论好死、坏死、横死、直死，任何人任你神通如何广大，均不能享受豁免之权，最后依然得听从大自然（或曰上帝，或说马克思）的召唤，去到那该去的地方。先前的英烈好汉们也许正是参透了这一点，有了一个好的人死观，于是，头抬起来，胸挺起来，腰直起来，心明而眼亮起来，支持他建立起一个好的人生观——起码是自我感觉为好的人生观。别小看了这个自我感觉，它其实就是一种可以转化为物质力量的精神力量。

我生在民国，抗战开始时还是个小学生，看见过许多地方墙上贴着的标语，有一条是"文官不爱钱，武将不怕死"，那时不大明白是怎么回事。后来年纪大一些，才知道正是有着不少文官出奇地爱钱，因而贪污腐化，乌烟瘴气；正是有着不少武将太过于怕死，搞到山河沦陷，民不聊生。再大一些，又知道有些文官武将们因爱钱而愈加怕死，为怕死而疯狂爱钱。如果研究一下他们的人生观和人死观，大约可以找出当时中国之几乎"国将不国"的深层原因。幸而中国还有着许多既不爱钱也不怕死的热血之士，经过八年苦斗，抗战终于胜利，敌寇才被"逐出于国土之东"。

由此种种，想到我们既来到这个世界，无论自觉与否，除了必须建立起一个好的人生观之外，还得建立起一个好的人死观，有生就有死。我们也无须忌讳谈谈它。这"好的"二字，适应范围较宽泛，高到可以是革命的人生观和革命的人死观，低到可以"无害于人"为其界说，中不溜儿的也可以"兼善"为目标，我们总不好欢迎害人害己的人生观和人死观吧？

人生观的事，人们已经或正儿八经，或玩世不恭，或表里不甚合一，或简单质朴地谈得不少了。本文也接触到一些颇堪玩味的实例，现在就专来谈谈人死观的问题。

自从佛祖西来，虽然禅宗主张诸佛无相，一经和我们这个创造了象形文字的民族结合，大约觉得"无相"总有点难以捉摸之故吧，于是佛像越造越大，有的堪称世界之最，于是轮回之说也就形象化地长久深入人心，牛头马面、判官小鬼，勾魂无常、十殿阎罗，乃至刀山油锅、望乡台、奈何桥等等，都形象鲜明地印在人们的潜意识里，这就不仅诸佛有相，连诸鬼也有了相。于是，人们生时就相信，死后还有一个世界，而且和生时的世界很有些关系。于是，登上皇帝宝座的，"百废待兴"之时，就忙着造陵墓，大兴土木直到呜呼哀哉之日，而且还要全套锦衣玉食、金银器皿、宝物古玩，甚至妻妾宫奴、近臣爱驹陪葬，好让他死后继续享用。尚未全部发掘完结的秦陵兵马俑坑就是一个历史的突出见证。等而下之，也要好风水一处、好棺椁一套（最好柳州所产）、随葬器物多件，打醮超度亡魂若干日；再等而下之，一切只好简单一点，但冥镪总得烧化多少，使用车轿之类改为纸扎——演变及今，已进化为烧"冥府银行"的美钞、港币，纸扎冰箱彩电洗衣机汽车空调花园洋房之类的摩登玩意了。

厚葬从帝王兴起，又被豪富传开，影响成风，虽然人殉代以物殉可算是个进步，贵重的真物代以模拟之物可算又一个进步，然而毕竟念兹在兹，未能忘情于已辞或将辞之世，总想拿点什么东西走，或占一席或百千席之地，以求其"永存"——虽然有时并非死者本人的意愿。

《钱钟书论学文选》确是一部内涵丰富深广而使用又极方便的好书，我一下子就从第二卷里查找到了咱们祖先的有识之士关于生死、关于对厚葬不以为然的态度：庄子认为"死也物化""死若休"，我们就当他"度假"去了吧；而屈原欲求"羽化不死"，自然是诗人的浪漫，不必当真；范成大"增年是减年"，悲观一点而又确是实情；崔实一针见血地指出"厚送死而薄养生"之非；刘向上过《谏营昌陵疏》；皇甫谧说得很透彻："夫葬者藏也，欲人之不得见也。而大为棺椁，备赠厚物，无异于埋金路隅而书表于上也"；最有趣的是魏张詹墓碑的背刊："白楸之棺，易朽之裳，铜铁不入，丹器不藏；嗟兮后人，幸勿我伤！"意谓"此地无银三百两"，遂得保全于当时，然而，迟到南朝宋元嘉六年，还是被发掘了，且不乏丹器金银。钱老评曰："小黠终无补于大痴也。"

棺备、陵成（或墓成）、葬就、礼毕，本来事情似乎可以就此了结了，正如陶潜自挽诗所云："亲戚或余悲，他人亦已歌。死去何所道，托体同（共）山阿。"然而，往往还有余波，"龙驭上宾于天"的，一大批皇亲国戚还要争权夺位，更热闹的好戏从后台一直搬到前台；豪富之家，便是子女争遗产，或是闹上公堂，或是动拳动刀，也是热闹非凡。前些年，我们这里也有大名人之后裔，争遗产闹得沸反盈天，就是承此余绪之著者，可见源远而流长。被鲁迅先生称为"智者所见，盖不唯佛说正义而已矣"的《百喻经》，有一则《二子分财喻》，说的是古印度摩罗国有位"刹利"死了，哥哥说弟弟分遗产分得不公，有个"愚老人"教他们把衣服、槃瓶、瓮缸等"破作二分"便"得平等"了。其结果自然是谁也得不到一件完整的东西。于此又可见争遗产不仅是我们的国粹。粗粗看去，这仿佛只是生者的人生观的问题；细细想想，其实和死者生前的人死观正很有些关系。中国虽然讲究"诗礼传家"，但口头说说和对联写写的居多，实则"传"的依然是风水龙脉，也就是预约的权位，接着自然是原有和新添的良田、宫室、妻妾、百子千孙等等，还要垂之永远，一代传给一代。那么，他在冥冥之中——自然或是阎王的嘉宾，或做凌霄宝殿的贵客之余，起码春秋二季，总有子孙献以太牢之礼，不愁缺少港币美钞可花了。然而，李聃有点煞风景，说什么"失义而后礼。夫礼者，忠信之薄而乱之首"。发这种"玄之又玄"的牢骚，真该叫他永作孤魂野鬼，儿孙们谁也别去瞅睬他。事实确实如此，报纸也报道过不少，有的有点大权或小权和大钱或小钱的人，不就不管你什么"义""礼"，用那来历说不清道不明的钱，房子建了一套又一套——有权的便要了一套又一套，几乎连灰孙子的住处都预先"遗"下来了，仿佛不及早备齐就死不瞑目似的。

然而，当前生者与死者的主要矛盾不在房，而在地——尤其沿海人多耕地少的地区。火葬虽然已经提倡了有些年，而土葬却随着许多人的发财致富和潜存在深层意识里的封建迷信思想一同复活。中国人口已达十一亿六千万，近年平均年增人口一千五百多万，相当于一个阿富汗的总人口。且不说经济增长之被人口增长所抵销，便是有限的农用耕地，也被土葬每年以四万九千亩的速度消耗着，若干年后，真不知道叫那些因风水宝地预约将"升官发财"的子孙之辈到哪儿"立锥"去？被称为广州"市肺"

的白云山，近年绿树被偷砍了不少，倒多出一片白茫茫的偷葬坟万余座，长此以往，白云山这点老本很容易被坟头吃光。

记者报道过珠海市的一种之最——最大的一座坟墓，在广昌乡桂定角山坡向水一面，占地三百平方米，前有二百平方米的花岗石台阶，共二百二十四级，登阶有祭房及围栏并铺马赛克的大平台，侧后有后坟，旁边还预留了两个穴位。据说造价港币十五万元，堪称豪华阴宅。"拾级而上，"记者继续写道，"有一座九十六平方米新墓，为合葬墓。碑刻上只有两人的生辰日，无终日，为'活人坟'。据熟悉的人说，主人年仅四十多岁，尚健在。……目前乡村建'活人坟'，或才入中年就先买好棺材很时髦，说是能带来'财运'，冲掉'晦气'。"先前单知道俊男俏女着新潮服装、唱卡拉 OK 之类谓之时髦，现在才明白连造生圹、买棺材也成了一种时髦，真不知道应该称它为一种人生观抑人死观为好？大约还是以后者为妥帖吧，因为他要从"死"中捞出点好处来。我们说死人争地，活人也在为死后争地；先前说耕地沙漠化，现在得加上绿地坟墓化，均非子孙之福。便是火葬，骨灰盒贮藏室也因客满频频告急，骨灰盒本身也有个争地——兼之争物的问题。特例之一，温州一富翁去世，其子女以二万余元制金银包裹的骨灰盒藏之；特例之二，闽西北一对四十余岁的个体户夫妻，定做"龙凤双棺"骨灰盒以代生圹。盖顶以金银镶龙凤呈祥，四周环以珍珠六十四颗，总价七万余元。孔子曰："觚不觚，觚哉觚哉。"酒器总得有个酒器的样子，现在是骨灰盒也得有个骨灰盒的样子了，姑无论其已死抑或在生。

看来，人死观确也应当随着社会的进化而进化，不好墨守成规。而且讲这个问题最好讲自己，以免强人之所不欲。

我是属于"随便党"鲁迅先生的追随者，简言之，就是"死了，埋掉，拉倒"。今天自然要将中间一项改为火化。此外，之前之后都还有点"独立思考"，不妨预先写在这里：

一、"无疾而终"当然最好，但多数时候还会有疾，有疾而不可救药则不必救药，不必无谓地耗费别人的精力、国家的财力物力和延长自己的痛苦，所以我认为"安乐死"是最人道的。

二、走完了自己的路，发个简单的通知（尤其不必加个黑圈叫别人看得不舒服）让需要知道的人知道就行了，任何劳民伤财的追悼会、送花圈之类的活动全免。自然，生前好友要写点怀念的文章之类则是可以理解的，我不干涉——想干涉也干涉不了。

三、骨灰不必保留，不需要骨灰盒占去后人的空间，不需要劳神费事用船运出海去撒，甚至专门为之去植一棵树也不必（虽然我认为这一做法已是极大的进步），只需任由农民兄弟随便掬去做肥料即可，我把这看成是一个复归自然的自然方式。

四、归根结底，我把死看成是一种生命形式的结束，同时也就是另一种生命形式的开始，因为"物质不灭"——且不论"精神不死"之说。

大约是在今年初的某一天吧，我偶然谈起人死观的问题，一位年轻同志就不高兴了："新年流流，讲咁个嘢!"意为新年大吉，不宜讲死。他所反对的倒不在我的人死观的本身，而是反对没有选择好讲它的时间地点。于是，我才悟出便是年轻人也并非百无禁忌的。但在形诸文字之后，编者发不发表，即便发表，又以何时何地为宜，则非我能主宰之事。所以，我还是用了现在这个题目，即便"××流流"也无法可想，敬希读者谅之。

[附记] 近读报，知道珠海市广昌乡已经在整顿乱葬了，且已取得明显效果。可见人死观确在改变，社会确在进步。

一九九一年八月三十一日

风沙优势和两面神思维

地处祖国边陲的甘肃宁夏内蒙古等地,自然条件严峻,又无广东邻近港澳、远接海外的地利,自来被视为"地瘠民贫"之域。我虽未亲见,却多所耳闻。"哥哥你走西口,妹妹我实在难留……"凄婉的民歌《走西口》之类的袅袅余音,多年来萦回不去。然而,日前我却从收音机里听来了令人耳目为之一亮的信息:改革开放以来,他们从自怨自叹和对"老三件"(枸杞、发菜、黄花菜)的陶醉中清醒过来,努力去开发自己的优势,其中之一,便是风沙。

"回乐峰前沙似雪,受降城下月如霜。不知何处吹芦管,一夜征人尽望乡。"塞外风沙,征人苦戍,从来就是和我们前人的苦难联系在一起的,今人也饱尝风沙之苦,许多人将之视为畏途。与往昔不同的是:当改革开放之风劲吹,当人们的观念有所更新,蹊径便能独辟,劣势可能转而化为优势——他们捕捉住人们探险寻秘的好奇心理,大力开发风沙旅游,让人们看看沙柳胡杨,瞻仰荒漠遗迹,遥想度阴山的胡马,追忆满弓刀的大雪,何处是玉门羌笛,哪儿有明妃青塚……这能不把三毛、尤今等等知名不知名的充盈浪漫情调的游子吸引去吗?——假如他们的精力和口袋还多少略有余裕的话。

想想也是,这风沙资源看似平常,可也不是随便哪儿都有的。广州举行沙滩排球赛，还得从外地搬来上千吨沙才能成事。而西北的沙漠又不同于非洲的撒哈拉沙漠，也不同于中东的内夫得沙漠，因为不仅自然风貌，更重要的是和沙漠相联系的人文景观和历史蕴含各有千秋、无可替代。优势，有时竟和似乎确定不移的劣势相连，不能不令人感到世界真奇妙、复杂而且耐人寻味。这就用得着"由于同时期两个相反视向的古罗马门神的启迪而得名"的"两面神思维"，以替代我们十分习惯的单向思维了。

经过十年改革开放的大发展之后，我们的出版事业走到了一个新的转折期，众多作者和出版家异口同声地喊着"出书难"——这自然指的是严肃著作，包括学术专著。无情的商品经济规律和市场价值法则，把每一本书稿、每一份报刊掂来掂去，征订数几乎成了主宰作者和书刊命运的上帝。自然，有远见的领导者和热心文化发展的企业家，给那些市场尚无法衡量其价值的好书以拨款、赞助、基金会等等形式的支持，然而杯水车薪，只能解决部分问题。作为出版工作者，还得运用两面神思维，从似乎不见路的地方走出路来，从明显劣势之中开掘其蕴含的优势。这不仅需要切实的调查研究，还得把思路大为拓展，心骛八极、神驰九天都不妨。当然，驰务之后，还得回到实地上来，也就是所谓放得开收得拢，就有可能于风沙迷漫中依稀辨认出一条可行之路。

这些年的诗歌出版，可算文艺出版中的一种劣势，到处都在喊出诗难、要亏本。唯花城出版社诗歌编辑室的编辑们，审时度势，因势利导，从劣势之中杀出一条血路。先以一套"袖珍诗丛"，把古今中外的优秀诗作，用精美玲珑的形式、精当扼要又能抉失发微的选择和画龙点睛的赏析介绍给读者，大受欢迎。于是，经济上自一九八四年起便扭亏为盈。之后，又以主动进取的精神，在茫茫诗海中先后掀起"席慕蓉热""汪国真热"和"洛湃热"而被誉为"搅动诗坛的编辑室"。在引人向上成为品位高雅的人的同时，在所出图书多次获"全国优秀图书奖"及其他奖项的同时，于一九八九年至一九九一年三年间，分别盈余三十九万、三十一万和二十八万元，真实地把劣势转化为了优势。正当一些地方因亏本而不愿出版诗歌时，他们却运用两面神思维，从诗之岩缝掘进，终于寻出富矿。

日本是个善于多向思维善于吸取消化他人之长为己所用的民族。我们的《三国志》到了他们那儿，竟被"当作人生训、处世方、成功法、组织学、领导术、战略论等等来读"（周镇宏《"三国热"的背后》），真可谓八面来风，拉出哪条藤都见瓜。尤其思接云天几可令中国人为之绝倒的是"改造本"《万事三国通》，居然出现"刘备和诸葛亮在日本吉原开川菜馆，司马懿赶来捣乱，诸葛亮巧施妙计把他赶走"这样我们看来荒诞不经的故事。故事本身我并不十分欣赏，但可以理解——他们的商战需要这种故事，我欣赏的是他们把拿来的东西加以改造为我所用的思维方式和由此激发的想象力和创造精神。《三国志》可算是一口古井了，他们运用多向思维，仍能从人家的古井里掏出对他们有用的东西来。这对我们确是有很大启发。

有个幽默小品——顾客问书店店员："除了凶杀、侦破、歌星、靓女，还有什么？"答曰："火车时刻表。"我以为，火车时刻表是有用之物，凶杀歌星之类也非绝对不可写，而要看其究竟写出了怎样的思想内涵（挂羊头卖狗肉者除外）。然而看看有些书刊的婉转挣扎之状，毕竟有点"走西口"的无可奈何之感，尤其是略有良知的出版工作者。

在改革开放的大潮之中，出版事业蓬勃，一面也不免风沙漫天，我们是否也可以除了继续发扬"老三件"的辉煌之外，进而开掘出居于自己的风沙优势而不必凄凄惘惘地去"走西口"呢？

一九九二年七月

高招的本质

报载，近四十万户深圳股民们又有了新装备——股市行情显示机。该机与证券交易所联网，"一机在手，大千股市风云尽揽其中"云。因为适时适用，两千多元一部已被炒到五千上万了。

生意经毕竟是生意经，商业头脑毕竟是商业头脑——看准就上，"宁为鸡口，勿为牛后"，大约也是一种竞争的法则吧？

而竞争出高招，竞争是高招的催化剂，竞争激发了许多奇才或不那么奇之才的潜能，也是无须加以论证的事实。

于是，我们看见了各种争妍斗艳，层出不穷的高招，叫人眼花缭乱。从第二次世界大战废墟上站起来以"技术立国"的日本，靠"引进、消化、综合、创新、返销、赚钱"的高招走向富国之路。索尼公司引进飞利浦的彩电技术，把双显像管改进为单管，再打到飞利浦门口去，叫美国也吃不住。早先摆自行车摊的本田善四郎，剖析了全世界各种摩托车发动机，创造了最省油的本田新型机，于能源危机的二十世纪七十年代推向世界，打垮所有英国摩托车商，打得美国只剩下一家哈利·戴维森摩托车公司。说小一点，他们注意到欧洲人鼻子高，用中国茶杯不便，研制出一种斜口杯，从而敲开了欧洲瓷器市场之门。

回头看看我们这里，高招随着竞争和改革的深入，逐渐分出了泾渭。我们有综合开发荒滩，创办了白藤湖农民度假村这样开天辟地之举的奇思；也有发展到用易货方式能一次从国外进口四架"图154M"民航机，获利数千万元的"中国第一家个体户"南得经济集团的妙想；至于乡镇企业而占领国内市场并打到海外去的，更不乏其人。当然，酒精兑水混充茅台，病死猪肉外带打水针，劣货而贴上名牌商标，上得车来打死狗讲价气势汹汹地"斩客"的中巴，乃至大登邮购广告骗得汇款便逃之夭夭等等"高招"，常为许多眼光短浅者所乐用，某些即时效应弄得他们目迷五色，还沾沾然以为此番得计，不知道前面便是商品经济规律的历史断层，掉下去是要头破血流的。

于是，在芸芸众"招"之中，我注意到一种无"招"之"招"。——EMS广州速递公司为别的速递公司错投的文件"执手尾"，他们派专车专人为别人的错投件义务送到收件人手上，有时还要被耽误了时间受到经济损失又不知道内情者的发火相待。今年以来，已义务代投达百余件之多。在竞争激烈的今天，没有一点真心诚意的服务精神，能办得到吗？

天下高招万万千千，千万不要忽略了高招的本质：服务精神。离开了这点，任你多高的招，终有失灵的一天。试看海内外成大业者，无不注意此种精神的贯彻，绝不可能靠耍小聪明损人而得可靠的成就。这便是我对比了不少"高招"之后所得出的一点认识。

一九九三年九月

“三坟五典”之外

  文化当然有许多层次，“三坟五典，八索九丘，天球河图，百宋千元”是一种层次；“妹妹你大胆地往前走，往前走，不回啊头”又是一种层次；而大搞“厕所文化”，成立全国性的“厕所协会”，郑重其事地评出“十佳厕所”，给以重奖的日本，怕要令到我们这里的许多人莫名其妙。

  然而，他们却是认真的，且确也是一种文化，并不比“诗云子曰”“XYZ”或是“什么佳丽”之类矮过一头。他们搞“印谜手纸”，供如厕者作“片刻消遣”；他们有“全国厕所日”，还有“不以豪华见长，而以科学著称”的“厕所博物馆”；他们创造“坐厕保健卡”，如厕之际，可获得自己心律、脉搏、血压等常数和小便化验分析报告以及心电图谱小样。这不仅需要一定的物质技术基础，更需要一种改善和提高生活素质并为之锲而不舍地发挥创造性的执着精神。人类文化由低层次而高层次，不就是这样发展起来的么？

  我们的有些博物馆已经门可罗雀，更何况似乎不入流的“厕所文化”，我们当然也不乏总统套房之类的高精尖之作，但就多数而言，还得承认和人家的差距。这差距主要倒不在于设备，而在于精神。推而及于其他领域，似也不无启发。

我想，单有"三坟五典"之类是不够的，随着经济的发展，人们需要并且有可能去创造更多的东西。

一九九二年十一月四日

何日江月朗？

——珠江怀旧

　　五十年代的一个中秋之夜，我和张放两个"单身贵族"忽发豪兴，从西关荔枝湾登上一艘整洁得纤尘不染的花艇，沿清溪出珠江，抵海角红楼，品尝了隔艇送来的绝妙艇仔粥后，缓缓摇出白鹅潭，就任由小艇自由荡漾。我俩摊开自备的烧腊卤味南乳花生，邀摇艇的大嫂共享，边看天中朗月、江上渔火，边东拉西扯，兴致勃勃，竟忘了午夜已过。

　　转眼近四十年过去，张放早已作古，那夜的记忆却相当清晰地萦绕脑际，尤其当偶过西关，不复见当年荔湾清溪，而红楼鹅潭时时漫出阵阵腥臭，珠江几乎像个大垃圾箱，中天月色也蒙上一层灰黄尘雾的时候，忆中的清溪越发秀美，月光愈是澄澈，江水也更加洁净。

　　诚然，经济迅猛发展必须付出代价，但，社会进步是否一定要牺牲环境，怕也未必。南京市的经济也在迅猛发展，但听说他们已经整修了夫子庙、秦淮河，吸引了四方旅游者的慕名来访。他们努力重现那桨声灯影、弦歌夹岸的美景，虽未必再有"烟笼寒水月笼沙"的古意，也不必刻意去追求不可能重现的古意，总也不好任由它淤塞发臭地横陈市中吧！

　　我不能不怀念那荔花盈岸清溪、温馨热烈脱出尘嚣的海角红楼、烟波浩渺气象壮阔的白鹅潭酿造了无数动人咸水歌的一江清流……

何日江月朗？

一九九二年十一月二十三日

法西斯细菌

夏衍当年写下剧本《法西斯细菌》，曾起过振聋发聩的作用。原以为东条英机、近卫文磨自杀，墨索里尼倒吊街头，希特勒和情妇爱犬同归于尽，第二次世界大战以盟军的胜利宣告结束，这"细菌"也应寿终正寝。其实不然，它偃旗息鼓躲到阴暗发霉的角落喘息了快半个世纪，如今又再次冒出头来，沾在合适的土壤上，探头探脑地看看世界对它有何反应。

就在"晚会"弦歌不辍之时，西班牙街头亮出了"卐"字旗，闹哄哄地欢呼当年的法西斯头目弗朗哥万岁；如醉如痴的"光头党"从车窗探头伸手行纳粹礼，狂叫："Hill Hitler!"柏林的"新纳粹党"，开始了气焰嚣张的排外活动，迄今已有十八人被害，其中一位五十多岁的外侨，是被当作犹太人活活烧死再抛下河中的！令人想起当年希特勒党徒制造"恐怖的水晶之夜"的排犹罪行。

我们生活在改革开放的时代，我们生活在经济繁荣社会蒸蒸日上的地方，"笙歌归院落，灯火下楼台"之余，仍当抬头看看，世界上还有法西斯细菌在蠢蠢欲动，而且已经动起来了。如果自己太过年轻，不妨去问问父执辈，或是去翻翻第二次世界大战始末，了解一下当年的法西斯是怎样摧毁文明进步，拉着历史倒退的！

　　看来，人们建设高楼大厦，还不得不准备盘尼西林。

一九九二年十一月二十五日

君子风度之外

　　高楼大厦一幢幢地矗立起来了；市面一天天地热闹起来，甚至显得相当拥挤了；各种流行的时装店、歌厅、连锁店、证券交易所一样样地开设起来，或是已经深入人们的生活中了。生气勃勃的现代化都市热烈快速的节奏，敲开闭塞迷蒙的心扉，推开徐缓难前的步伐，大步流星、自信十足地敲向希望的明天——明天会更好，歌里头早已这样唱道。

　　然而，我们还可以看见似乎鸡毛蒜皮却大可推敲的生活的另一面。例如，某晚报载："据当地权威人士称，上海每天有五千多人吵嘴打架。"这真不免有点大煞风景。遥想先前的"十里洋场"之上，至今依然是京味十足的"国骂"，或吴侬软语的"沪骂"，或其他热辣辣的"川骂""湘骂""炒虾拆蟹"之声不绝于耳，杂以横飞的口沫、汹汹的气势，乃至伤筋动骨的拳脚，观战者好奇的满足、不平的感叹、劝解的热烈，很可令在此间常常耳闻"粤骂"，目睹"粤打"的我们，生出"吾道不孤"的感慨来。

　　何以至此？据记者的分析，"上海住房紧张和公共交通拥挤是重要原因"。确然，不妨再遥想已超千万人口的上海，还有三十多万户人均居住面积四平方米以下，公共汽车上一平方米的地方硬挤上十一二人，在"人均绿地仅 1.02 平方米的重污染环境中"——记者写道："很难培养起应有的宽容精神和君子风度"。

鲁迅先生在《京派和海派》里指出过："籍贯之都鄙，固不能定本人之功罪，居处的文陋，却也影响于作家的神情。"连似乎较近"君子风度"的作家，都因居处条件而影响及于"神情"，何况我等芸芸众生，在市场经济大潮之中，于直接或间接竞争之时，难免不磕磕绊绊，稍失"风度"，遂变"神情"，戳爹指娘，当街斗殴，倘不闹出命案，便要算"好彩"的了。

然而我依然有些疑问，当年北京龙须沟畔长久挣扎在比上海当今不知严酷多少倍的"重污染环境"中的人们——卖艺的程疯子、踏三轮车的丁四、摆小烟摊的程娘子、泥水匠赵老头、焊镜子洋铁边儿兼针线活的王大妈母女……他们的"文化素质"并不高，与"君子"相去甚远，何以他们之间又那样地心相通情相连，相濡以沫、相响以湿？而高宅深院里沃甘厌肥的君子们，反倒长年累月地钩心斗角咬得你死我活？君子风度固然是个好东西，但有时那下面却掩藏着不那么"君子"的货色。

当然，吵嘴打架还须具体分析，因为里头有个是非问题，但以吵嘴打架来解决是非问题，毕竟并非善策，所以鲁迅先生又说："最先发明这一句'他妈的'的人物，确要算一个天才——然而是一个卑劣的天才。"而或人要是以为人们住进外面空气清新、道路通畅，内里豪华宽敞的花园洋房，便从此温良恭俭让，一个个好似文质彬彬的君子，再也不会吵嘴打架了，恐怕又会失之天真。因为居住环境固然会影响及于人们的"神情"，但一天之内五千人吵嘴打架的主要原因，还得从君子风度之外的人们的内心深处去找。看来，人们于富裕之外，还需要比物质更多一点的精神，我这里就暂且不去推敲了。

一九九三年二月二十三日

切切实实 锲而不舍

——老编书简

杨本泉致邝雪林

雪林兄：

我情况没什么大变化。体仍粗健，仍然担任着重庆出版社终审小组的成员，有时帮着看一点稿子（不过不像你那样卡在一个环节里无法抽身；我则是论件计酬的临时工，对任务可接可推，比你自由得多；但由于原聘的四个终审小组成员已有二人先后因病不接看书稿，所以剩下的成员任务有加重之势）；时间仍以写、读自娱为主。偶有所感，常写点短文、小诗，近年尤以写小诗（在我的理解是，小诗以四至六行为主，亦可到十行）为主，因我以为新诗倘要扩大影响，关键在于小诗如何，因为小诗无论在写作、阅读者均精力饱满，较易见好，且中国诗歌传统佳作也多属小诗（不仅绝句、律诗是小诗，词曲亦属小诗范围，而传诵之"长诗"则屈指可数）。这几年我除自己致力于小诗的写作外，也向朋友们宣传写小诗——现在与一些朋友编一些自费出版的诗集，我选了一本题为《海的记忆》的集子，共选了约一百三十首诗。

我从一九八九年由大坪迁到袁家岗新址后，即未再迁，大约也不会再迁了。我讨厌搬家，搬一次家起码半年心神不定（许多手头的书，一搬家就不知何往了）。

益言的书，奉上《秘密世界》一册存阅，因此书是我的责任编辑，手头才有余书；另一本《大后方》是中国青年出版社一九八三年出版，印了十七万册，他送了我一本，后被一个熟朋友登门借去，迄未还来，所以我也无法见到此书了。谦谦！

"突兀"诸人，还在文学创作、编辑岗位上耕耘不辍的不少。除你、我外，益言正续写《大后方》系列小说的第二、三部（已完稿，在修改定稿中。《大后方》系列计三部，约百万字）。杨山仍常有诗作发表，他还主编着一个诗刊《银河系》，当着重庆新诗学会副会长；杨顺仁去年出了一本反映重庆地下党活动的报告文学《在神秘的纱幕下》，约六十万字，听说现还在写同类题材的报告文学；田苗听说还在写小说，只是在《少年侦察员》（中篇小说）一九八二年出版后，作品很少公开发表、出版；刘德彬多病，在与益言合写《大后方》后已停笔，虽经我多次鼓励也未提起笔来。老与病，渐渐剥夺着人的精力。但在一息尚存之际，我同意你的那句话："仍然该做什么，还做什么。"废然叹息没有用，躺倒不干更无聊。

前不久，郑逸梅老人以九十八高龄逝世于上海。此老笔耕年龄达七十载以上（他十八岁发表作品，写龄应为八十载）。他写的东西有时不免琐碎，但其执着精神却使我佩服。我觉得，当前切切实实，锲而不舍的人太少，晃晃荡荡的浮浪子弟太多，颇不利于文化之点滴积累。

又发老人牢骚了。就此打住。

　　敬颂

阖府秋安！

　　　　　　　　　　　　一九九二年九月九日渝　本泉

雪林附记：

　　杨本泉兄，重庆出版社之副总编，当年兼善中学之老学长是也。退下来后，仍然醉心写小诗，并为之鼓与呼，颇有老而弥坚的豪情壮志。他有小诗《纤夫》云："三个纤夫/牵着一条挂帆的船，/走在铺满卵石的岸边/（为什么不在船底闲卧呢/此刻风正劲/帆正圆。）/不，我们要陪着风走；/准备着一寸一寸背纤前进，/才不怕风儿多变。"写得何等奇崛而耐人寻味，又并无故弄玄虚的矫饰之处如时下某些"写给下个世纪的人读"而现时普通人读不懂的诗然。

　　此函乃老友谈心的随意之笔，可谓真正意义上的随笔，写时并未准备发表，或他日传诸后世。唯其如此，方显真率，可见性情中人之一种性情，便擅自介绍给读者。至于信中提到的"突兀"，乃"突兀文艺社"之简称，四十年代前期重庆北碚兼善中学的学生课余文艺组织，深受重庆地下党的影响，且有地下党员参加活动，又曾得到茅盾先生的关怀指导。本泉兄被推举为社长，曾因掩护以文字惹祸的社员而被"默退"（变相开除），乃将"突兀"的种子带到复旦大学去了，并被校内外的社员们推举为"永久社长"，亦对"默退"之逆反是也。惜乎我当年沉醉于"为艺术而艺术"却不自知，仍旧迷迷糊糊地活在象牙塔里，实在是个不称职的文艺社员。爱掇数语，不敢掠美。本泉兄又有诗云："到生活的金沙江里/去淘取金粒——诗。"我想，不仅是诗，凡文化珍品，皆须到生活的金沙江里去淘，看来是的确的。

　　　　　　　　　　　　　　　　一九九二年十二月在广州

直面人生的思考

——读随笔集《向人生问路》

我们的先民往龟板上刻字问天："丙子卜，韦贞：我受年？丙子卜，韦贞：我不其受年？"想预先知道有没有个好收成。那时的吃，是关乎身家性命种族延续的头等大事，别的可以不想不问，吃却是非想不可、非问不可的。不单想了问了，还要十分慎重又十分艰难地书契以记而传诸后世。后来的钟鼎铭文、帛书、竹简文、石鼓文、泉文、古玺文、战国陶文，或繁或简，都镂刻着前人的心声或认知，有的"辨四时之叙"，有的"志天象之变"，有的记疾病、祝祷、占卜及日常生活杂事，有的甚至议论风生（信阳长台关墓竹书），研究者认为"不乏精彩之笔"呢。

可不可以这样说，我们的民族是一个喜欢思考也善于思考的民族，由此而有了五千年文明的演变、发展和延续，蔚为今日之洋洋大观，成为联结中华儿女的一股坚不可摧的凝聚力量。西出函谷飘然而去的李聃，告诉我们那"恍兮惚兮"的"道"，"生于无"的"有"和"生于有"的"无"，"祸福"之"所倚""所伏"等等诸多人生思考。《道德经》五千言，其睿智精粹，那朴素辩证法的思想精华，今天仍然虎虎有生气。

放眼诸子百家、先贤后学，上自书香门第，下到野老庶人，无不以自己的方式思考、表述，又以其深浅不一的思想力量和文理不一的表述方式而传诸千百年后，影响着一代代的后来者。孟子曰："人之所以异于禽兽者几希。"他说的是"理义"，也就是对自然社会和人生社会的理性思考，使之升华为指导生活的法则，禽兽当然缺少这点"几希"，所以尽管同是动物，禽兽却只能依然是禽兽。这些思考到了庶人口中，便是"画虎画皮难画骨，知人知面不知心""人情似纸张张薄，世事如棋局局新""路遥知马力，事久见人心"之类的感叹了，给我们"亚圣"的名言作了形象而又入木三分的诠释，余音袅袅，耐人寻味。

陈锡忠君继承前人对于社会人生的思考精神，在历史新时期里，于繁忙的编务之余，放弃不少休息时间，孜孜矻矻，穷原竟委，直面现实人生，做了许多有益的思考。这里的五十余篇随笔，便是他的思考结晶为文字的主要部分。他不作皮里阳秋，但多直陈胸臆，而娓娓道来，也颇曲折有致。杂然纷呈的事物，古今中外的野史逸闻，经过他的梳理，渐渐显出平凡中的不凡意蕴，很能给人以启发，哪怕是一点小小的感悟，也将有益于世道人心。所谓"哲理"者，倒不在于把平实的事物弄得虚玄起来，叫人一头雾水，如俗子参禅而不可顿悟；可贵之处恰在准确地把捉纷杂扰攘的人生百态之关联、之纲目、之真谛、之本质，而这些把捉，犹如真理本身一样单纯畅晓——玄学绝不是哲学，起码不是我们所需要的哲学。玄学只适于游戏人生，而不适于直面人生。

摩登家多有空腹高心之论，给我们描绘了一幅幅远离人生现实，有如雾中观花水里看月的艺术境界，认为那才是人们应该梦寐以求的"极致"。他们挥舞达摩克利斯之剑，砍倒一切载道之文，然而他们自己的"文"，却毫不迟疑地载着他们自己的"道"，倘不连自己也砍倒，我不知道他怎么自圆其说？如何才能达到"极致"，其实，世界上压根儿就没有不载道的文，"君君臣臣父父子子"固然是一种古老的道；"只在此山中，云深不知处"也是一种空灵的道；"阶级斗争年年讲月月讲"当然是一种叫人火辣辣的道，"啊呀呀，一年三百六十天，天天都想你，想你爱你没了期"又何尝不是一种迷迷糊糊的道。道之所用，大矣哉！问题的关键在于：其一，载的什么道？是好道还是坏道？引人向上的道抑或叫人莫名其妙甚至诱人堕落的道；其二，即便是好道，又怎么个载法，板起面孔训人让人望而生畏，只有敬而远之，抑或亲切平等循循善诱甚而生动活泼幽默多趣如嚼橄榄回味无穷。

看来，陈锡忠君在这两方面都做了有益的努力，取得了可喜的成绩。他谈人生"赶路人"的追求目标，从乾隆皇帝下江南时和左右关于江上船只为名而来，为利而往的对话，周作人写《歧路》表达的困惑到张海迪三十一个春秋在病床和轮椅上坚强奋斗的辉煌，揭示了高下大为不同的人生态度；他从新年伊始人们在门上倒贴"福"字引出"'做得'是福"的见解，因为"做得说明你身体健康、有本事、有能力、有成就，自然就有收获，会过上幸福的日子"。他问"知足者常乐吗"？以关山月、叶浅予、盖叫天、黄胄、爱因斯坦、陈景润的言行，阐释了知足和不知足的辩证关系；他从反弹琵琶引出逆向思维在自然科学和社会科学中开拓新路的巨大作用；他谈优点怎样异化为缺点，他从词义褒贬的转化追寻社会变化给予人们的观念的影响；他在中外许多巨匠的成长历程中探索兴趣的力量……尤其难得的是，因为思之愈深，也就悟之愈独——独特的感受。例如我们早已习惯于认知"求同存异"是解决许多生活矛盾、思想矛盾甚至政治矛盾的有效办法，陈锡忠君却运用他自己的"反弹琵琶"思维方式，看见了"求异存同"在学术讨论、科学研究乃至推动社会发展中不可替代的功能，读读颇有醍醐灌顶之感。又如距离意识、适度之差乃至某些错误之差（例如人们在哈哈镜面前手舞脚蹈喜形于色）的探索，都达到相当的深度。

统观作者活跃健康的思维，深深得益于唯物辩证法，哪管不少时髦之士对之不屑一顾，认为早已过时，奈何客观事物本身确然辩证地存在变化着，髦得合时之士却无法从种种同样髦得合时的主义中找到比辩证法更为准确的解释。他们中的某位摸着大象的脚，闭眼说大象像支大圆柱；另一位摸到象鼻，说不，大象是条长管子；第三位摸到耳朵，说你们都错了，是块厚毛毯；第四位摸的是身躯，惊叫道，啊呀，像堵高墙！说他错么，似乎又有些对；说他对么，其实还是错了，就因为他们多了点片面性，少了点辩证法。我认为，陈锡忠君的努力不仅剖析了现实人生的种种实际问题，同时还一次次肯定和证明了辩证法或许不甚时髦，却相当蓬勃的生命力。

在《人到中年万事"忧"》里，作者从自己忽然查出得了胃病，谈到中年知识分子工作、生活负担之重，往往不注意也无法好好地休息，笔锋此时一新，他写道——

  ……我有时想：中国知识分子不注意休息要"追踪"到欧阳修先生身上，这位醉翁曾说："平身作文构思多在马上枕上厕上。"他连在马上、枕上、厕上的休息时间也不放过，又爱喝酒，不得胃病才怪呢。只不过他不用受照胃镜之苦罢了。

我还要提到他在《父母心》里的另一段话——

  十九年前，我的第一个儿子呱呱坠地，我的头衔便多了一个"长"——家长。
  这个"长"不用上级任命也不用群众选举，还是终身制的。但说实话，这个"长"并不好当，个中的甜酸苦辣只有当过父母的人才有镂骨铭心的体会……

得胃病追踪到欧阳修，生孩子荣获"长"字衔，这些看似闲来之笔，恰是厨师调制珍馐不可或缺的佐料，从而方能烹出色香味俱佳，诱人食指大动的肴馔。如果说，思想或道是文的灵魂，则无文之文是载不动道的。那么，怎样才能文而有文？除其他诸多因素如文学素养、天赋才能等等之外，幽默感无疑是一个重要的品格。她不仅是个技巧问题，她是一种自信，一种乐观的精神力量的体现。读读鲁迅、马克·吐温、钱钟书、老舍这些中外大师的作品，你将体味到幽默感和大智慧是怎样水乳交融从而产生强大震撼力的。

　　当然，不仅文所载之道尚有待陈锡忠君的继续深入开掘，便是道所乘之文，也还可以做出更多的探索。

　　距离先民们往龟板上书契问天，毕竟已有好几千年了，现在是电脑书文记事信息万千倍增涨的时代，甚至智能机器人也出现了，据说"信息爆炸"，知识多到盛不下了。然而我却没有这么乐观（自然也并不悲观），信息和知识比前无数倍地增加了确是事实，人类究竟有了几千年的文明史，有长进是必然的，可这就真的盆满钵满了么？天王星冥王星上的事情我们知道多少？黑洞和白矮星的详情究竟怎样？这一点，地球内部的情况我们摸清楚了没有？喜马拉雅山上的雪人到底存不存在？再近一点，怎样解开遗传信息密码？更普通一点，为什么还没有找到伤风感冒的特效药？还有人类社会存在那么多的问题将怎样演变、解决，等等。我们知道的实在太少太少了，我们还得继续实践、认识，尤其要很好地思考。

　　请让我引诗哲泰戈尔的话来为本文作结，并表达我的期望。他在《飞鸟集》里写道：幼花的蓓蕾开放了，它叫道："亲爱的世界呀，请不要萎谢了。"

一九九三年四月七日晨

红灯　绿灯

　　挤牙膏似的，时而蠕动，时而静观待变的车流，忽地想到虽然凝固却又让人不易察觉地稍稍前进的冰川，终于在一片汽车喇叭不耐烦地鸣叫，自行车细小而狡黠的银铃，以及摩托车排气管愤怒的卜卜声中，确确实实地停下来了，连蠕动也没有了。

　　我从公共汽车的车窗向前望去——原来车已来到东风路的一处十字路口，因为两辆"的士"和一辆大货车争道，结果几条车龙堵在路口中央，谁也无法通过。"的士"司机和货车司机探头互相指责，自行车和行人像水草间的游鱼，趁机在车龙的间隙中穿行，有的摩托车手也跃跃欲动……远处，一位交通民警急急朝这边赶来排解疏通，我想：耐心等待吧，路总是会通的。

　　我为我忽地生出此等颇有点哲学意味的人生态度感到有趣，还想再顺此思路往前想去，比如为什么总是会通、我可以干点什么、假如交警不来又会怎样之类。尚未想通想透，一眼瞥见路边铁栏上悬挂的一个宣传牌，大字写道："没有红灯的约束，哪来绿灯的自由？"这话猛地闯进我的心扉，印象至今难忘，因为它把塞车的缘由以及解决之道，如此明白畅晓余味无穷地表达出来了。

　　这塞车之时的小小发现，令我想到更多更广的东西，遂认为不虚此"塞"。

一九九三年四月十九日

125

海　韵

一说下海，很容易便叫人想到经商；一说文人下海，或艺术家下海，自然很容易叫人想到文学艺术家放下自己的专业去经商。犹如一说学雷锋，便想到个个拿个扫把到大街上扫地去；甚至乎一说大炼钢铁，便家家户户拆下窗上铁枝，砸了灶间铁锅，拿到街头垒个土炉，把原本有用之物"炼"成一堆废渣一样。除开后者的指导思想确不甚妥帖，恐怕存在一点可以理解的误会。说是"可以理解"者，盖在我们神州大地，相当长时间以来，轻商重士，或重农，或重工，却少重商，"士农工商"，商居末流。秦始皇，"徙天下豪富十二万户至咸阳"，其中除了先前的权贵，便是当今的巨贾，都被视为靠不住的人。汉高祖"禁止商人，穿丝绸、带兵器、乘车骑马"不知他出于一种什么心态，要在商人的身上踹他几脚，大约和红卫兵对待"走资派"的精神有点相通吧，虽说其间相隔了两千一百六十多年，到了魏明帝太和元年，便透露了一点此中消息，"魏用谷帛代钱，人都以湿谷、薄绢谋利乱市，严刑不能禁"。这"谋利乱市"，大约和奸商相近，所以必须"严刑"，然而又"不能禁"，确也可恶之甚。唯一可以有些訾议的是，"谋利乱市"的事不必商人也会做的，所以说"人都"，我们只好以人性的弱点来解释。而隋文帝开皇十六年，竟规定工商不得为官，对工商"一视同仁"，真不知这位隋高祖

126

又是什么心态，要把这两界的仕途都给堵死，果真"上品无寒门"乎？看来，还是唐宋时的情况要好一点，社会较为开放，不仅"募商人运钱粮布帛入京师，再至淮南、江浙取盐贩售"，甚至因为"外国商船来广州者减少，命地方官与转运司招诱安存外商"（宋天圣六年）。后来，"行市易法"（熙宁五年），由"市易务收购滞销货物；商贩行头购官物可以赊欠，或由官贷给款项；官府所需货物，均由市易务供应"。对内对外的流通都大有改进。当然，商是可以利用的，但内心仍然"轻"，尤其士人，不就斥之为"商人重利轻别离""商女不知亡国恨"么，很不以为然的。元朝统治者最关心的是不让汉人造反，皇帝虽然一茬茬地更换，却大都要重申"禁汉人持兵器"，乃至不怕麻烦地"出征所持器械，还即交于官库""凡汉民持有铁尺、手挝及杖之藏刃者一律缴出"。那时还禁"私藏天文、太乙、雷公式、七曜历、苗太监历，有私习和收匿者均治罪"，因为这些东西从意识形态方面有碍异族统治，是另一种可供造反的武器。至于流通领域，搞了外贸官营，"禁舶商携金银出海"，禁赴海外使臣经商，去江浙的商贩要"给牒"方可前往，大约也是"禁以金银、丝绵、子女下海"的意思，那时"江南处处有人市"，所以和金银丝绵并列的有"子女"一项，也是一种奇观。到了朱元璋称帝，立刻就学秦始皇的样，"迫迁苏州富民移居濠州"，历史仿佛转了一个大圈。清朝怎么样？顺治十八年，郑成功收复台湾，皇帝就把他的父亲郑芝龙杀掉，强迫江浙福广沿海居民分别内三十里到五十里，"不许商船、渔船下海"，是为"海禁"，把外贸给掐断了。直到康熙二十三年，各地起兵反清者渐次被平定，方"许百姓以五百石以下船只出海贸易捕鱼"，但"行前须禀报地方官，登记姓名，取保具结，给发印票"，而且还要"船头烙号"，总之是严防"谋反"，生意也就很不好做了。学者王源"主张重商"，正好说明那时依然在轻商。他死后六年，也就是康熙五十六年，还"禁赴南洋贸易"，"出海商船须详报船只尺寸、客商姓名、所到地方，不准多带口粮"，意谓不许多做逗留，而"卖船给外国者，本人及造船之人皆斩"，因为好些人一去不回，惹得龙颜不悦，乃至订出"出国不返者，将知情同去之人枷号，并行文外国，将留下之人解回立斩"，简直不给活路了。待到康乾之世一过，先前"英商船到浙江，要求到定海纳税，运货到宁波贸易"之类的请求，有时从其所请；有时干脆"不许"，视乎皇帝高官们自己的考虑。嘉庆皇帝时甚至"令禁绝外来奇巧货物"——而这时鸦片和外国兵船已然渐渐地侵入疆域，引起许多社会问题，但堂堂中华大国巍巍然的架子，还在那儿屹立着的。早期的资本主义萌芽，也在中华大地悄然滋长，民主革命思想，更随着鸦片战争的隆隆炮声滚过神州，敲响了埋葬几千年封建专制的丧钟。

人民革命战争胜利后，我们想迅速走过社会主义，进入共产主义，而几十年的历史经验告诉我们：欲速不达！历史阶段是不能凭主观意志而跨越的。经过多少风波曲折，这才找到了社会主义市场经济之路，那实效是明摆着的，用不着我来颂扬或加贬抑。至此，我们可以说，所谓海，商固是其中重要的一环，却又不仅止于商，举凡推动社会生产力向前发展的各行各业，均是社会主义市场经济之海的一波一浪，合奏出自有其风格的韵律，是为"海韵"。而之所以特别强调商，是对几千年长期轻商的一种反拨，其实所强调的不过是商品经济意识，倒不是又要来一个"全民皆商"。

回首前尘，展望未来，我们在"重商"的同时，依然不应该忘了：世界上还有许多珍贵的东西是不能买卖的，比如——精神文明。

阿巴拉咕唱过之后

　　二十多年前的六十年代，印度电影《流浪者之歌》在我们这里上演，于是满城争唱"阿巴拉咕，阿巴拉咕"——如果我没记错，翻译过来便是"到处流浪，到处流浪"，尤其是青少年们，更是唱得如醉如痴，有的甚至真就离家出走，到处流浪去了。那结果怎样我不知道，大约没有电影里头那么浪漫，那么潇洒——碰到现实的墙上，虽不至于像《北京人》里的曾文清，半夜摸回家门，依旧上床点燃烟灯；恐也不会像易卜生笔下的娜拉，留给人们一个大大的问号；可也极少能像电影里的拉兹那样得宝获美皆大欢喜。现实生活毕竟不同于梦境，比梦境要严峻得多。

　　然而，谁也预先料想不到，九十年代的我们这里，拉兹们的流浪生涯倒蓬勃起来了。试看每年春节一过，东南沿海一带大小城市涌来的民工潮，成千上万、十万、百万地前赴后继，激荡不已。近年边贸发展，潮头有时也涌向先前守望而不相通，此刻已是熙来攘往的边贸城镇，当被视为"发财"好兆的发菜在大酒家上千元数千元的盛筵中频频推出大受欢迎之时，早先荒凉沉寂绝少人烟的甘肃、宁夏、内蒙古的大漠戈壁上，迅速拥来了先是青壮后来连老头妇孺也参加的"地毛（当地过去对发菜的贱称）部队"。那里有金矿、铜矿、煤矿，甚至建筑业大量需求的石料、河沙，当代拉兹们都会蜂拥而至……中国历史上有过的移民潮，例如张献忠后的"湖广填四川",野史和正史描绘这位"八大王"杀人如草确有夸大,但"填四川"的事例还有迹可寻。据老人告知,笔者的祖先原籍广东,便是在那次迁徙中被强迫从广东押解到四川去的。然而,总也没有今天十一亿总人口背景下的大流动之壮观。"百万'移民'下珠江",有的报告文学已经用了这样的题目,或许当年曹操号称"八十三万人马下江南",与之有点相仿,不过那是有组织的队伍,似乎算不得怎样的"阿巴拉咕"。有个材料说:"近十年来我国农民每年以千万人的速度离乡入城和往返城乡之间。"(一九九二年十月二十九日《人民日报》)这还没算城市之间、其他行业之间和境内外的流动。好些年来,几乎冰凝一般的神州大地,一夜春风解冻,大珠小珠闪着阳光的七彩熔融、分解、组合、流动,喧嚷着、希望着、互相撞击着、有时大声吼叫着、有时默默静候着,就这么各自去找寻自己新的位置。即便那看去似乎对之无动于衷的观潮者,他们托着各种重负的肩膀,自然有点难于挪动,但在心海之深处,恐怕世界上并无不食人间烟火的桃源仙境,说有,不过是幻觉而已。于是,有了知识阶层人士"下海不下海"的讨论;也有了不那么"知识"的人士"挥手从兹去"的爽快和义无反顾,因由倒也不算十分复杂——就算没赶上"先富起来",后富也得自己去挣。至于理论层面的"实现自我"之类的华衮,当代拉兹们恐怕多半连想也未曾去想过。

然而,阿巴拉咕唱过之后怎样?

从不同的视角可以看见不同的侧面。将海市蜃楼般壮丽景观迅速化为沿海特区、珠江三角洲以及辐射到许多大小城镇的让人惊叹的现实,其间就有着万千当代拉兹的血泪和热汗,此其一。好些拉兹终于适应了新的环境,寻到了新的位置,发挥了先前隐而难显的才智,经过艰辛的努力,成长为企业家、管理者、技术骨干、打工作家等等,此其二。另一些拉兹把新观念新技术携回故土，从而带动家乡父老兄妹，开创了起初或许不甚起眼，前景却颇辉煌的新业，此其三。自然，还应当正视事情的另一面，不少人阿巴拉咕唱过，依然如一叶飘萍般找不到落脚之处，满含希冀而来，黯然神伤而去；有的钱尽粮断，想不开的跳车投河，意志薄弱的被迫卖淫、偷鸡摸狗，还有的铤而走险，最后被绳之以法，社会于兹多了不少问题。

尽管社会于兹多了不少问题，我们却不能因噎废食，再走凝固不化的老路，正如看见开得飞快的汽车也会出车祸，便舍汽车而换乘滑竿、独轮小推车或绿呢小轿。我们只能扬长避短或扬长化短。要是有人问一声：怎么避？怎么化？我想，这正是我们上下左右应当共同来探讨来实践的问题，现成的答案并不存在。不过，我倒确有一点不甚成熟的刍荛之见，想到我们的同胞去到海外，无论其持照出境抑或偷渡去国，碰到无法解决的难题了，可以去找我们的大使领事馆，寻求帮助，毕竟都是同胞，血浓于水；旧社会好些人离乡远适，尚可得到同乡会之类的庇荫，鲁迅先生早期在北京，就曾住过绍兴会馆。我们那些因有万千当代拉兹的血汗相助而迅速起飞的地方，是否也应当有个适当机构，筹集若干基金，物色若干热心人士（香港有社工、义工可资借鉴），为境遇不佳的拉兹们提供一些适时的指点或力所能及的援助，是谓疏导，可望给我们社会增添多少祥和之气。要是能把工作做在前面，防止流动中的若干盲目性（一点也不盲目，恐怕事实上做不到），那就更是功德无量。

这便是改革开放人员大流动的无序中的一点有序，也是阿巴拉咕唱过之后引起的一些思索。

一九九三年七月十五日

"文化更多"说

　　《围城》里有位写中文夹西文的欧化新诗而几乎无一字无出处的诗人曹元朗，他的惊人的体会是："诗有意义是诗的不幸!"说这话半个世纪之后的今天，我们竟然可以为之找到一个绝妙的注脚——今年七月十日的《羊城晚报》载，某君有"文化更多"之说："读书人有文化，不读书的人可能文化更多。"这并非信口开河，他不仅有理论根据，而且有实践体会。他说他"几乎从来不读书"，却"懂得"卡拉OK之类的"歌文化、舞文化、玩文化、食文化、茶文化、酒文化，还有烟文化"。关于烟文化，他有两点发挥：一、抽烟有慢抽、猛抽、嘴巴抽、鼻孔抽、饭后抽、配茶抽、吞咽、吐圈等十几种方法；二、烟草会有几十种物质，只尼古丁一种有害，其余都有益。所以他建议"把这知识登在妇女杂志上，减少烟民们的阻力"。

　　当然，这种文化的精义在于"不读书"而能"更多"，当年曹元朗大诗人也只开掘到"有意义""不幸"，也就是无意义境界，距离"更多"还差了老大的一段距离。

　　又一个当然，你还不能不承认，他所说的种种，确也都是文化。六十九万年前的北京周口店猿人，也就是咱们祖先的祖先，他们腰里仅堪遮羞的树叶兽皮，甚至光溜溜地为生存繁殖而辛苦挣扎之时，就曾创造了石器和骨头工具，懂得用火烤炙猎物，吃起来"味道好极了"之类的文化。至于抽不抽烟，未见有方家考证，大约是不懂得慢抽、猛抽、鼻孔抽、吐圈等等十几种妙法的，要等到六十九万年之后，才进化到"只尼古丁一种有害，其余都有益"的水平。于是，周口店猿人的子孙的子孙，因"更多"而沾沾然欣欣然了，因"更多"而不必读书了，而且，还要把这"更多"介绍到妇女杂志上去刊登，以减少"更多"文化的阻力。

当年末庄土谷祠里赤膊伶仃的阿Q，无疑是"文化更多"的一位。赵大爷的儿子茂才先生读古书，假洋鬼子读洋书，阿Q什么书也不读，却懂得舂米、割禾、撑船、"天门啦——角回啦""锵锵得锵锵令锵，我手执钢鞭将你打"；而且还有指斥城里人把长凳称为条凳、煎鱼用葱丝之不当的知识；至于和别人口角时的豪言壮语："我们先前——比你阔的多啦！你算是个什么东西！"就更是气冲牛斗，"文化"确然钵满盆满。然而，也有未能尽善尽美之处，临到"大团圆"之时，圆圈却歪歪扭扭的画得不圆，颇有遗恨千秋之慨。这位"本来几乎是一个'完人'了"的阿Q，尽管"文化"多，甚而至于"更多"，却终于让愚昧要了性命去，酿成一场时代的悲喜剧。

研究"马尾巴功能"的学者，曾被精通"交白卷"功能的非学者讥为"无知识"。应当承认，学者先生确然缺乏种种上下其手从革命口号中捞取实惠的知识，近乎"无文化"境界，遂有"读书愈多愈蠢"的得道之言，当时的处境确也晕头晕脑，有如傻子一个，尽闹些让"文化更多"者们前仰后合忍俊不禁的笑话，仿佛身后真拖了一条"资产阶级的尾巴"，可供非学者们起劲地批判兼茶余酒后的谈资。然而，认真的科学研究证明，马尾巴不单驱赶蚊蝇有其实用价值，当奋蹄疾飞如天马行空之时，更有着不可或缺的平衡作用。至于海獭的尾巴有如一部灵活无比的推进器兼方向舵，燕子剪尾赋予它神速变化的飞行本领，长尾猴和袋鼠的尾巴有如给它们增添了另一只手等等，从仿生学的角度看去，马尾巴功能之类正是大可研究的有益国计民生的东西。讥笑这种研究，只能证明讥笑者自己的屁股后面，或许正在长出一条"返祖"的尾巴，可供社会科学工作者去好好研究研究。

眼下是正在"京城书市大甩卖"（报纸标题），先前甚为热销，"火爆过一阵"的《裸体艺术论》《美国寻梦》，"被卖家举在手中吆喝着推销"，跌幅至于"半价以下"；获诺贝尔文学奖的《日瓦戈医生》降价三至四成；新版古典文学名著，还有大量科技书、经济书，甚至讲股市和证券的新潮书，也在降价出售。京城四个降价书市一个接一个推出，颇为引人注目。读者诸君请勿误会，这并非京中人都因"文化更多"而不读书，遂使书市暴跌，要廉价倾销作"跳楼"状。事情的实质恰好相反，这是一种促销活动，效果不凡，"四个降价书市都吸引了大批读者，成捆购买、肩扛手提者比比皆是。逢星期日，甚至出现水泄不通的热络场面"。记者咂摸出其中的味道，"即便处在商品经济大潮的冲击之下，人们也仍是要买书的，特别当书价较能为一般人所承受之时"。我便是这"一般人"中的一员，先前买书时不太迟疑的，自从书价如"滚水烫脚"般地飞跳起来之后，我在书店常常拿起乙书，放下甲书，拿起丙书，又放下乙书，有时只好统统放下，抱憾而去。盖市场经济法则在起作用，倒不是我立志追随"文化更多"说放下书本，立刻就上卡拉OK歌厅"啤一啤"，一面吞咽吐圈，享受连尼古丁在内的几十种有益的物质。

深圳作家乔雪竹的钟点工水秀姑娘埋怨她说："在深圳没有钱日子是很不好过的，可你却一股脑儿买了书。"乔雪竹答得潇洒："没有钱日子是难过，再没有书岂不是过不了？"我自然达不到这种境界，几乎可说"没有书"的"文革"也终于过来了。那时似乎曾经进入过"文化更多"的佳境，同时也扎扎实实地患上了"渴书症"——症状之一，是把早已封存起来塞在床下的

"封资修毒草"偷偷地拆开来，一本本有滋有味地重读，仿佛偷吃禁果的亚当夏娃；症状之二，是在"文革"结束开始重新出书之时，不管天文地理、野狐谈禅，饥不择食地碰上便买，碰不上的还要想方设法甚至"走后门"去买。现在自然早已霍然而愈了，且受着荷包的制约，从另一端接近"文化更多"的佳境，让人觉得"世界真奇妙"。

黎敏子先生说："人猿区别之际，即文化产生之时。""人类以有文化而把自己同自然界区别开来。"此之谓"人之所以异于禽兽者"。耐人咀嚼的是，人们有时也会把这区别弄得模糊起来，有的还真就退到猿界去了。视我以外的文化皆为"四旧"，固然拒绝甚至毁损人类文化之辉煌积累；排斥文化重要载体的书，以不读书而能"更有文化"自我陶醉，不独限制了自己的视野，积之时日还将与前者殊途同归，乃至退到×界去也说不定的。

文化当然多多益善，但也不必照单全收，玩游戏机玩到神志不清，追逐利润搬出偷税漏税贿赂公行之类的"谋略"，这种"更多"还是不要也罢。书自然不可不读，可《拍马艺术》《龙虎豹》之类的"金装海洛因"，还是以扔进茅坑为好。

质之"文化更多"说者，不知意下如何？

一九九三年八月二日

欢迎莫拉尔小姐

    这些年广州高楼大厦连云起，装修豪华的宾馆酒家一间接一间开业，最低消费数十数百上千元的卡拉 OK 歌厅、咖啡座随处可见，"渔港""渔村""海鲜舫"相继兴起，更不用提那"五步一楼，十步一阁"的大排档、袖珍自选商店、精品屋了。加之江边烧烤、烛光晚餐、生日 Party 等等逐渐传开，真有点今古并陈、华洋杂处，弦歌美食、乐也融融的味道。那些"先富起来"或正在富起来的人们，腰别"BB"之"机"，手持"大哥"之"大"，抽其"万宝"之"路"，饮其"马爹"之"利"，一掷千金而脸不变色心不跳，腰缠若干万贯而心犹未足兴犹酣。总而言之，高中低档各得其所，嬉闹爱静各适其适。除开并不"公平竞争"的竞争者，算不得英雄好汉，其余靠智慧和努力参与竞争而占得风流者，人们是敬佩而赞赏的，认为"物有所值"，他们给社会的繁荣兴旺做出了贡献，生活得好一些也属应分——葡萄并不都是酸的。

    经济学家童大林来实地考察之后说："广州在改革开放、发展社会主义商品经济中，很成功的一点就是搞活了两个市场，一个是消费品市场，一个是劳务市场。"他对消费品市场的繁荣稳定，广州人适应市场价格正常波动的承受力留下印象。是的，身揣各种票证，排几个钟头长龙才买得那么几两猪肉，一年限购一丈多布、一只马口铁桶、若干铁线和洗衣皂的岁月，似乎已经远哉遥遥。十来岁的青少年简直就不会相信日子还能有那样的过法，视之为"天方夜谭"。正如我们在土地改革时想望"楼上楼下，电灯电话，铁牛耕田，三餐鱼虾"，视之为"共产主义好时光"一样，都有点以意为之。要而言之，广东话叫作"今时唔同往日"，而且岂止于一般的"唔同"，简直就是一场革命性的变化，社会也在这变化中一步步地自我完善、自我实现。——这哪是"楼上楼下，电灯电话"之类的预想所能概乎其言的。

其实，只要略为比较一下人和狗的生存状态，便不难明白此中蕴含之一二。

狗在有些国家有些地方是备受关怀的"宠物"，食有狗罐头，病有狗医院，还有防止虐畜会之类的组织为之提供保护，人虐待狗是会被控上法庭的。三十年代的上海，有人在租界倒提鸡鸭，"西人救牲会"便站出来指责，还要被工部局拘入捕房罚款。四十年代的香港，倒提挤压也还是"违例"的"非法"之举。鸡鸭已经备受呵护，狗就更得优待，至今香港仍禁食狗肉，一条"宠狗"的生活费用，平民无法望其项背。直到前不久，六岁的英国小姑娘卡思在街上被凶狗撕咬得遍体鳞伤，狗主虽然"感到内疚"，但"在法律上"却依然"可以不负丝毫责任"。正是巍巍狗权，人何以堪？南非虽然正在宣布废除种族歧视性法律，而黑人的境遇依旧岌岌乎殆哉；被占地区的巴勒斯坦人民至今尚在被屠戮，以至足无立锥之地，不知他们兴起"宁为太平犬，莫做乱离人"的感慨否？要知道，美国良种烈性梗犬，每头身价已高达六百到八百英镑。但凡狗们的乐园，有些人就不免会"宁为""莫做"而叹，或是欣羡畜生之优渥，或是愤慨有人之依然倒悬。

狗在我们这里的命运，除极少数"新贵"的宠物，大多没有那么幸福，单是广东的"开煲狗肉"，就能叫狗子狗孙们涕泪双垂。至于人，无论尚有多少不尽如人意之处，但中国之屹立在世界的东方，中国人可以在世界民族之林中抬起头来，终竟成了不争的事实。自然，我们也经历了人重被作践的时候——那些不正常岁月的阴影是无法抹去的；但我们医治这些创伤也曾不遗余力，且卓有成效，这也是抹之不去的。然而，"两个市场"虽然"搞活了"，人们开始富裕了，有的甚至成了"大款"和"大腕"，差堪温饱和温饱线下的范围正在逐步缩减，却总觉还欠缺了点什么。欠缺点什么呢？请允许我引蒋子龙在《经济年》里的一段话——

  一种理想主义哲人说：金钱可以买床铺，不可以买睡眠；可以买书本，不可以买知识；可以买食物，不可以买胃口；可以买服饰，不可以买美丽；可以买房子，不可以买家庭；可以买药品，不可以买健康；可以买婚姻，不可以买爱情。

人们，尤其是成了"款爷""腕爷"或正朝这路途拔脚狂奔的人们，不妨冷静焦躁之心，对照一下，思考几番，定然会于钱财之外，还另有收获的。

青年作家雷铎从另一侧面给"理想主义哲人"作了补充。他在《中国铁路协奏曲》里指出："有高度的物质文明未必便有高度的精神文明，但是，高度的精神文明必然要以高度的物质文明为依托。"改革开放十多年，中国人已经创造了并且继续创造着更为坚实的依托。作为必须"要有一点精神"的人，当然不能满足于脱离一般意义的生物状态，甚至也不能满足于温饱和丰裕的物质需求，相当迫切的倒是在这基础上继续开创美好的精神世界。同是十八廿几的年轻人，为什么有的奋发向上，刻苦攻读，既注意学好本领，更注意品德修养；有的却消极厌学，得过且过，吃喝玩乐精神抖擞，做点奉献诸多推托？有的孝亲爱友，敬业乐群，平时不避艰苦，必要时可为救人献身；有的一切为我，粗暴蛮横，贪得没有止境，发展到偷盗抢劫，终至堕入法网，遗恨终生？区别在于：前者"有点精神"，后者缺点精神。这便是我们在有了经济学家所说的"两个搞活"之外，还需要强调另一个"搞活"的原因——那便是不少时候被忽视了的精神文明。

眼前许多令人忧虑的腐化丑恶现象愈演愈烈，到了妨碍改革开放顺利发展的地步，难怪钱钟书、柯灵、夏衍、许杰等文化耆宿要为反对拜金主义、提倡道德自律大声疾呼。九十三岁的华东师大许杰教授的呼吁极有代表性：

"欢迎莫拉尔（morals，道德）小姐！"

——朋友，你欢迎她吗？

一九九三年八月改写

辞入传

又一次收到"什么家传集"编委会千里迢迢寄来的征稿函，深感有负美意。记得数年前曾收到过他们的征集信，由于我向来对入传之类的盛事不大热心，搁在一边，希望他们把我忘掉就算了。后来仿佛第一集已经出书，从报纸上的评说看，洋洋洒洒，颇为可观；又碰见几位入了传的"家"，言谈间知道此"传集"倒不是那些志在敛财者导演的活剧，他们并不向入传者收费，确确实实是想"展示什么家的庞大阵容和精神风貌，荟萃什么家的成长历程和成功经验"，言行是一致的。然而，我仍然未改初衷，不想入传。

钱钟书老先生曾说："假如你吃了个鸡蛋觉得不错，何必认识那下蛋的母鸡呢？"我的想法是：要是这鸡蛋不过是个不好不坏亦好亦坏中不溜儿的"芸芸众蛋"，就更不必管这母鸡女士光面抑或麻点。自然，找寻遗传基因的研究者或许对母鸡有点兴趣，母鸡自己可也有不想从此化为名模之类的角色以供展览的。总而言之，还是各随其便为好。再则，传这个东西，有时候（并非一切的）似也不太靠得住。太史公是公认的严肃纪传家，他在《伯夷列传》的开头写到"尧将逊位，让于虞舜"时，颇为慎重地列出异说道："而说者曰尧让天下于许由"，接着又引出殷汤让位给大隋、务光，两人皆以死辞的说法，问道："孔子序列古之仁圣贤人，如吴太伯、伯夷之伦详矣。余以所闻由、光义至高，其文辞不少概见，何哉?"写《史记索隐》为之作注的司马贞明白指出，"是太史公疑说者之言或非实也"。可惜的是，能以这样严谨的态度纪传的并不多见，若非有意为之的涂脂或者擦黑，便是以意为之的推测，或是不得已而为之的增删。鲁迅先生主张要看全人全文或大体上的全人全文，说是有所取舍，已非全貌，再加抑扬，更离实际。而我们这儿，"更离实际"的东西已经不少了，假冒伪劣产品已逐渐侵入许多领域，即使这是如假包换的真传，也犯不着再去凑热闹，更何况这些年这个传那个典的已经出得有点过滥了，就算渴望花钱入典进传的人依然不少，明眼的读者已经有些"疑说者之言或非实也"，不大肯轻易掏腰包买那些劳什子了，达不到有些以"捞一把"为目的的编家的初衷。

我当然谈不上"彻底的唯物主义者"，或"彻底的唯心主义者"，也有过碍于某种原因而勉为其难地"传"上一"传"的事。呜呼，乏善足陈的窘境，弄得自己事后后悔无及，决心下不为例，直到这回的"什么家传集"，只好说声对不起，还是让真正的出类拔萃者进入名实相符的"典""传"吧，我愿意老老实实地做一个"芸芸众蛋"，就不来凑这个热闹了。

我以为，"展示""庞大阵容和精神风貌"，"荟萃""成长历程和成功经验"，要紧的倒不在"传"的厚度或"典"的庞大，要紧的还是实绩，没有过硬的实绩，就算你入典进传，也经不起无情的时间淘汰。所以，我认为，与其动用那么多的人力物力财力去一而再再而三地编其典传，倒不如用来为"什么家"或别的什么家们一展所长提供一点条件。例如让文艺家们的严肃著作能够较为顺畅地出版，而不是只见侦破打斗、三角四角、风水八卦之类的一路绿灯;让科学家们的创造发明能够迅速地投入应用转化为新的生产力，而不是束之高阁或皮球似的被踢来踢去。否则，你就是排出大英百科全书似的一叠典传，"阵容"仿佛相当

"庞大"，"风貌"却未见"精神"，"历程"难免曲折，"经验"只余堆砌。

　　刍荛之见，容有不周，抱歉抱歉。

一九九三年八月二十一日

首例特批

　　"人心不古，世风日下。"这是我们的前人为当时的人欲横流而发的浩叹；"悲哉，'看客！'"这是现实的热血之士因见围观歹徒行凶却不敢挺身制止而迸溅的激情；"好人难做。"这是"看客"中体味过某种难以预料的后果陈述的实言——有人因扶起被汽车撞倒的伤者，反被随后赶来的伤者家属指为"撞人"而辩之不清。至于出头被殴又后无援手，更是屡见不鲜。一种社会群体心态的形成，并非一时一事一天一日的事。所以，我认为"看客"，固然应当指责，却不必过分指责，以为"罪在看客"。还应当想想，他的看客心态是从哪儿来的？我们曾经和正在有意无意地培育怎样的"世风"？细说起来可以成为一本厚书，这里，只想称赞一种颇得我心的培育——

　　"江西临川县的应届高中毕业女生郑水荣，就在高考前夕，为救女同学挺身而出，被歹徒刺至重伤，日前被北京科技大学工业管理系专业免试录取。有关人士称，这是该省为弘扬正气而做出的首例特批。"

　　我认为既弘扬得好，也特批得好，还是一种端正世风的定向培育。培育这样品质的高中毕业生，相信她进了科技大学，绝不会比用高收费封闭起来被人们不甚适当地称为"贵族学校"培养的人才差。当然，就是"贵族学校"，也可以培养出有用之才；

143

而要是这"才"有一个好品质为基础，且得到各种适当方式包括
"首例特批"的肯定，便是"贫民学校"，甚至高尔基的"社会
大学"，也能成梁成柱。

一九九三年八月二十四日

风雨故人来

　　人生大约总有一点奇遇的。后花园私订终身，落难公子中状元，这是某些古人心向往之的奇遇；三毛与她的夫婿荷西畅游撒哈拉大沙漠，难免又是一大堆浸透异国情调的奇遇；有人逛南方大厦，下楼时顺便购得十张福利奖券，不期而中十万元巨奖，令人欣羡不已，这是当今幸运儿的奇遇；自然，也有人在街边低价买下金项链，自谓得计，经人鉴定，不过镀铜假货一条，这是令贪得者后悔不迭的奇遇；至于一撒谎鼻子便长出一丈的匹诺曹，当然是好心的《木偶奇遇记》的作者编出来教人要诚实的奇遇。他不知道在某些非正常时期，也会有撒了谎才没事，不撒谎倒要长出鼻子一丈来的奇遇的——这是题外话，就不去详谈了。

　　总而言之，事情终于归结到我在几年前的一段奇遇。仿佛真应了某些广东人的吉利观的一九八八（"实久发发"，一笑，一笑）年的一个风雨之夜，收到远在四川北碚的五弟给我挂号寄来的一封印刷品。那时他正在参加修地方志的工作，我以为他给我寄了北碚风物志之类的书来，那儿是我青少年时代的旧游之地，当然愿意寻寻旧踪，发发思"古"之幽情。岂知拆开一看，大出意料，竟是五弟为我保存了四十余年的我在北碚读书时所购的几本书刊，计有：《英译古文观止》（*Gems of Chinese Literature*），《现代文艺》第五卷三期，《诗》第三卷六期，《文学》第一卷二期,《文学新报》创刊号和阎哲吾著的《剧团管理》。这些用发黄的抗战土纸印成的书刊,经了几乎半个世纪的风雨,有的已被虫蛀成小小的洞沟,真是残旧得可以,然而又仿佛陈年老酒,打开便是一片香醇,最最教我深心颤动的,则是他乡遇故知那种微妙感觉。这在我,简直是令人惊喜莫名思潮难平的奇遇。

细看每册书刊的封面或扉页上,当年我那稚气盎然的笔迹写下的"10. 22. 1941于北碚华中图书公司"之类的题字,蓝色的墨水已然淡去,几乎就要消失在历史的风化之中,而所勾起的忆念却依然那样鲜明。算一算购买《英译古文观止》的一九四一年,我才足年十五岁,记不起那时我何以对此书感兴趣,大约是当作学英语的课外读物吧。

Chuang Tse and Hui Tse had strolled on to bridge over the Hao. When the former observer,"See how the minnows are darting about! That is the Pleasure of fishes……"(庄子与惠子游于濠梁之上。庄子曰:"鯈鱼出游从容,是鱼之乐也……"——《秋水》)

以一个谈不上什么人生阅历的十五岁少年,对这样玄不可测的辩驳,到底读懂没有?读了之后,曾引起一些什么思索?我已不复记忆。在那热火朝天,抗日烽火遍地燃的大时代,心里当然充满抗日情绪的我,曾是日本留学生的父亲要教我学日语我也因这情绪而"罢学",就在两三年前我还是个高小学生时,还曾和两个同学结伴从乡下跑到重庆去要求"参加抗战",不过因为年纪太小被婉劝回家继续读书,怎么进了中学,就有点钻进故纸堆去的味道了呢?——我努力回忆近五十年前的情形,依稀记得中学的学习气氛是严肃的,校长张博和要求极为严格,时常教导我们要认真学好本领,将来才能真正为国出力,为长期抗战效劳。

啊，是的，是的，学校的抗战气氛也是相当热烈的，不但唱抗战歌曲、演抗战戏剧，甚至还能读到也是土纸印刷的《新华日报》——虽然一点也不知道她是党在国统区主办的报纸，但却看得明白她是讲抗日救国的。

翻开第二年所购的《现代文艺》第五卷三期，就想起那时我不仅想要学好本领，也开始对文艺有了兴趣——虽说并不深懂。这本由靳以主编的刊物，开篇便有李满红的诗《哀萧红》和靳以的散文《悼萧红和满红》，"在天国的花园里，开了一枝永恒美丽的花朵；但在这人间的大地上啊！却有一枝又同样美丽的花朵，含着露珠凋谢了……"清丽畅晓而又抒情，是那时较为普遍的诗风，我看得懂，但不明白我当时何以要在下面的几句旁边画上欣赏的波浪线："她走的时候，留给我一个谜：'你猜呀，我带去你一件东西，红色的。'"我想我当时绝对不明白字面之后的深广内涵，大约只不过觉得很美而已。凌苏的小说《他们十九个》，写的是日本鬼子打来了，十九个学生奔向重庆途中的种种遭遇：部队向后跑，溃不成军；官员们带着姨太太和大堆行李塞满汽车逃难，不让学生们上；乡下人哀号祈求神佛保佑，而十九个学生最后只有五个仍坚持向重庆走去。这就是当时社会一幅典型的流亡图啊！翻译小说有苏联 F.克洛勒的《伟大的命运》，写苏联军官家属，在丈夫在抗击侵犯西伯利亚边境的日军的战斗中英勇牺牲后的心态。而最令我感兴趣的，则是谷虹的剧评《有毒的〈野玫瑰〉》，因为这出打着"抗日"旗号的话剧曾到学校来演出过，看了剧评才明白它其实在宣扬汉奸哲学，知道所谓"陈铨教授巨作"也者，竟然在为汉奸开脱罪责，然而，它怎么会在"抗战大后方"红了一阵的呢？当时我无法解开这个疑团……

啊，这些似乎早已从我记忆中消失，却又浸透时代痕印的几本残旧书刊，于别人，可能觉得平常得很，于我却是一次万万想不到的奇遇，仿佛今天的我，竟和十五六岁的我在这风雨之夜意外相逢。当年的那些热情、那些幼稚、那些真诚、那些迷惘，一一浮到泛黄的纸面，颇有青春重温的欢悦。自然，那时面对的，是一个全民抗战，叱咤风云的年月，其间一边是庄严的工作，一边不乏荒淫与无耻；今天却是国家迈向现代化的改革开放新时期，备受侵略压迫弄得国家四分五裂的百年屈辱，终于在几代人的牺牲奋斗之后，有了今天这个可以在世界民族之林中挺直脊梁做一个中国人的历史新页。而书刊，又将在其间担当着怎样的角色？给现在的十五岁青少年一些什么？

面对"故人"，我不禁重又沉吟起来……

一九九三年五月二十五日

爬　头

　　到人头涌动的大医院排队挂号，当然是件挺不惬意的事情，尤其是带疾排队，就算挂上了号，还得"过五关，斩六将"：诊病排队、定价排队、收费排队、领药排队，要是需做血液、胸透之类的检查，还得有另一轮或数轮排队。总而言之，排得你头晕脑涨，意绪不宁，直是"无可奈何排队去"，然后"一身疲惫慢归来"。幸而多年以来，早就磨炼了耐性，看够了冷脸，听够了咿里哇啦，几乎有些麻木不仁了——"鬼叫你病！"所以有时碰到耐心解释或热情接待，反倒有点受宠若惊，心头立刻涌出不可抑止的感谢，这时，即便再排三次队也不以为意了。

　　这人也怪，对于不依自己意志为转移的生存状态，有着惊人的适应性。要是你能从个人利害哪怕暂时抽身出来，回头冷静地去观察这排队的众生相，不难经常发现，聪明的或自觉聪明的爬头者——这可真是一种人物。观察他们，不失为百无聊赖的排队生涯中一点小小调剂，也还有滋有味。

　　有的爬头者气壮如虹，胳膊肘一拐，就把别人挤到一边，连个抱歉的表示也没有，便自踞排头了。要是后面有人口出怨言，甚至反对，他轻则不瞅不睬，"当你冇来"；重则恶言相向，乃至动粗。公众场合里的斗殴，一多半是此等"英雄"始作其俑。这种最擅南面而孤的"街巷豪杰"，大多是体健如牛的男性，尤其年轻男性，体健是他耍蛮的本钱，愚顽是他耍蛮的精神支柱，"我中意""我（需）要"是他耍蛮的直接动因。然而，也不乏牙尖嘴利而咄咄逼人的"女中丈夫"，以其压倒一切的声势爬到头里岿然不动，敢捋其虎须者得准备面对暴风雨般的言刀语剑，那可是有时甚至比拳头还要厉害的杀人武器，因为前者固然"触及皮肉"，当场见红；后者却会"触及灵魂"，叫你久难康复。有人问：女中丈夫碰上街巷豪杰会怎么样？我只能说，那可就热闹了！潮州大锣鼓和北派全武行对阵，刺激的确够刺激，却叫有心人感到一丝酸辛——这难道是自古号称为文明礼仪之邦在改革开放时代的上好景观么？

另有一些爬头者不靠粗蛮而靠"智慧"，准确点说就是耍小聪明。你看那位，他向排头者说，"对不起，我有事问一问"。排头者通情达理，自然侧身让他，殊不知他"问一问"之后，紧接着就办他自己的事，所谓"问"，不过是个陪衬。另一位更妙，她站在排头者旁边，什么话也不说，仿佛是在观察里面的动静，她并不急于"签队"（北方叫"加塞"），而是耐心等待好几个办完事走了，她才忽地挨过去办她的。后来者误以为她已经"排队"多时，只不过有时略为偏离一点队列而已……如果细心观察，还有不少精彩演出——生活确也像个色彩斑斓的大舞台，你不表演或不看表演都不行。

爬头者为了爬头，自不免于推，不管文推武推，不把别人推开，他就达不到爬头的目的。鲁迅先生在《推》和《"推"的余谈》里有极传神的扫描——

> 上车，进门，买票，寄信，他推；出门，下车，避祸，逃难，他又推。推得女人孩子都踉踉跄跄，跌倒了，他就从活人上踏过；跌死了，他就从死尸上踏过，走出外面，用舌头舔舔自己的厚嘴唇，什么也不觉得。

这是一九三三年的情景，而六十年后的今天，情景有异，"什么都不觉得"依然。但这只限于对柔弱的"女人和孩子"们的"踉踉跄跄"而言。若乎六十年前的奔赴前线抗日，六十年后的挺身而出和杀人歹徒搏斗，他可是绝对的谦谦君子，绝对的温良恭俭让，绝对的不会推开他人自己爬头，并且绝对的耳聪目明、头脑灵活，"什么也"会"觉得"，一有风吹草动，立刻让人家爬头去，自己逃之夭夭。

一九九三年九月五日

读书者的窗外事

　　"两耳不闻窗外事，一心只读圣贤书"的书呆子起码有两样失误，一是"不闻"引来不明，不明当然会导致某些判断"离谱"，例如早已时移事易，却还在那儿幻想着"千钟粟、黄金屋、颜如玉"之类的好东西，结果弄得捉襟见肘，连卖茶叶蛋去也比人家慢了数拍，非但不能"创收"，反倒血本无归，"赔本赚吆喝"。二是"只读"弄得脑子单一，面对复杂的事情光会用"圣贤"的框框去套，而圣贤自有圣贤的局限，哪能套尽天下苍生、人间万物？结果自然有时牛头不对马嘴，自己倒以为得了嫡传，在那儿洋洋自得地"绳其祖武"，该当功垂百世，殊不知"祖武"未必合于今辙，正如马辔之不同于牛轭。

　　其实，窗外事有时"不闻"有时"闻"，"圣贤书"能说明某些事物或不能说明某些事物，都是一种正常现象。用一个"只"字把它割裂开来而取其一端，恰如看电影光看上集不看下集，踢足球只管进攻不理会越位，喝鸡汤单用凉水浸泡却不煮熟，写情书投落邮筒但不贴邮票，那结果自然很难功德圆满而不南辕北辙。

　　如今这样的书呆子已然不多了，先前厚厚的山墙，抵挡不住铺天盖地而来的"窗外事"；"圣贤书"也是在的，却淹没在赤橙黄绿青蓝紫的七彩纷呈之中，不由你不眼界大开。现时"窗外事"之首要，当然是改革开放发展经济，而落到不少芸芸众生的观念里则简化为"发财"，再经某些人的自我意识过滤后便只余"捞钱"和不便且不愿明说的"不择手段"。呜呼，一件大好之事有时也难免异化而面目全非的。于是，一心以为鸿鹄将至者便抹杀"圣贤书"乃至所有的书，以为"百无一用"，并因自己不读书却赚了大钱而自豪。他不读书（"三级片"之类的可以不算书），但穿名牌，吃金箔宴，叹"桑塔纳""平治"等等。"正经事儿多着呢，读那玩意儿干什么？"更有甚者，则宣称自己不读书，却比读书人"更有文化"——他这"文化"并非别的，乃精通烟、酒、茶、卡拉OK等等物事，"高档"至极，许多读书者确也不擅此道，比不上他的"文化"多。

我不知道现时读者注意到"窗外"和"书外"的一个怪圈没有？那便是：作者和出版社喊出书难，书店喊卖书难，读者喊买书难，大家难做一堆，而且都是真的难，并非虚张声势或广告手法。作者之难，难在他的严肃著作或学术专著要自拉赞助或报销若干才或可排上日程；出版社之难，难在纸张等原材料和印刷费涨了又涨，成本节节上升而"双效"书难求；书店之难，难在尽管征订书目成千上万，难找适销对路的货源，生怕积压资金，丢掉血本，只好小心翼翼地一种来个十来二十本，好些干脆不敢订货；读者之难，难在"不想要的倒满坑满谷，想要的打着灯笼也找不到"，最近就有人在报上著文，慨然于偌大一个地方，竟然买不到一本他迫切需要的《收获》，这位《收获》爱好者大约还不知道，《收获》杂志社正因工料飞涨陷于创刊以来从未有过的经济窘境呢。

自然，事情还有另一个侧面，专门炮制黄货之类的"作者"和非法书商们非但不难，且"易过借火"。他们结合起来，避过风头火势，一轮又一轮地放毒捞钱。有的干脆盗用国家出版社的名义，贩其私货，假冒伪劣遍于肆中，其后果不亚于毒酒假药之害人害物。离奇的是，李逵瘦成一条柴，李鬼倒肥得流油。这，大约也是正常的改革开放结构调整过程中出现的一种不能说正常的现象吧？

"窗外事"正多，而读书者不妨留意一下和"读书"有着直接关系的这些事，若能进而协助李逵、抵制李鬼，甚至包围李鬼，将其捉拿归案，以读者之众，那可是一股让不义者惧怕的大力量。

钱钟书论"文化戈矛说与读书亡国论"引《大金国志》完颜伟谏世宗曰："今皇帝既一向不说著兵，使说文字人朝夕在侧……不知三边有急，把作诗人去当得否？"这是说读书无用。然而，又有人"谓'诗史经典'使人耽文事而忘武备，用夏变夷，可转强为弱"而"无待八百之师，不期十万之众"，则读书似乎又有"变夷"之用，还可以"亡"他人之"国"了。可见读书固然"当"不"得""三边有急"那么直接，但慢慢地夷夏之"变"则自在情理之中。而健康的有益国计民生的变化，无论其"变夏""变夷"，便是读书者之所以"读"而且"闻"，了解分析之后，极其希望并要去促成的。

一九九三年九月二十五日凌晨

距　离

　　《废都》出书之前，已经掀起轰动效应："当代《红楼梦》"
"《围城》以来最好的一部写知识分子的长篇小说""传世之作"
"贾平凹的巅峰之作"等等美誉沸沸扬扬，而"稿酬一百万"的
谣传更抬高了它的市场价码。出书之后，有机会听到陕西经济台
组织的专家教授和普通读者的热线讨论，发现两者之间，认识上
有着相当的距离。

　　专家教授认为，此书"超越现实生活，超越社会心理的层
面，进入了人的灵性，人的神性"，"从眼耳鼻舌身意可感的世界
进入眼耳鼻舌身意不可感的世界"，"表现了世纪末知识分子灵魂
挣扎的痛苦"，主人公庄之蝶和四个女人的关系是"庄的灵魂搏
斗的形象化"，简直是一部"当代《离骚》"，"建构了一个人类
灵魂大裂变的意象性的艺术殿堂"，连颇为直露的"性生活描
写"也"具有形而上的意义"……

　　经专家教授这么一诠释，简直深不可测了，当一连串的"做
爱"都有了"形而上的意义"，其余自然无不蕴含哲理，只需等
待专家教授来探幽析微就是了。然而，不知是因为专家教授太
专，抑或作为凡夫俗子的普通读者太俗，从俗眼里似乎并未看见
"皇帝的新衣"，他们便在热线讨论里直说——

　　"很像《金瓶梅》，难怪人称'现代《金瓶梅》'，里头的性

描写实在够直够露，也许有寓意吧，但看来不美。"主人公庄之蝶是个文人，"档次应当比较高"，但"他爱上的几个女性，没一个档次高点的。写法有点自然主义，不知作者想表现什么？好多描写跟生活离得太远"。"贾先生以前的一些描写农村生活的作品我特别爱看，但这个小说看了觉得'怪怪的'。"唐婉儿"不知自己在做什么，先看上小白脸周敏，后来又爱上庄之蝶。在她身上，人的动物本能表现得太强烈了。《查泰莱夫人的情人》写性宣泄还因为她长期压抑，唐却没有原因，没有理由，一见面就做爱，除非那是一种病态"！

专家教授于是讲"人物具有符号意义，不是某个具体的人""求缺""不求圆""追求人的本来"，追求"进入非文化的灵魂境界"，而这些"只有在性生活的一刹那之间，好似达到，又好似没达到"等等。虽说有点莫测高深，似乎依然未能说服俗人。"两个黄鹂鸣翠柳，一行白鹭上青天"，看去挺美的，实则你什么也摸不着。且不评说《废都》如何如何，看看专家教授和普通群众的南辕北辙，就很耐人寻味。单是一句"群众欣赏水平不高"，未必切合实际。我极希望多听听电台的热线讨论，相信会从不同看法的比较中逐渐找到较接近于实际的东西——虽说"距离"可能依然存在，谁也说服不了谁，那就让它存在着吧，因为这也是一种"境界"。

一九九三年十月听"热线讨论"有感

156

健康的合力

　　误服毒鼠药饵的小男孩钟汝棚，在广州华侨医院的尽力抢救后，加上社会各方伸出支援之手，终于脱险痊愈。这位来自增城永和镇陂头村的普通农家孩子，能够从死亡边缘被拽回人间，绝非偶然，而是因有我们社会的确存在的健康思维的合力——哪怕拜金主义狂潮汹涌，腐化势力浸入颇深的层面，这在某些人看来，即便不说一片黑不溜秋，也是灰蒙蒙云遮雾罩，但健康的思维，依然如中流之砥柱，长存人间，让人感到，希望，永不会泯灭。

　　健康的思维，在某些时候，可能显得孤独、微弱、无足轻重。在一些人眼中，甚至觉得可笑、老土、傻气，不可理解，无新潮之潇洒，有传统之固执，和当代的消费人生颇不合拍。然而，在更多芸芸众生之中，却是对之欣敬首肯心仪的，只不过没有写成文章，或发表宣言而已。例如杨勇将军的侄孙彭广西，一九八二年应征入伍，三次把部队推荐他上大学的指标让给了战友；一九八五年复员后，婉谢了到省委机关工作的安排，却到七宝山硫铁矿井下当了一名采掘工。他的堂妹夫在深圳某大公司任董事长兼总经理，邀他前去，月薪暂定二千元，他却依然守在井下"三班倒"，因为他厌恶"不是男子汉品格和作风"的"裙带关系"。钻在关系网和钱眼之中的新潮人物，能够理解九十年代居然还有人坚持这样的思想境界吗？可是，我们社会却十分需要这样的健康思维以抗击日益猖狂的腐蚀。而当这种思维形成一种合力，便变为驱除腐化的抗生素，腐化可望结痂而愈。

一九九三年十月八日

他山之石

　　把做出过杰出贡献的科学家、诗人、音乐家、建筑大师个人的肖像，连同他们使用过的仪器之材、所创作的作品封面画，一同印在国家发行的钞票上，以我的浅陋，截至二十世纪九十年代初之前，既未亲见，也不曾听说。我见过港币上的伊丽莎白女王，银洋上的袁世凯，却不曾见过港币上的莎士比亚，银洋上的李时珍。"文学"之后，我们的钞票上，才有了一位戴眼镜的知识分子，即便只有象征意义，也是一个观念上的进步，尤其在和刚刚逝去的"火红岁月"里"老九"们的境遇相对比之时，这进步便显出了它天翻地覆，非同小可的涵义。

　　然而，二十世纪九十年代初发行的德国纸币马克上，却出现了他们引以自傲的数学家高斯和他使用过的六分仪、诺贝尔医学奖获得者保罗·埃尔利希和他使用过的显微镜、女田园诗人法罗斯特·许尔斯霍天和她的中篇小说《犹太人毛榉树》的封面画、女钢琴家克拉拉·舒曼和她当年演奏用的钢琴……毕竟是产生过马克思、恩格斯同时还产生过贝多芬、歌德的国度，现在此举，又给人以敢为天下先的感觉，可算是一粒他山之石，不妨错磨我玉。

　　耐人寻味的是，似乎并未听见他们高喊尊重知识尊重人才，也许高喊了并未翻译过来吧？我们毕竟未能听见，可见喊声不算甚高，但却看见他们确确实实地在尊重。先前举世闻名的精密光学仪器，现时诸多现代化产品，便是尊重的结果，而新马克上这场小小的革命，可算尊重的新章，或许并无下鸡蛋得蛋糕那么立竿见影，那么功利即显，其在人们心目中潜移默化的影响，则是可以预见却无法估量的。

我想，我们可以从中得到一点什么启发的吧？虽说我们的科学家、文学艺术家中的杰出者可能并不喜欢登上这座大雅之堂，或许他们现时更希望的是得到对他们的工作以实实在在的支持，包括财政支持。这，也许便是我们现实的国情，他山之石可以错磨的一点我玉。

一九九三年十一月七日

最后一个傻仔

阅世渐众，难免聚感积虑，因而有某老同志向他的老战友戏言道："我们大概是最后一个傻仔了。"这里的"一个"，既是专指，即指自己；又是泛指，也指包括老战友在内的一茬人中的许多人。而戏言也者，其实正有着不少感叹的。

穴居野处的先民，见面时问候道："无它乎？"它者，蛇也。那时防蛇咬是生活中的要事，疏忽不得的。战国之后改问："无恙乎？"因为已经从山洞搬进屋场，蛇咬退位，伤病突出，问候语起了相应的变化。再后的一个很长的历史时期，和中国漫长的封建社会一道趑趄难前的问候语是："你吃了吗？"西学东渐，舶来了"古貌林""好杜有图"等等（借用鲁迅《理水》中语），被人讥为"钩辀格磔""南蛮鴃舌"，而普通人却还是更关心肚皮——毕竟"民以食为天"嘛。便是改革开放经济迅猛发展的今天，某些尚未解决温饱的贫困地区，恐怕依然是"食咗未"之声盈耳。幸而先富起来或是翘盼着富起来的地方，已经改唤"恭喜发财"了。不少人即便嘴里喊着"早晨""你好"，心里头牵挂着的仍旧是"三三、九九、八八"（生生、久久、发发），或是炒股、炒房、炒金、炒一切可炒或看起来可炒的东西。发财自然是一件大好之事，我偶尔买几张福利奖券，首先想到的便是也许可望发一笔大财或是小财，大大地或小小地改变一下生存状态，

161

而"不中也为社会福利做点好事",则是用来安慰自己以支持后来仍然偶买几张的理论根据。大凡人的行为,总自觉或下意识地要找寻一种理论根据,只不过那理论高深古奥或下里巴人而已。孔乙己的理论是"窃书不能算偷……读书人的事,能算偷么"?阿Q的根据是"和尚动得,我动不得"?搞权钱交易的只怕"有权不用,过期作废",索贿受贿的心想"人家都在拿,不拿白不拿"。于是,为发财而不择手段的精仔们,几乎无孔不入地活跃在社会生活中的许多方面,搞成一片片癞痢头似的浑水;于是,细菌般蔓延开去的"贼大胆"们因颇有斩获而愈来愈胡作非为了;于是,老同志发出了意味深长的一声感叹,只不过那问候语尚未改为:"你还在傻呀?"

新潮人物不喜欢回顾来路,认为那是老人现象,意即不思进取,这不能说不是一个道理。沉溺在昔日的辉光之中,视前面的艰难险阻为畏途而踌躇不前,固不足取;只管拔脚狂奔却不扭头看看分岔道看找对了路没有,恐也并非制胜之道。"哎呀呀,行不得也,哥哥!"和"跟着感觉走,紧抓美梦的手",那结果,有时竟会惊人地相似,犹如左而又左的终于转到右边来一样。所以那些老同志的戏言,或谓感叹,甚至说忧思,其实也正有着不少内涵值得我们深长思之,不可仅以牢骚视之。

老同志经历了半个多世纪的风雷激荡,以信仰哺育自己的青春,抵挡过各种艰难险阻,视清贫廉正为当然,把"小我"摆到极后的位置,长期艰苦奋斗,甘之如饴,退下来了仍然淡泊自奉,却关怀着国家的前途,人民的命运。应当说,这些都是无可非议的;然而,却在市场经济飞速发展,人们的观念迅猛变化之中,碰到了有形无形的非议。例如有的人"好处"不要,贿赂拒收,妨碍了别人得到实惠,便被讥为"唔化"!要是居然还有异议,例如在某个范围内有成为"人民公敌"的可能,起码也是一只"害群之马"。至于"丧失自我""不合潮流""思想僵化"

等等恶谥，已经是非常客气极有礼貌的加冕垂旒了。

放眼香港、新加坡和欧美那些市场经济发育比较充分、运作相当协调的地方，他们倒是颇为注意正常的市场经济秩序的，要用"廉政条例""反不正当暴力法""破产法"等等来加以维护调控，尽力防止和减少偷蒙拐骗种种腐化现象对市场经济正常运转的破坏作用。可见并非不择手段才能发展市场经济，也不是发展市场经济必然要和腐化结缘，更不是非以道德失落为代价不足以言市场经济。可惜的是，一些人以"繁荣娼盛""水清无鱼"式的"理论根据"为腐化滋蔓准备了肥沃的土壤，还自欺欺人地说是在推动市场经济快速发展呢。观念和这些以各种高尚好听的名义装饰起来的高论反差极大的老同志，对如此等等的"精仔"们的所作所为，自是大不以为然却又似乎无可如何，只好自嘲"傻仔"，而且"最后一个"。

然而，支撑这世界的绝不是精仔和他的精仔哲学，而是傻仔和他的傻仔精神。自然，精仔也要支撑一点什么的，他支撑的是他自己的世界——他的私家车，他的花园洋房，他的超前享受，他的荣华富贵，且往往在挖别人的墙砖才能砌成他自己的乐园，难免"损不足以奉有余"，带给他人以痛苦。而傻仔精神据说已经过时了，谁提它便给人以背时之感，有如精神上的"出土文物"，观赏是不妨事的，谁要真去实行，就真成了傻仔一个，仿佛穿了土布背心牛头短裤，却跻身到西服革履时装长裙的队伍中去一样。可是若没有土布背心牛头短裤们的胼手胝足，西服革履时装长裙等等真不知道会从哪儿变了出来。

不过，那位老同志似也不必悲观，大可看开一点，这世界已经发展了亿万斯年，你固然并非最早一个傻仔，也不会是最后一个傻仔，只要这社会还存在，还发展，傻仔就不会绝迹，正如精仔也不会绝迹一样。从辩证法的角度看来，不过就是这对矛盾的消长推动着社会往前发展么？——假如还不认为辩证法也"过时"的话。专在火车上作案的犯罪团伙"东北虎"向法官自述道："经济不就是钱么？所以，现在是全国人民都抓钱。"那是因为他们要找抓着了钱的人下手，所以瞳孔里只有这等景观，是谓"东北虎"的局限。他们精而且滑，可最后还是让颇有点傻仔精神，不避艰辛南下北上，饥一餐饱一餐，始终怀有使命感的公安战士给抓上了法庭。

　　放眼四方，只要你留心观察，不难发现傻仔正多，而且比浮夸年月里的"傻仔"要扎实得多，你也许听不见什么豪言壮语，却可以抚触到比豪言壮语有力得多的东西。黑龙江桦川县有一个"傻仔屯"——集贤村，村支书许振中带领"傻仔"们艰难地找到了矿泉水，解决了因食水缺碘导致的地方病，办起了砖厂、涂料厂、装饰材料厂、傻仔屯矿泉水公司和育智学校。他们办的酒厂生产的"傻子白"，因为质量好受欢迎，还有人冒牌上市呢。以傻仔精神创业固然值得赞叹，但我更感兴趣的，还是记者的这一段话——

　　　　时至今日，傻子屯还有"傻人"做"傻事"：村里许多人已住上了砖瓦房，许振中家仍然是那几间低矮的茅草屋。(《中国青年报》)

　　除非旅游野营烧烤，我并不主张大家在二十世纪九十年代还去穴居野处，但我确实欣敬"傻仔屯"带头人这种实实在在的"后天下之乐而乐"的傻仔精神。不过，这种精神既非一成不变的道统，也不是万世一系的皇权，矛盾依一定条件而转化，当年艰苦创业时颇有傻仔精神的天津大邱庄"庄主"禹作敏，功成名就之后竟化为了老虎屁股摸不得的"霸王"，走到自己的反面去了，其含义不亚于一出三百多年前李闯王搬演但缩小了的"京师之变"。然而，哪怕多么迂回曲折，社会毕竟还是在向前发展，可见傻仔仍然在"傻"。亲爱的老同志，请放眼看世界，你绝不会也不应该是"最后一个傻仔"。

一九九三年十一月二十四日

星在何方

　　追星，可能是人类本质属性之一。小时候，妈妈便是我们的明星，紧紧依偎，难分难离。大一点，爸爸的威严或成就又令我们敬畏折服，希望自己长大了也做一个那样的人。如果爸爸是个教授，自己便做个学问家；如果爸爸是个木工，自己便做出精细的木活；如果爸爸耕田养猪，自己便禾苗插得直、猪儿养得壮。左右望望，要是姐姐唱歌跳舞好听好看，自己当然要咿咿呀呀蹦蹦跳跳；要是哥哥能在练功毡上一连翻十三个筋斗，自己哪怕摔痛屁股蛋儿也不能一个也不翻。

　　说到底，追星就是学样，之所以言"追"，不过是学得专注、学得热切，甚至学得过于着迷让人觉得如痴似醉莫名其所以；而"星"，便是自己心中闪闪发光的目的物。"轻罗小扇扑流萤"和飞蛾投火，都同是追星的或一形态，当然，那结果是很有些两样的。

　　闪闪发光的东西自然美丽夺目惹人喜爱，这便是人们戴金项链、金手镯、金戒指，活着唱"劲歌金曲"，讲究"金装"，吃"金箔宴"，死了还要穿金缕玉衣之故，自古皆然，于今为烈，只不过方式和名目颇有些变化就是了。然而，黄金固然闪闪发亮，闪闪发亮的东西却并非都是真金。时下的"追星一族"不察，拜了真神之余，还往往拜着"三仙姑""二诸葛"之类的角色，搬

166

演了一出出令人啼笑皆非的闹剧。情况和后果报刊多有揭载，这里只想探讨一个问题——

星在何方？

我们自然还没有飘浮于太空之中的"哈勃"天体望远镜那样的眼睛，可以遥看相距若干光年的河外星系，故也无从追起。但银河系的璀璨，却连古人都早已看在眼里而追其辉煌——"飞流直下三千尺，疑是银河落九天"，何其壮伟；"天阶夜色凉如水，坐看牵牛织女星"，多么凄婉。而我们，还是先把眼光拉回生于斯长于斯的尘世上来，即便这样，你也将发现，熠熠生辉的不仅止于"四大天王"、影帝舞后、摇滚歌星、时装名模。从纵横两个方向望去，你将从两个剖面看见众多曾经或正在为人类文化发展做出贡献的星群，光度不等，有的明亮耀眼，有的荧光幽幽，却此闪彼烁，相互辉映，织成美丽的人间银河，照亮古往今来无尽其数的男女老少的精神世界。当你在小学课本上学习 1 + 1 = 2 时，你可曾想到我国古代《九章算术》的众多作者？当你从中学教科书上学习勾股定理时，大约可以初识古希腊数学家毕达哥拉斯；当强力银翘丸治好你的伤风感冒，你可能并未想到明代医药学家李时珍和西方现代医学对此所起的作用；当你为鸣凤和鲁四凤悲惨的命运热泪盈眶而感到心灵净化之时，你是不该忘了巴金和曹禺的——这里所说，不过恒河沙数中的小小几粒而已。

少男少女们，追星原是一种美好向上的感情，说得极端一点，人类若不追星，人类就无法进步。但在追星之时，不要匍匐下跪，这样你就只能看见鼻子跟前的一点余晖，那实在算不得什么。你大可以站起身、挺起胸、抬起头来，仰视人间银河，甚至即便眼前办不到，精神上也当直追河外星系，所谓"志当存高远""取法乎上"，经过艰苦切实的努力，你自己就可能成为侧身其间的一颗。大可不必在那些"三仙姑""二诸葛"之前自卑自贬，仿佛没他们就活不下去似的。其实，没他们你也可以活得很好，甚至更好，因为你的精力可以用在更当用的地方，不必为之浪费青春年华。

　　获诺贝尔物理奖的杨振宁和香港影星周润发同机抵达哈尔滨，数百追星者持花迎星，听说周润发之外还有一位姓杨的名人，便问："姓杨的唱什么歌？"电视台播音员也把"杨振宁"错读为"杨振宇"。这些追星者和这位播音员的眼光，尚未能穿透香港清水湾，直击人间银河的众多星辰。周润发固然有他可爱可追之处，但我以为，探索原子核奥秘而有所成的杨振宁，于人类文明进步所做的贡献，绝不在周润发之下，尤其可爱可追。只不过我们的不少电台电视台报纸刊物，以铺天盖地的一张既有真材实料的影视歌星也不乏"三仙姑""二诸葛"等角色的网，遮挡了不少人的视线，使他们误以为人间就这么几颗星星而已。

　　有心的追星者不妨撕开这网的一角，望望那茫茫的苍穹和连绵不尽的星海，再问自己一声："星在何方？"我想，你会在眼界大开之余，做出明智的选择。

一九九三年十二月二十三日

168

羊头之下

　　珠江之滨有颇具规模的电器商场，名声和效益都不错，"消委会"经过检验，给她挂上"不经销假冒伪劣商品单位"的铭牌，金光闪闪，好不光彩，可算挂羊头卖羊肉，颇吸引了一些顾客。

　　殊不知铭牌挂上不久，有些档位就被发现正在"经销假冒伪劣商品"：盗版 CD 唱片、贴上乐声商标的三星牌影碟机之类，羊头之下竟卖起狗肉来了。正是，利之所在，哪管铭牌变味。自然，商场管理部门做了处理，但那光闪闪的铭牌后的某些玄虚，多少都让后来的"上帝"们有些疑惑。

　　或谓：此地"香肉"（此间对狗肉的爱称）胜羊肉，不是说"狗肉滚三滚，神仙企唔稳（站不稳）"么？有人就是喜欢价钱便宜牌子洋嘛！噫嘻，这不仅找到了"理论根据"，还捕抓到某种消费心理了，怪不得假冒伪劣之风不肯敛迹。但消费心理也会随着消费实践而改变，买了"价钱便宜牌子洋"的空调，一开机却不制冷，反倒制热——热得人火冒三丈，他下次还会"喜欢"羊头之下的狗肉么？挂牌是件极其严肃的事情，牌不副实对副实者不公，对不副实者适足成为讽刺，犹如对自称美女的丑八怪一样，人们只能付之一笑，再加点苦涩之感一样。须知，牌不副实只能起点初始效应，即在开始或可"促销"一时，接下去就不那么保证了，甚至弄到连货真价实的部门也被人疑为赝品，那就得不偿失了。

这不，有的地方已经被摘下铭牌，改挂黄牌警告，甚至黑牌处分。夜路走多会撞鬼，群众心头有杆秤，他不仅看你挂的什么头，还要看你卖的什么肉。此地"香肉"胜羊肉也好，人家羊肉胜"香肉"也好，消除人们疑虑的最好办法，莫如：是羊肉便挂羊头，是狗肉便挂狗头。

一九九四年三月十六至十八日

幸福何价

  《家政报》开展"有了钱家庭就会幸福吗?"的讨论,颇耐人寻味。刚好读到胡湘君的《我认为有钱才有幸福》,谈到二十年前,他们夫妻月入不足百元,却要负担一家四口,节衣缩食仍然捉襟见肘,烦乱争吵无有宁日,觉得无幸福可言。如今冰箱彩电洗衣机音响一律添置了,可以夫妻双双晚上"悠闲地边看电视边吃零食",而且"随着收入的增加而家庭生活越来越幸福美满"。笔者本人也有相类的体会,觉得胡湘君确是实话实说,是经历过酸辛的两代人的代表。

  经济是基础,幸福大约也未能免俗。鲁迅先生的小说《伤逝》,就为我们展示了一对冲出封建樊篱的青年无比浪漫的爱情,怎样撞碎在穷困这面铁壁上。人们可以高唱"潇洒走一回",而要是肚里少了二三两米饭,身上缺点御寒的衣衫,他也是无论如何潇洒不起来的,只能"惶惑走一回"了。

  古之君子不太讲究生活质量,据说苏东坡"宁可食无肉,不可居无竹"。那是因为除肉之外,恐怕他另有白米饭,斋扎蹄斋烧鹅之类,否则就不是"人瘦""人俗"的问题,而是有命无命的问题了。然而,也可能是古之君子太讲究生活质量,为了精神之雅,不惜瘦成一条干柴。不过,以我所见东坡老人的画像,竹笠木屐,飘然洒脱中透着点政治失意的无奈,并不至于瘦骨伶仃

171

到不忍卒睹，否则，"东坡肉"这味著名的佳肴就不会从北宋一直演变流传到今天了。今之某些不知怎样富起来的"大款""大腕"，当然十分讲究生活质量，生活享受讲究到离奇荒诞的程度，其暴发后的种种古灵精怪的举动（详情不赘），他的自我感觉当然良好，旁观者可能也有不少欣赏其"幸福"的，甚至张口流涎，立志去做候补暴发户——有人还真就从此走进黄道、黑道或别的什么邪门歪道而终于不能自拔。易芳、李小虎之类并非小猫三只两只，而是大有其人，可见同此幸福观的人还真不少，只不过他们未能确实认识到幸福的深层内涵，单在幸福的表面擦边而过，就掉进自己铸造的不幸福中了。由此可见，生活质量或单言生活幸福，不仅体现在吃金箔宴、叹洋酒、穿名牌、住豪宅、一掷千金之类的壮举中，确确实实还少不得精神方面的富有，也就是另一些讨论文章提到的"有情饮水饱"，否则就成了生活的跛脚鸭，不翻到沟里也得多走些冤枉路。如果说，幸福的物质方面，是其基础，那么，幸福的精神方面，便是其核心，而且，两者依一定条件而转化。"贫贱夫妻百事哀"，古来如此，但他们两口子可以"哀"得心灰意冷、烦乱失常而吵闹终日，导致拆灶散伙；也可"哀"得奋发图强，齐心合力地风雨同舟，终于挣得小康，乃至大康，这也是当今许多人家得以转贫为富的事实。不过，事情并未到此为止，当其小康而大康之后，固然也有不少人依旧能够"有福共享"，还能泽及他人和社会，做一些推动社会进步文化发展的事，精神与物质同步富足，其乐也融融；而另一些人物质转富，精神却不脱贫，搞到"饱暖思淫欲"，忘了当初共患难的人，于是，装饰得宫殿般堂皇的豪宅之中时起勃豀，"幸福的生活"遂无宁日。天地间的事情大约都有一个度，所谓"真理跨过一步变成荒谬"，确是得道之言。"有情饮水饱"和"有钱才有幸福"，都是经过许多人从实践中得来的真理，或说真理的一个方面。著名雕塑家潘鹤的《艰苦岁月》，就相当动人地体现了"有情"的一种崇高境界，那是对革命有情、对人民有情、破衣烂衫依然短笛横吹，传达出奋斗到底的坚强信念。而在总结了历史的经验教训之后，我们终于走上改革开放、发展社会主义市场经济之路，为了人民富裕、国家富强，这些年全国上下齐努力，为我们的幸福创造了前此未有的雄厚经济基础——包括体现这个基础的量化物和中介物：钱。

短笛横吹的革命乐观主义精神，转化为克服战斗艰险的物质力量；改革开放发展经济的物质成果，转化为人们逐步提高生活水平后的幸福感受，都是曾经或正被活生生的现实所证明的真理。而"大跃进"式的精神万能和不择手段地唯利是图的苦果，我们也都曾经或正在品尝——皆因越过了真理的某一个度，事情就起了质的变化，哪怕你立意多么高尚真诚，也得接受历史的惩罚。"人不通古今，马牛而襟裾"，韩愈这话听起来有些刺耳，但他希望人们吸取古往今来的正反经验，还是值得我们引为殷鉴的。

钱并无善恶可言，和家庭幸福的关系也是明摆着的。生活在当今之世，餐朝露而饮清风且自得其乐者大约也不会很多了。此时此地，我们似宜清醒地认识到，家庭幸福固然离不开钱，钱却未必能够买得家庭幸福——毕竟，家庭幸福必须要有一定的物质基础，但幸福本身却是精神范畴的东西，需要精神方面的营养，方能坚实地站立起来。

一九九四年三月二十八日

无言的母亲

有时我自己想想也有点惊讶，何以出川四十多年，竟然一次也没有重回故乡看看？何况期间曾有好些次可以顺便旧地重游的机会，何以都放弃了？

年轻时东奔西跑，无暇及此；后来成家育儿，经济不胜负荷；再后又想着工作要紧，以后大把时间；待到老病袭来，便有点力不从心之感。岁月蹉跎，还乡梦也就因之蹉跎了。

然而，思乡之心却会时常油然而生，不可抑止，故乡毕竟是自己生身成长之地。浪迹天涯的张大千诗云："看山还是故乡青。"那是他心怀故乡情，所以山因故乡青，倒不是别处山水不好，何况当其"无端更渡桑干水"时，还会"却望并州是故乡"呢。这种只好舍远求近的无可奈何，大约异域漂泊的游子都曾有过，也是一种不得已也的寄情之法。"莫怪乡心随魄断，十年为客在他州。"十年就要"魄断"，我却离乡半个世纪，已将广州当渝州了。

八十年代中收到母亲逝世的电报，我正在编辑部看稿，一个人躲到阳台一角，任由热泪挂满两腮。泪眼模糊地遥望西南，云天渺渺，想起当年母亲送别的情景，那慈祥中隐藏着忧郁的眼神，仿佛一条无形的心弦，数十年间，一头牵着母亲，一头牵着我。无论逆境顺境，母亲总是无私地不变地许多时候总是默默地温暖着我，从童稚无知到青丝染霜，从依偎膝下到浪迹他乡。而我，却愧对母亲，不能报答养育之恩于万一，总想着"忙过了这一阵就——"就什么呢？现在是再也见不到她，再也无法弥补这终身之憾了。

泪是热的，流到嘴角又是咸丝丝的，我不去管它，多年没有这样流过泪了，哪怕在人生途程的坎坷之中，哪怕在遭人误解的万分委屈之中，我只有黯然，只有内心倔强，却没有泪。只有母亲，母亲，叫我这"有泪不轻弹"的"男儿"，倾泻这不可抑止的既是悔愧又是思念的热泪。于是，和母亲融为一体的故乡的好些往事，又一次涌来眼前……

那成都槐树街绿荫盈盈的小小四合院，我还是蹦进蹦出常常揭开母亲的泡菜坛子偷豇豆吃的年纪，年轻的母亲忙完家务，总爱坐在桌边托腮沉思。这样的时候，我就会跟她要"两百钱"（大约是一个铜板吧），"做啥子？""倒糖关刀。"我照直说，多数都会成功，不像她忙时总要挥挥手，"外头去耍，不消来嘈我"。拿了铜板，跟小我两岁的四弟跑到街边糖饼摊前，交给摊主，伸手往他那脏兮兮的小布袋里摸竹片，摸到的小竹片上写着关刀、龙、虎、狗等等字样，摊主就不慌不忙地从摊旁小炭炉上的小铜锅里，用小勺子舀起一勺融化得吱吱叫的红糖浆，往抹了香油的石板上，十分娴熟地倒出一丝不断的糖浆线，飞快移动勺子，把糖浆线"画"成一只虎、一条龙或是一把糖关刀。这时，在我们眼中，他就是天下最伟大的艺术家。当他用一条小竹竿串黏到他神奇的杰作上，用薄铲把"画"从石板上铲下来交到我们手中，我们就快乐地飞跑回家，兴奋地给母亲看，可是不准摸，怕她把它摸坏了，因为糖线干了脆得很，一碰就断。这时，母亲脸上就因我们兄弟的喧哗嬉笑而露出不多见的微笑，非常好看的微笑。最后，自然是我和四弟把艺术家的杰作，一点点地含在嘴里，化为糖汁，吞下肚去，留下满嘴的香甜。啊啊，母亲年轻的笑仿佛已经飘去遥远的星空，再也无法像儿时那样亲近了。

　　还有重庆白市驿老家王家湾旧宅小天井那株孤独的玉兰树，开叉只及我的头顶，我常爬上去坐在那儿，让白兰花的清香包围着我。小天井一头通向"小朝门"，一头靠近灶房，灶房有个小窗对着玉兰树，我从玉兰叶间常和坐在窗后桌前纳鞋底或是缝衣服的母亲对话："三娃子，下来。"我自然不肯，她就叫我跟她摘几朵白兰花，我十分喜欢完成这个任务，便摘一大捧送到她面前。她用个碟子把花骨朵盛好摊开，往上面洒点水，幽幽的清香便在灶房幽幽扩散。仅仅读过几天私塾的母亲这时就一边继续干活，一边轻声地教我念唐诗——"床前明月光，疑是地上霜""清明时节雨纷纷，路上行人欲断魂"，甚至"烽火连三月，家书抵万金"……那时抗战军兴，在成都天府中学读高中的大哥，成班同学徒步翻越秦岭，到肤施参加抗战去了，也许她此刻又在思念大哥了吧？父亲写字台旁的墙上有个信插，里面就有几封肤施来信，信封上写着我和弟弟的名字，里头却是"父母亲大人"，说他在陕北公学住窑洞、吃山芋、坐小板凳上课，叫家里不要挂念，他很好，就是鞋子不经穿，好快就烂了。母亲做了几双厚厚帮布鞋，白市驿赶场时给他寄了去。那时二哥虽已早殇，但我下面还有四弟、五弟、六妹、七弟，一个比一个小，一个个都要母亲操心，家境又正从小康走向中落，文静然而坚强的母亲却从不抱怨，只是默默地帮助父亲照料一家大小的生活，仍然想方设法供我们读书。

　　……母亲渐渐瘦了，我和四弟又到北碚鸡公山上的兼善中学读初中去了。那时已是抗战中期，我却在松涛阵阵的鸡公山上因嘴角生疔疮"散毒"，侵入脑部，昏昏沉沉地躺在宿舍好几天不能吃饭。四弟和另一位同学送我下山，当校长张博和在兼善公寓的办公室看见我病情严重，立即吩咐人送我到附近的江苏医学院附属医院时，我已休克过去，什么也不知道了。

也不知过了多久，我才感觉到我似乎轻飘飘地正朝远处飞去——就像今天的宇航员在太空船里因失重而像片羽毛似的飞起来那样——几乎还是个孩子的我，非常喜欢这种平时向往却做不到的事，便尽兴地愈飞愈高，愈飞愈远……这时，忽然听见母亲多么熟悉多么热切的呼唤："三娃子！……三娃子……"啊，母亲喊我了，我不该太"千翻"了，便掉转头来，朝母亲的喊声飞去……

我终于在病床上睁开双眼，母亲正俯身紧张地瞪大眼睛盯着我，嘴里还在喊着"三娃子"！我又看见母亲身旁一个穿白大褂的医生，轻轻地说了声"好了"。我不知"好了"是什么意思，只喊了声："妈！"声音微弱得连我自己也吃了一惊，几滴暖热的泪落到我脸上，我感觉到了，又喊了一声："妈！"

这场病让我躺了一个多月，出院时还得拄根拐杖，十来岁的少年拄个拐杖，样子真够特别的。母亲却很高兴，告诉我她得知我病倒医院的消息，心急如焚地从王家湾赶来北碚，近百里地的路程，一路看见土地菩萨就拜，看见庙就磕头，求神求佛求菩萨求祖宗保佑我，"莫让三娃子跟他二哥又……三娃子二天还要做事的"。啊啊，这就是母亲的心。

抗战胜利那年我正读到高二，学校也早从鸡公山搬到毛背沱。受到当时戏剧运动热潮迭起的影响，我自作主张去报名，考上了刚从江安迁到北碚的国立剧专。曾经留学日本广岛高等师范，学的又是生物科学的父亲震怒了，声言："我们家没人去做戏子！"一向听话的我，此时竟然反抗，跟他辩驳。他愈加震怒，宣称"断绝父子关系"！我也倔强得很，愈加反叛，径直入了剧专，也失去了经济接济。幸而学校支持，给了我公费，吃饭问题算是解决了，然而天寒衣单，北碚的冬天朔风凛冽，我虽然正当四川话说的"小伙有火"的年纪，还是有时冷得心里打战。这时，依然是母亲，偷偷地托表弟给我送来毛线衣裤，用永不改变的爱，温热了那些寒冷的冬夜。

　　然而，我却要随学校"复员"出川，离她而去，且万万想不到从此未能再回到她的身边。那离别一瞬——无言的母亲慈祥忧郁的眼神，深印在我心头，伴我东奔西走，直到永远、永远。

　　……腮间的热泪渐干，因刚收到母亲辞世电报而如麻之乱的思绪，尚未能全然平静。这时倍感孤独的我，突然觉得故乡的兄弟姐妹，故乡的同窗旧友，故乡的热土风物，正融为一体，奔来眼前。故乡啊故乡，你不就是我"无言的母亲"么?!

　　"无双毕竟是家山。"

一九九四年四月五日静夜于广州

斩

中华人民共和国成立前夕的广州街头，有一种"法币""港纸""美钞""袁大头"（即银元，上铸袁世凯头像）等等相互兑换的钱店或钱庄，一进一出之间，持币人损失不菲，店东庄主钱赚到盆满钵满。那时经济凋敝、币制混乱，升斗小民为了区区血汗所得保值，不得不忍痛挨斩，但也给那些店庄安了一个十分形象的名字："剃刀门楣"，言其对来人进即刮一刀，出又刮一刀，甚至在解放初期，"剃刀门楣"还活跃了一段时间，后来随着新经济秩序的建立，它便"完成历史任务"而销声匿迹了。

斩人和被斩当然不是那时才有，可说古已有之，当私有财产兴起，相斩大约就无可避免，一部《二十四史》之被人叫作"相斩书"就是明证。那么，到了古人历代向往的"大道之行也，天下为公"的"大同"世界，理当海晏河清，人人拱手相亲，其乐也融融，不必"相斩"了吧？作为理想，这自是上好的佳构，令人肃然起敬；作为将来的现实，我却以古观今，以今视明，不敢拍胸脯打包票，因为"一样米养百样人"，你要"大同"，他却不跟你"大同"，矛盾仍会油然而生，只不过"大同"毕竟比"小同"甚至"不同"好，此外还可以期望到时"大同"的人多一些，所以也无须悲观。回到我们的"初级阶段"，在市场经济的大潮之中，斩人，相斩和被斩的景观自也不会冷淡，在改革开放的大好形势下，许多人勤奋致富，创造发明致富、科学管理致富、高质量服务致富、生产物美价廉的产品致富；自然，也有人搞假冒伪劣致富、偷蒙拐骗致富、盗版侵权致富、走私假货致富、炮制黄货致富……一句话，明里暗里直接间接斩人致富。要是有人把这些歪门邪道的材料收集整理，可以成为一部洋洋洒洒的《开斩大观》，让现实缺乏生活经验的人们看得心惊胆战，让将来脱离了低级趣味的人们看得一头雾水："我们的前人竟干出这样的事？"虽然不光彩，我们这些斩人和被斩的"前人"只能老老实实地预先承认：确确实实，并无花假，干过，请以无限憎恶之心唾骂千秋吧！

道高一尺，魔高一丈。经济在发展，社会在前进，开斩也在变化，可谓新招迭起、妙计无穷。先前不过短斤缺两，斩那么一块几毛，偷偷摸摸，小打小闹，和后来的大斩豪斩们相比，那些还算留有一点良知的可怜的或尚可原谅的小斩，或许他"身上衣单天正寒"，家有病儿待换药，咱们就多往好的方面想吧。然而，慢慢地落手渐重，"食水"渐"深"，和现时中国人的道德拉开了距离——给鸡鸭胃里灌沙，给猪肉、瓜果打水针，油中掺杂，酒里兑水，"上棉"裹絮，"故衣"充新；到了路边店强卖强索，拉客上中巴打死狗讲价，拦道强收美名"劳务费"的买路钱等等，已经上了新台阶，和白日打劫并无二致了。

然而，这些都还只能归入开斩的"初级阶段"，高明的斩手不必这样声嘶力竭、显山露水。他笑脸迎人，热情"服务"，然后"合理合法"地斩得你目瞪口呆！——要过年了，某姑娘被笑脸迎进一间装饰豪华的发廊，事毕问价，答："求其俾六百蚊啦！"（随便给六百块好啦。）理个发六百块，还"求其"，"开放价格"是他所据的"法"，"进口洗发水万几蚊一瓶"是他振振其辞的"理"。至于斩到过千，报上也曾登过，可不是谁都挨得起这一斩的。比较而言，这些仍然只能算是小巫，夫大巫也者，他要研究形势和人们的心理，预测其发展变化，然后抓住时间一击，那斩获可不是几百几千这么"湿湿碎"（小意思），而要以亿万计。所谓"鹰卡认购证风波"和"长城公司集资骗局"，就是不久前发生的两桩波及面颇广的大斩，前者据说"花一千五百元将拥有一片美国土地（约五十平方英寸）"，经消息误导后认购证从十元一张炒到四千元一张，三日后便跌到几乎一文不值；后者以假冒的大来头、大派头、高利率诱人入股，滚雪球般地疯狂集资入股骗得十多个亿巨款供其挥霍，现已被判死刑的大骗子沈某以拉东补西的手法，居然也能搪塞了好些日子，斩得大股民头崩额裂、小股民血本无归，确是一下子给"套牢"了。我不知道"拥有一片美国土地"是一种怎样的感觉，大约鼻不会变高、眼睛无法变蓝的吧？我也想象不出超乎常规的高利率，怎样把别人荷包里的钞票吸进骗子荷包里的，大约有点像端详壁上的画饼，愈看愈像，愈像愈觉得有如真的葱油肉卷、热狗或是虾仁烧卖吧？

还有一种毒斩，我不确知应归入哪个阶段，或许就让它自成一格为宜。它有的豪斩，有的斩得并不怎么豪，其危害和后果却都是惊心动魄，没有人性的，工业酒精兑水装入名酒瓶中"捋命"（取人性命），或是害得人盲眼跛脚；成吨河豚运入城市当冰鲜，如非被及时发现，不知多少人就此无端送命；假药本小利大，遂令一些人丧心病狂，假利福平、假青霉素之类就曾直接杀人。一九九二年全国销毁假药三十一万公斤，罚款一千八百六十一万元（《今晚报》），于此可见事情的严重性。至于闹到要省市直到中央派员处理的"假药专业村、假药集散基地"，就更是上档次之举，进入了斩人的高级阶段——和权力相结合，影响尤为强烈，后果尤为深远。试想，若无被地区或单位利益（即放大了的个人利益）障眼的某一级权力机构的纵容甚至支持，假药之制售能够这样"由单干到集团"，这样成行成市么？已被处理了的惠州市公安局原局长洪某，借其手中权力放肆地大量索贿受贿，置党纪国法于不顾地批车牌、批出境之类，受害人和某些旁观者，不仅看他个人，还把账算到党和国家甚至社会主义身上，岂不冤哉乎也。一粒老鼠屎搅坏一锅粥，现在的问题在于确也不止一粒两粒，所以反腐败尚未到穷期，"同志仍须努力"。

"'斩'不断，理还乱"。诸斩家于事情败露之时除了诸多推搪，还歪理乱人，往驴皮里掺马皮熬制名贵药材"阿胶"的某企业负责人，甚至找到了"驴马同科"的"科学依据"，他还斩人有理呢。抗战后期大后方盛传一首歌，历数奸商囤积居奇、抬高物价、扰乱市场、坑害百姓、破坏抗战的罪恶，最后喊出了愤怒的强音："你这个坏东西，真是该枪毙！"今时今日，某些严重干扰改革开放，破坏市场经济正常秩序，造成严重后果的斩家，不就真给抓起来依法起诉、审判、定罪，或徒刑或枪毙了么！此乃"大快人心事"，不亚于十多年前的"打倒四人帮"，郭老泉下有知，应当再来一首"调寄西江月"了。然而，还有事情的道德方面，近时发生在山东淄博市的一件巧事就颇耐人寻味：个体百货店老板李永发拾得驻军班长柳建新的驾驶证，索要了百元酬金才归还。一年后，李老板骑摩托车失事昏迷在路边，正好柳建新驾车经过，马上送他到驻军医院抢救。脱险后李老板认出了柳建新，愧疚不已地掏出一千元要送给救命恩人，柳却分文不收，李老板颇动感情地道出了真心话："以前我给金钱冲昏了头，我好悔啊！"知耻近乎勇，人间毕竟还有比钱更贵重的东西——无私的真情，斩过人的李老板毕竟良知未泯，只不过需要有人去唤醒。

"沉舟侧畔千帆过"，我们不仅要看清"开斩大观"，并加以认真区别对待；还应看见社会仍在稳步发展，经济生活日益兴旺繁荣，可见参与公平竞争，以诚实的劳动和聪明才智从事各项经济活动者众，正如"万木春"之欣欣向荣，悲观是大可不必的。

执 着

先前看电视，常见有"绿色和平队"者，驾一只小橡皮艇，绕着捕鲸船或是核动力舰，不顾怒海波翻，不怕对方高大威猛，自己盘来绕去，不让猎杀鲸鱼，或是不让核动力舰进港。有的甚至爬上大船，在船舷拉开横额，用文字和高音喇叭固执地宣传自己的主张。曾见一位爬上大船桅杆之顶，端坐在半空中，非得对方罢手，否则就不下来。自然，也有尚未登上船舷，就让对方高压水龙冲下橡皮艇的，虽然浑身湿透，仍旧换个地方再干。那些红须绿眼的同人（同是人类——恕我杜撰），意志坚决，行动执着，然而却是和平的，叫人想起当年半光着膀子坐在加尔各答的茅屋里织布，或是赤脚站在新德里郊外熬盐，甚至躺在英国殖民政府狱中绝食而坚决与其"不合作"的"圣雄"甘地。他的"非暴力抵抗"虽不能把殖民者赶走，却也叫对方头痛不已，对之多少有点避忌，"绿色和平队"诸君与之何其神似。

一边看电视，一边佩服这些同人的精神，一边依旧有点不以为然：这是何苦？闹了半天，鲸鱼照样捕杀，核动力舰还是进港。"一首诗吓不走孙传芳，一炮就把他轰跑了。"可惜同人们没有炮，有炮怕也不会用不想用，因为一用，就不"和平"，就成了"绿色武工队"，有违开队老祖之至意了。

然而，鲁迅先生依然称赞甘地为"艰苦卓绝的伟人"（《马上日记之二》)。因为他对殖民者的"抵抗",虽然"非暴力",却是认真的,而且身体力行,不像某些"往往只讲空话,以自示其不凡"的人,他"是反英的,他不但不用英国货,连生起病来,也不用英国药,这才是'言行一致'"(《关于中国的两三件事》)。而"绿色和平队"诸公螳臂挡车,"知其不可为而为之"的精神令人肃然起敬,便在这个"为之",说明着他们的"话"不"空"。不信你坐了橡皮小艇,到那些怒涛翻滚的海上去试试,更不用提冒着让高压水龙冲下船舷掉下海去的危险了。红须绿眼们的某些言行我并不佩服,例如性解放、超现实、先锋前卫,甚至乱翻筋斗的霹雳舞之类,我只有敬而远之,但他们办一件事情之专诚、执着,不畏艰险不计个人得失而一往无前的精神,却令我自愧弗如。这精神发扬起来,便有了航天登月、外太空探测、基因密码索微,乃至城市垃圾无害化处理、沙漠绿洲研究之类或高远或切近的成果。至于两架飞机之间驾了绳索高空表演走钢丝之类的冒险,执着固也执着,我却觉得拿不可再造的生命博人一声惊叹,执着得不是地方。

而我们,正如李聃先生之谓"自见者不明,自是者不彰"。翻成今语便是:以为自己的眼睛看得最分明,结果什么也没看清楚;以为自己的判断最正确,结果更加糊涂。报上登过亩产十一万斤稻谷的密植高产田,还附有照片——密不透风的禾穗之上,赫然站着一个小孩。我们看见了,自以为事情果然如此,其实不如一位普通的老农的眼光,他从长期的实践得到真知,知道亩产过千已是了不得的好收成,十一万斤云云不过是自欺欺人。要说这事情离得太远,眼前就有发臭的珠江横陈,我们又看见些什么呢?源源不断地灌入珠江的工业废水、城市污水、海鲜坊的馊泔水,江上船舶沿江住家和行人随便抛落江中的垃圾淤泥,这是横切面。纵剖面则有王则柯先生的亲身感受——他在珠江之滨长大,儿时泛舟江上,捧起江水便喝,当时的苏联专家盛赞珠江

"水质之好世界可数"；七十年代，还偶见江上渔夫"一网打起上百斤鱼"，八十年代初仍"携幼儿趁涨潮在康乐码头习泳"，后来就因怕"灌几口臭水、惹一身皮肤病"而不得不和她"拜拜"了。

那么，面对蓬头垢面的珠江，我们又如何认识？怎样判断？理解了问题的严重性没有呢？假如单看大块文章、标语口号、煌煌横幅、华华宣言，似乎明天即可海晏河清，共享太平盛世了。过细观察，不难发现这边有人打捞漂浮杂物，那边有更多的人朝江里抛撒垃圾杂物；这边有人疏浚清理，那边有人倾倒填埋；这边收了罚款施施然而去，那边依旧污水滚滚而下。朋友，你听见珠江在呜咽、哭泣、警告、抗议、控诉了么？

然而，来了"理论"：发展经济，就得牺牲一点环境，全世界哪个工业化的地方，都难免如此。那么，伦敦的酸雾，日本的水俣病，我们也得"难免"地再重复经历一次，就不能吸取人家的和自己的经验教训，比前人比过去略有一点进步么？只怕把珠江最后一点自洁力耗尽，自来水厂找不到合格的水源，几百万广州人没有无污染的水喝（或许有人可以靠进口矿泉水活命的吧？）。正如王则柯先生所云，那时"丢十几个亿也将回天乏力"了。"自见者不明，自是者不彰。"我们让李聃先生指了个正着。

这样的时候，就叫人想起"绿色和平队"为环保而奋斗的执着精神来了。当然不是说我们也弄几只汽艇到江上去追波逐浪——如有条件，搞个这样的环保纠查队到江上去认真执勤也未始不可，要紧的事，首先还是把"难免论"抛到一边，让思想"环保"起来，以"知其不可为而为之"的精神去做"知其尚可为而为之"的事。至于方式方法，倒可不拘一格，只要根据我们的国情、市情、民情，拿来固可，自创也行，依法环保，锲而不舍。先前我们也并非不搞环保，实际上一直在搞，一个大大的缺憾便是"难免论"依然作怪，影响所及便是有法不依，罚了便舍。

人的惯性是一股非常可怕的力量，试看高楼上的"天女散花"者，江滨和船上的以江为污水缸垃圾桶者，你要是不管，或是管得不认真，或是认真而不持之以恒，便是一百年之后，恐怕"天女"依然故我，污水缸垃圾桶尚未改变用途。对这种反复发作的顽病，世界闻名的卫生城市新加坡有好办法：取证重罚。他们深知，你要查上门去，除非当场抓获，"天女"们谁也不会承认自己曾经"散花"，一个个俨然都是自觉的环境保护者。那好，他们就组织专门的人力，不惜用长焦镜头远远地对准"天女"出没之地，不惜长时间守候，把"散花"实景摄入镜头，证据确凿地罚得你心疼肉痛，还让传媒公布，以儆效尤。这就叫执着，没有这种精神，标语贴得再多，口号叫得再响，也会被习惯势力淹没。

自然界的污染，发展到一定程度，不但影响人们的生活，还威胁人们的生存，所以王则柯先生指出"就是牺牲一点眼前（发展经济）的速度，也要下决心根治"。这话确有道理。与此同时，我们仍不能忘了还有亟须治理的社会污染——贪污盗窃、索贿受贿、偷蒙拐骗、腐化堕落。这种污染，影响我们民族的灵魂、经济的枯荣、国家的存亡。蛆虫必须长在腐化的垃圾堆上，而腐化又会制造更多难以治理的垃圾。

自然污染不除，我们将受到生活的惩罚；社会污染不除，我们将受到历史的惩罚。但愿我们能因警醒而执着起来，为别人，也为自己。

一九九四年四月十五日

半个老广看老广

——说"杂"

　　我出生在四川盆地的重庆，确非货真价实的老广；然而来广东已四十余年，娶妻广东惠州人，和孩子们讲的广东话，而且也颇习惯广东的生活，又确可算半个老广。这就使我处于一种骑墙的地位——外省人看我像老广，老广看我仍是外省人，最多当我客家人。客家人虽已在广东落户许多世代，终究还是外来人，不过在此"客"居，哪怕早已反客为主人之一了，仍然顶着"客家"的桂冠。总而言之，我自己有时真觉得仿佛左右不是东西，全靠近乎阿Q先生的精神胜利法来自宽自解。想想广东四大语系差异之大，颇不同于北京之于天津、武汉之于长沙，一个在广州长大的青年，倘若初到济南或是潮汕地区，听当地人讲话，犹如到了西班牙或是非洲某个土著族中一般，幸而还有文字和黑发黄肤，让双方都感到仍然同是中国人。看看云贵川或是中原大地，甚至远到东北的漠河，语言差异自然有，最不济彼此仍可一知半解，不致误为到了"外国"。这说明历代以还，广东人来人往，恐怕纯种老广并不很多，倒是杂种较为常见。譬如我吧，据说祖先原是纯种老广，只因明朝出了个张献忠，有"张献忠洗四川"之说，夫洗者，血洗也，也就是杀得人烟稀少，后来便从广东移民巴蜀，敝祖宗忝列其间，据说还是绑着手强迫移去的。这样一来，到了我这一代，虽说可能尚残留若干广式血统，毕竟只能算个杂种，就算"回"广四十余年，也未便特别恩准称纯，所以只是半个老广。呜呼噫嘻，希特勒曾经想要纯种亚利安人统治世界，有材料说他还真查过祖宗×代后，找了一班纯种亚利安男女，别的什么也不干，专司传宗接代之职。这个混世魔王有勇气发动第二次世界大战，却没有智慧认识到生物的杂种优势。这么一想，便渐渐地心安理得，而且平和起来，觉得尚可算个什么东西，不妨坐下来写写随笔杂感之类非纯种文字，至于有时竟挤进高贵的文学殿堂，让纯种的眼光视为"四不像"之不可思议，那也只好由他去吧。

于是，我发现老广的一大特色，或曰一大优势，恰在这个杂字。岭南画派创始人高剑父，习国画却不满足于米点山水、芥子园画谱之类的规范，要搞"国画改革"，弄到"绘画标新立异"，也就是不纯了。他还一改以写意为主流的国画之风，竟"重视写生"而杂取西法。这么一杂，便杂出个岭南画派，猝然成为一代画宗。还有广东音乐，老早就把西方乐器之精灵的小提琴杂进自己的乐队，和二胡秦琴箫笛等等和鸣，至今无人认为不妥。而粤剧舞台上，也老早就改编西方电影，仿佛是薛觉先吧，竟唱起英语粤剧来了。论者或谓不伦不类，但敢于杂糅新物为我所用的精神，还是令人神往志畅，哪怕一时之间还弄得不甚妥帖，甚至最后仍然不得不改弦易辙，百草总得要有个神农去尝尝的吧？写到此，顺便提一句，要是有人批评这"不伦不类"，也不必视之为"扼杀"什么什么，大可引为使之既"伦"且"类"的一种激励因素，不妨听听，也杂而糅之。

有一个时期，不纯是一种很不"革命"很受歧视排斥或是怀疑的东西，人要"红五类"，物不妨"社会主义的草"，色有红海洋，出身普罗仿佛开出了包管革命的包票。这种种形而上难坏了不乏形而下的老广，他们既多"海外关系"，和港澳甚至台湾也有着千丝万缕的"拉缆"（牵连），出身固多"不好"，还杂以"资本主义的苗"。这一来，难免是非蜂起，颇遭纯种"革命"者的白眼，即鲁迅先生之谓"白眼看鸡虫"。待到国门开放，改革带来新的生机，老广们"不纯"的优势顿然显露，且把"姓社姓资"的空论丢在一边，切实地引来外资，招进管理人才，吸取先进科学技术，学习人家发展经济的好的方式方法，正所谓"拉进来，打出去"，不数年间，广东城乡和老广们的面貌都发生了天翻地覆的大变——而且变在外地的前面。先前"看鸡虫"的某些"白眼"，此时化为"红眼"，有的竟也褪去纯的华克想方设法甚至利用手中权力，甘与不纯为伍，分一杯羹来了。

现在的广州街头，已继深圳之后，引进了公共汽车无人售票的行车方式，社会福利、体育基金、公益等自选数奖券销售点（本地人习惯地称之为"彩票投注站"）遍于肆中。我这半个老广确曾有过某些疑虑，一是担心前后门各有一个售票员都"搞唔掂"（弄不好），无人售票岂不会乱套？二怕奖券会培育赌徒心理。事实是措施得当，无人售票非但并未乱套，反倒培育了人们自觉守序的良好习惯；买奖券者的赌徒心理不能说一个没有，但大多止于"碰碰好彩"而已，至于为体育活动、社会福利提供巨额资金，为国家财政分忧的实效，显然利大于弊。

杂取新物，为我所用，其界限在于"我用"，要是颠而倒之，化成"用我"，味道就会变馊。有某君焉，去到香港，眼花缭乱之余，自然尽量杂取新物，谈起内地的事，那口气顿然变为我们香港如何如何，你们中国怎样怎样，他竟忘了香港原为中国领土，自己本是个中国人。饱尝殖民滋味的香港同胞反倒永志不忘，决不让"新物用我"，化为它的精神奴隶。

世上新物正多，不仅外来，我们也在自创，迅速发展的改革开放为人们，也为老广们提供了杂糅新物而自创新物的极好条件，半个老广亦有厚望焉。

一九九四年四月二十六日

从《何典》到《章太炎论战集》

　　好些年前了，读《集外集拾遗·〈何典〉题记》，知道世界上有《何典》一书，据鲁迅先生剖析，还知道此书"谈鬼物正像人间，用新典一如古典"。作者在死的鬼画符和鬼打墙中，展示了活的人间相，或者也可以说是将活的人间相，都看作了死的鬼画符和鬼打墙。而且"便是信口开河的地方，也常能令人仿佛有会于心，禁不住不很为难的苦笑"。于是，便很想找来一读，但那遭际也如题记所言，"向来也曾访求，但到底得不到"。其时正是样板戏的天下，按当时流行的观点，《何典》这样内容的书，几乎等于"牛鬼蛇神"，本不该生出想读她的妄念，只不过她是鲁迅提到的书，而鲁迅又是某些权势者来不及"批倒批臭"，暂且捧出来做幌子的一面经幡，例如可以从鲁迅全集中找到"法家革命""焚书坑儒极有道理"，只差让李斯写出大批判万言书之类的依据。所以我仍生妄念，想读《何典》，读不到了又觉得于书于我，安知非福？这些乱七八糟的思想真不知出自何典。于是，放下《集外集拾遗》，跑到木工班去做活动小折凳，准备过几天随大队到场部集中，连长排长们已经吹风，说是有大员即将光临，作"活在干校、死在干校、埋在干校"的重要报告。那时感到，印成铅字的《何典》读不到，"将活的人间相"看作"死的鬼画符和鬼打墙"的《何典》反倒于无意中读之，读了真不知人间何世。

历史终于翻过新页，似乎可以不必"埋在干校"而回到原来岗位重操旧业了，但忙忙碌碌，有些且属于"无事忙"或"无效忙"，总之是顾不上《何典》的事，转眼便又是十多年。有时候我觉得，我们的时间并没有理论上说的那么宝贵，随便一点因由，便可耗去一年半载，甚至十年八年，先前是好些劳民伤"才"的"运动"，这些年则是自己的不长进兼年事渐老的局限。总之，直到最近，我终于在一间小小的门面极不起眼的山歌书屋，大出意料地买到了新版《何典》，天津古籍社出品，薄薄一百五十五页，价洋五元八角，相当于两盒普通盒饭。我便兴冲冲地捧回家中，"目食"起来。这才明白当年鲁迅先生既称许她的现实主义，又指出那"'江南名士'式的滑稽""甚浅薄"（《致增田涉》）之所在。作者张南庄是清乾嘉时代的"上海才子"，十八世纪末，社会动荡，嘉庆罪诛权臣和珅，抄其家产"八十三号"，单单一个"二十六号"，便折银二亿多两，民间有"和珅跌倒，嘉庆吃饱"之说，可见贪官之贪，另一头的贫民之贫，就自在不言中了。名士、才子们见了种种腐败的世相，有话要说，而言网仍严，便弄出此种"游戏笔墨"，以滑稽相，见现实情，"浅薄"也在所不计了，何况还有才子本身的思想艺术局限。

还没想得十分通透，忽地又去重新翻看《关于太炎先生二三事》——我读书就常这么东翻翻西看看，很无章法可言，颇喜兴之所至，所以绝谈不上系统深透。章太炎这位鲁迅的老师，也是一位才子兼名士，和张南庄不同的是，他的学问比较古奥，连鲁迅先生那时也说自己"读不断，当然也看不懂"他的《訄书》，但却十分钦佩他"和主张保皇的梁启超斗争，和××的××斗争，和'以《红楼梦》为成佛之要道'的×××斗争"而"所向披靡"，高度评价他为"有学问的革命家"。遗憾的是，章所手定的《章氏丛书》和丛书续编，先前"见于期刊的斗争的文章，竟多被刊落"，猜测他"大约以为驳难攻讦，至于忿詈，有违古之儒风，足以贻讥多士的罢"？但鲁迅先生认为，"战斗的文章，乃是先生一生中最大，最久的业绩，假使未备，我以为是应该一一辑录，校印，使先生和后生相印，活在战斗者的心中的"。

我们这些"后生"和"后生的后生"，身处改革开放，发展社会主义市场经济的和平时代，是否就没有战斗，也无须战斗，大家齐齐"捞钱"，成了"大款"之后，只管日日海鲜酒家，夜夜卡拉OK就行了呢？其实"战斗正未有穷期"，不但章太炎时代反封建的任务尚未完成，便是发展社会主义市场经济的任务，也有待或许不止一代人的战斗。试想想看，面对拐卖妇女儿童、车匪路霸敲诈勒索、黄赌毒泛滥开去、制售假药假酒害人致死致残、贪污受贿不公平竞争、走私水货盗版侵权等等，不战斗行吗？尤其深藏在这些行径的思想层面的东西，更不是十天半月、一年半载或几次轰轰烈烈的战役，便可战而胜之的。看来，确是"战斗正未有穷期"，只不过在新的时期里，战斗有通常的形式，也有别样的形式而已。

"有学问的革命家"的"战斗的文章"，因其深入思想层面，于后来者尤有借鉴意义。我不知道鲁迅先生当年建议辑印章太炎的战斗之作的愿望，后来实现了没有，以我的闭塞，尚未得见。我极希望能像终于读到《何典》一样，也能在一个并未预期的日子里，在一个意料不到的地方，买到我拟想的附有对手文字的《章太炎论战集》，其乐也何如。

一九九四年四月二十八日

神圣使命

　　三岁的孙女患感冒因医治不得其法，有转为肺炎的迹象，孩子在外地工作，媳妇的工作又是一个萝卜一个坑，再多请假不但影响工作，且有丢掉饭碗之虑。于是，各有慢性病在身远不能归入强健一类的我和老伴，便自自然然地不仅担当起白天照料孙女服药和饮食，还要一天两次，抱孙女到医院打针并复诊的神圣使命。一位老军医大姐看我俩的狼狈之状，不禁感叹道："给第二代做牛马，又给第三代做牛马。"对这知冷暖的话，我俩只能报之以无可奈何的苦笑。倒不是我俩不愿带孙女，相反，我们爱这给了我们许多欢乐与烦恼的三岁孩儿，甚至愿意为她做出牺牲，并不预期任何报酬。因为希望恰在充满未来的幼小者，而进入老境的我们，只不过常会感到有些力不从心而已。

　　这不，孙女终因肺炎住进了医院。于是全家总动员，连外婆、姨妈都劳烦到了，孩子也从外地赶回来照料了一段时间，媳妇更是加班加点，我和老伴因为是退了休的"闲人"，义不容辞地担当起相当的任务，辛劳的程度，不亚于上下班，或许更甚。等到孙女出院，我倒因劳累抵抗力减弱，有生以来第一次由感冒转为肺炎，住进了医院，跟孙女来了个自然轮班。幸而按照一些好心人编排的年龄分类法，我尚叨光忝列"年轻的老人"一类，在青霉素和一天滴注三瓶葡萄糖水等药物的帮助下，终于逐渐战

194

而胜之，总算老少平安。这叫我想起我的七弟，抗战期间在重庆乡下，年龄和我孙女相仿，却因没有现在这样的医疗条件，让肺炎夺走了小小的生命。按古老的习俗，认为早夭的孩子是"讨债来的"，夭折了还不让人抱进屋，只能搁在侧门外两张条凳架起的一张旧簸箕上。那时我也只有十几岁，紧挨着妈妈坐在竹凉床边，大人们既不说话，也不点灯，妈妈不停地轻抚着我的背脊，我分明感到她怕有什么东西会从她身边把我也抢走了。

妈妈带大我们众多兄弟姐妹很不容易，为此操劳了一辈子。我有时想，要是那时也"只生一个孩子好"，妈妈该要幸福得多。可她毫无怨尤地把一切享受都放弃了，视哺育孩子们为她的神圣使命，并在垂老之年，还帮助大哥和六妹，带大了好几个孙儿孙女。妈妈去世时，这些经她带大的孙儿孙女都为之痛哭不已，长久地想念着她，正如我今天还在想念妈妈一样。

现在视哺育孩子为神圣使命这一点，任何年龄层的人大约都不会反对，都知道孩子是自己的未来，是国家的未来。然而，怎么又会在"谁来带孩子"的问题上产生分歧或矛盾呢？以我的实际体会——从为人子、为人夫、为人父、为人爷爷的全过程看来，矛盾产生于我们看自己的困难多而具体，看别人（哪怕是自己的父母、孩子或夫或妻）的困难少而朦胧，因而要求别人多负担一些神圣使命，较少想到自己应当努力克服困难，减轻一点别人的负担。至于具体的思想障碍，则又因人而异。有的想："我们整天上班，奔波忙碌，你两老在家闲着也是闲着（果真'闲着'么?），带孙子的事也不多（果真'不多'么?）。"有的想："我们劳累了大半生，身体又不好，刚想喘口气，休息休息，就把孩子推给我们（完全是'推'，就没有别的苦衷么?），我们当初还不是自己辛辛苦苦带大你们的（就没有一点别人的帮忙么?）。"自然，还有请保姆之一法，然而，今天的保姆是谁都能请得起的么？

正如天赋人权一样，带孩子也是天赋给首先是孩子亲人的神圣使命；没有亲人的孩子，社会就把这使命承担起来。而孩子的亲人们处境不一、情况不一、认识不一，尤其在工作和生活节奏加快的今天，恐怕还得相互体谅、相互帮助、各尽所能、同舟共济，有问题有矛盾能够商商量量，平心静气地加以解决，毕竟都是一家人嘛。

鲁迅先生曾称赞有岛武郎的小说"有许多好的话"，并引他对"幼小者"的嘱咐："你们若不是毫不客气地拿我做一个踏足，超越了我，向着高的远的地方进去，那便是错的。"（《随感录六十三》）

完成我们的神圣使命，是需要一点甘做牺牲，为幼小者"做一个踏足"的精神的。

一九九四年五月十一日

望窗外

诗人郭小川写过一首《望星空》，诗情洋溢，蕴含深邃，读之荡气回肠，思绪百转。我在这"国际家庭年"的美好日子里，来写《望窗外》，甚是缺乏诗情画意，仿佛思想里有个什么精灵在推动似的。为什么呢？就因为我觉得在家庭年里不妨望望窗外的世界而已。

家庭，是个温馨美好的地方，起码在多数时候的多数地方是这样。但一个家，哪怕你装修得多么美丽，怎样的现代化个性化，哪怕你多么简陋朴实，怎样的回归自然自我本色，别的可以没有，窗却不可或缺。没有窗，像个囚室；窗太小或太少，像个城堡，都不适于人居。人们需要了解自己、注意自己、调整自己，同时还需要了解和自己息息相关的外部世界，正像人们需要呼吸一样，家也要呼吸——单是家庭空间的氧气是不够的，还得源源不断地从外面补充新鲜空气，同时把有害气体排出门外。"外面的世界很精彩"，确也有许多精彩之处；然而又有些"很无奈"，尤其在以无奈心对待无奈事之时。总而言之，窗外是值得我们去望一望的。

那么，就让我们望望现在的窗外吧。

先看看近处，即窗下，有什么景观？花园草地？单车棚顶？人行道路？横街窄巷？总之，除正常景观外，还不难发现"现代文明病症"之一：高楼抛物。一地，或一屋顶的烟盒、纸屑、烂鞋、泡沫包装块、菜帮、脏抹布……被主人排斥在窗明几净的家之外，而不必经过清扫、装载和运送——为自己的"很精彩"让别人"很无奈"去。人们用防盗网、拉闸门、双重甚至三重锁，把自己的家庭财产、家人安全和清洁卫生统统保护起来的时候，却从窗口伸出一只手去，夺走别人的安全、卫生。或许，当觉得无人看见的时候，你也偶有随手一抛之事，但那后果却天天摆在那里，让你从窗口望见时，总不至于一点感触也没有吧？

略远一点，可以望见大街上车水马龙，新崛起的建筑群落，飘飘荡荡的广告气球，夜间则有霓虹灯诱人的华彩，不见海的"渔村"座上酒酣耳热，卡拉 OK 歌厅的衣香鬓影，桌椅摆到人行道上来的大排档的镬气蒸腾，灯光夜市的人头攒动……这些自然都是令人惬意的，却又不能不看见穿行于酒席筵前号称"时装表演队"的"三点式"和木无表情的脸，叫人想起"伴看罗袜掩啼痕"的悲辛；也不能不看见那些假烟假酒假服装假电器以及"宰"客的凶暴和笑脸。

再远一些，城郊接合部的"集资房"一幢幢昂起希望鸿运高照的头，上等级的省道、国道和高速公路以崭新的面貌向远方舒展修长的身躯，大型游乐园的疯狂过山车、碰碰船和着游乐男女的心律跃动，虽然日渐缩小仍旧绿意盈盈的菜畦田、瓜园、畜棚，川流不息的货柜车、泥头车、水泥车、大铲车、大巴中巴，奔驰皇冠夹杂着摩托车、单车和行人，叫人想起"天下熙熙，皆为利来；天下攘攘，皆为利往"的情景。当然，利究竟来去何方，大有高下清浊之分。试看混在这熙攘之中劫车害命的狂徒、拐卖妇幼的黑手，正在繁荣之中制造痛苦，可见这利又怎样吞噬着某些人的良知，毁灭其人性。

越过山川，遥看云天渺渺，望中原大地，南疆北国，市肆林立，八方辐辏，高科技电脑传遍神州，新幕墙华厦矗立晴空，一派兴旺景象。这期间自然也有上下其手的贪婪之徒，不可告人的幕后交易。贪污索贿黑其心肝，腐化堕落蚀了灵魂。虽然并非一对一那么平均，确也是"一边是庄严的工作，一边是荒淫与无耻"。

那么，异国他乡怎么样？民主挥起霸权的大棒，自由装饰掠夺的牙爪，摩天大楼下的人权躲闪街头商肆交火的微型冲锋枪弹，富足打着饱嗝用豪宅和游艇把人间的呻吟和饮泣推向耳闻目睹之外，"万物皆备于我"统帅着好些神经中枢，科技进步在寻找不含征服世界的第×次大战意念的赞助。还有卢旺达街头成堆的横尸，波黑无了期的恩怨，以巴和解中杂以宿仇的冲突，南北也门忽焉燃起的战火，经济复苏声伴随着新纳粹主义者的嗥叫，亚洲的人们还不得不以强烈的谴责，把时不时冒出来的"'大东亚共荣圈'为了解救殖民地人民""南京大屠杀不曾有过"之类的呓语赶下太平洋去。世界是灿烂的，有时又会风沙蔽日；世界是进步的，难免有奋斗的伤残；世界是欢乐的，别忘了同时还有许多眼泪。这就是我们的家所处的世界，一个充满矛盾的世界。当我们享受着家的温馨之时，不妨望望窗外的世界，想想怎样发展和保护这温馨；当我们经历着家庭里有时难免的茶杯里的风暴时，也不妨望望窗外的世界，让高远的思路带来抚平风暴的灵感。郭小川"望星空"，曾感叹"世界远不是这么辉煌"，正因如此，我们更应在温馨之中，思考一下让它辉煌起来的事——尤其在这"国际家庭年"。

一九九四年五月八日

嵌在记忆天幕上的诗

　　和大多数最初步入文艺殿堂的青少年一样，我也是在读中学时学着写自以为的新诗开始的。因为诗是最能宣泄感情的形式，而青少年的感情又是那样的单纯而炽热。然而，几十个春秋过去，我几乎早已和诗绝缘，自己不写，也读得少，因为阅世渐众，发现生活中的诗情画意太少，诗里头的诗情画意太多，一时之间，不知究以何者为是。我也曾疑心是否自己的感情出了什么问题，有点麻木不仁？然而，自少至老，又确有许多诗句深印我心，长久难忘，有的还曾经那样强烈地震撼过我，并无麻木之感。且不说"此夜曲中闻折柳，何人不起故园情"，"落日心犹壮，秋风病欲苏"，"只恐双溪蚱蜢舟，载不动，许多愁""大江东去，浪淘尽，千古风流人物"等等深印于脑的古典诗词，思绪略一触动，佳句便会蹦了出来，便是新诗、民歌，也有些长久难忘的吉光片羽。尤其新诗，因为一开始便带着散文化的倾向，而格律至今仍未能成型，一首新诗，总体可能有强烈的感染力，但能让人记住那么几句，却颇为不易。我们读李白的"床前明月光，疑是地上霜"，很容易记住；读四川民歌"高高山上一树槐，手把槐树望郎来；娘问女儿望啥子，我望槐花几时开"，也容易记住。然而读新诗，如被誉为"多重主题交响"的现代诗"我，在白纸上/白纸——什么也没有/用三支蜡笔/一支画一条/画了三

200

条线……"因非全诗，对其内容且不去评说，就诗句而言，读了之后，恐怕很少能不淡然忘之的。然而，就我几十年有限的视野所及，仍然有些新诗片断嵌在了记忆的深处。例如卞之琳的：

你站在桥上看风景，
看风景的人在楼上看你。
明月装饰了你的窗子，
你装饰了别人的梦。

又如徐志摩的：

我是天空里的一片云，
偶尔投影在你的波心——

还有：

悄悄的我走了，
正如我悄悄的来；
我挥一挥衣袖，
不带走一片云彩。

能记下的当然尚不止此，但不可罗列太多，就让二位做代表吧。这些诗句所营造的气氛、境界和所传达的思绪、情怀，甚至所蕴含的理念，都或前或后交织一起如波涛激荡，触动了我的感情，引发我去反复吟味思考，不知不觉地嵌在了记忆的天幕上。随着岁月的流逝，常在情感和事情撞击的火花中闪到眼前，从而获得新的感受。例如"四人帮"垮台后全民进到历史反思之时，我就感到我曾经"装饰了别人的梦"，当然，其内涵和三十年代卞之琳笔下的"梦"大异其趣；正如抗战八年胜利时立刻想起"剑外忽传收蓟北""漫卷诗书喜欲狂"一样，那情景，尤其是情，和一千一百多年前的杜甫相似，内容则完全两样。钱钟书在《通感》里揭示过"感觉转移"现象："颜色似乎会有温度，声音似乎会有形象，冷暖似乎会有重量，气味似乎会有锋芒。"我们在这里，则体验到"感觉穿透"的力度，姑且叫作同感吧，即条件相当时，则公元七六三年时的感情也可跨越历史长河，引发公元一九四五年的人的同感。反过来看，要是诗不能引发读者的同感，则诗句便无法让人记住。我想，这是除表现技法高妙之外，一个让人念兹在兹的内在因素。

如果说，上引的诗句和作者都离我们太远，近一些——限于个人接触较多的层面因而绝不能以之概全——则有：

野曼的：

> 神龙飞去久矣乎，
> 月来东江暴大洪！

韩笑的：

> 我爱漓江清清水，
> 漓江爱我绿军装。

李士非写于病床上的：

> 用一个错误掩盖另一个错误，
> 再用十个错误把这个错误掩盖。

张永枚的：

骑马挎枪走天下，
祖国就是我的家。

谭日超的：

腊月里黄尘迷眼，
三月里雨巷划船。

野曼让我记住了那次东江特大洪水之猛烈突兀的气势，韩笑使我窥见了青山绿水间的战士情怀，李士非叫我思及非正常时期的某种生活哲理，张永枚写出了军人卫国的浩然壮志，谭日超则描出了大沙田地区的真实风貌。这些诗并无多少刻意雕琢之处，如某些曲里拐弯或浓妆艳抹或藏"微言大义"于谜底深处的诗然，有些甚至近乎大白话，却体现了当时的时代精神，凝聚了诗人的一腔赤诚，让我记住了好些年。其实，"举头望明月，低头思故乡"何尝不是大白话，却传诵千古。可见诗当然要打磨，但打磨到"大白话"而又令人难忘的境界，却也并非易事。

四十年代中期，我初进国立剧专读书，教舞蹈课的彭松老师，有次给我们朗诵了一首初听去平平常常，甚至感到有点老掉牙的诗，朗诵到最后几句，一下子震撼了我这颗年轻的心，一直记住到六十多岁的今天：

有一位少年，
向一位姑娘求爱。
他说，姑娘啊，
我爱你，我爱你，
我可以为你生，
也可以为你死，

只要你答应我。
姑娘说，哦，不，
我不能相信你的爱，
因为在你心里，
还有着你的母亲。
除非把你母亲的心，
挖出来献给我。
少年听了这个话，
连忙跑回家去，
用一把锋利的尖刀，
把他母亲的心给挖了出来！
他捧着母亲的心，
兴奋、奔跑；
奔跑，兴奋。
路上有块石子，
把他给绊了一跤。
他和母亲的心，
一齐摔倒在地上——

　　诗至此，依然平淡无奇，哪怕带点童话色彩，仍不过叫人想知道事情的结果而已。但彭松那嘹亮而凝重的嗓音，突然放慢了速度，眼里似乎噙着一丝泪光，如碎玉裂帛般朗诵出最后几句，突然那样强烈地震撼了我的心，至今似乎还在微微颤动：

　　　　——只听那母亲的心，
　　　　在地上轻轻地说话了。
　　　　她说，孩子啊孩子，
　　　　你摔疼了没有啊？

你摔疼了没有?!

半个多世纪了，我所读过的新诗，好些都曾感动过我，但能让我全首记住的，大约就是这么平常至极，近乎大白话，且并不圆润精致的一首了。何以故？我也说不出来。因为我不是写诗评，也不是作全景式的鸟瞰，更不是排名分等次，只不过从诗的接受者角度，谈点个人于有限接触中的某些实感而已。至于理论层面的探索，尚有待论家的慧眼，我只算提供点可供解剖的材料吧。

一九九四年五月三十一日

美的感觉

遗世而孑然独立的美，似乎极难找到。和别的事物一样，美总是在比较中显现其特质的。"万绿丛中一点红"，很美；要是满世界一片红海洋，我们只能感到烧得慌。那么，绿海洋怎么样？要是在蓝天白云春光明媚的映衬之下，给人的感觉自然生机勃勃（还不谈山野，房舍，野花树果以及人的活动等等对比物的存在），否则你走进深山老林而又觅路艰难，那感觉恐怕不仅是单调乏味而已了。江水滔滔，数点白帆冉冉向日；碧海青天，千堆雪浪惊雷炸响——白帆画出江曲之飘逸，雪浪吼出大海之壮伟，少了白帆雪浪，感觉当另是一样。

时装穿在甲男身上，让人感到大方得体，穿在乙男身上，顿觉有些怪怪，犹如苗条姑娘一袭牛仔裤，满溢青春活力，要是肥婆也来学样，立刻便突出那不必突出的地方，美感遂荡然无存。所以我们不能单说牛仔裤美不美，那得看穿在什么人身上。然而我们又的确常说这件衣服漂不漂亮、那双鞋好不好看，那是我们凭生活经验用想象把衣鞋跟其穿着者作了对比，并观察其协调与否之后的感觉，只不过此事瞬间完成，我们几乎不觉其存在而已。

公共汽车上有丽人端坐，俊秀姣好，牛仔裤显其青春活力，见者无不觉其美。但如你的目光离开她三寸，见大腹便便的孕妇艰难地站立在她身旁而她却无动于衷，人们审美的感觉顿然减色。盖外壳的美终究掩不住内在的丑，而内在的丑又凸现出外壳美的虚假实质。

不知正在上下求索其美的旁观者，注意到此中的契机了么？

一九九四年八月三十日

当铺、美容和重排大师座次

我的生活态度是力求其不偏，也就是所谓中庸之道。然而实行起来，便有点偏乎哉不偏乎之感，终于仍然难免有偏，大违自己立身之道。世事多偏颇，人性有弱点，干脆就挑几件来谈谈自己的偏见，以就正于有同病者或不同病者。

许多事物，和我们的社会体验相联系，无法孑然独存，古人观花流泪，对月伤怀，倒不是他的神经特别脆弱，感情过于精致，而是因为"人面不知何处去，桃花依旧笑春风"，或是"白兔捣药秋复春，姮娥孤栖与谁邻"？总而言之，仍然逃不脱世事在他心扉上直接或间接投影的影响。现在的年轻人，偶尔听听"样板戏"，觉得"新鲜"有趣，但让经历过那荒诞岁月的人来听，一声"谢谢妈"，可以冷透脊梁骨。所以鲁迅先生说"穷人绝无开交易所折本的懊恼，煤油大王哪会知道北京捡煤渣老婆子身受的酸辛"。

过去和穷人血泪相连的当铺，现在有了好听的名目，叫作"编外银行"。据记者描绘，它"是银行收贷业务的一个补充"，既可"帮助企业解决资金周转的困难"，"开拓市场"，"帮助顾客变卖闲置物品和购买便宜货"，还"替顾客临时保管重要物品"，"为大众排忧解难"，一样样都举了实例加以说明，甚至喻之为"旱时一滴，春风化雨"，真是可爱极了。这些，我都愿意相信。但说它是"改革催生"的"新生事物"，我望着街头那似曾相识的"大押""当"字，想起二十世纪末，当还是个孩子的鲁迅先生，从比他高一倍的柜台外"送上衣服或首饰去，在侮蔑里接了钱"，再到和他一样高的柜台上给他"久病的父亲去买药"的情景，就对充满各种好处的物事不觉其新，只觉其旧，而且还有许多与之相联系的感触。据查，这"新鲜事物"早在南朝就有，距今已一千四百年以上了。其实，"典当""大押"，本来是和高利贷对人们的残酷剥削联系在一起的，既然有了崭新的内容，又何必像在新编历史剧之前，重又挂上"样板戏"之类的牌头？难道我们的思维，竟贫困到非得把那早该送进历史博物馆去的匾额再捧出来不可吗？鲁迅先生当年把家里的衣服首饰送进当铺，可并不是拿去"临时保管"的，他看着那个大到吓人的"当"字，心里头在出血流泪。我们今天仍能隐隐感受到其中的酸辛，尤其在那个含义复杂的"当"字赫然出现在今天街头的时候。《弯弯的月亮》不无伤感地叹息道："今天的村庄，还在唱着古老的歌谣。"此理一也。许多喜欢称王称霸称皇称豪称威称帝者，其行为心理，和对"当"情有独钟者正同。

　　前些时，有关方面决定整顿美容美发行业，因为好些爱好者尤其是姑娘们"美"出了毛病：文眼线文出角膜炎，割双眼皮闹到眼睑下垂，去皱纹导致黑皮病，隆鼻术造成鼻子溃烂，治狐臭弄得腋窝疤痕牵扯双手活动不便，做小酒窝却在双颊留下一对大疤，"药水美发"结果头发脱落。我的偏见是：美容以天然为高，人工之美固然也是一种美，总觉欠缺一点灵性，过于刻意求美者往往适得其反。三四十年代的影星有至今上镜依然风韵犹存的，颇见其驻颜有术，但不能有特写镜头，更不可近观，因为拉皮去皱术无论怎么进步，仍给人以僵直不活之感，青春毕竟是拉之不回的。我很怀念老伴做小姑娘时那两条活泼灵动的小辫子，但也承认眼前她头上的丝丝白发，希望她不要去扯去染去烫，认为这和她脸上日渐增多的皱纹非常相称，让我想起我俩并肩渡过饱蘸我们同甘共苦的风雨岁月。看过油画《父亲》么？让人深深感动的，正是那蕴含无限生活印痕的一脸皱纹。请想想，要是把《父亲》脸上的皱纹拉直了，我们还能看见些什么？

生活要求我们直面相对，包括青春之渐逝或已逝，而美就在这直面之中，看我们是否能够发现她并与之灵犀相通，而不必过于勉强地去生造出自以为的"美"来。

然而，我们的年轻学者发现新的美了。他们用"纯文学标准重新审视"二十世纪中国文学之后，兴冲冲地就来给近百年的中国文学大师重排座次，事情便从形而下进入形而上的尊贵领域，轰动效应自然因风而起。当今之世，热闹仍然有人要看，便是"倒泻箩蟹"，也不乏看客，况乎给大师重排座次？不过，读了报道，我又有了两点偏见：其一是，水泊梁山的忠义堂上，的确排过座次，宋江上山后又重排过，但百年来的中国文坛，谁是大师谁不是大师并不因谁说了（或排了）算，第一第二也未曾张榜公布，即便有人口含天宪，说了或是排了，也用某种方式公布了，而人们心头那把虎皮交椅，是否就依此摆设，还难说得很。当然，大师及其座次确乎存在于人们心中，靠其实绩在人民群众和时间检验下自然形成，而不是谁谁可以排成的，文坛毕竟不是水泊梁山。唐玄宗的五言律诗《经鲁祭孔而叹之》曾被蘅塘退士孙沫排进经他编成流传颇广的选集的第一把交椅，鲁迅先生指出，"这是《唐诗三百首》的第一首，是'文学概论'诗歌门里的所谓'诗'。但和我们不相干"。《唐诗三百首》流传了两百多年，有谁承认过唐玄宗的诗坛寨主位置？其二是，年轻学者自然也有重排座次的自由，但把茅盾从"二十世纪中国文学大师"的位置上拉下来，恐怕还得费点力气，因为所持的理由实在简单得可以，说是"他的小说往往主题先到，理念性很强，小说味不够"（十月九日《中国妇女报》）。主题先到自然不好，造成过许多公式化概念化的作品，但茅盾的《子夜》《蚀》《霜叶红似二月花》《清明前后》《春蚕》《林家铺子》等等，和公式化概念化拉得上关系吗？"小说味"云云，不过是见仁见智的事，且不去说它。至于"理念性很强"居然也成为一条罪状，恐怕有点文不对题。首先，世界上找不出不含理念的作品，便是写写回文诗之类的游戏文字，也有着游戏人生的理念，程度不等而已。怕理念感染了文字，便得什么也不要想，什么也不要写。其实，"用纯文字标准重新审视"正是一种理念，经这么一"纯"，茅盾切近当时现实生活的作品便因不"纯"而被逐。其次，有理念的人创作的文学要"纯"到"理念性"不"强"，这要求实在奇特。我认为，问题不在"理念性很强"，而在于通过什么达到"很强"。标语口号抑或丰满的艺术形象？只有前者才是不可取的。而茅盾的作品，从实践到理论，都走着后者的路，可谓人所共见，要否定还得有更坚实的"理念"。

当铺早应消逝，美容不妨行时，唯有人民群众心目中的大师座次，恐怕是不易撼摇的。早些年的抑杜扬李。结果如何？依然双峰并峙，便是猛人，也无法移易。

一九九四年十月二十九日

211

欣赏艺术个性

——读魏明伦的《巴山鬼话》

"巴山鬼才"魏明伦的"鬼话",实乃充满人间烟火味的醒世之言,而且带笑含泪。

这是一本从包装到思想、艺术、语言都颇具特色的书,并世尚不多见。其中的一些篇章,当初在报刊发表时就曾引起各方关注,如《仿姚雪垠法致姚雪垠书》,不说"轰动效应",也可说具有相当的震撼力度。无论赞成或反对,都不得不承认这位鬼才思维敏捷、联想丰富、出语辛辣、剖析深邃,而行文骈散相杂、文白两兼、上天入地、神出鬼没,尤具独特的艺术个性。

这个集子辑入杂文"神坛鬼辩"、散文"人间鬼情"和札记"戏海鬼恋"三束,品类有别而条理分明。

"鬼辩"一辑以如刀似剑之笔,解剖人生世相,探索艺文规律——看自我与文字,论遮掩的魅力,谈振兴川剧,述独立思考,话雌雄,吟毛病,记荒诞,战老将。艺文中自有人生世相,世相又触发源源文思。这一辑实感,最见作者思维之不同凡响与独到的艺术功力。例如《雌雄论》,指出《我之节烈观》中伟人的年轻妇人(指原配),"守着"伟人遗像,青丝变白发,少妇成老妪,熬过漫长的三十二年孤独生涯至死不渝。伟大的女性为早逝的伟丈夫奉献一生,却与伟丈夫生前启迪世人的指向背道而驰！……"迅翁泉下何以仲裁？"又从"国母孀居五十年"而引出泛指"伟男续弦有理，女杰改嫁无耻"观念之荒谬，从而呼唤"辨花环反思牌坊，庆三八勿忘五四也"！

这都是长期以来人们或许想到却未能触动的话题，让作者极雄辩极有分寸地说出来了，既无损于伟人之为伟人，又揭示封建意识之入于膏肓而击一猛掌。

又如《毛病吟》，既看到"当初侧重于权，今朝侧重于钱，乍看新弊端，实为后遗症。通货膨胀，根在史无前例经济长堤崩溃；人满为患，源于开国伊始批判识途老马"，又看到"十年改革，一句概括，功在医治毛病"。言辞犀利精练，内涵丰富深广，这样的佳思巧构，在本辑中几乎随处可见，无怪乎连资深学人钱钟书也"对他的行文方式啧啧称赞"。

"鬼情"一辑，多为写人掏心之谈和为人作品书序，作者称之为："散文类"，仍然思维不乏阳秋、落笔服膺真理。"老风骚一颂就是千年，这现象是可喜？是可悲？我看是悲喜交集。"（《新诗审美嬗变说——〈走向世界〉前言》）问得何其有力，内有万语千言。

作者的散文也"连连获奖"，且确有不少精彩之笔，但和第一辑杂文第三辑艺戏札记比较，稍显单薄，一些地方，有酬应的痕迹。自然，即便酬应，作者也是下笔不同凡响，游刃绰绰有余。"家住郓城，是宋江杀惜的北楼遗址么？母亲姓孔，是曲阜孔庙的泮水支流吗？"直有涉笔成趣之妙。

"鬼恋"一辑，是作者从事川剧创作的经验之谈，涉及他所创作的《潘金莲》《易大胆》《三叩门》《岁岁重阳》等多部剧作，并从传统戏曲看审丑，谈到"一戏一招"的创新精神的自白等，无不有血有肉、有棱有角、细致入微、时有创见，很值得一读。当然，因为谈的是创作经验，文风与前两辑各有不同，即较少旁敲侧击，较多正面叙述，但仍奇趣盎然，引人入胜。

通观全书，个人最感兴趣的是作者的文艺思想，同样浸润着他的艺术个性，且引几段文字——

一、"戏剧观念的更新，必须附丽于人生观念的更新，雕虫小技，治不了戏曲与青年的'代沟'矛盾。"

二、"既要千方百计改革川剧本身的僵化，又不能卖笑卖身去迎合上帝的腐化。"

三、他批判那些"高到玄之又玄者，看文艺以看不懂的为佳品，凡能看懂的不屑一顾"。"跳舞扭摆学床上动作，唱歌腔调仿性交呻吟。歌星扭下台来摸一摸观众是演出必由之路，观众拥上台去啃一啃歌星是文艺最佳境界。""文风如迷，把白话写成'黑化'，把口号写成咒语。"

四、他赞赏"正当莘莘学子膜拜尼采，崇尚萨特成风之际，作为获奖新秀的你，自学选择的师长，衷心敬仰的楷模，竟是这么一个土里土气、毫无超人哲学，不谙存在主义的'编改人员'（指戏曲名宿范宏钧）"。"但见摇滚乐和霹雳舞的包围圈外，又一支中国风格、中国气派的奇葩，将零零散散的都市牛仔、舞会伴侣、院校学生吸引进剧场，与白发书记、苍鬓专家、皓首平民同堂共赏。"

五、"诗单纯，戏芜杂。诗从兴致吟出，戏从使命逼来。诗人独立自主，编剧依附八方。写诗如品茶，写戏如吃药。诗人春蚕吐丝，编剧劳蛛结网。写诗如游九寨沟，写戏如造大寨田。诗人是高阳酒徒，编剧是托钵苦行僧。"

六、"生活，是文艺创作的源头活水。""凡是真实可信处，也是生活扎实处；凡是捉襟见肘、矫情悖理处，必是生活薄弱处。这工夫假不得，谁假谁吃亏。"

于此，可以窥见并理解作者创作迭出新韵之所来自。除个别地方有点偏激，其文艺观的主体可说是被实践反复证明了的真知，他用极形象极生动极别致的文字传达给作者，我个人也很是欣赏而深以为然的。

谈到遗憾之处，可概括为二：

一、因为才华出众，且卓有成就，便于不知不觉中流露出自得自满之色，自述成绩时溢于言表，且锋芒毕露，绝少自省。

二、因为才思敏捷，行文流畅，且联想颇丰，有时便出现作者自己也感到的缺点："连续爬格子，人也爬油了。"（《盲马》序）这油，北方叫作"耍贫嘴"，虽尚未到泛滥的程度，但某些地方已见端倪，亟须引起作者自己注意。

《巴山鬼话》的出版，有一新颖之处——书稿是在一九九三年深圳文稿竞价拍卖会上，被有心人出价八万投得，因而有了一个"出品人"和两个"荣誉出品人"，他们便在书前讲了一点自己竞投此书的认识，也算是开一先河吧。

一九九五年

花的解语

农历的年晚毕竟最像年晚，就算不在市区烧爆仗了，依然还是农历的过年最像过年，当电视里报道西方的人们彻夜不眠，拥挤在广场上，静候教堂敲响宣告一九九五年元旦来临的钟声而呼唤雀跃，我们却心情平静似乎无动于衷，虽然也在享受着元旦假期，却有点贰心地等待另一个时刻，另一个在心头上占有的位置比之隆重得多的时刻——春节。

所谓历史沉淀，大约就是这样的了。

潮涨潮落，花谢花开，万物自有其生息荣枯的规律。这些年，南来北去的民工潮，总在春节前后形成高峰，正是这时，民工和他们远在百里千里外的亲人心头的万千花蕾，让背负着传统华彩的春节点燃、催开，朵朵艳丽的思亲情结便迎春而放，连火车钢轮的"奇叉卡叉""七里轰隆"，也仿佛变成了嬉春追春的闹年锣鼓而不可缺少了。

于是，花城便涨起了花的春潮。

我不想去描绘那花的鲜艳、潮的汹涌、春的温馨、节的绚丽，人们可以到万头攒动的花市上去观赏，也可到近郊花乡陈村、萝岗乃至白云山头去体会，还可安坐家中，品味盆里水仙的幽香、瓶中桃花的缤纷。此时此刻，我很想知道花如解语，她会说些什么？

我看过难得一见的昙花开放，虽然来也匆匆，去也匆匆，她在这匆匆之中却非常从容、安详、自得、自信。她对我说：人啊，你是幸运的，你有数十上百年的时间开放，我却只有这短暂的一瞬。可我也并非不幸，我在该开的时候开了，该去的时候离去，一瞬便是永恒。

我也曾见过据说不能开花或是千年才能一见的铁树开花，她对惊愕的我说：怎么样，我这不是开了吗?!

可是，当我对着九里香老根制作的盆景，但见细叶墨绿、虬根盘结，还有石山瓷亭泥艇陪衬，显得古意盎然，超乎物外，我却想起艾青的诗，仿佛听见九里香在高贵的酸枝木架上无助地暗泣：还是让我回到那蛮荒的大野里去吧，这里虽然丰沃滋润，我却没法舒展我的身躯。

我终于看见了一株挂果无数的柑橘，睥睨一切地屹立在一个其大如斗的瓷盆里，标价四位数，恍如潇洒大款、当红歌星，一副现代派头。我好奇地伸手去摸摸那胖乎乎的金果，它却把头一偏，躲开我的抚摸，百般不愿地摇摇腰肢：去！去！也不翻翻自己的口袋，我可不是为你们这样的人而生而长而舞的……

底下自然还有许多极伤人感情的娇骂，我却也并不欣赏那"而而而"的卖弄，便头也不回地大步离去。

依然是"老九"的臭脾气，我想起《诗·郑风》的"出其东门，有女如云"来了，说的是古之青年男女到野外探春的情景，据记载，他们尤其喜欢到山谷采摘兰草，我自然听不到那时的兰花对他们说些什么话，想来总不至于"利益驱动，钱眼看人"的吧？古人毕竟淳厚，"野有蔓草，零露溥兮。有美一人，清扬婉兮。邂逅相遇，适我愿兮"。他们就这么清纯自然地相悦相爱，并无包装得精致可爱或赤裸裸的讨价还价，如时下某些交易然。他们绝不可能理解，当今之世，"疯狂的君子兰"竟然有过炒到五位数、六位数一盆的辉煌纪录。古之君子美人"出其东门"幽谷看兰时，恐怕做梦也想不到还可以这么炒它一盆而"出人头地"的。不知这算是古人的进化抑或今人的退化？

自然，社会依旧曲折地进化着，这是确定无疑的。花为媒，花溅泪，花也可以作证。先前英雄了好些年月，据说爱在众里争高的木棉树，现在尽管还是花开欲燃、俯瞰众生，却需要不时地仰视那二十层、三十层、五十层的大厦高楼，连连地拔地而起。

不过她在"啊"了一声又一声之后，不再无谓地"争高"，而是承认眼前日新月异的现实，重新取得褪去头上光环后的心理平衡。她说：我不过是"五花茶"里头的一味，可以清热去湿。人们长期把我叫作"英雄树"，我有时也曾有点飘飘然，现在我还要"争高"，不过我想通想透，要紧的不是高在身材，而是境界。

于是，木棉花有了一次新的自我实现——在这九十年代的第五个春天。于是，我重温两千多年前的李聃的话："天之道，利而不害；圣人之道，为而不争。"——在这花市人如潮的时候。

同时，我还预期着昙花和铁树新的开放和新的感悟。

一九九五年春意渐浓之夜

春来话风月

　　人生在世，略能温饱之余，总要营造一点生活气氛，让自己的精神较为适意一些。先前有喜儿冬夜贴窗花，现时则是迁新居时的大装修。时代毕竟不同了，俗一点说是讨个喜庆吉利，雅一点则谓之提高生活素质，无可厚非的。到了文人笔下，一以贯之的精神是：益发的精致、空灵，惹人无穷遐想。"杏花、春雨、江南"，立刻就把你的精神带进李可染淡墨描绘的诗境；"春江花月夜"，让你顿成醉卧花荫的李白；而"桨声灯影里的秦淮河"，便是"王气黯然收"后的金陵残山剩水间的新的欢乐，与"烟笼寒水月笼沙"大异其趣了。

　　于是，我们的第×代（恕我的确弄不清第几代）导演拍出了电影《风月》，据说挺不错。从而想到粤剧名角薛觉先的首本戏《胡不归》之《慰妻》，迎面便是"凉风有信，秋月无边"，那唱腔之徘徊婉转，还带点苍凉，令我这个并不热爱粤剧的外省人也深印于心了。自然，这不过是正宗风月谈的一支，和《诗经》的"日居月诸，照临下土""终风且暴，顾我则笑"一脉相承。到了《红楼梦》这部"风月宝鉴"，已经颇有点警世之意了，只不过见仁见智，"经学家看见《易》，道学家看见淫，才子看见缠绵，革命家看见排满，流言家看见宫闱秘事……"（鲁迅《〈绛洞花主〉小引》）当代学者，发前人之未见，看见了"阶级和阶级斗争的社会内容"。不知道眼下相当行时的"后××主义"者和"先锋""前卫"们看见了什么？该不会是如马基雅维里"目的总是证明手段正确"那样不易索解的东西吧？

一九三三年五月，一向被视为"营业主义（这'主义'至今仍觉新鲜——引者）之《申报》"副刊《自由谈》主编黎烈文刊出启事："这年头，说话难，摇笔杆尤难。这并不是说'祸福无门，唯人自召'，实在是'天下有道'，'庶人'相应'不议'。编者谨掬一瓣心香，吁请海内文豪，从兹多谈风月，少发牢骚，庶作者编者，两蒙其休……"于是，鲁迅先生编成《伪自由书》和《准风月谈》，叫人想起抗战中后期四川茶馆墙上的招贴"莫谈国事"，而茶客们"摆"的"龙门阵"中，多有天气、"头寸"、米价、菜情，"市虎"伤人、"天狗"吃月，竹林捉奸、文庙看戏，北温泉洗澡、朝天门抓丁，飞机从香港运进龙虾、专车自敌后装来马桶等等。其中固多风月，言外亦有国事。鲁迅先生早就问道："'月白风情，如此良夜何？'好的，风雅之至，举手赞成。但同是涉及风月的'月黑杀人夜，风高放火天'呢？"

其实，只要是人间的风月，便无法完全洗脱人间烟火，此理原也不难明白。但到了"阶级斗争"成"纲"的年代，事情被推到极端，人们只好"莫谈风月"而言必政治，且斗无宁日了。那样的时候，便是"月白风清"，有人也能捉摸出让人惊心动魄的"新动向"来，搅得别人累自己也累，大家累作一堆，还死难醒悟。终于弄到从深心里厌倦了，厌倦了还得累，化为了机械似的条件反射。便是这样，还望不见事情的尽头，因为擅长"屎中觅道，屁里参禅"，把一切政治化而上纲上线，如江青姚文元之流还在借此另有图谋，直到他们自己搞垮了自己为止。呜呼，尚飨！

时移俗易，终于迎来了改革开放的历史新时期，再无"莫谈风月"的禁牌高悬，更不用担心风中测向、月里捉影之辈肆虐，喜欢谈的尽可大谈特谈，算是对先前之不许谈的一种反动，或是久违生活情趣的一种补偿，其丰富人们精神生活的作用显而易见。人们从小心翼翼地谈，到放开手足地谈，到津津乐道地谈，到胡天胡地地谈，到走火入魔地谈。有的人难免又走到另一个极端去了，仿佛天地间舍风月外无他物，什么国家、社会、公众、他人，什么个人的责任、义务，什么艰苦奋斗、为人民服务，"全他妈的莫谈！"形而上地钻进象牙塔里自我欣赏，潇洒醉一回，仿佛从此成佛成仙，总算找到了人生的真谛，进入辟谷境界，再不沾尘世烟火了。形而下地跟着感觉走，拉着金钱的手，有的发廊张其红灯区之灯，有的桌下卖其春宫图。高手炮制当代"金瓶"，拉大旗曰反对封建，低手化装香港作家，制黄书称暴露黑暗；供应廉价爱情的翻来覆去不怕烦腻，推销假古董的声嘶力竭只管赚钱；酒席筵前，不乏"时装表演队"，露其"三点"，"红娘"座上，多有曲线出国迷，挨斩过千。最为惊心动魄的，是在别的条件配合下，终于来了不少"月黑杀人夜，风高放火天"！

　　"花月正春风"，当然是大好之事，只不要搞到南唐李后主那样乐极生悲"仓皇辞庙"就好。从小处看，个人的工作、事业，乃至前途、责任，都需在风月之外，看到风云，还当努力奋斗，披荆斩棘；从大处看，咱们虽说经济发展，实力增强，可也并非无往而不利，有时还相当受人欺负，只消看看申办"奥运"和"复关"谈判之一波三折，就知道人家还时不时祭起"制裁"的大棒，要我们做那样不做这样呢，我们能不自强不息么？

　　花好月圆，风和日丽，人之向往，也是人之常情。只不过它不会自动到来，你得击退那"月黑杀人""风高放火"之凶残，摒弃那形而下的诱惑，或从形而上的象牙塔落到人间，方有真实美好的风月而赏心悦目。

一九九五年一月二十二日

请给一河好水

　　列·托尔斯泰在《最后的日子》里写道："一切利己的生活，都是非理性的动物的生活。"作为艺术的现实主义者和思想的理想主义者，托翁此话或许有点失之偏颇，实践曾经痛苦地证明，精神并非万能，"利益驱动"仍然有着不可忽视的作用。只不过人和别的动物不同之处，在于能够以"理性"去制约某些"非理性"的走火入魔。错与非错，罪与非罪，往往在此分界。

　　但这"理"，却又因人而异，即公有公理，婆有婆理；或者你说你的理，我说我的理；有的甚至强词夺理，或根本不理——广东话之"当你冇来"！一套价值百来元的"时装"，到了某"精品屋"，标价竟然升为一千八百八十八元，好不"大吉利市"。于是，站在顾客方面的说是斩人太狠，站在老板方面的则谓"周瑜愿打，黄盖愿挨"，只不知"愿打愿挨"论者自己被人狠斩一刀之时，他又会端出怎样的"理"来？四川泸州市招生办副主任×××，自称"为泸州人民做了一件大好事"，那么，这是一位有功之官了？但他却"忘了"说他是在向四百零五位学生家长索要并收受了四十一万一千三百一十元巨额贿赂后才"输送"的内情（还不算不能说明合法来源的三十三万余元财产）。更其耐人寻思的是，当事情证据确凿地被揭露之后，他仍然能"常有理"，竟振振有词地说"招生办在委培工作中的任务只是

222

向学校提供档案"，而他做的工作远远超出了这些。因此，他得到的钱是"辛苦费、跑路费、劳务费，不是贿赂"，当然也就不能认为是犯罪。妙哉斯言，人们太不理解这位劳苦功高的副主任了，竟然把他推上审判台，叫他赍志以没。

漫天要价、巨额索贿，自然是志在谋财，而另一些谋财者，却不惜以害命来取私利。假酒假药之"捋人性命"自不必说了，直接而且立竿见影，便是普通的日常食品，例如湖南的"多维淮山米粉"，竟也取去了岳阳社会福利院九名婴儿弱小的生命。事后化验，该米粉不仅菌落总数、大肠菌群严重超过婴幼儿食品卫生标准，还检出大量蜡样芽孢杆菌和霉菌，而生产者李红旗在长沙市郊的地下工厂里炮制的货色，不但先前出厂时持有生产合格证，而且在婴儿中毒事件的三个月后，郊区防疫站仍给他开具产品合格证和卫生许可证。这不是大白天见鬼了么？再者，从地下工厂出来的黑货，到达婴儿口中，其间就经过盛华食品厂、东岸供销社、长沙市港务局劳动服务公司货运食杂果品经营部、岳阳市梅溪桥镇集市五号门面个体户梁华、社会福利院采购员，似乎没有一次想到要把产品的质量检验一下。他们只管交易买卖、是盈是亏，其余不必过问，结果是客观上给谋财害命者助了一臂之力，哪怕主观上无此故意。但他们都各有其"理"。

再等而下之，自然是明火执仗之徒，连招牌也不需要了，白刀子进红刀子出就是他的"理"。自然，这"理"将把他带向何处，不言自明。

产生以上种种现象的社会因素和历史根源且不去探讨，但它带来的社会效果，尤其对人们心理上的影响，却是不容忽视的。或人看来，仿佛果然"天下熙熙，皆为利来，天下攘攘，皆为利往"，人们心目中除钱外别无他物了。有的不禁悲天悯人，怆然终于涕下；有的愤然慨然，郁结至于问天。说实在的，我自己就曾百思不得其解，想我五千年文明古国，且不说创造了多少有益于人类的物质成果，便是凝聚我数万万乃至十几亿同胞的精神力量、道德力量，又是怎样的经天纬地，铸造了多少志士仁人、英豪俊彦、睿智圣哲，便是贩夫走卒、平头百姓之中，也不乏舍生取义、杀身成仁的人，于平凡中放大光辉，立大功业，足以彪炳千秋万代、垂范后世，怎么竟然断层难续、英风不继？难道这巍巍中华之魂，竟经不起钱潮利浪之一击么?! 这念头自然很不新潮，但也引出几许悲怆，深心也曾为之惶惑，正所谓矛盾交织，公理婆理在思想里打架。

于是，我便留意起一些某些人不屑于去留意的事情来了，这些事可能并无多么奇特之处，甚至相当平常，但在那些精明的眼中，仍觉得有点不可理解，要诧异好半天的。广州市有位二十一岁的姑娘张三峰，在广州大学科技干部学院毕业了，按照现时一般人习以为常的思维逻辑，自然顺理成章地要在大城市找一份好的工作，不说待遇优厚活儿轻松吧，起码也得专业对口有发展前途（这都无可厚非）。可这位广州姑娘，却一头扎到贫穷的英德市大洞镇的大洞中学，当了一名代课老师，实心实意地为农村的穷苦孩子服务去了。在大面积私欲膨胀的背景之前，这真有点特立独行，正如许多人都在拜神求龙王爷降雨，你却跑去修水利一样。那些惯于在卡拉OK歌厅跳其新潮摇滚不觉天之将明的时髦青年，或是借着前辈余荫享其山珍海味，终日言不及义，什么正经事也不干却大喊活得累的摩登侃爷，他们能把张三峰的所为看作"正常"吗？倒立者眼里的世界自然不会是直立着的。

还有一位六十五岁的老太太李凡一，和老伴长期粗茶淡饭、节衣缩食，家中除几件老式桌椅箱笼别无长物，连女儿都埋怨老两口不会享福，不理解老人家有自己的人生哲学，不知道老人家有自己的生活追求，不明白老人家劳累了大半辈子何以还要薄待自己。然而，老人家却因有自己的精神支柱而甘之如饴。老太太在老伴去世后，仍然坚持与他生前之约，于今年之初给"希望工程"捐出十万元人民币。有人对此根本无法理解，问道："她是不是脑子有病？"我想，确也应该有此一问——究竟谁的脑子有病？

总而言之，从这些不被某些人理解的事情依然在利海钱潮的汹涌激荡中发生，哪怕现时还不是很多——但也不是很少——就令人感到希望仍在人间，中华民族的优秀传统毕竟后继有人，何况我们还正在和邪恶反复搏斗，不会任其肆虐。每当从传播媒介看到惩办那些贪污腐化或是杀人越货之徒，心头便升起一种不亦快哉之感，同时又为此辈飞蛾扑火般地层出不穷而有些忧虑。看来，不深入到人的内心世界的层面，问题很难较好地解决。而深入人的内心世界之最具影响者，当为道德的激发力，因为"法律诉诸人的畏惧心，道德诉诸人的廉耻心"，两者正好相辅相成。于是有人呼吁："归来，耻辱感！"广西全州县一个姓黄的女老板，竟能两次裸体抗税，吓退税务人员。评之者曰："人把脸不要，百事可为。"那么，廉耻心又从何而来？我想，除了其他因素，一种健康向上的文化土壤恐怕是不可缺少的。于是，我又欣然地留意到了这片土壤的某些细微变化。例如，上海的卡拉OK厅除点唱外，有的还兴起了点诗，可唱可颂，益增兴味。于是，泰戈尔《飞鸟集》的名句和戴望舒《雨巷》等等佳构，负载着高尚品位的思绪，融入群众性的自娱活动之中。又如，著名经济学家于光远十分推崇的商儒的出现。他指出："有学问的企业家，称儒商……甚少；儒商再进一步，做研究，写文章热心学术活动，我称之为'商儒'……更难能可贵。"又如广东梅县种柚专业户陈庆超等写种田札记，既从而积累生产经验，还丰富了业余生活，提高了自身科学文化素质。今年春节，广州市郊历史悠久的陈村花市，破天荒引进书市，花香书香共此良辰，可说韵味别具。

这些琐事，如点点萤火，将聚而成炬，烛照人们心田。小提琴演奏家盛中国遍游列国，归来后有感言曰："人不能没有人格，国家也不能没有国魂，而国家是靠文化铸造的。"信哉斯言。如果把文化比作一河水，那么，作家白桦的话就极耐人思考，他写道："有人骂端上桌的鱼变了味，就不骂自己给了鱼怎样一河水。"

人啊，想要有鱼米乡之乐，请努力给它们一河好水——是不是这个理？

一九九五年二月四日

"咁大只蛤乸随街跳"

　　之所以选用这句广东话来做题目，实因它相当传神，别有韵味，但须略作解释；以便更多人能懂：咁，这；蛤乸，青蛙；随街，满街。全句意思大约相当于"天上掉下好事来"。

　　天上果真有好事掉下来么？答曰，有的。今年春节前夕我就碰上一件。那天人在家中坐，好事信箱来。其时华灯将上未上，水仙欲放未放，拆开一封有地址而无姓名的信，赫然一张其貌庄严的四百元支票呈现眼前，签名、印章、编码俱全，纸质、款式、花纹俱佳，令人肃然凝目，一时为之莫名其妙，广东话谓之"有冇搞错"？于是戴上老花镜仔细恭读，原来是一家电器有限公司以支票形式开出的"新年酬宾券"，背面有说明，"持有者为幸运客户"。那么，我这未来某个时候或者也许可能成为它的"客户"，竟然无端端地得到四百元人民币的"幸运"，这不是好事从天降么？

　　然而，且慢。要真实地获得这个"幸运"，还得有两个条件：其一是到该公司"购买一样超过酬宾券价值的产品"，其二是限在"一九九五年一月七日"之前使用。也就是说得先买他的东西，而且要赶快，否则自误良机。如果你这时有些迟疑，该"券"还有一条胡萝卜伸了出来，"酬宾券持有者或其家庭成员将能取得多项优待与赠品"。瞧，不仅惠及一人，简直泽被全家。

此时，本文题目那句广东话便跳进我的脑海，只不过前面还得加三个字："边度有"，意为"哪儿有？"

是的，因为上过几次小当，我对这类"咁大只蛤蟆"的好事常持怀疑主义的态度，不肯轻易相信，便把这堂堂正正地写明"抵付人民币 FOUR HUNDRED ONLY 肆佰元整"的支票（不，"酬宾券"）放在一边，看电视小品去了。电视里的小品令人开颜一笑，生活中的小品可就令人啼笑两非。或许正所谓好事成双吧，过了两三天，忽然收到第二张四百元支票，限期多了两天，即一九九五年一月九日。这回我却益发不敢相信真有这种"随街跳"的"蛤蟆"，哪怕已有八百元的"飞来福"，我依然冥顽不灵，无动于衷，还是把它放在一边，自己跑到街边买年花去了。

年三十的午夜，居处附近的某些人，于安静地度过去年无噪音春节后，今年旧病复发，不顾禁令和公法，轰天盖地地烧起了爆仗。我在震耳欲聋的噼里啪啦中，想起那间似乎不怕"大出血"的公司，不知它将怎样达到"羊毛出在羊身上"的预期？又想到"章氏七日谈"曾经相当形象地传达过"羊毛出在人身上"的信息，不禁"啊！"了一声，顿如老僧之悟道。

果不其然，年初四的晚上，距离奉送"支票"后的二十多天，《南方周末》便以《礼券的陷阱》为题，揭露了该公司欺骗顾客，软硬兼施，斩到人"一颈血"的种种劣行。要而言之，一、以无商标、无生产厂址、无检验合格证的"流嘢"（假货）冒充"进口原装"；二、不明码标价而随口要价，即便扣除"抽奖券"面值后，商品价仍高出市场价数倍；三、以买甲物"奉送"乙物为幌子诱人高价购买却不兑现，或以劣充好；四、上当顾客找上门时，或多方推诿，或要顾客另购新物才能退旧，或干脆拒不受理。正所谓"办法多多""八宝出齐"。药检所陈女士持券在该处高价购回吸尘器，试机便把家中电闸烧了，再试连插座拖板也烧焦，要求退货被拒。汽运公司姜先生持券花了近六千元从该处买回的"高级组合音响",竟然高低音不分,回去交涉,却要他另购一只价高到两千六百八十元的不锈钢煲才肯"退货"……因为投诉者众,消费者委员会的工作人员曾警告该处负责人,他却置若罔闻,甚至说:"不这样干就没有钱赚。"呜呼,总算说了一句真话。

事情已然曝光,且看下文如何?而我的两张"支票",自然成了这出活剧的见证。我想将它保存起来,并非打算有朝一日可望兑现,而是将来可以送进历史博物馆去,配上剪报材料,让后人具体地知道,我们社会发展之路是怎样曲折地走过来的。

"文革"之初,曾经大张挞伐地批判什么"刘少奇的'吃小亏占大便宜'论",事出空穴来风,而眼前这出活剧,依我看,买卖双方倒都确确实实地因小便宜吃了大亏。买方因数百元的"小便宜"而损失数千元,从"幸运客户"变成不幸客户;卖方耍尽小聪明,挖空心思设下诱客上当的香饵,眼下赚了一笔,同时也就自砸招牌,自断客源,不但先前投下的血本未必可以如数收回,连眼前的发财梦也因之化作泡影,实在是得不偿失。

资本主义的原始积累,曾经是那样血淋淋地令人惨不忍睹,我们的社会主义初级阶段,不可避免地会折射出旧时代的投影。这出活剧也正说明推行市场机制发展商品经济尚未臻于成熟,斩到人"一颈血"之类的事,还会以别的形式发生。然而,就在这斩人和反斩人之中,我们将逐渐成熟起来,《消费者权益保护法》《广告法》《反暴力法》等等从实践中长成的法规的先后出台和逐步贯彻,便是走向成熟的一个个里程碑。前路虽然还相当遥远,却是可以一步一个脚印地走到的。

这就是"咁大只蛤乸随街跳"给我的启示,这个春节过得还是挺有意思的。

一九九五年二月六日

不大摩登

——新春应景

  中国人是幸福的，接连地要过新历农历两个年。物价有剪刀差、地区差，时间有时区差、历法差，人们在"差"中赚钱，又在"差"中过年，好不乐也陶陶。

  陶陶之余，不免忆起六年前的新春佳节，诗人黄雨兄曾经写下的祝愿。简言之：愿漫画家杂文家讽刺诗人找不到题材而愉快改行，愿办事不用送钱送物拉关系，愿人们买不到假烟假酒病死猪肉精神鸦片，愿老师学生出入平安不会遇殴受辱，愿姑娘不会被冒充的爱神或正牌的财神作弄，愿一切不以权谋私、正气凛然、立志改革、勤恳工作的同志不受排斥打击。

  诗人已骑鹤仙去，祝愿却依然新鲜。盖情况有的固已大为改观，有的却还依然故我，有的翻版换形，有的变本加厉，自然，还有摩登的新品种出台，夹在日新月异蓬勃发展的市场经济之中，顽强地显示其不容忽视的存在。"道高一尺，魔高一丈"，没法睁眼不看。

  《华声报》曾报道，据美国一份秘密报告透露，一种高智商老鼠正在世界的一些地区出现，它们懂得如何断开现时已知的各种对付老鼠的办法，"以便阻止它们可能接管人类世界的趋势"，云云。闻之，好不吓人一跳，或许这只不过是个传说，事出有因，查无实据；或许"接管"云云，只是某些人——不，某些鼠辈的一厢情愿。然而，我却隐隐感到，高智商或智商不那么高的鼠辈们，有的单"人"匹马，有的团结成伙，确乎正在向我们公然进军。"接管人类世界"的壮志宏图暂时还不知其详，"接管"十多年改革开放的巨大成果的狼子野心，则已历历在目，甚是惊心动魄。诗云："硕鼠硕鼠，无食我黍。"古人似乎太天真了点，呼吁有什么用？也许，那时的硕鼠胃口欠佳，连现在的小老鼠都不如，也可能那时经济落后，不像现时有那么丰富的东西可供其大快朵颐，更没有现时的各种捕鼠之法，只好"烧香送神"吧？

以此，我祝愿我们的科学家、管仓人和一切不以权谋私、正气凛然、立志改革、勤恳工作的同志，不必等到歼灭打算"接管人类世界"的鼠辈们的办法研究出来，现在就拿起手边能拿到的武器例如铁钳之类，揪住它们那贪婪的爪子，让它们"接管"本当接管的东西去！

我还祝愿我们社会的脊梁们，在新的一年里破除阻力，愈战愈勇，除气势磅礴的攻城战之外，尤其要讲究战略战术，打好坚忍不拔的堑壕战、持久战。

应景亦即合时，合时便是摩登。新春伊始，本应多讲点"花开富贵，人寿年丰"之类的应时话，想到鼠辈不去，花开遭咬，腐肉不除，寿算难永，便有点摩登不起来。

不过，我当然还是喜欢"爆竹除旧，桃符更新"的景观的，即便不大摩登。那么，就来了第三个祝愿：

恭喜人们合情合理地发财。

一九九五年春

231

盗权论引出的话题

读贵州一份报纸的杂文专版，有公冶短先生（公冶长之昆仲乎？）的寓言《盗权新论》，言强盗王国的一号人物拟制定《盗权法》颁行天下，被强盗议会否决，改颁《盗权王国人权宣言》，说："强盗也是人，故应享有充分人权，包括：任意抢劫之自由；犯案不受拘捕惩罚之自由；被盗者胆敢拒盗，强盗有权实行自卫，对不顺从者格杀勿论之自由，等等。"宣言盖上了"强权即公理"的煌煌大印。与此同时，该国王还倡议并成立了"世界人权（盗权）保障委员会"，强盗国王自任主席，"负责指导、制裁、纠正一切不符合盗国原则的行为"云。

当年由瞿秋白执笔的鲁迅杂文《王道诗话》，引孟子"闻其声，不忍食其肉，是以君子远庖厨也"的典故而诗曰："文化班头博士衔，人权抛却说王权"，可作"盗权"的历史注解。接着又阐释其微言大义云："教你离得杀猪的地方远远的，嘴里吃得着肉，心里还保持着不忍人之心，又有了仁义道德的名目。"骗人骗己，且"心安理得，实惠无穷"，正是事情的实质所在。

干其强盗行径，却要布道人权，那是终归会"人权抛却说王权"的。历史和现实都提供了无数佐证，只不过花样时时翻新，吆喝多有华彩。纵观当今世界，大焉者满世界派兵——枪杆子里面出人权？中不溜儿的欺行霸市，雄踞一方，收费美名"保护"；

小焉者各施各法，骗那么百儿八十，还大言不惭地高喊"服务"。地别中外，时分古今，盗有大小，招牌换了一块又一块，而万变不离其宗——终归还是自己的荷包要紧，一切的名誉地位权利享受都由此派生，是谓经济基础。

当然，经济基础还派生文化发展和社会进步，但那得以牺牲个人的某些利益为其前提，和"盗国原则"颇难相容，盗王盗臣们大约是不会立意跟自己过不去的。

盗权的兴起，恐怕得上溯到私有财产出现，并为某些权力者争夺不休的上古，也就是原始公社之后，可谓源远流长。演变及今，已经和私欲膨胀者的膨胀而无远弗届了，我们敝邦并非世外桃源，自然也不乏盗权逻辑的恭行者和翻新花样的创造者。广州流花地区火车站附近，是民工潮入粤后的一个大的集散地，有人就在此用巧取掩盖豪夺，当街摆开自封的"××人才信息交流中心"之类的档口，以"招工中介人"的幌子收取"介绍费"，骗取急于求职的民工们的血汗钱，我疑心这等掠夺是否还有一点"不忍人之心"在？武昌都府堤的"周易应用研究所、生命科学、社会科学开发"，且看它是怎么"研究""开发"的：蒋小姐付"咨询费八十元"，被"预测"到她不可与属蛇的人交往。否则会"折财"，还"研究"出她名字中"水"太多，建议她改名，以趋吉避凶。另一位女士花三十元算了八卦后，又花两百元作包括生老病死、婚姻家庭、未来运气在内的"全息预测"。鸣呼，真正的迷信假科学之名以骗人，除了把别人的钞票"开发"到自己荷包里来，又能"研究"出什么冬瓜豆腐？鲁迅先生当年作《南京民谣》："大家去揭陵，强盗装正经。静默十分钟，各自想拳经。"看来，强盗装正经或非强盗却奉行盗权逻辑的事，今天依然相当风行，在过道上拦截入粤的运猪车，或是公然搜掠乘客的强徒，已经明目张胆地"盗"而且"强"，自无"装"之必要，而有的人假借名义，蚕食广州市白云山的绿地滥伐乱建，不理多年来的三令五申，把有关部门的通知、劝说、批评乃至城监、护林站、公安分局的联合"现场制止"均视作无物，祭起各种堂而皇之的"理由"，依旧我行我素，蚕食不误，你说他这依照的是哪家逻辑？实行的是哪家原则？

满世界耀武扬威，以"大哥大"自居，当其地球宪兵，动不动就"制裁""惩罚"而且"限期"，固然引人反感；便是祭起"人权"之旗，挑起"援助"的胡萝卜，以期逼人就范，也极惹人生厌。而我们这里的某些目无法纪更不理道德规范的人，他们之中，尽管还有着错与罪的区别，但因私欲的膨胀而明目张胆或变换花样地滥施盗权之实，这将把他们导入怎样的歧途？——还望其能深长思之。

而正直的人们，当然是容不得盗权逻辑盛行的，哪怕它变幻着多么迷人的花样，打出多么动人的旗号，姑勿论其赤膊上阵抑或文雅其貌，都当依法而治。广东有名言曰："带眼识人。"在纷繁变化的大千世界中，还须"带眼识盗"。

一九九五年二月二十五日

234

试看广告接受心理

　　我们也终于进入了"广告追着人跑"的时代，尽管有时不免有些烦人，然而毕竟说明经济发展，产品多起来了，厂家商家要推销，人们也要选择了。先前凭户口簿买一个水桶斤把铁线的年月，当然用不着广而告之这么劳神费事，那么点东西一目了然，何况也并无选择的余地。可以说，广告是经济发展、升温甚至沸腾的信号。

　　然而，广告多了起来，又难免令人眼花缭乱，无所适从，尤其在上了几次小当或次把大当之后，人们对广告的态度从先前的毫不设防到慢慢地有所戒备，不再你说白我不以为黑你说猫我不以为狗了。这个变化，我以为是现时已经铺天盖地的广告策划者、制作人和委托人都需要认真研究的课题——人们的广告接受心理。

　　不研究它，不摸清楚它的脉搏，制作出来的广告往往牛头不对马嘴，搔不到痒处，白花钱不说，甚至得个反效果。前些年有一种表，花了大量的广告费，在电视、报纸上频频亮相，反复强调它"世界销量第一"，今天它"销量第一"，明天还是它"销量第一"，后天大后天还是它"销量第一"。看得多了，有人就问：全世界那么多表，你都调查过作过比较了？你这个第一是哪里给出来的？准确性可靠性如何？再说，便是流行音乐排行榜，那第一第二也经常在变动，你就那么稳如泰山地坐在第一上不动？有人甚至说："买表我就偏不买你这个老第一。"这就是广告接受的逆反心理。吹嘘得天花龙凤不着边际，或是自我表扬言过其实，都可能引出负面效应来。

还有一种刻意贬低他人抬高自己的广告，从职业道德的角度看，已经很不可取，从接受者的心理来说，终会留下那么一点阴影。有个电视广告，画面是台上摆了许多大小高低不一的化妆品，商标自然是看不清晰的（否则就会犯侵害他人名誉之法。看来，广告制作者对此心理十分清楚，然而他仍然要打"擦边球"），但从那些容器的外形，很容易让人联想到某些牌子的化妆品来。这时，随着伴音夸大其词地介绍他自己产品的优越性能，一只手伸进画面，把台上的化妆品统统扫落地上，另一只手把他要广告的"宝贝"放到台上，代替了所有其他被扫落台的产品。这是否显得霸道了点？商战商战，讲的是以质量、服务的竞争取胜，可不是在广告里一厢情愿地把别人扫落台这种阿Q精神的胜利，这样胜利了也算不得什么好汉。这种广告看了让人反感，我老伴就不无调侃地说："哈，全世界就它最好啦？"下面的潜台词自然是："我就不信。"瞧，贬低他人，常常并不能抬高自己，这就是古人说的"仰面唾天"，结果口水掉在了自己鼻子上。

有一种疲劳轰炸式的咳药水广告，其广告词之重复冗赘，几乎可以入吉尼斯世界纪录。当其在收音机里出现的时候，叫人无法忍受那种单调的反复，只好把收音机关掉。这种广告的制作者大概相信了希特勒的宣传部长戈培尔的话，"谎言重复千遍便是真理"，可他不知道，就算不是谎言，"重复千遍"也惹人生厌。其实好的广告词根本用不着喋喋不休、"够长气"，反倒应当要言不烦，必需的重复也当恰到好处，试听听那些成功的广告词："欢迎你参加万宝路世界。""有山必有路，有路必有丰田车。"就那么两三句，让人不易忘却——即便你并不抽烟，也不坐丰田车（它也并不硬要你抽或强迫你坐），却给了你一个明晰的印象而并不令人生厌，加之画面气氛之豪放优雅，你甚至有了一次小小的美的享受。

广告是企业文化的橱窗，它不仅有艺术的文野，还有着品格高下之别。企业生产或服务要研究人们的实际需求，脱离了这种实际需求就是广东话说的"自断米路"；广告制作要研究接受者的心理，不顾这心理的变化就会隔靴搔痒，甚至效果相反。

有人说得好："产品质量就是人的质量。"广告亦然。

一九九五年二月二十八日

时装变奏

——大排档审美

　　现在走在大都市甚至小城镇的街头，不看时装难矣；扭开电视机，不看时装更是难矣。——这当然并非坏事。

　　"人要衣装，佛要金装。"我们中国人其实是很懂得包装之重要性的。"云想衣裳花想容"，李白一下子便抓住了人们需要着眼云裳的心理，一个"想"字尽得风流。试看看伫立在卡丹奴时装店新潮服饰前流连忘去的小姐女士和男士们的神态，那个"想"字明白无误地就写在他们的眸子里。爱美之心，人皆有之，这"想"也并非坏事。

　　我们的先民们，腰裹树叶串或兽皮遮羞，就是他们那时的时装，后人发展为土风舞或草裙舞，不也很有热烈的动感么。春秋战国和秦汉魏晋的服饰，从出土的铜壶铜镜壁画帛画砖刻和陶木俑上，可以知道那时的主流社会是宽袍大袖，有的还峨冠博带。当然，武士们的甲胄必须短打紧袖，农耕等劳作者们也不能那么飘飘洒洒，嘉峪关古坟大壁画《屯垦》就有极写实的描绘。至于东晋"竹林七贤"的饮酒狂啸，脱衣而舞，那"装"之"露"，乃思想"超前"，对现实颇有看不入眼的地方。行动一"潇洒"，着装多变奏，由当时的别人看去，只觉古古怪怪，可是不敢学样的。顾恺之画《洛神赋图》，女神驾六龙车凌波而来，仙女们长长的绿绦袍袖迎风飘拂，几乎可以令人感到风劲动速，这又是另一种经画家美化后的时装变奏。佛法西来，我们接受外来宗教艺术的影响，逐渐又将外来的神加以中国化，融汇化合之后，形成我们自己的神和宗教艺术，且施影响于现实生活。试看敦煌二百四十九窟的西魏壁画《说法图》里的两组"飞天"，一组仍然保留北魏"飞天"的外来形式，另一组已经换穿衣袖宽大的朱红色汉服，身披蓝色腰带，成为汉装仙女了。这说明，时装不仅只是引进，还当跨越模仿，加以改造和输出，不断双向交流，方能变奏出新。当然，由于整个封建社会的停滞绵长，发展缓慢，人们主流服饰的"前卫"部分——时装的变奏也是细微而且缓慢的，除发型、佩戴、冠冕之各如其分，且也有相当的变化外，其余就是袍的长短、领的高低、袖的宽窄等等差异，在长长的历史时期里，极少见令人为之耳目一新的大的突破。

进入快节奏的当代社会，尤其在改革开放十多年之后，时装之潮汹涌激荡，七彩纷呈，电视等等先进科技又大为开阔了人们的视界，直是"乱花渐欲迷人眼"。这变化，集中表现在此间得以目睹的中外各种时装表演秀上，那节奏之急速，震撼力之强烈、美之缤纷、怪之突兀，几千年封建社会服饰变化之总和，怕也无法与之比拟。然而，无论其怎么变化，以大排档的审美眼光看去，可以用一个极其通俗化的方法分之为两类：一类是可以穿上街去的时装，一类是穿上街去，恐怕会让人当成外星人、精神病人，或是动物园跑出来的大狗熊一般围观，以致叫着装者寸步难行的时装。这分类法也许不甚科学，但却符合民情——不信你着一款上街试试？这方面当然是外国人比我们开放，因而那时装变奏比我们多样而且大胆。我在电视里看见过巴黎某些时装表演秀上的一款女式春装：头顶枝丫横斜有小鸟装饰其间的硕大鸟巢一个，上身是两片花瓣形包裹的露脐短衫，下着叶片形连缀而成的长裙，宽腰带是音符跳动的五线谱，还从胯下拉过一条连接前后呈丁字形，把叶片裙勒成两只风筒状的大口，半长筒高跟靴的靴筒口又是各有一圈较小的鸟巢，而纤纤玉手拎的，却是一只斑马纹牛奶桶，加之耳垂上悬吊的两组仿水晶风铃片。走动时鸟巢左右摇摆，风铃叮当作响，风筒状裙口一张一合，煞是热闹。

这款春装确有创意，问题是谁敢穿上街去？便是那里的女士，似乎也不见有穿上街的。我以为，这种为时装而时装的怪胎，我们幸而尚未引进，引进了恐也无法推广，因为那设计思想太过脱离芸芸众生了。

我们需要时装，而且需要变奏，不能老是灰蓝二色一统天下，但也不能老是跟着人家的审美趣味转，应该可以像西魏"飞天"那样，化出自己民族的时装变奏来。

一九九五年四月十一日

"忧天"浮想

一

　　时序入夏，蚊子开始嗡嗡，嗡嗡就嗡嗡吧，人们该干什么还干什么。我则捧读"章氏七日谈"的《粤人忧天》，不禁浮想联翩而胡天胡地。思绪一旦脱辔，有时只好信马由缰，任其自在，庶近禅境而似有所得，遂于嗡嗡声中过而录之，算是一点余兴。人生固然苦短，有时却又苦长，"老而不"的自嘲和他嘲，便是苦长的正反合。然则，今日读"忧天"，不妨将自己的长短暂且搁下，也不禁"忧"从中来，且忧而思，思而钻，钻而进，进而悟，悟而见微芒，也就是看见了某种希望。

　　我想，这大约就是此忧不同于彼忧之处吧。

二

　　不过，改革开放已十有六载，中国的面貌也发生了天翻地覆的变化，土改时人们无限向往的"楼上楼下，电灯电话"的美梦，在许多地方已是一种相当低档的现实，不少人早已朝向连某些老外也难以企及的目标迈进了，似乎确也如先前"歌德"君所言的"河水涣涣，莲荷盈盈"。那么，"还忧个什么劲儿"？

事情就是这么复杂而且辩证，正因为先前有"歌德"君式之不许忧不让忧，忧得不够忧得不及时，现在倒不得不忧得更多忧得更深，也忧得更是痛苦。不错，"河水涣涣"，然而污染严重；"莲荷"也"盈盈"，但成本过高，价格看涨，种莲人和普通消费者都感到负担吃力，还不谈假种子假化肥假农药和乱摊派之类的干扰。人而毫无心肝，大约是可以日日卡拉 OK，恍恍惚惚，歌到不知其忧的。

三

章氏心含悲悯，因而他忧——忧人们之所忧。

他忧某些国营百货公司把原来的信誉也附送给承包者，让顾客毫无戒心地受骗上当；他忧某些地方领导人以"繁荣娼盛"为发展经济铺路而适得其反；他忧亏损大户虚报盈利大派奖金补贴，领导"又登报又上电视，又当模范又升官"，结果资不抵债；他忧"小'大款'""不但能吃会花而且学着用钱去使'鬼推磨'"；他忧某些企业的"成功经验"不过是"一叫'造假'，二叫'疏通'"，买通"当领导的，管借贷的，发证的，检验的，拍电视的，写报道的"，让"打假"变成"假打"；他忧竟有人以行贿买得党票，当上科长、副厂长并被定为"厂长接班人"，接着便以权力之剑去"鱼肉人民以自肥"，九年间贪污受贿三十七万多元；他忧"极个别的军队干部也陷进了权钱交易的泥潭"；他忧"为改革为建设出了大力，正在享有荣誉、拥有权势的英雄好汉们"，有人会因思想的薄弱环节被攻破，像曾利华那样堕落为罪人；他忧某些"三资企业"里的工人从"主人"降为实际上的"奴隶"，不单合法权益受损害，有的连命也搭上了；他忧儿童因家庭贫困失学，"富起来的地区儿童"反倒"弃学、厌学"，他忧封建迷信活动重新抬头、黄赌毒泛滥成灾；他忧"以学法用法之名，传违法犯法之技"的"专家""税法讲座"居然"办了一次又一次"……

从根上说，他忧我们肌体某些部位的腐化，如不及时清理，将导致严重的后果，遂以"忧天"之心，呼唤"法制建设和道德建设"，喻之为"鸟之两翼，相辅相成，缺一不可"。可谓"遇事剖析，动中肯綮"。

四

这把解剖刀是犀利的，却并非李逵那把不管官兵看客，不分青红皂白，一路砍将过去的板斧。这刀对准时弊，"其所抨击的人和事，都有确据，经得起推敲，不是捕风捉影，无中生有"（黄文俞：《序》）。于是，某些人眼中"红肿之处，艳若桃李，溃烂之时，恍似乳酪"的疮痛便被剖开，让人看清内里的状况，以便挖腐挤脓，消炎止痛，焕发新肌。

然而，因为是解剖刀，难免碰着某些人的痛处，正如读者来信所言，"针砭所及的人，那自然就视之如芒刺"，轻则恓恓不已，搞点无聊的小动作，进而倒打一耙，仿佛他倒变成了正面人物。看过电影《秋菊打官司》么？这位倔强的村妇，为了丈夫被村主任打了关乎子孙后代的"要害部位"，敢于挑战村主任的权威，硬是依正组织纪律，村乡区县，一级级地上告，为的"讨个说法"，虽说经历艰苦曲折，终于上诉得直。电影里的秋菊毕竟还是幸运的，而生活里的"秋菊"，被穿上小鞋一双，甚至被反噬一口，上纲上线的，似也并非鲜见。章氏在《舆论监督怎么啦》一文中，回顾自己八十年代初，"就干部以权谋房等腐败现象，采写了一系列批评报道"，受到好评和支持，笔锋一转，顿生感慨道："要是在近几年，事情就没有这么简单，轻则吓坏妻女，重则安危堪虑。""舆论监督路上""丛丛荆棘"。何以故？章氏一剖到根："除了部分属于是非不明，良莠不分所致，相当部分都植根于权钱交易的腐败土壤。"这就是某包工头暴发横财后还千方百计贿赂镇人大代表并被"选"为镇长（其后败露未成好梦）的原因，这也是《邵阳日报》记者卢学义刚直不阿地伸张正义，却被迫打了十一场新闻官司的悲壮剧产生的原因。

五

既然"把古久先生的陈年流水簿子踹了一脚"，便不必奢望"赵贵翁和他的狗"有好眼色给你看。在"四千年来时时吃人的地方"（鲁迅，《狂人日记》），我们至今尚未能将吃人的筵席全然消灭，那不肯退出历史舞台的残肴剩馔，借改革开放之机，有人将其重新包装出笼。或曰"介绍工作"而买卖人口，或谎称"良种支农"却让千百户颗粒无收，或集巨资卷款潜逃叫小股民汗血无归，或暗中割下公款自肥以为可以袋袋平安。人们上车防宰、进店防斩、出门防劫，都是不愿无端被咬去汗血一口之故。

吃人，哪怕只不过残肴剩馔，听起来依然相当可怕；但有些事实，比听起来还要可怕，而我们又必得直面事实。马克思创立的剩余价值学说，虽然现时不大有人提起了，但在观察某些社会现象时，仍然只有它能令人豁然贯通。为了发展经济，为了人民的长远利益，我们在"初级阶段"可以容许一定程度的剥削，却不能容忍把人像牲口一般封锁在厂房里无休止地超时劳作，以致大火袭来时逃生无门，近百名工人的生命就此为老板的超额利润而被活生生地火化！这不叫吃人又叫什么?!

这自然只是个别现象，所以说残肴剩馔，但并不改其吃人的性质。而章氏的解剖刀，又触及了成为大火助燃剂的幕后权钱交易，让偶然化为了必然，可见腐化正是吃人的帮凶！因而也理所

244

当然地受到法律的严惩。看来，掀翻这吃人筵席的残肴剩羹的工作，我们还得接着前人做下去。

六

"粤人忧天"，并非杞忧，因为他忧得有理。

"粤人忧天"，并不消沉，因为他只忧其当忧。

"粤人忧天"，因为他希望"上下同声念好经"。什么经？即"不少西方人士赞叹的中国有一本改革开放的好经"（《新年四愿》）。

一九九五年五月十九日

死魂灵的"复活"

　　十九世纪中叶，俄国批判现实主义大师果戈理以他辛辣之笔，奉献给人们一部惊世骇俗的巨著——《死魂灵》第一部，把沙皇统治下的专制制度和农奴制度作了一次令其无所遁形的曝光，揭示了一批其貌各异的活魂灵的魂灵。其中起穿针引线作用的主角、投机家乞乞科夫——这位正作全俄旅行的体面绅士、地主、帝俄五等文官，他此刻所从事的伟业，便是向外地地主低价收买大量已死尚未注销户口的农奴名单。这行当确然怪诞，不知应算七十二行里的哪一行？外地地主们虽然闹不清楚他葫芦里卖的什么药，但却意外地瞅见了一次可以发点小财的机会，好些人便起劲地讨价还价。虽说不过是看来毫无用处的名单，总也不能白给吧？就算这家伙是个疯子、白痴，此时不敲他一笔，岂不自己也成了疯子、白痴？看来，乞乞科夫的买卖也不是那么容易做的，但投机家自有他的一套对付各色人等的办法，所以仍然颇有所获。但最后依旧败在比他更为精明狡猾的卖主手里，被揭露了其中内幕——原来乞乞科夫并非笨蛋，他如此热衷地收买许多死魂灵之后，其如意算盘是"拿到救济局去抵押，可以赚一大笔钱"。确可谓挖空心思，竟吃到死人头上来了。

　　评者指出，乞乞科夫这样的人物，正是"十九世纪三四十年代俄国社会中从小贵族地主向新兴资产者过渡的典型形象"。于此可见，投机者为了他的资产增值，是不妨起魂灵于地下，让死者"复活"的——哪怕只不过是在纸面上，也就是买卖合同上。谚云："有钱能使鬼推磨。"中外皆然。

一个半世纪过去了，乞乞科夫自己也应早成死魂灵了。然而且慢，你如果细心观察，不难发现他其实正相当顽强地活着，且越活越有滋有味。围绕着一个钱字，好些活人正从死魂灵身上聚敛、搜刮甚至活剥，热闹非凡。各种不同层次借死魂灵而索取的人：小焉者买卖元宝蜡烛、冥镪灵屋（自然少不得大额冥钞、冰箱彩电、工人使女之类纸扎"新"物），以及看风水、选坟山、寻阴宅；中不溜儿的毁林僭建墓园高价出租，而且专门盯紧暴发后思寻后路并荫及子孙的"大款"；至于大兴土木建其"鬼城"，据说是为"旅游"助兴的，从报道看，似还不止一处，不知是死魂灵抑或活魂灵有福了？

然而，更其令人为之绝倒的，则是死魂灵今日的"复活"。

事情发生在今年二月十九日夜的武汉长江大桥施工工地。只听江中扑通一声巨响，从四川奉节梁兴隆镇方洞村来此当临工的田大明惊喊："有人落水啦！"就急忙跑到工程局指挥部报案，说他的同乡、临工朱文生掉长江里了。人命关天，指挥部马上组织了大批人力沿江搜寻打捞，却一无所获，只好拍加急电报到朱文生家中报告噩耗。朱文生的舅舅和哥哥朱文成立即赶来工地料理后事，接受了工程局发给家属的一万六千元抚恤金。

事情看去平平常常——一桩哪儿也难以完全避免的意外，而不平常的是方洞村里死者的父母，伤心中忽地看见死者来到面前，几乎吓个半死；接着其哥哥和舅舅回到家里，冷不防也给吓得面色如土。原来朱文生"死"前和同乡田大明在大桥工地有一段匪夷所思的对话："如果我们在这里死了，工程局会不会赔钱？""钱不会赔，肯定要给家属一笔抚恤金……"于是，在订下事后抚恤金二一添作五的计划后，便有了朱文生"坠江身亡"的一幕。

但当田大明兴冲冲地赶回方洞村朱家索要预约的八千元时，"死者"或"复活"了的"死者"似乎又一次"死"了，朱家众口同声，说是朱文生"根本没回过家"。煮熟的鸭子居然也会飞了，田大明当然不会甘心，一吵，阴阳界间那层薄薄的遮羞纸就给捅穿了……

钱——或曰以钱为中介物的贪欲——这东西也真厉害，它可以叫生者"死"，"死者""复活"或"复活"后再"死"。歌剧《白毛女》说："旧社会把人变成鬼，新社会把鬼变成人。"我们今天却看见了活魂灵之死和死魂灵的"复活"，前一个死似可不加引号，而加了引号的复活果真复活了么？——我不禁有此一问，因为列夫·托尔斯泰的《复活》为我们展示过聂赫留道夫和玛丝洛娃魂灵的复活，经历了怎样曲折痛苦的过程，还因为世界上其实极难见到立地成佛的事。

设若起果戈理于地下，他或许可以完成《死魂灵》第二部，而不必"一到创造他之所谓好人，就没有生气"（鲁迅致萧军信）。弄到连自己也不满意，要在临逝前不久把第二部残稿亲手烧掉。他大约不会想到，一个半世纪之后，我们这儿倒有人为他"写"下了续篇，泉下有灵，不知他应当高兴还是悲哀？魂灵死去极其容易，而复活却是一部天路历程。

一九九五年六月二十五日

卢沟月·稚子心

　　我当然写不出有深厚历史沧桑感的篇章，来纪念半个世纪前震撼了四万万同胞之心的卢沟桥事变，我甚至至今仍未和卢沟桥亲蒙一面。在整整八年实则更长的抗战岁月里，不知是幸抑或是不幸，竟连"日本鬼子"是个什么人模鬼样也无缘亲眼一见。因为抗战正式开始那年，我还是个身处西南内地不甚明白世事的高小学生。然而，冷峻的卢沟晓月，却自幼及老长久地挂在我的心之天空上。李白诗云：狂风吹我心，西挂咸阳树。我则是：飞来卢沟月，照我稚子心。

　　犹如火山终于爆发，蕴积已久的熔岩猛然冲出地面，神州大地，响彻了全民族奋起抗击日寇疯狂侵略的正义之大声，幼嫩的稚子心也为之撼摇不已。先先后后，我脑子里装满了十九路军淞沪抗敌、东北义勇军转战白山黑水、二十九军死战宛平芦沟、谢晋元率领八百壮士坚守四行仓库、"美人鱼"杨秀琼冒险向四行仓库守军献旗、陆阿毛司机舍身将一车鬼子开进黄浦江去等的信息。西南内地的孩子们不大听得见解放区和敌后斗争的声音，连国共合作抗日的事虽说听到一点，却也不懂是怎么回事，反正打鬼子抗日就好，决不当亡国奴！——这便是我，一个小学生简单头脑里的简单逻辑。当然，小学生用自己的方式抗日，哪怕幼稚可笑，却有着淳朴的真心。

作文了，第一句话大抵是："自从七七卢沟桥一声炮响！"你现在说它"公式化"自然也有道理，但那时即便人生最基本的需求衣食住行，没有哪件事离得开抗战、不跟抗战发生关系、不受抗战影响的。何况"国难当头"已是每个社会细胞、每个家庭、每个男女老幼都得直面的严峻现实。孩子们敏感、想象丰富，却不善表达——"公式化"也成了他们的一种表达方式。每当写到这句内涵深广的话时，我总是心潮激荡不已，"大刀——向——鬼子们的头上——砍——去！"那雄浑昂扬的旋律，便在胸中升起、升起。

大约是第二年吧，留下正在天府中学读高中的大哥，父亲带着我们举家从成都回到重庆市郊白市驿乡下的老屋，我和弟弟们转到白市驿小学就读。先前一片沉寂的白市驿乡场，此时早已火锅开滚似的沸腾起来了：《凤凰城》《三江好》《放下你的鞭子》等抗战戏剧来到三圣宫戏台演出。"同学们，快快起来，担负起天下的兴亡……"的歌声，唱得人热血沸腾，五内中烧。乡场的铺板上、白照壁上贴满了"打倒日本帝国主义！""抗战必胜！""欢送将士出川抗日！"甚至还有流亡来川的"下江人"写的"还我河山！""打回老家去！"那样满含热泪的标语。至于出自乡下通俗画手笔下的大幅漫画，例如头上缠着厚厚绷带的鬼子兵被一只代表中国抗日军民的大拳头打得咿呀鬼叫之类，就很叫人看了解恨，但我喜欢模仿着画在书本、课桌、土墙之上的，却是令我无限神往的单翼战斗机对着贴了膏药旗的鬼子飞机开火。那时美军、苏军驾机来华助战，白市驿乡场外又正在集中黑压压的无数民工日夜赶修飞机场。其时跟日机的空战还在三峡之外的地方进行，我却已在课堂外墙上的"前卫画"中把鬼子飞机揍得大卸八块了。

白市驿机场建成。我们兄弟几个从十华里外的老屋走到场上小学，必得经过机场的西北角，那儿总是停放着几架单翼战斗机。我们放学时经过，常忍不住一齐朝飞机跑去，机场警卫见我们这群孩子只是吆喝几声，也就任我们好奇地去摸摸机翼、捏捏机轮……啊，原来打鬼子的真飞机就这个样子哦？真了不起！有次碰见几个飞行员——当时分不清也不会分是美国人还是苏联人，总之老师说过，是来帮我们打仗的外国人——他们竟把我们一个个抱上机翼，还放进驾驶舱里坐坐，笑着说些我们听不懂的话，直把我们高兴得下了飞机便在草地上翻跟斗，一连好几个。此后几天夜里，做过驾机和鬼子空战的梦。

孩子的心，总是那么迫不及待。

不久，知道我那正在成都读高中的大哥，和同学们一道翻越秦岭，北上参加抗战去了。于是，我也和同班同学谢大信、陈顺猷三个，偷偷地商量"怎么参加抗战"的问题。上前线去当然最好，可我们不知道哪儿是前线、有多远、该怎么走去？不是说"有钱出钱，有力出力"么，我们身上一文钱也没有，家里也仅堪温饱；力虽然不能说一点没有，却没法和大人相比。那么，我们就小人出小力吧。可是，谁？在哪儿？需要我们的小人小力？不是好多"下江人"都入川，跑到重庆来做着各种抗战的事么？我们也到重庆去参加吧！距离老屋近百华里的中大路（即古时跑马传邮的石板官道）的重庆，在我们三个从未单独出过远门的孩子眼中，几乎就和抗战前线差不多了。

忘了当时找了个什么借口，背个小包袱告别妈妈和家人，我们三个就欢欣鼓舞地走上"抗战之路"了——其实不过是走上通向重庆的石板官道。这期间的热切、振奋、惶惑、失望，我在《桑叶》里曾经写到，这里不再重复。总而言之，我们在重庆可说"抗战无门"，最后找到一个挂着"孩子剧团"牌子的地方，以为这下可以小人出小力，岂料仍然因为我们是本地人，劝我们应当珍惜这样的好时机，先读好书，抗战的事等长大了再说云云。我们美好的抗战梦就这么夭折了。

抗日战争从开始的轰轰烈烈，进入半壁河山变色的相持阶段，我也成了一个正在专心攻读的初中学生，脑子里装满了国文、历史、自然、代数、英语、体育、美术、音乐……抗战似乎已经被挤得蜷缩在思维的角落里不动声色了。我们接触十分有限的社会上，弥漫着疲沓、淡漠，"前方吃紧，后方紧吃"，先前用抗战的名义装饰起来的种种丑恶，此时开始显山露水。贪官吃黑、奸商暴富、物价狂涨、小民饿肚、拉丁派款、一锅糨糊。这些世相，一个乡间中学的初中生自然知之不详也知之不深，却感触得到那纸醉金迷后面的沉重氛围。虽说"少年不识愁滋味"，当生活愈来愈艰辛之时，"愁滋味"还是会品尝到一点的。一年两期，看见父亲为我们兄弟筹措学杂费用的窘迫之状，一丝苦涩便悄悄爬上一向"不知愁"的心头，仿佛小片乌云忽地掠过明净的波心，缓缓地荡漾开去。

　　就在那个炎热窒闷的暑假里，曾经留学日本广岛高等师范生物系的父亲忽地要来教我和四弟日文了。他从小阁楼的杂物中翻出一本日语读物，大约当初他报考官费留日之前用过的吧，纸页已有些泛黄。他说："暑假不要空过，多学一门外语也好。"大哥参加抗战之后，兄弟姐妹中我算最大的了，而且头一个进了中学，"This is a book.""This is a boy."声中，似乎有一片未知的新天地在眼前展开，兴致还是挺高的。父亲有次去重庆回来，带回一本道林纸精印的中华版初级英语会话读本，我就读得津津有味。现在再学日文，我未经深思便习惯地依从父亲——他一向是我们生活中的权威。于是，好些天的晨凉，父亲指着日语读本，从五十音图开始，"马、米、牟、麦、莫""那、里、鲁、勒、棵"地一字字地教我们读起来了。于是，什么平假名、片假名之类的东西便闯进我脑子里好一阵翻腾。

　　然而，才几天的工夫，我就觉得和学英语有点两样。那些似乎从汉字里拆卸下来而又"五音不全"、支离破碎的假名，左看别扭，右看还是别扭；至于夹在中间的汉字，竟像是被假洋鬼子包围了的同胞，时不时地刚一露头，就被零件漫过头顶，弄得连音调也变了味。我想：你这个日本帝国主义，拿我们的汉字去左砍右拆，现在又拿枪炮来侵略我们，我才不学你这鬼日文呢！

观念是时代的产物，现在那些怀着各种目的东渡的年轻朋友，他们大多有着可敬的志向，恐怕绝不会有半个世纪前我这种可笑的念头。盖此一时也，彼一时也。我那时虽然连日文和日本帝国主义都分不清楚，而且从此没有学会日文。但我至今不悔，也算是一种不"悔其少作"吧？可见那时表面的轰轰烈烈已过，抗击侵略已化为一种人文精神，深深地浸润在人们心中，已经是另一个层次的抗战了。

卢沟月，稚子心，确如岑参所言："小来思报国，不是爱封侯。"日前读到公刘先生写的《抗战并未结束》，可谓意味深长。但愿稚子会成熟起来，却不要全褪了那份纯真。今日的泱泱中华，由于一个多世纪的积弱和近半个世纪的折腾，还时不时地受人家变着法儿的欺负呢。正是：

莫谓硝烟早散尽，卢沟冷月尚照人。

一九九五年七月二十九日

假冒盗窃及其他

《广东工商报》用了一整版的篇幅，报道"广州首宗商场侵犯顾客名誉权案"，也就是许海平小姐在大华百货公司自选商场被怀疑盗窃而遭查提包衣袋一案，经历了八个月的时间，终于二审判决：许小姐胜诉。

自然，还有判得轻或重、适用《消法》抑《民法》的歧见，各人所站位置不同，看法自难绝对一致。有意思的是，"一位不愿透露姓名的先生"谈到商场盗窃问题时的一个假设，很是耐人寻味。他说："若果想向商场索取赔偿，可先买一样与商场内同样的商品并开好发票后，假装入自选商场购物，然后做一假动作让服务员发现，接受检查时拿出物品及发票，然后以此方法索取赔偿，看你如何是好？"

嘻嘻！值此假冒伪劣充斥、偷蒙拐骗盛行之秋，我实在不敢说没有这样处心积虑挖空心思捞钱的"专业诈骗人士"，可能有的比之还要花样翻新奇招迭出。但我敢说，第一，许小姐用事实证明了她和这样的人的所作所为八竿子也够不着；第二，套一句先前的老话，"百分之九十五以上"的顾客并非此等"精仔"，能创造出此等妙法来；第三，即便碰见了这样的"人士"，也并非就只能"如何是好"地感叹一番而束手无策。

商场盗窃确是一个令商场老板经理们为之头疼的现实问题，

自选商场便利了顾客同时也便利了窃贼，是否立刻便要再用柜台把货架跟顾客隔离开来？正如超音速飞机疾如飘风，可摔下来恐怕难有一个完整地活着一样，我们大约不会因此便一窝蜂地都去乘坐木轮牛车或绿呢小轿以策万全。于是，便有了手袋寄存、摄像机监视、电子音响识别等等既不扰民又能防盗的高招出台。当然，对付"假冒盗窃"志在索赔者，这些都不管用。

怎么办？

依我看，办法其实也很简单：不搜。你既然不搜，他也就无从施其索赔之技了。不仅对"假动作"不搜，便是真动作，也还是不搜——大可极有礼貌文明地请他到办公室，且仍然极有礼貌极文明地出示真凭实据，促其不受羞辱地"返璞归真"，发现自己的良知。如果发现不了，还可陪他到执法部门依法解决。

别看"不搜"二字十分简单，它却牵涉一个并非无足轻重的原则问题。据说法治之域，为了不至错伤好人，宁肯麻烦一点，未经监控、审讯、判决之前，实行"假定无罪"原则，"疑凶""疑犯"等称谓，便由此派生，即事出有因、尚未坐实之意。先前我看"差人"（警察）往"疑犯"头上倒扣黑色塑料袋，以为那样子实在难看，无异于羞辱，其实倒是对"疑犯"的一种保护——不必在未落实之前四面曝光，缩小万一弄错对当事者不利的影响，用心可谓良苦。

我不知道这原则是否适用于我们，起码适用于面对百分之九十五以上的商场顾客，便是"疑客"（恕我杜撰新词），看来也还是适用的。多年以来，我们的思维太习惯于"假定有罪"的模式了，尤其在政治运动发展到登峰造极的"文革"之中，总之是先"挂"起来、关起来、斗起来再漫天求"有罪"之"证"，那恶果是国家元气的斫丧。

经理们、老板们，不妨打开思路试试用"假定无罪"的眼光去观察你的商场，同时又切实地做好防盗窃工作。这或许可望减少许多无谓的纠纷，增加许多祥和兴旺之气。

一九九五年十月二十日

也谈成名成家

　　小孙女坐在爷爷身边看电视，她问："爷爷，那么多人围着那位阿姨干什么？又是照相又是把书捧到她面前，挤来挤去的干吗呀？"爷爷说："那是作家阿姨在签名卖书。""作家是干什么的？""作家就是写文章、写书的。""写来做什么？""给人家看，看了学好，长见识，还觉得心里头来劲儿。""那么，我读的儿歌'叮当叮当泉水响，蹦蹦跳跳下山冈'也是作家写的咯？""对了。"小孙女打破砂煲问到底："爷爷，你是什么作家？"爷爷笑道："我是老耕家，种田的。"小孙女还问："干吗不见你签名？"

　　小孙女天真的一问，倒叫老爷爷一个愣神答不上来，只好如实交代："我还从来没想过这件事呢。"

　　这位老耕家说的大实话，于此可见，他勤劳一生，的确成了"家"，然而并未成名，谁也不知道哪袋香稻米哪个大南瓜是他种出来的。可从另一个角度看，他把自己的血汗融入了一个更其久远更其叫人长久难忘的大名，而与之一同不朽，那便是：农民。随着社会的发展、科技的进步，老耕家的后代成长为农业工人、农业技师、农艺家、农业科学家，可能也有了给人签名的时候，可人们仍然永远忘不了那浑然一体包含老耕家在内的农民的历史功绩。

　　然而，有一个阶段，我们虽说极端推崇这种"浑然一体的集

257

体主义精神"（这精神将来仍旧需要发扬），其实正揭示了社会机制形成的一种事实上的不平等。撇除把事情推到极端去的人为因素，社会分工先就造成了较为易于或不易于成名成家的态势，大城市的流行歌星和青藏高原挖虫草的老婆婆并不同在一个成名成家的起跑线上，哪怕虫草挖得非常出色，人们（尤其是许多年轻人）仍然倾其注意于"四大天王"之类；哪怕听歌之余也喝点虫草鸡精，却绝不会想到西部荒原的寒风中挖虫草的老婆婆。我们不必去埋怨历史形成的不公，却可以推动社会发展去缩小乃至消除这种不公。当有一天，我们从荧屏或报刊上看到人工培育出高质素虫草抗癌有确效的事迹，老婆婆的孙女赫然成了这项科研成果的创始人时，那贡献当不在"四大天王"之下，名也就顺理成章地不胫而走，哪怕她并未思及此名。

现在已不再把成名成家看成洪水猛兽，也不再恐惧"变修"或"个人主义"的恶谥了，人们已经认识到动机纯正辛勤劳作的成名成家于人的个性特长的发挥、积极性的推动和对社会做出贡献的作用，也眼见了在改革开放的大道上"行行出状元"的现实。我们在文说文，不妨以自己的体会给爱好文学的农村青年的作家梦略进数言。

第一，不必把作家看得太过特别、太过与众不同，尤其不可将其神化。当然，也不必看成三头六臂青面獠牙的怪物——虽说有的作家确有许多怪癖，乃至怪到不可思议，例如抠脚趾方能成文、"红袖添香"才可"读书"之类，但这只能算珍稀动物，并非作家的全体，更不是当作家的必要条件。作家有自己的特色，文学事业有自己的特点，创作有自己的规律，但哪样事业又没有自己的特色、特点和规律？麻婆豆腐就不同于东江豆腐煲，广州的相思牛肉干就和重庆的灯影牛肉两样。虽然有歌唱道"特别的爱献给特别的你"，特别的作家也可能写成特别的文，我们看他则仍以平常心看其为平常人为好。也就是说，经过努力，自己也是可以达到的——哪怕不抠脚趾，无须"红袖添香"。

第二，前不久有个叫什么鹏的人，他圆其作家梦走了一条我们绝不可走的路。他不知怎么印成一部作品集，前面罗列了他千方百计弄到的和领导及著名作家的合影，自己假名诗人艾青的名义写了篇序，吹嘘自己为"世界著名诗人""中国的莎士比亚"，而集中的作品则东抄西凑，拿别人的脚板当自己的脸。他借此四处招摇撞骗，竟然骗了不明底蕴的领导、不谙世事的姑娘和不知实情的报刊编者，肥皂泡似的"成名成家"了一阵子，终于还是被揭露而梦坠空云。香烟、皮鞋、时装、茅台有假，作家也有假，这就是阳光下的一抹阴影，我们应当有所认识。

第三，小有所成乃至大有所成时也不可飘飘然而不自知其斤两。我们固不必自轻自贱见人三叩首，没了自信；更不可狂妄自傲，目无余子，弄得整个人虚胖起来，还以为成长壮大了，其实不过是一种妨碍健康的病态。我们只管老老实实地、不卑不亢地、脚踏实地地、锲而不舍地一直往前走去，不要目迷五色、耳乱八音，弄得脚步趔趄方寸不宁。一言以蔽之，人贵有自知之明。

我本人不过中人之资，并非天降大才，被称为"老作家"不过说明年纪确老，是个作协会员而已。数十年来自也做了不少努力，成就却小而且少，假如我的孙女问我："爷爷，干吗不见你去签名？"我也得如老耕家那样采取一种老实的态度答道："我从不去凑这个热闹，因为觉得自己乏善足'签'，还是免了吧。"

一九九五年十二月二十日

一点切身之感

孙中山先生创建中华民国，给了中国人的一大好处正如冰兄廖老的漫画所言，"剪掉了有形的辫子"。依我看，还有一大好处是让我们接连地可以过元旦、春节两个年，这在全世界怕也找不出第二个。据说，辛亥革命之后，大家要"咸与维新"，开始时强调过元旦而排斥过春节的，日历上曾经只许印阳历而不让印阴历。鲁迅先生由此生出感叹：哪管你强调、你不许，市面上反倒来了个"一百年阴阳合历"，连给儿孙辈用的都早准备好了，新事物要么被习惯势力淹没、同化或复旧，要么就并存而人们各取所需。于是，尽管是妥协的产物，我们仍因得以年年过两个年而皆大欢喜，直到踏入改革开放即将迎来新高潮的一九九六年。

回顾改革开放之初，市场经济刚刚启动，人们十分兴奋却不免浮躁，广州的工商活动开始繁盛却多有粗陋或不甚纯正之处。此间的人们大约还记得轰动一时的"龙凤蜡烛两千元巨奖"骗局吧？它对工商法规之发展和逐步完善还是起了点推动作用的。至于心裁别出却粗糙得无法正常使用的"衣车'踬骨靴'"，我曾最早购得但只能成为观赏品；一个长方大塑料桶加一块装有小电机搅动轮板构成的广州第一代洗衣机，价格一百五十元，我也曾兴冲冲地捧了一台回家，却把毛线衣洗出两个大洞。这类带有明显缺点的新事物，正是"摸着石头过河"的形象写照。然而，我们毕竟是在"过河",彼岸虽遥遥却在望,而不是瞎折腾得连一点家底也将不保。

曾几何时,"骗局"之类固也升级换代,令人想到"道高一尺,魔高一丈",可怎么也挡不住社会飞速发展:市场经济隆隆滚过神州大地,乡镇企业如天雨花,蓬蓬勃勃,无限生机;城乡各种基本建设大规模神速展开,乃至要时不时地加以调控,不可发展过热;经济特区梦一般地轰立在世人面前,从形而上到形而下都焕然一新,令人如见神话,人们从而抚触到了自己地区的明天——明天会更好;精明的外资、港资、台资看准了这块风水宝地,兴冲冲地源源而来,还带来了新技术和管理经验。几千万长期被粘在乡土上的农民洗脚上田,怀着美好的希望流向城镇,流向东南沿海,流向一切可以实现致富梦的地方,有的甚至留到了海外。十来年的工夫,改革开放这粒酒曲,酿成香醇的生活的佳酿,相当数量的人们先先后后程度不等地富起来了,确确实实地富起来了,且不说百万、千万、亿万富翁富婆,即如我这个一介寒士,也叨光有了极大的改善。别的不提,由于工商的进步、成熟,我已用上第四代全自动洗衣机,不仅不必担心毛线衣"穿窿",而且一按按钮即可置之不理,自己专心去读写,待其呼叫便行了。我不过中下水平,超出于我的可谓成千上万,这是举目便可亲见的现实。当然,社会主义不会忘记还在贫困中左冲右突的同胞,也不会忘记发展较慢的地区,新的五年计划已经有了高屋建瓴统揽全局的安排,我们即将带着巨大的成就和无限的希望,同时也带着许多待解决的问题跨进新的一年。

十九世纪末出生的老一辈革命家吴玉章,于二十世纪初离乡投身救国活动,曾写下一首真诚见于朴实的明志诗:

不辞艰险出夔门,
救国图强一片心。

莫谓东方皆落后，

亚洲崛起有黄人。

　　他和他的战友们为此矢志不渝，为中国的富强奋斗了一生。读此诗，可以想见八十多年前的青年吴玉章，眼见积弱不振备受列强欺凌的祖国，心里是怎样的波涛滚滚热血沸腾啊！他知道艰险，然而信心百倍。我们今天正需要继承这种知难而进的精神，无论改革的路上有多少艰险，进步中存在多少问题，我们依然信心百倍而又脚踏实地，一步一个脚印，百折不挠地把祖国继续推向前进，既"剪掉无形的辫子"，还要战取一个美丽的青春。

　　七十四年前，青年郁达夫也曾在他的名篇《沉沦》里呼唤："祖国呀祖国！你快富起来，强起来吧！"我们今天可以告慰前人：祖国是一定会富强起来的！而且正在富强起来。

一九九五年十二月二十四日

蜕变中的文化梳理

——《叩问岭南》书链三环印象

　　　　生物界里有一种新陈代谢的现象：多少昆虫（听说有些爬行的多足动物也是如此）在生长的过程中需要狠狠地把昔日的老腐的躯壳蜕掉，然后新嫩的生命才逐渐长成。这种现象我们姑且为它杜撰一个名词，叫作"蜕变"。

　　抗战开始不久，曹禺在他的名剧《蜕变》的书后，写下上引的一段话。那是中华民族经历血火洗礼的一场痛苦的蜕变，终于卸下百年屈辱，蜕出了一个扬眉吐气的新中国。又是三十来年的曲折发展，我们方从沉重的计划经济的厚壳中蜕出，以改革开放的彩笔，一步步地绘制社会主义市场经济的新图。与之相匹配相适应，我们的各种旧的机制，包括文学艺术，以及大文化范畴，都先先后后进入了一个蜕旧变新的转型期。摆在我台前的《叩问岭南》大型书链的头三本，便是这新的痛苦蜕变的文化梳理，三声既热烈欢欣又颇不满足的响亮呼唤，三位青年文艺批评工作者"叩问岭南，叩问当下中国文化，叩问中华今日之文明进程，研究它的取向，探索它的进度，揣摩它未来的格局"（金岱《问——写在大型书链〈叩问岭南〉第一批书目面世时》），从而发出的第一阵鸣声。

岭南文化当然有其自己的特色，自己的历史和现状，自己的成就和不足，自己的亮点和问题，乃至自己的曲折道路。但这一切又并非孤立的存在，它和其他地区文化一样，同吮中华文化的奶汁，共沐中华文明精神的阳光，且在社会历史蜕变中同甘共苦，血肉相连。因而我们年轻的评论者固然热烈地关注着"新时期广东文化变革新录像""广东文学策略""广东文艺改革的回顾与前瞻""珠江大文化圈"以及"广东文化人的时代思考与自我定位""南国都市新足音"等厚重的话题，作了全景式的俯瞰，研究了一大批卓然有成的广东作家及其作品，指出了其成就与不足，还触及了饶有地方风味的"苦旅"中的"红船"（粤剧）、"九十年代的香港女作家""广东现实题材电视剧""广东流行乐坛"等等地道的土特产。与此同时，他们同样热烈地关注着包含岭南文化在内的整体中华文化的发展状况，以及其历史因缘。他们视野广阔、观察敏锐，既研究金庸、梁凤仪、李兰妮、导演张良和陈小奇、郭小东及以"传统的结构方式和与大众相副的审美习惯进行文本操作"并"用她的全部生命去创作小说"的张欣；又评说"壮观的'冰山'之下"的"长篇小说热"，呼唤作家们"对社会对现实与历史的使命感与责任感"；既"与第一代和第六代"对话，思索"现代人生存状态和灵魂问题"，会晤"寂寞的攀登"者刘斯奋，访谈余秋雨的"知识分子新姿态"，从"冷静的旁观者"伊妮感受到"深藏着热切的关注"，留意到了"在艺术手法、艺术趣味这种性质的问题上"主张"党同好异，党同喜异，党同求异"的王蒙以及"王蒙的探索"；他们还把眼光越过时空，心晤影响了几代人的文艺巨匠：领会茅盾"对时代的理性把握"，曹禺戏剧的象征与写实，郭沫若"文艺思想的内核——叛逆的情感"，以及"二三十年代现实主义思潮"的"浪漫精神与理性光辉"。

因而我对书链主编黄树森说，面对这链中三环，最初印象仿佛面对一座海。不是说它深不可测，而是说它汪洋恣肆，颇有青年评论者初生牛犊不畏虎的气概。任择其中的一个专题，皓首穷经或许言之太过，长年累月地去探索怕也未必就能穷其究竟。而我们的青年评论者一个冲刺便沿山而上，那精神是很让我们这些望山之巍巍而却步的老头子汗颜的。他们或许尚未能直达峰顶，但他们上去了，尤其在这文艺评论处境艰难的时候毫不犹豫地上去了，珠穆朗玛毕竟还是人迹可到之处——"只要肯登攀"便有希望。

他们清醒地这样认识自己的历史使命："经济文化时代，由于文艺直接进入大众生活的各个层次，文艺作品与当代人的生活关系更为密切，文艺评论实际上变为广义的文化批判，它不仅是对具体作家作品进行评论，还必须对其所依附、体现的文化现象、文化心态进行剖析，引导和批评，然后反作用于大众生活，使之有一种日益合理的导向，并提高其生活的质量。"这是一个给自己压重担的大目标，我自己有时写点评论文字，大多随感而发，依其兴之所至，就缺少这么开阔的视野、这么博大的胸襟。可敬的青年评论者无私无畏，敢于响亮地提出"让评论走出小圈子，介入大社会"的雄伟方略，而且迅速付之于实际行动，这三本七十余万言的书链三环，便是他们最初的实绩，言出行随，很值得我们认真一读，姑无论你是否完全赞同他们的观点。

他们热烈地拥抱新物，敏锐地观察到这新物粗粝表象所蕴含的新意。《别等我在老地方》的年轻作者杨苗燕在描述了"百万雄师过大江"的南下民工潮，"把整个京广铁路沿线，整个广州城，甚至整个广东省搅和得'天翻地覆'"之后，她冷静地估量"这不光是一个'劳工'问题，也不光是一个经济问题"，从而看见"外来民工所裹挟的内陆文化和本土所具有的沿海文化以及改革开放所带来的外来文化的冲突、扭结和契合便日益明显、激烈和普遍化了"。并进而观察到当外来工"在创造巨大的物质财富的同时，也创造着一种可称之为'打工文化'的东西"，施影响于社会经济和文化生活，成为"折射中国社会改革开放的历史进程的一种经济和人文现象"。

从文化角度观察分析社会现象，也就是力求从影响人的灵魂的角度去观察分析事物，可谓中其肯綮。《穿过林子便是海》的作者钟晓毅呼唤"包括美丽却又宁静、圣洁而淡泊等美好品质的'日神精神'的回归"，相信"人类最终不会让电脑或机器人给自己的未来领路"，"当传统价值系统遭到虚无主义的浸渍，价值观念上真实与虚妄的冲突愈演愈烈时，人们对真理、善良、信仰、正义的追求，也必将越来越执着"。读着年轻女作者这样描绘"最璀璨的文学之梦"时，我是深感她们飞扬凌厉的评论文字中那对生活和信念翻滚的热情，有一种强烈的感人之力。

而《站在城头看风景》的作者谭庭浩，把文学批判看作是"人类精神探索的一种形式"，认为应"确立文学批评的历史观"，"脱离了历史，批评便缺乏深沉稳固的底气和力量，缺乏目光深邃的观照"。他批评某些批评的"非历史主义倾向"和"我就是世界"的心态，大声问道："时代是真的可以漠视的吗？"主张"我们要理直气壮地重新提倡批评的实践性、科学性以及由此树立起来的指导性"。这些见解出自青年评论者的笔下，确有点"在齐闻韶"的感觉。我想，这倒并非青年评论者思想"复古"，而是载道之文的社会效果使他认识到有责任感的评论工作者的历史使命，哪怕有些人拒绝载道——而宣扬拒绝载道的文章其实正载着拒绝载道之道，这就有了帮助读者区分正道或歪道的必要。

如果说文学是寂寞的事业，我想文学批评就是更其寂寞的事业了，黄树森甚至用了一个"处境悲惨"来强调其生存状态。然而，这批青年评论者却不畏艰险、不怕寂寞地"叩问"，而且成"链"，甚是可喜可贺。因此我愿意为"寂寞"者的苦苦耕耘呐喊几声，算是鼓动，希望不致"鸟鸣山更幽"，则幸甚。

一九九六年二月十六日

淡忘和忆起

早了未曾经历，暂且不说。五十年代初，我参加了中山石岐市郊的土改试点，后来又进了高要和云浮接界的高山大峒，访贫问苦、扎根串连，经历了清匪反霸、分地分田的土改全过程。其时战争尚在沿海和西南内地进行，地方上妖氛未靖，大城市面临恢复生产和对敌特破坏的斗争，可谓群情振奋而又百废待兴。那时全国上下都记得农民，革命战争年代和农民依存的关系，延伸到解放之初的艰难岁月，人们记得亿万农民过去漫长的苦难、此刻迫切的需要，记得他们的所思、所喜、所感、所怒，虽然有的人入城后渐渐褪去泥土气息，融入花花世界，甚至不知其所来自了。

哲人曾说：中国的问题其实就是农民问题。两年多的土改工作，让我印证了哲人的论断非虚。雇农功贵那柴烟熏黑只一锅一灶一矮桌一烂席几件简陋农具的家，我们共榄角蒸豆豉就番薯芋头或稀粥已是上餐的日子，汗湿了又干干了又湿，大山里砍得一担柴枝从墟里换回几条咸鱼仔归来，就是令人欢欣的盛筵了，那景象，近半个世纪后的今天我仍然难以忘怀。

然而，此后我们仿佛还记得农民，其实已不是那么清晰了。互助组、初级社、高级社，生产在发展，农民的境遇在改善，忽地来了"大跃进"——这一愿望虽好却和农民的心相隔的举措，演变为"人民公社"的"跑步进入共产主义",饥饿接踵而至。伤了农民的心,也就伤了国家的元气,各方面的日子都不会好过,我们把那叫作"三年经济困难时期"。

困难中,我们才记起了农民的所思、所愿、所忧、所喜,这才有了共产风的遏止、公共食堂的解散、自留地的保留、农贸集市的开放、三级所有制以生产队为核算单位的落实……农民缓过气来,国家也缓过劲来,我们把一九六二年前后叫作"国民经济恢复时期"。

时序虽不回头,世事却有如螺旋,不知是健忘抑或原就记得不深切,农民的喜怒哀乐渐渐淡去,贴心的话再也听不进也听不见了。"阶级斗争一抓就灵","修正主义"的幽灵仿佛四处乱窜,风声鹤唳,七斗八斗,斗出了一场"文革"灾难,斗得国民经济濒于崩溃边缘,进一步斫丧了国家元气。

怎么办?人们此刻不能不发此天问。这一次解困扶危,首先记起的还是农民的所望所欲。包产到户(正式名称叫联产承包责任制)一声叫板,生旦净末纷纷登场,西皮二黄好不热闹,一出扭转乾坤再创新天的改革开放的好戏,就此紧鼓密锣地揭开序幕。

才十来年的时间,变化天翻地覆,确然有了一次真正的大跃进。出现了遍地明珠般的乡镇企业,出现了全国首富村大丘庄;出现了不计其数走出贫困噩梦终于程度不等地富起来了的农民;出现了几千万离乡别土,以汗血为东南沿海等地的繁荣发展做出巨大贡献的打工仔打工妹……我们这一回似乎并未忘了农民,何况还有各地的扶贫计划、希望工程。

是的,还记得的,只不过随着形势的迅猛发展,有点精力分散,关顾欠周了。本来不多的耕地以惊人的速度流失,过重的负担导致增产未能增收,农田水利失修,林木砍伐过甚,农村生态环境人为毁损,有的地方出现"青壮打工去,耕作老弱妇"的情景等等，都潜存着不少隐患。还有"守着钱罐挨穷"的，如"国家级"贫困县辽宁建平，拥有世界面积最大的九十万亩沙棘林，却不知也不会靠科技去开发每公斤值一百二十美元的沙棘油，只顾砍来当柴烧，把富含药用价值的沙棘果采来喂猪。我们的农业科研、教育和推广的投入，是否已经不太能适应形势的发展了？便是文化，也有"作家农转非"之说，好些先前关心并热烈地反映农村生活颇有成绩的作家，转而去写些什么人的灵性、神性、×性，三角四角地角之不尽了。

　　舒展先生在《发现农民》里说得令人警醒："在中国，谁能发现农民，谁就能建立丰功伟业；谁歧视忽视农民，谁就遭到灭顶之灾。""中华的古老文明，如果没有农民的参与，只能是废墟一片。"证之几十年来的起起伏伏，可谓屡试不爽。当然，农民身上也有着几千年封建重压的投影，不难发现"精神奴役的创伤"，寻求致富之路有时迷途，富了以后摆不脱历史重负的纠缠，所以有人去搞假冒伪劣，有人"富而多病"——病在嫖赌吸毒、修宗祠、建生坟，以为鬼神可以佑其不败。然而，精心耕作、勤劳经营致富的人正在涌现。富了以后扶贫助人、发展文化公益事业者正在显示其榜样的力量，我们可不能让他们孤立无援，而要多方助其壮大。

　　土改已过去几近半个世纪，我却仍然想到雇农功贵的那烟熏火燎的小屋。不知西江地区高山大峒间那小小的山村和祖辈劳苦的农民，让人们记起了又淡忘了，淡忘了再记起了之后，如今怎么样了？今后又将怎样？

一九九六年一月二十二日

遗憾中的欣慰

翻开案头题为《深圳之旅》的贴相本，不禁再次浮起遗憾中的欣慰。遗憾的是时间太过仓促，此次到深圳只不过和深圳擦了个边，连市区也来不及浏览一下，单在异彩缤纷的中国民俗文化村、世界之窗、野生动物园和秀丽的西丽湖畔徜徉了一天，便匆匆告别，带着确然有些依依不舍的思绪。要知道，对我来说，距我上次从香港回到刚解放不久的祖国，其间经过深圳，相距已有四十五年之遥。四十五年，近半个世纪的风雨，我只是在通讯报道、报纸书刊和后来的电影电视里和她亲近，对她熟悉，知道她的欢欣、忧郁、悲哀、痛苦与无奈，知道她的五味俱全的际遇，知道她令世人为之震惊的梦一般的变化。然而，这一切又总觉得隔了一张薄薄的纸，和身临其境毕竟有些两样，这回好不容易来到她的身边，已经可以抚触到她的衣香鬓影，却又和她擦肩而过，能不令人遗憾？

然而，此行我仍觉有着无限的欣慰。我想我用不着再次去描绘民俗文化村、世界之窗、野生动物园给我的难忘的印象，也用不着去描绘西丽湖的静谧、空灵、幽雅，我单从历史的厚度去寻找我自己的感受，那令我难以忘怀的感受。

一九五〇年的春天，总算亲身体味了那时在大英帝国统治地区做一个普通中国人的真实滋味的我，怀着年轻人的无比激动兴奋和无限向往希冀，踏过罗湖桥，当望见这边桥头迎风招展的五星红旗，心头不禁一热，这才深切地感到做一个中国人的脊梁骨，确可像这旗杆一样，挺直起来的。

在从罗湖开往广州的列车上，我注视着车窗外这片广袤青葱的解放了的南国大地，确切地感触到"解放区的天是明朗的天"的亮丽，哪怕那时并不见高楼大厦，有的只是一片自然之美的田野以及衣着朴素（有的甚至有点褴褛）却在我眼中无不满含解放欢欣的普通人。那年三月四日的香港《大公报》的"大公园"里，刊发了我的一篇短文，描绘了此行经过深圳的印象：

> 沿着铁道，我看见有几处解放军正在铲地——健康爽朗的歌声，健康爽朗的面孔。汗给他们脸上抹一层油，棉衣脱下来，里面都湿透了，一部分坐在地上休息，另一部分正在起劲铲着……泥土翻了个身，有一阵草香在空中飘溢。
>
> 另一处岔道上，停放着两辆煤车，但却装了大半车碎石，二十多个解放军正把碎石一筐一筐地倒进卡车去。远一点靠小坡的地方，又有一部分人在敲碎石，一片"呵！呵！"的声音。看样子，是搬运碎石去修建什么，公路？房屋？铁路的路基？或是其他对人类有用处的东西，也是一幅极其动人的图画。而且，也有振奋精神的歌声，歌声是和劳动者结合在一起的。
>
> 这景象是如此震撼我年轻的心弦，不禁由衷地感叹："怎能不让人感动呢？解放军，人民的子弟兵……能打胜仗，能生产建设，能做一切有益人民的事情！而他们却穿得那么朴素，拿那么少（少得令人惊奇）的待遇，把自己放在一切享受的后面，把自己投在一切艰苦困难的前头，取最少的，做最多的。没有抱怨，

没有喊苦，没有呻吟，没有退缩，永远和人民靠得紧紧
的！……"

　　我并不"悔其"四十五年前的"少作"，因为无论多么肤
浅、粗糙，仍然是我那时的真实感受。我当然不可能预见到中国
后来还要经历的一波三折，更预见不到后来深刻的变化，尤其无
法预见随着改革开放而因风飘来的致民倒悬的某些尘埃，例如把
人像牲口一般封锁在厂房超时劳作，以致大火袭来时逃生无门，
近百名工人的生命就此为老板的超额利润而火化之类的特例。
但，近半个世纪的风云雷电里，我欣慰仍然能看见一种精神的绵
延不断，当地震带来严重的破坏，当洪水怒吼着要冲决河堤，当
大雪封山牛羊和牧人处于绝境，当大火包围了民居，当各种灾害
降临人民中间之时，头一个冲上抗灾最紧急最危险的第一线，具
体地做着解民于水火之中的工作的，依然是中国人民解放军。这
样的时候，我常会想起一九五〇年春天从火车车窗里望见的深圳
那美丽的田野上，衣衫破旧而歌声高昂地为民劳动的解放军
战士。

　　历史穿越时空而过，我在幽静的西丽湖畔追溯一九五〇年春
天的深圳，更遥望一九九七年七月一日与回归祖国的香港比肩而
立、联手发展的深圳，我欣慰地看到：中国人的脊梁，依然如五
星红旗的旗杆一样挺直。而今日深圳，就是这挺直脊梁的一条
脊骨。

一九九六年春

不可有和不可无

海外有人很不满于我们的"民族主义情绪",传来不少喊喊喳喳。他们大约是所谓"世界公民"吧?但现实尚未有世界公民护照,登机外出之际仍然得拿着"民族主义"的 passport。他们有个臭脾气,对发展中国家的人民,总爱指手画脚,要人照他的样子办,不依便加以恶名,颇有些蔑视乃至欺负之举,甚至相当凶狠,俨然一个霸王,"民族主义情绪"便是他手上的一条霸王鞭。当其举鞭如杨枝拂动,高叫"不要民族主义呀。要四海一家呀!"之时,仿佛立即化为了泛爱众生,救苦救难的观世音菩萨,阿弥陀佛,善哉善哉,多么和蔼慈祥!然而你得十分小心,那"杨枝"拂下来时,可以撕去你身上的一层皮,拉出一道道血痕,因为那上面沾的,并非滋润万物的甘露,而是见血封喉的箭毒。

自己武装到了牙齿,却不许别人拿起反侵略的棍棒;自己试验够了、制造够了,却叫别人不要核试,说是有碍人们健康;自己封建统治殖民地百年以上,却频频呼唤民主,此种行为与强盗逻辑庶几近之。所谓"不要民族主义"也者,不过是叫你赶快四海一家,打开大门,让他来民族主义而已。喊喊喳喳,唯此为大,倒是实践证明了的。

中国人为什么会有"民族主义情绪",而且如此之深厚,如积云之难散?那得回过头去看看。原来先前中国积弱贫困,已经很有些年月了，远的不去深究，往近说，起码也在一个世纪以上。大不列颠炮舰的硝烟中驶来东印度公司的鸦片，把中国人喂得晕头晕脑，手无缚鸡之力，"中国几无可以御敌之兵，且无可以充饷之银"。接着便是列强瓜分中国的各种城下之盟。有人想稍稍反抗一下，又有"八国联军"劈头盖脸地压下来，连"威加海内"的"老佛爷"也得带着皇帝老倌、亲贵大臣跑到西安去避难。"民国"军阀混战，帝国主义各划一方势力范围，皇帝虽然下了龙庭，人们仍遭列强宰割。卢沟烽火燃起，半壁江山变色，三十万南京屠城，两千万抗战死难，中华民族血流漂杵，连最坚强的心也会为之一哭！

几经鏖战，中国人民好不容易才站立起来，开始吐气扬眉，打下社会主义坚实的根基，却不料内经自己的不断折腾，外有不甘退出中国这片沃土的势力捣乱、封锁、制裁、包围，直到不得不勉强承认现实。然而，终究不会给你一个顺当发展，无他，毕竟"非我族类"之故——依旧逃不脱民族主义。

中国人从历史的经验知道，那些高唱着民主、自由、人权等等美妙之歌的现代行吟者，其霸气并未根除，对发展中国家、弱小民族，他们既不给你民族自由，更不会尊重你的人权，哪怕换了包装，变了手法，算起账来，他一点也不含糊。中国人的"民族主义情绪"，从某种意义说来，正是他们及其列祖列宗长期培养的结果。

民主、自由、人权、四海一家等等，确都是好东西，马克思主义者几代人的牺牲追求，正是为了实现这些人类美好的理想，甚至更高一点——共产主义。然而，几代人又各有自己的历史局限，虽然取得了辉煌的成就，确有不少做得不好、做得不够、做错了，甚至与之背道而驰不免被人訾议的东西，教训十分惨痛。我们当然要而且正在痛定思痛，小心谨慎地重新探索达到目标之路。此时此际，我们需要坚定而不固步自封的跋涉者，不是动摇者的失去自信，踯躅不前，更不是反戈一击者的落井下石，尤其不必理会幸灾乐祸者的指指点点——够了先生们，你们的"好意"我们几代人领教过了，我们自己的路自己会走，该拿来的我们自会拿来，否则白送也不要。你们吹得震天价响的什么"震荡疗法"之类究竟是个什么货色，还是请尊驾收回自己享用吧，还害人不够吗？对你们的所作所为，我们确有些"民族主义情绪"，皆因你们的"民族主义"做的好事太多，还是自己先不要"情绪"起来，再去指责别人吧。

排斥一切的极端民族主义不可有，爱国主义的民族主义却不可无——起码在现在。

一九九五年十二月十九日

性爱乌托邦

——读《伊甸审判》

把性爱提升到学术的高度，加以严肃认真的探讨，以我的孤陋，读《伊甸审判》之前，尚无缘看到。先前听说三十年代有从法国归来的哲学博士张竞生先生（广东饶平人），著有轰动一时的《性史》，可惜口碑不佳，未曾领教。自从读了鲁迅先生的调侃"但最露骨的竟是张竞生博士所开的'美的书店'，曾经对面呆站着两个年轻脸白的女店员，让买主可以问她'《第三种水》出了没有？'等类，一举两得，有玉有书"（《书籍和财色》），也就没有再去寻来拜读了。至于域外的萨特，据说不但有所主张，并且身体力行，似乎可为楷模，从某些介绍和征引看，他的存在主义哲学思想固不失为一种创见，但他关于性爱的理论和实践，却有些未便苟同之处。

当今某些文化摊店，趋利若狂，"上"焉者自吹或被吹为什么"审美创造工程""构建一个意象世界""超现实生活""从人性开掘到人的灵性甚至神性"。你要听信这些广告，会以为那是一座神圣高贵的文化殿堂，翻开一看，实则和先前上海"咸肉庄"、香港"指压按摩""一楼一凤"、台湾"鸭店"或美国的"FRIDAYS咖啡座"（后二者为专供女士们寻欢之处）并无二致。"下"焉者连羊头都不要了，干脆改挂裸女，竞张艳帜，借"文化"包裹兽化，以钱欲张扬肉欲，简直不堪入目。而假"性研究""性探索""性解放"之名以售其黄者，更是不值一提了。

在这股利润驱动的黄潮之中，出现了研究性爱而不落窠臼的《伊甸审判》（花城出版社出版），卓尔不群，实为难得。作者的出发点基于这样的现实："一方面，心理的惰性定律导致一些人戴着传统的有色眼镜以非难新事物；另一方面，厌旧喜新的心理倾向又怂恿一些人将实质上腐朽的旧东西，当成新瑰宝加以张扬。"他主张"以个人人格健全为主的人本主义婚恋观和以力、乐、美、爱为要素的性爱文化"。贯串全书的基本思想引人向上，激励人们在婚恋性爱问题上的高尚情操，便是在必要的性行为描述时，也努力开掘并引导人们对性的高尚感情，这是本书颇足称道之处。

然而，我写这篇东西却不单是为的称道，更主要的，倒是在给作者的理想主义泼点冷水，因为现实距离他的美好理想实在太过遥远了。本来遥远不成问题，问题在于现实里的某些人（甚至还是不少的人），会以这理想为挡箭牌，干出十分不理想的事，于他人于社会都有些阻碍。《红楼梦》云："欲洁何曾洁，云空未必空。"理想虽好，奈何并非许多人都能在现时便抵于那样的思想境界。以此，我对作者的某些观点、某些命题、某些境界、某些提法做出了点推敲，确有些自己的不同看法，希望不是将"腐朽的旧东西当成新瑰宝"。

一、"美性家"

"食色，性也。"我们的古哲人说过这句大实话，可以传之千古。而主张"食不厌精，脍不厌细"的孔老先生又在两千多年前便开了美食家的先河。但我以为，食色确是生活中的重要内容，却不是唯一的或最重要的内容，因为我们毕竟是有别于其他动物的人，我们又确实有着超乎食色的生活内容，比如科学研究、艺术创作、自然规律的探讨、社会进步的追求等等。美食、美性都是应该而且可以研究的，但只能"美"到一定的程度，过度的后果并不好。孔老先生"割不正不食""席不正不坐""食不言，寝不语"，这么一来，有时只好道貌岸然地饿肚子，或冷冷清清地品细脍，弄得人我无欢，意兴索然。我等并非圣人，大可不必"美"得这么拘泥。至于美性家的实践，究以萨特和伏波娃为是？庄之蝶为是？抑西门庆为是？这几位，或形而上，或形而下，都走到极端去了，我以为均不足取。头一位看上去高雅脱俗，实则不负责任，自我欣赏则可，普遍推广不行——等到世界变成"君子国"之后，或许可以一试；后二位只能归入公狗一类，更是乏善足陈；到了杀妻自戕的顾城，营造什么"女儿国"的梦中天国，结果剥出了一个极端自私的丑恶灵魂，何"美"之有？

二、"婚姻的基础是自由——爱情基础之误"

作者准确地揭示了爱情的"月光效应"（朦胧之美掩藏了双方的缺点）和婚姻的"阳光效应"（婚后缺点暴露无遗），但由此而否定婚姻的爱情基础，代之以大而化之的"自由基础"，我以为未必得当。自由当然是个可爱的东西，但以之为婚姻的基础，正如把塔建在沙上，很是"自由"，东歪固可，西倒也行，缺点是不太牢固，极易坍塌，连一点风雨也经受不起。何以故？因为可爱的"自由"架空了人们对婚姻行为的责任。

在生活中，尤其在社会生活中，我们需要自由，不自由无从发挥人们的创造性；然而，我们同样也需要一些不自由，为的是确实得到真正的自由。这话听起来似乎有些不可理喻，其实不过是一件事情相对又相依存相协调的两方面。这不自由，于己，是必要的自律（或他律），方能不妨害他人、不妨害社会；于人，是必要的律他（或他的自律），还是不妨害他人、不妨害社会。自律和他律的结果，是自己和别人的自由得到保障，不致流于一句空话。

法律、规则、合同，甚至由文化精神形成的道德规范，都限制着人们的自由。你可以说哪些限制不合理，要加以合理的改造，而你却不能将这不自由统统取消，侈言"完全自由"。要是真这么办，那就将会事与愿违，使这一"自由"与那一"自由"大打其架，结果谁也得不到自由。

那么，自由一旦成为婚姻的基础，取消规范婚姻关系的不自由，不妨想想，带给人们带给社会的将是什么？

爱情作为婚姻的基础，是被无数实践证明了的，有爱情基础的婚姻和没有爱情基础的婚姻大不一样。"月光效应"和"阳光效应"都不是绝对的，爱情往往考验人性的美丑、品格的高下。以爱情为基础的婚姻不乏同甘共苦、白头偕老的佳偶。而自由基础的婚姻，以我的见闻，似乎只有萨特和伏波娃一对。其中有否水分，不敢确说。或许有人说，鲁迅和许广平不就是自由结合的吗？不错，确是自由结合，但他们的婚姻基础仍然是爱情。鲁迅就在通讯中自陈"我也可以爱"，而且在这基础上一旦结合就自觉承担起夫妻关系的不自由，直到辞世。他们从未自由地卸下自己婚姻的责任。

三、"同居，是婚、爱、性的典型统一"

同居是一种客观存在，按"存在就是合理"理论，它当然是一种合理的存在了。不过，我却只承认它的某些合理性。涓生和子君冲破封建家族几如泰山压顶般的阻碍，迎着二十世纪二十年代遗老气十足的世俗眼光，"在吉兆胡同创立了满怀希望的小小家庭"，公开同居了。（鲁迅《伤逝》）这是合理的，因为这同居体现了社会在蜕变中的观念进步，体现了先觉的青年知识者的巨大勇气，同时这也是一种婚姻不自由的反证。然而，九十年代某些港商在内地"包二奶"，广州包工头江某养二妾、三妾、四妾的案例，如果不是法律的干涉，仗着他的钱财滚滚，那"自由"也不知要伊于胡底？这种同居，体现了社会转型期腐朽意识的沉渣泛起，找得出什么存在的合理性？

然而，作者却将同居提到所谓的"婚、爱、性的典型统一"的虚假高度，并乐观地预测法律将对之逐渐宽容，直到最终可能完全承认同居的合法化。这认识自然源于他的"婚姻的基础是自由"说，他详尽地分析了婚姻怎样妨碍和束缚了双方的自由，从而得出同居最合乎人的自由本性要求的结论。人而有自由本性，这倒是确定无疑的。"生命诚可贵，爱情价更高，若为自由故，两者皆可抛。"早在一百四十多年前，匈牙利人裴多菲就唱出了高昂的自由之歌，但诗人所指的"自由"的涵义及他追求的人生价值又何尝是可以供人随意偷换的概念。诗人的极而言之，所谓艺术夸张是也。

四、关于罗密欧与朱丽叶爱情的评价

"人是爱情的主人，爱情的享受者，而不是爱情的观念、义务、责任的奴隶，受苦者。"基于爱情的自由基础，作者大胆地宣告要抛弃爱情的"观念、义务、责任"，勇敢地去"享受爱情"，欢乐而不是"受苦"。多么美妙的爱情自由王国，多么令人无限向往的"人格健全"追求。于是，作者以之衡量罗密欧与朱丽叶的爱情悲剧，得出颇有新意的结论："社会干涉罗、朱婚姻自由是一种罪恶，罗朱为反抗又是为了获得那种局限于两人之间的渺小的可怜的爱情，他们为这种爱情而死，死得渺小。"

伟大且不去说它，那么渺小又从何发生的呢？看来是"局限于两人之间"坏了事，弄得这对古典青年情侣的抗争、追求乃至牺牲都似乎失去了意义。那么，他们在反抗了社会罪恶之后，又"自由"地分手，不"局限于两人之间"，或和张三"试婚"，或与李四"同居"，各自获得"婚、爱、性的典型统一"，才不"可怜"不"渺小"么？"人格"因而"健全"了么？

视对爱情的忠贞不渝这种人情味甚浓的美德为"义务、责任的奴隶"，不愿为之"受苦"，只愿做"主人"去"享受"这种"自由"，作者虽然把它描绘得十分美好，仿佛层次甚高，我等凡夫俗子，实在不敢高攀。

诸如此类的判断，书中还有，尽管作者论述的出发点并不坏，是想要追求"人格健全"的婚恋性爱，绝无叫人不负责任地去乱爱之意。但因在理论上钻牛角尖，有些脱离现实社会生活实际，又过于强调了自由的一面，难免成为一种"性爱乌托邦"，无法在当前人们的思想道德水平下实行。然而，我们又应当允许探索、允许讨论，方能有所发展。故此书从学术角度说，仍可视之为一家之言，于读者仍然会有所启迪的。

合算不合算

　　香港电视曾经报道过一位孤身度日的老太，靠少量"公援金"过活。有一天，她忽然成为传媒关注的人物，并非因为她忽获天外飞来的亿万遗产，或是化仙成佛的特异功能，而是因了她的一个"不可理喻"的习惯——三餐清茶淡饭之余，她的唯一爱好便是到街头巷尾捡破烂，什么塑料袋、包装盒、易拉罐、编织绳、锈铁线、破衣烂衫、断腿小台、穿洞铝煲……她都一一捡回家来，堆叠得她那不足十平方米的房间连走路也了无余地，把那简单的睡床也给淹没了。她竟能心安理得地每晚睡在几张连在一起的方凳上，长期乐此不疲。

　　可怜这孤苦伶仃的老太婆，惹得左邻右舍怨声载道，人们实在无法忍受从她房里往四处飘散的阵阵异味。劝说无效，有人就把她堆在门外的"垃圾"替她扔到街外去，可她又不言不语地自己悄悄捡了回来，压罐头一般挤进屋里，终于引来传媒报道，"社工"上门，思想工作做了一大箩，好不容易半强迫半自愿地由好心人们替她清理一通，显出一屋清爽。可我注意到老太婆坐在那儿，佝偻着瘦弱的身子，一脸不知如何是好的茫然。

　　不知怎么，每当想起报道此事节目的主持人不无调侃的语调，左邻右舍大不谓然且极其厌恶的眼光，围观群众看稀奇怪物似的洞开的嘴巴，总会涌起一丝人心隔膜难通的悲凉。

把一大堆派不上用场的杂物过量收集起来以致异味扑鼻，自然不可取，或曰有些过分，但我们理解了这后面那颗经历风霜的心么？老太婆出身寒微，备尝艰辛，知道一丝一缕、一粥一饭来之不易，长期养成了节俭惜物的习惯，孤身一人之后，让生活和思想的惯性推着往前走；这习惯甚至演化成了她伶仃生涯里的一种精神支柱，一朝改变，她能不茫然若失么？我们并不主张大家去学习老太婆那近乎身不由己的过分之举，该丢的东西还是要丢，该舍弃的东西还是要舍弃。但对这位"古怪"老太婆的"古怪"之举，想想其实也有令人肃然起敬的一面。这便是我们民族一向反对暴殄天物的传统美德。遗憾的是，这种美德似乎已因社会物质生活日渐富足便越来越为人们所轻视甚至蔑视了。

鲁迅先生，一代文豪，不是富豪，他心血凝成的作品的报酬，还可挤出一些接济前进青年、革命战友。他于购置图书之外，常携海婴、许广平去电影院观看极地风光、蛮荒奇趣之类的片子，觉得"自己总不会到那些地方去"，为了开眼界，即使只得连带也看了些"蛮婆子的蛮曲线"。许广平说，这便是鲁迅晚年最大的娱乐享受了。平时家居，鲁迅把旧信封翻转开做成新信封来用，收到包裹拆开之后，把包裹纸摊平放好，松开绑扎的绳子也理顺卷好，以备不时之需。许广平说他是"日积月累地，随时可省则省，留有用的金钱，做些于人于社会有益的事"。这便是鲁迅先生物质生活的精神境界。

改革开放，人们生活大为改观，穿名牌、住豪宅、讲排场、耍派头，还输入理论曰："能做会花"。"先富起来"的Y君曾对我说："家里的东西，如果放了三个月还用不上，就该把它摔碎或处理掉。"据说占用了宝贵的居住空间不合算。瞧，都有理论依据的。但我以为我等普通人家，即便富胜昔日，自然不应该成为巴尔扎克笔下那个暴发户兼守财奴葛朗台，可也不能让新的纨绔习气夺去了我们克勤克俭的传统美德。"占用了宝贵的居住空间"或许不大合算，但让八旗遗风占去了自己乃至儿孙辈的灵魂空间岂非更不合算？更无法估量其后果？

一九九六年六月一日

世相素描

一包就劣

　　南京去年抽查市场的水表，合格率仅为 9.1%；商场经销的青岛产 DD862－4 电表，连续三年被查为劣质品，用这种表，一百度电要走到一百零四点五度（《服务导报》）。编者把这叫作"电表水表跑得快"，倒也切合实际，莫非它们都想"大跃"而"进"，来一个"跑步进入共产主义"么？可惜一般工薪阶层、升斗小民的荷包没这么意气风发，他们只希望水表电表有个合理的速度就行了，不算苛求，而有时竟不可得。

　　当然，市场上既不慢跑也不快跑的水表电表有的是，但某些承包工程的包工头不买。其"奥妙"在于合格水表三十八元一个，劣质水表只需十八元一个（何况其中还有两元回扣）。这中间的得失，包工头自然心知肚明，天平不免朝他的荷包那头垂下去。

　　曾经帮助我们从大锅饭的危机拔出泥足的"一包就灵"，在恢复农业生产、发展市场经济中起过很大的作用，现在和将来如果运用得好，还会继续发挥良好作用。但观察事物切忌绝对化，条件变了，"老包"也有不灵的时候，我们也会从国营百货公司承包出去的货柜上出乎意料地买到劣货，辜负了我们长期建立起来的对国营商店的信任，就是"一包就劣"的注脚，又何止于"电表水表跑得快"而已。

堂而皇之的后面

今年五月四日，《粤港信息日报》刊登了一幅丁大康摄影报道的照片，实在耐人寻味。照片上一位微胖的大娘身后，挂着两块堂皇的牌子。其一曰："枣庄市文化局劳动服务公司"。另一块比较大的牌子被大娘的身子遮了一角，但见"市中区公……"几个字，大约是中区公司的放映站吧？因为隶属"市文化局"——哪怕是它的"服务公司"，就很有点正儿八经的味道。牌子上端大字刷上"严禁播放非法出版淫秽录像"的禁令，下端还可见"举报电话"几个字，实在是堂而皇之极了，令人肃然起敬。但点睛之笔却是夹在禁令和举报电话之间的"今日放映"的五部电影：

1. 带色狼回家
2. 艳降
3. 三级七日情
4. 情不自禁
5. 风流一夜情

更妙的是摄影家给照片题的名字："文化特区"。副题曰："这位大娘说：'这些都是办过证的。'"

到哪里去找上佳的讽刺喜剧？这就是绝妙的一出，而且"如假包换"，并无任何"艺术加工"。无情的摄像头一下子就捕捉住这颇有时代特色的一瞬，拉出了堂而皇之后面不那么堂而皇之的东西。借"言者谆谆，听者藐藐"而改之曰："言时谆谆，做时藐藐"，大约可以窥见当今的某种心态。这一角"文化特区"之红中夹黄，而且"办过证的"，能不令人深长思之？

"原为刘文彩享用"

刘文彩何许人也？现在二十出头的年轻人可能没听说过，"不知有汉，无论魏晋"嘛。当今不少人的头等大事乃在赚钱，说得雅点，谓之"实现自我价值"。这"价值"的价值乃在可以论斤估算，以待批发零售，还管他什么刘文彩刘武彩。

然而，四川大邑县有间腐乳厂却是"知有汉，无论魏晋"的，因为刘文彩这个恶霸地主原产当地，过去的知名度曾经越出国境，大型泥塑展就曾在他的府上举办，一度远近访客如云。当时媒体报道略有言过其实之处，如果说臭名远扬，大体上还是符合客观实际的。现在这间豆腐厂从中获得灵感，找了一个"新"的"卖点"，借刘文彩的知名度，来了个"原为刘文彩享用"以促销，只不知业绩如何？

前人云：人以文传，文以人传。在这里，到底是腐乳以恶霸地主传，抑或恶霸地主以腐乳传？总而言之，人们吃腐乳而思刘文彩，思刘文彩便吃其腐乳。其间总有一个或几个荷包因之肿胀起来，那就不妨"享"而"用"之了。

当今之世，鱼龙混杂，泥沙俱下，这边推出"李宁服装"，那边便来个"潘金莲发型屋"；这边捧出圣人"家酒"，那边就有"清宫壮阳秘方"；这边"南海渔村"挂牌，那边"西门庆酒家"开张；这边给祖国的花朵提供语言学习机，那边推销山本五十六座驾模型；这边展示中华历史文物，那边出售西方纳粹标徽。"原为刘文彩享用"的腐乳，在那些追星逐膻的文化现象中不过小菜一碟，"唔好意思"。

一九九六年六月六日

288

站直的精神和趴下的灵魂

　　贝多芬盛年早夭，然而，更为短寿的著名音乐家还数：莫扎特，三十五岁；舒伯特，三十一岁；舒曼，四十六岁；肖邦，三十九岁；门查尔杜，三十八岁；波隆尔斯库，三十岁；老施特劳斯，四十五岁；韦伯，四十岁。写出了热传洋溢的歌剧《卡门》的比才，终年三十七岁。

　　田中禾的《读音乐》（《随笔》一〇五期）为我们列出了这张简单的名单，只不过涉及十八、十九世纪出类拔萃的音乐天才。他们奉献给人们贯注以热爱生活、热爱人生的激情的美妙音乐，可谓成就辉煌、光焰照人，而他们自己，却大多命运坎坷、穷途潦倒，备尝生活的苦酒。《卡门》上演即受无情责难，比才在沮丧与失落中踏上不归路，他把优美、轻盈、愉悦赠给人们，人们已经来不及给他一点安慰。莫扎特不堪大主教的凌辱，愤而辞去教堂职务，直至穷困而死。舒伯特靠朋友资助，开了毕生唯一的一次音乐会，刚靠音乐会的微薄收入购买了钢琴，当年便与世长辞。这位创造了《未完成交响曲》和众多歌曲、管弦乐序曲、钢琴曲的音乐大师，竟与钢琴缘悭一面，能不令人为之悲怆叹息吗？

　　但是，田君说得好："音乐家为我们创造的财富不仅仅是音乐，更有人在物质贫困和精神磨难中表现的高贵、顽强和不息的理想精神。"

那么，我们今天，面对物资富裕或逐渐富裕——当然同时还有不少人面对物资贫困——以及另一类的精神磨难中，我们的理想精神又是一种什么状况？当其形而下时又怎样地五花八门"多姿多彩"？

人生天地之间，少不了形而下的需要，所谓衣食住行、吃喝拉撒，而生存而温饱，乃至享受。茹毛饮血穴居野处固可求得生存，但生存得十分艰辛痛苦，"味道坏极了"，要劳有巢氏（姑且假设有这么个氏吧）来"构木为巢，以避群害"，进而要劳燧人氏来"钻木取火，以化腥臊"，伏羲氏"结绳而为网罟，以佃以渔"。创了"斲木为耜，揉木为耒""日中为市"的神农氏时代，人们生活里和形而上"接轨"的事，就自自然然地多了起来。"市"这个东西是生产发展，物资相对丰富之后，适应交换需要而出现的"新生事物"，当时似介乎有形无形也就是形而上形而下之间。人们有了交换需要约定俗成，其形未显而渐显，终于市声鼎沸、人头涌动，市散人去，"市"只存在在人们的观念之中。这情况比之先前狩猎有获，大家披毛执戈嗷嗷欢舞，并以谢神灵要复杂一点，比我们现在的超级市场、连锁店、专卖店、海鲜酒楼、卡拉 OK 厅、银行证券交易所之连云十里，又简陋得不成比例了。总而言之，正如鲁迅先生所言：一要生存，二要温饱，三要发展。

这，大约就是人们来到这个世界潇洒或并不潇洒地走一回的起码的真谛了——如果我们不把目标树立得过高的话。但也不可把这"发展"二字看得过轻，小地摊进了店堂固是发展，荒芜的边陲渔村变为华厦矗天的特区城市也是发展；给自己添置名车别墅（只要财产来于正途）是一种发展，倾半生血汗培植高产良种，把丰收和富裕带给万户千家，更是社会进步不可缺少的发展。

在这里，理想精神就并非可有可无的形而上，而是必须认真对待过细思量的继续前进的动力了。

当然，理想精神有着不同的层次，而且，也有本身并不高妙或被扭曲异化为阻力的时候。"三十亩地一头牛，老婆孩子热炕头"，是小农经济的典型理想精神；自以为"革这伙妈妈的命"了的阿Q，他的理想精神是"我要什么就是什么，我喜欢谁就是谁"，包括弄进土谷祠去再说的秀才娘子的宁波床和久矣未见的吴妈。这，无异于金口玉牙，已近乎一个土皇帝的雏形了。我想，我们还是不要急急忙忙地去笑话阿Q和小农，且看看此时此际，在商品大潮冲击，利益驱动激荡下，某些丧失了人文精神的人，其理想精神不单够不着小农那自给自足，利己不损人的高度，更不止于阿Q的做做土皇帝梦，最多喊两声"造反了！造反了！"就鸟事没有。电子时代的今人，干起损人利己的事情来，不但心狠手辣，又是简直连命也不顾的。1949年以来贩毒过万公斤大案的死囚，临刑前电视记者问他知不知道这么大量贩毒的严重后果，答曰知道。知道为什么还要做？答曰为了钱。而另一个死囚写给家人的遗书里，竟有"化悲痛为力量"之句，但愿他这是误用成语而不是叫人"接着再干"，并无"二十年又是一条好汉"之意。至于数十万元扶贫款发下去，几个实权人物便分而食之，事情曝光后，处理的板子却轻轻打下，搞得舆论沸腾，上级督促了，才有个较为像样的交代；贵州省国际信托投资公司董事长阎健宏因收取巨额贿赂被执行枪决不久，继任的向阳序又飞蛾扑火重蹈覆辙，不但收受贿赂，更兼嫖娼，事发前几天，他还正儿八经地签发了其中大谈公司反腐倡廉的工作总结。"腐"得够水平的了。《瞭望》杂志载文指出，有些地方扫除黄赌毒的战役，"过后的现实像一则黑色幽默：发廊、咖啡厅、歌舞厅等地的老板欢迎公安机关的'扫黄'。缘何？因为抓去一批老面孔的'小姐'，再换一批新面孔的'小姐'，生意兴隆"。盖对"保护伞"

处理不多或处罚不严之故。这类发展到相当深层次的腐败，种种形而下的表象，又和形而上的状况紧密相连，而我们从事形而上工作的某些人，竟也有现在从事严肃文学创作，先前曾借"通俗文学"之桂冠化名炮制黄色小说从而获得"意想不到的好处，首先是经济"好处的，在报纸上公开宣称"从来就没有惭愧过、后悔过"。妙哉斯言，他就是贩黄有理了。对照广西甘化四厂四百职工竟有逾百人侵吞公款，搞到排长龙退赃，其中一位自首者说："周围的人都那么干，你不干人家就会以为你傻"，从而可见反正无惭无悔论者和大环境的关系，叫人想起一百一十四年前挪威剧作家易卜生剧本里的斯多克芒医生，他不肯同流合污，却被宣布为"人民公敌"。分野之处是：斯多克芒毕竟不惮于成为"公敌"，站直了自己的精神，贩黄无惭无悔论者之流，无论其怎么包装，仍在金钱面前趴下了自己的灵魂。

我接触不广，确也看见了好些小人物高尚而切实的理想精神：捡破烂维生的老人收养被抛弃的孤儿，还不止三个两个；个体户真心实意地捐款做文艺基金，立志做一个"精神万元户"；一个镇的管委会资助一家纯文学期刊，无须任何报偿；当工农兵"学"商形成热潮之时，一个二十五岁的青年拜师学艺，掌握了蔬菜无土栽培技术，改良后再无偿传授给附近村庄的青年；患先天性脆骨症，骨折十多次，下肢不能引直，脊椎弯曲，压迫心脏，左肺功能几乎丧失的残疾姑娘于海波，医生宣布她"活不过十二岁"，可她今年已经二十有二了，尽管身高只有八十六厘米，体重仅十多公斤。当初她到了上学的年龄，找出哥哥的课本，要爸妈教她识字，学会拼音、查字典后，以过人的毅力自学有成，已获四川函大毕业证书，现在攻读北大长春教育学院联办的心理专业。更为难得的是她生活并不宽裕，却捐款给"希望工程"，一面又开通"心语热线"，设立"心语信箱"，为那些心灵无助的人送去支撑，燃起了许多人对生活的信心之火。她脊椎弯曲，可灵魂挺直，人瘦体矮，而精神高大。

这滚滚浊流旁的条条清溪，可能正在这里那里不为人所注意，不事喧哗地汩汩流淌，人们从而可以看见我们民族的希望，相信总有汇为大湖大江，把污泥浊水悉数荡涤的一天。那么，请允许我借用黄建新执导的一部很是耐人思索的影片名为本文作结：

站直啰，别趴下！

一九九六年八月二十五日

请看"缩微景观"

　　梁晓声答日本某电视台记者×小姐问，很值得一读（《随笔》第一百期）。这位小姐的一些观点实在耐人寻思：一曰，日本当年对中国"主观上不是想侵略"，而是为了"东亚共荣"；二曰，"德国一下通牒，便宣布彻底降服"的瑞典，"幸运地避免了战争灾难"；三曰，"在殖民统治国和被殖民统治国之间，经济的共同发展是完全有可能的"；四曰，"南京大屠杀""是真的么"？五曰，日本兵当年之所以疯狂屠杀，因为他们"很胆小""好害怕"，因而"也是好可怜的呀"！

　　如果说这位小姐二战后才出生，受了不少后军国主义（这是我仿"后现代"之类的时髦杜撰）教育，难免有点神志不清、是非莫辨，因而昏话连连，那么，另一些城府甚深、老奸巨猾的"右翼"人物，那就是处心积虑地在抹杀真相，愚弄人民，企图把战车的笼头重又套到调教好了的骗马头上，还塞上一个嚼子。

　　日本众议院议员兴野诚亮就是这么一位睁眼说瞎话的人物，他竟敢在从屈辱和痛苦中生还的"慰安妇"之前喷粪，说什么"随军慰安妇"是一种"商业行为"。要是他自己的妻女也这么让人"商业"一下，大约就不会说出这种不能算人话的话了。至于有所谓"昭和史研究所"者，"研究"出"七个版本教科书"中本已并不充分记载的"南京大屠杀""三光政策""卢沟桥事变"等等,"十一个历史事实的章节""自虐色彩越来越浓",要求文部省"删除"。何谓"自虐色彩"?让我们从当今的现实里看看它的反面,即自我优待、自宽自解、自得其乐直到转而"虐他"中得到解释;堂堂日本首相桥本龙太郎,以"内阁总理大臣"的身份,参拜供奉战犯亡灵的靖国神社,公然向饱受侵略之苦的世界人民挑衅;海上保安厅的飞机、军舰、炮艇,掩护着右翼分子登上中国领土钓鱼岛筑塔插旗,实行强占,恍如当年"九一八"的"缩微景观"。

现在有些人喊什么"告别革命,远离政治,疏离主流,淡化意识形态",问题在于果真做得到吗?"昭和史研究所"诸公,大约倒是希望我们能够这么做的,那就可以不费劲地扫除"自虐"实行"虐他"的障碍了。

一九八六年十月二日

并非个人的悲剧

日本老兵东史郎，已届八十四岁高龄，因为良知催促，前些年向记者们公开了他当年写下的从军日记，把"南京大屠杀"的具体细节在世人面前曝光，以反省谢罪。

对中国人民来说，这是实实在在的中日友好之心，比之某些大人物的口头承诺暗地里踢脚有价值得多；对确然认真吸取历史教训、珍惜两国人民情谊的日本人民来说，这是渴求世代友好的一片真诚；然而，对于睁眼不承认事实，一心重温"东亚共荣圈"霸主梦的右翼人物，这是他们再续军国主义的极大障碍，要唆使有关人士，昧着良知（如果曾经有过），把东史郎告上法庭。而法庭装模作样地审理三年之后，竟判东史郎败诉。理由呢？"证据不足"。

然而，良知并未屈服，东史郎的支持者们马上组团来华进一步收集证据，得到众多当年亲历者的热情协助，提供了大量人证物证。半个多世纪前在日本帝国主义铁骑下哭泣呻吟的中国大地，每一寸都浸透中国人的血泪，每一寸都可以起来作证。

我们当然不会奢望恭而敬之地参拜战犯的"内阁总理大臣"等人治下，会有什么"司法公正"，但却不妨从另一个层面来观察一下事情背后的含义。论者谓"我们生活在一个有罪恶，却无罪恶感的意识；有悲剧，却无悲剧意识的时代"。而"悲剧不能转化为悲剧意识，再多的悲剧也不能净化民族的灵魂。这才是真正悲剧的悲哀"（朱学勤《风声·雨声·读书声》）！

当一九七〇年的冬天联邦德国总理勃兰特向华沙犹太人死难者纪念碑下跪请罪，他代表了德国民族的心灵对此事认识的净化，即便尚有新纳粹分子有气无力的捣乱；而当良知促使东史郎公布从军日记，却被送上被告席受审，且被判败诉，这已不是东史郎个人的悲剧，而是日本民族灵魂相当部分未得有效净化的证明，"真正悲剧的悲哀"还有可能再现，哪怕日本人民也曾在侵略战争中备受痛苦。向那些仍在不遗余力地给侵略罪行涂脂抹粉甚至带上"光荣"花环的人要求"悲剧意识"，无异缘木求鱼，只有悲剧重演或令其清醒，惜乎会有为时已晚之叹。

一九九六年

重温爱的教育

　　最近读到亚米契斯著《爱的教育》的两个译本，一个是八十年代初出版的田雅青译本，一个是最近新出版的夏丏尊一九二四年的译本。两位译者相距半个世纪以上，却"所见略同"地选中并热烈地爱上这本"一个意大利小学生的日记"，为之感动，为之倾倒，为之心潮澎湃。而作者出生于一八四六年，成书也当在百年之前了。

　　是什么，不仅使此书在当时就流通广布，百年来依然畅销不衰，百多年后的今天，还能震撼许多人的心弦？她的生命力究竟怎样激活了无数后来者的美之魂灵，而超越了时空地域的界限？

　　这本结构松散，略带伤感和理想主义的书，既不写阶级斗争，也不宣传宗教教条，没有曲折紧张的故事情节，没有撼山动地的豪言壮语，没有力拔山兮气盖世的英雄人物，也没有振臂一呼应者云集豪唱"大风"而领袖群伦的勇士，只有朴素真实的生活之流，极普通的人极普通的喜怒哀乐，何以能那么紧紧地攫住读者的感情，促使人去思改一些什么？

　　这究竟是本什么样的书？

　　在夏译重版后记里，解聘如这样评述他的感受："《爱的教育》是我学做人的基石。站在这块基石上，我懂得了尊师敬老，懂得了友爱谦逊、见义勇为，懂得了劳动神圣，懂得了国格人格，懂得了热爱生活、珍惜时间等等这些起码的做人道理。"他还准确地写道："基石自然是不高的，但没有它哪有坚实的大厦？"

我以为，此书的价值恰恰在这"不高"——不高而有基石之重，人皆能近易为、可行，但又常常疏离、少为，甚至反其道而行。好像阳光、空气和水，于人本是至关重要却又觉得抬头可见，俯拾皆是，不免轻之慢之乃至污染浪费，不知珍惜，等到有朝一日，发现日色昏暗、呼吸不畅、浊流环绕，这才后悔不迭，失掉了方觉得那是极珍贵的。

七十二年前的译者夏丏尊，译时"流下惭愧和感激的眼泪"，对比观照，慨叹当时教育制度之舍本逐末，"单从外形的制度上方法上，走马灯似的更变迎合，而于教育的生命的某物，从未闻有人培养顾及"。他在译序里有极精妙的比喻："……好像掘池，有人说四方形好，有人又说圆形好，朝三暮四地改个不休，而于池的所以为池的要素的水，反无人注意，教育上的水是什么？就是情，就是爱。教育没有了情爱，就成了无水的池，任你四方形也罢，圆形也罢，总逃不了一个空虚。"

当"池的所以为池的要素"被换为了"阶级斗争"，就只能催生出"白卷英雄"式的怪胎，但那时喊出来的口号几乎高可接天。不断地变换着池的方圆，却用残酷斗争把池水给抽干吸尽，于是，池也就不成其为池了。

诚然，世界上没有无缘无故的爱，阶级和斗争的存在也是一个事实，但在早已宣布了"阶级斗争基本结束"之后，还不断地杯弓蛇影地加以强化，那后果便是今天人际关系中的寡情乏爱，动不动就报以老拳、插以利刃，要人性命，这真是血的教训。有首歌唱得非常对："要是人间多一点爱，这个世界就会变得更加美丽。"《爱的教育》形象地非常生活化而且个性鲜明地为这歌做了注释，把那美丽呈现在读者之前，虽然，只是百多年前，意大利的某一社会层面。但也展示了富有人性美的动人以情的爱的教育之伟力。

亚米契斯的高明之处还在于，尽管仍有一点理想色彩，但却努力遵循生活自己的逻辑而写实，也就是前面所说的"不高"。他并未去描绘一个不食人间烟火但余一大片温情脉脉的世外桃源，桃源高则高矣，但那是神仙境界，和现实生活里的我们无关。他笔下的孩子们、老师们和家长们，无不打上社会生活的烙印。绅士的儿子卡罗·诺卑斯因父亲有身份而非常傲慢，骂卖炭者的儿子贝蒂"你父亲是个穷叫花子"！洛克西的母亲靠卖菜维生，他刻苦攻读，努力不让劳苦的妈妈失望；小驼背奈利老被同学嘲笑，有的还用书包打他的驼背，正直勇敢的卡隆便跳起来大声说："谁要再敢碰一下奈利，小心我一拳打到他转三个圈子！"而杂货商的儿子卡洛斐衣服华丽、算乘法不用九九表，喜欢把衣袋里的钱数了又数，后来竟在同学间做起了有利可图的小买卖；瓦提尼嫉妒代洛西作文比自己好，老师一称赞代洛西，大家就扭过头去看瓦提尼，瓦提尼的脸色总是难看。校长的儿子当上志愿兵时牺牲，他在课余常到柯索河畔去看过路的军队；体格魁梧、声音洪亮的考谛先生样子凶恶，也常吓唬调皮的孩子，说要把他们撕碎，但从不责罚孩子，"相反，却常常在微笑着，只不过因为有胡子挡着，看不见罢了"；多年带病工作的女老师，早该歇息休养，为了孩子们，本想坚持到学年终了，不料在功课结束前三天就去世了。

亚米契斯不单注意于课堂，还把老师孩子们带到学生的家庭，带到大街上，带到马戏班、盲童学校、职工学校、儿童普济院、畸形儿学校……让孩子们经历弟弟同学的死亡，体验大灾中的惊慌和沉着，看看"父亲的老师"的凄凉晚景，接触"囚犯"的变化。甚至通过各种生活视野更为广阔的"每月故事"，让孩子们体验万里寻母，和强盗的生死搏斗、沉船时马里奥的舍己救人、战斗中少年鼓手的英勇无畏。这些都化为了哺育孩子们思想挺拔、情深爱挚的精神营养。

至于艺术上真实的生活细节之丰富传神，可说"行之有文"，加以深刻的思想内涵，致令该书于一八八六年面世后，"一九〇四年已三百版，各国大概都有译本"（夏译序言）。二十世纪的三十年代传入中国后，影响颇广。我本人于抗战期间读初中时读到夏译本，半个世纪后的今天仍然清晰地记得午夜代父抄写，帮助家庭生活，因疲劳过度影响功课，反被父亲责备的少年涂利亚那感人至深的故事。

叶至善在田译书后写道："是不是以感情和爱为基础，就一定能把学校办好？答案恐怕是否定的，夏先生的比喻并不确切。但是有一点至少可以肯定，如果不讲感情，不讲爱，学校就一定办不成。我所以敢这样肯定，因为文化大革命中已经被迫作了大规模的试验，得到的结果是令人十分痛心的。"书后写于一九八〇年，那时，对于"感情和爱"还有点"犹抱琵琶半遮面"，不能谈得那么直截了当，今天因为有了物欲浪潮从另一个侧面对"感情和爱"加以商品化的否定，我们是益发地感到，爱的教育已不限于少年儿童的迫切性了。

一九九六年十一月四日

睁了眼看之后

一九二五年，鲁迅先生在《论睁了眼看》里指出："必须敢于正视，这才可望敢想，敢说，敢作，敢当。倘使并正视而不敢，此外还能成什么气候。然而，不幸这一种勇气，是我们中国人最所缺乏的。"但要正视，并非眼珠一转那么容易，古圣先贤早已教导我们"非礼勿视"，何况还有许多现实利害的考虑，制约着敏感的视神经。"先既不敢，后便不能，再后，就自然不视不见了"，"于是，无问题，无缺陷，无不平，也就无解决，无改革，无反抗"。也就是不去改变那时的现状。

古之君临万民者，自以为身居天地之中，四外无非夷戎蛮狄，野人而已。"普天之下，莫非王土，率土之滨，莫非王臣。"他就是天地间的龙头老大，从人到物都臣服于他。这叫睥睨余子，视而不见。待到坚船利炮攻进国门，有人要维新变法了，还有些孤臣孽子不以"奇技淫巧"为然。终于弄到八国联军直逼京畿重地，龙驾只好西行。这前后的接连挨打，百年来的衰朽不振，好些先前睥睨余子的人，忽又自觉矮了半截，化为仰视膜拜"外国的月亮"的精神"三寸钉"。极端自大者碰了南墙，很容易去到另一个极端，终究不能正视现实，因而也解决不了任何现实问题。阿Q欺负小尼姑是非常肆无忌惮的，而当假洋鬼子的哭丧棒打到秃头上，他就只有耸耸肩胛，躲到一边去的份儿了，他的"革命"注定不会成功。

然而，经过了事实的教训，不卑不亢地正视现实的人一天天多了起来，"中体西用"的主张似乎达到一种妥协中的平衡——承认西方的声光化电、船坚炮利、机械巧物确有我们所不及的用处，不妨拿来，但咱们老祖宗传下来的国粹千万不能动，所以连"虚君共和"也不行。结果是孙中山领导的革命推翻龙庭这个其重无比的"国粹"，剪掉了"有形的辫子"。他们用看过世界的眼光来观察中国，搬开了封建王朝这个几千年来岿然不动，挡住中国面向世界的最大障碍，居功至伟。至于1949年后的岁月，先前艰苦奋斗中能正视现实而取得胜利和空前未有过的成就，逐渐因不再正视而耗损、延缓、停滞甚至倒退，教训深刻。"社会主义的草"替代"资本主义的苗"，土地里仍然长不出庄稼，打不了粮食，"经济到了崩溃边缘"便是惊心动魄促人猛醒的回答，这才有了新一轮的睁眼看世界，新一轮的改革开放，新一轮的突飞猛进。

回顾这苦难漫长而又激动人心的历程，知道单单争得"睁了眼看"的权利，就经了几代人的奋斗；而听一听七十二年前鲁迅先生的呼唤，仍觉切中今日世情。他那时已经清晰地看见，"世界日日改变，我们的作家取下假面，真诚地，深入地，大胆地，看待人生并且写出他的血和肉来的时候早到了"。他冷峻地提醒人们，"由本身的矛盾或者社会的缺陷所生的痛苦，虽不正视，却要身受的"。前述种种，恰是我们几代人曾经"身受"的概括，且早已不限于作家。今天我们在"睁了眼看"，尤其在看世界之时，仍然会碰到正视与否这个老问题。中山大学夏书章教授举了实例：某些内地人看香港，一眼便看见"在香港容易发达"，而"发达"主要指"发财"。夏教授指出，这是一种误解，因为发财有合法不合法、正途与歪门之分，前者须艰苦地拼搏，并不"容易"，后者或有侥幸得逞的时候，但更可能全军尽墨，赔了夫人又折兵。又如有些人津津有味地看取西方的结婚离婚之"易过食生菜"，同性恋者之公开"争取人权"，民间可以私人藏枪等等自由，却看不见妇女儿童心灵所受的创伤，艾滋病的夺人性命，乱枪扫射幼儿园的悲惨后果。或者单看见人家生活富裕福利可观、资本丰盈科技发达，却看不见人家在这之前付出了多少艰辛的努力，怎样发挥了人们的聪明才智，更看不见人家怎样长期普及全民教育的战略眼光。

"吾乃居天地之中"，精神还在南面而王，固然会碰到阿 Q 的尴尬；脊骨发软，沾洋即崇拜如仪，完全失掉自信，怕也难成气候。改革开放已经十有余年，我们所碰到的问题自然与闭锁之时截然两样，便是比之初开眼界之时也要纷繁复杂得多。之所以还要重温七十二年前鲁迅先生关于正视的呼唤，盖在我们虽然早已脱离了"非礼勿视"的境界，却仍会常犯旧病，此时此事正视了，彼时彼事又会或俯或仰或斜地对不准焦点。人家进来了，我们也在走出去，在这华洋交融之中，会碰到许多具体复杂的人和事，也会"不识庐山真面目，只缘身在此山中"。"交学费"的事之时常发生，正好说明虽然已经"睁了眼看"，却仍然未能全面而准确地正视，加上也是鲁迅先生早就提醒过的，"记性不佳"，难免"因为能忘却，所以自己能渐渐地脱离了受过的痛苦，也因为能忘却，所以往往照样再犯前人的错误"（《娜拉走后怎样》）。

"世界日日改变"，而且变化迅速。我们今天睁了眼看之后，也可能视而不见，也可能"乱花渐欲迷人眼"，也可能角度欠佳，也可能穿透力不足，自然，也可能一击中的。那么，就需不单敢于正视，还需善于正视，并"增强记性"，不要"再犯前人的错误"而多有新的收获。

一九九六年十一月二十七日

304

身边的文明

　　广州体育中心有些反潮流之举，令人钦佩主其事者的恢宏气度。大约三年前吧，早上九时前进场晨运不收费，九时后还每票一元方可入场。那里宽阔的空间，绿草如茵的小坡、波光粼粼的池水和绿荫盈盈的小树丛太吸引人了，我常常携小孙女购票入场，去享受一下城市中的缩微山水。后来不知从何时开始，除了几个专业场馆另有安排，中心的东南西北四门全日洞开，免票欢迎人们入场锻炼、散步、参观、小憩；近日还在小山安置滚轮、攀梯，供爱好者使用；今冬的双休日上午，连游泳池也开放供人们免费游泳。要知道，这正是"潮流兴收钱"的时候，入学收"赞助"，医院进药收回扣，餐厅开瓶收"服务费"。黄山市有老外拍了赶鸭照片，赶鸭人申言侵犯了鸭子肖像权，要收侵权费。歌星到浙江东阳演出，一看改在体育馆举行，立马追加演出费四万，慢吞吞地津津有味地数票子，不理观众晾在场上。安徽颍上县竟弄出一营假兵，计五百七十六人，自然有关责任人收下了为数不等的费。

　　就在这费天费地之中，广州体育中心反其道而行之，不管好些同行不单收门票，还这里圈个"景点"，那里弄个"胜迹"，这里凑个"游乐处"，那里拼成"观赏室"，变着法儿收了再收；也不管社会大环境中更是五花八门，收得兴高采烈，歪点子冒泡似的收不了口，他们倒免费贴设备，放着银纸不捡进袋，而且"痴心不改"。

我以为，这就是文明——并不见利忘义而且就在身边可以触摸得到的文明，其后则有"为人民服务"的精神在支撑。

勇斗歹徒、舍身救人当然是令人仰之弥高的英雄风范，精神文明的一座青峰，应大力表彰、真心关怀，尤其不要让英雄负伤而医药费无着，致残后生活前景彷徨之类，让英雄落泪的事发生。然而，从总体看，毕竟还不是歹徒遍地、险情连连，大量的依然是人们日常生活里发生的身边小事，这些看起来何足道哉的小事里，颇蕴含了些文明美丑之物，对人们精神之文明与否起着潜移默化的作用。希望"抓大事"的眼光同时还多关注这身边的文明而张扬其精神，以收积石成山之效。

从"街上流行红裙子"到"轻脑消费"

"街上流行红裙子"。前些年有出话剧就叫这个名字，似乎很"流行"了一些日子。这话显示了某种当时的消费心态———一种被有形无形地禁锢了好些日子而"不敢流行"的思想获得释放，颇有点"胡然而天也，胡然而帝也"（《诗经·鄘风》）的味道。从半遮半掩到风生水起大模大样地流行，到轰轰烈烈泰山石敢当似的招摇过市、睥睨余子，也就那么十来年的时间，差不多走完了人家上百年的消费历程。谁说咱们步子老是走得慢？咱们也有超前不做乌龟行的，某些人的超前消费便是。

某主要为高收入者的子女服务的高收费学校（一般人喜欢称之为"贵族学校"，据说是不确切的），假期中组织孩子们到日本旅游，这些"小款"出手不凡，大把大把地花钱，此次平均每人消费二万三千元人民币，叫日本人为之侧目，有了"中国人这么富，还需不需要贷款给他们？"的疑问。鲁迅先生半个世纪之前写过《以脚报国》，讲了一个"杨女士""用她的尊脚折服了比利时女人"的故事，因为那儿的乡村女人争着围观她的天脚后，发出感叹道："从小就听说中国人是有尾巴的（即辫发——原注）。都要讨姨太太的。女人都是小脚，跑起来一摇一摆的。如今才明白这话不确实。"半个世纪前有杨女士的天脚为中国人扬眉吐气，半个世纪后有"小款"们花钱如流水的气派为中国人争得富名，遥想欧陆感叹、扶桑侧目、历史与现实辉映，女士共"小款"争雄，作为中国人，似乎可以因之自宽自解、自慰自得了。

可惜的是，鲁迅先生又在同文中指出："我们中国人的确有尾巴（即辫发）的，缠过小脚的，讨过姨太太的，虽现在也在讨。"现今中国，固然有了不少"大款"及其"小款"，而尚生活在贫困线下的，更以千万计，是故继"希望工程"之后，又在引进"扶贫计划"，并非都那么富得流油。尤其耐人寻味的是，当年，"虽现在也在讨"的"姨太太"，如今化为"二奶"，正在被人"包"得时髦；有的男人，又从西方"威龙"人物的脑后借得"尾巴"一绺，种在自己的脑后，神气活现起来了——不知算不算"出口转内销"抑"古为今用"？——至于小脚，虽然暂未见有人去"缠"，但横躺的"三寸金莲"却立体化为增高三寸之鞋，依然令小姐大姐们"跑起来一摇一摆的"，妙不可言。

达尔文的《进化论》告诉我们物种进化，哪怕只那么一点点，也需要亿万斯年的渐变。我想，社会的进化，同样也无法"大跃"而"进"，有时看起来似乎"大跃"而"进"了，其实，仍然在更高一层盘旋复盘旋，只要你的视线不被那新的表象所遮蔽，就不难看出从形到质的类同之处。观念这个东西亦然，有时看去似乎新得可以，其实只不过换了个时髦的包装——"小款"们在东瀛大把撒钱，就叫人想起当年"衙内"们的花天酒地、八旗子弟的斗鸡走马、二世祖的嫖赌饮吹，只不过年纪小一些，花样没那么多而已。

勤劳致"款"或正途致"款"，人们钦佩；如果"款"而后"兼善天下"，人们更是敬重；要是"不能说明来源"而"款"，且"款"后高烧四十五度胡乱摆谱，难免要露出一副土财主的暴发户相：他们宴其金箔，睡其金床，浴其牛奶，带其"小蜜"，抽"极品烟"，喝"路易十三"，穿三千元一件的衬衫，着五千元一条的裤子，还要牵一条身价近十万的世界名种狗，那模样可就不堪入目了。然而，他的自我感觉良好，认为人生不过如此，既然一朝发财，岂可"锦衣夜行"，不"摆"到十足便死不瞑目。这便是此等豪客的消费观念，"小款"们耳濡目染，潜移默化中不知不觉地承其衣钵了。

洛克菲勒，大洋彼岸之豪富，此间的"款"们，距离他的富有大约还颇有些尺寸，在一九九三年，他拥有的资产就在十亿美元以上。但他对子女的零用钱却卡得出奇地紧：七八岁每周三角，十一二岁一元，十二岁以上二元，并要求记账交给他审核，用途正当的，下周递增五毛，反之递减，同时允许做家务取得报酬，补贴各自的费用。"款"们或许会惊讶莫名："有冇搞错？咁都得？"无法理解。其实，不仅此也，这位十亿富豪还鼓励子女劳动生产，第一次世界大战期间，他的男孩子们合办"胜利菜园"，把瓜菜卖给附近的食杂店；后来当了副总统的纳尔逊，十二岁时便和弟弟劳伦斯合伙养兔卖给医学研究所。看来，洛克菲勒先生不让子女享现成之福，仿佛刻薄到不给子女一点宝贵的东西，有些不近人情。其实，他给了子女们一生一世享用不尽的宝贵财富——勤劳和节俭。人生当然要不断地消费，一旦以勤劳和节俭为消费的内核，则永不愁其消费之枯竭。在此基础上，如果日后继续努力，达到清廉的操守，就更是宝贵的收获了。

南洋富商陈嘉庚先生，我们自己的大资本家、爱国侨领。著名的"陈嘉庚胶鞋"便是我们这群人小时候的恩物，既便宜又耐穿，多年以后还记得他。陈先生经营有方，家资不菲，可自奉却非常简朴，那么，他的钱都消费到哪里去了呢？说起来就是另一个档次的事情了。他曾以巨款资助辛亥革命；二十年代前后，在集美创办小学、中学、师范、水产、航海、农林、商科学校和厦门大学，在新加坡创办南洋华侨中学；抗战军兴，他在新加坡成立南洋华侨筹赈祖国难民大会，曾回国慰问延安边区军民；胜利后创办《南侨日报》，从事爱国民主运动。概而言之，他的消费观是：扶持文化教育，推动社会进步；自奉不妨简朴，精神力求丰富。试问当今"款爷"，几个达到了这种境界？

我们这里，有人每天买几十元一包的烟抽，三两天买几百元一瓶的酒喝，有人宁愿一个月花几百过千元上美容院，三几个月花数千近万添置时装，不惜重金给孩子捧回天知道有多少营养的口服液、补脑汁，却舍不得给自己和孩子订几份报刊买几本书。论者谓之"重腹轻脑"，吃喝玩乐挂了帅，精神领域大约难免要损失点东西的，只不过未必见效于眼前就是了。我把这叫作无脑消费，如果觉得言重，就叫轻脑消费亦可。

从不敢消费到轻脑消费，从某个角度看，自然是一种进步。因为先前之"不敢"，除某种思想束缚外，正缺乏经济和物质基础，其实倒是"不能"更为确切。而超前消费和轻脑消费，恰似一对互为表里的孪生兄弟，将导人入于生活的高档次掩盖下的精神贫困，老话曰"玩物丧志"，便是此种境界的贴切写照。

先前的"街上流行红裙子"也好，今日的"沙皮狗选美比赛"也好，自有其流行和选展的道理，不必一般地反对，搞到生活如嚼蜡。之外，似也应当想想，何以瑞典的中小学要开设消费课；日本要教三年级的孩子们暂时忘掉洗衣机、自动点火炉和汽车摩托车，而去体验洗衣板洗衣、扁担挑水、煤炉升火和石磨磨豆浆的生活，以削弱"太娇，一点苦也不能吃，自私心理奇重"的毛病。"以脚报国"，自欺欺人；豪花逞富，方显脑贫。正在一天天富起来的同胞们，岂可不以之为鉴。

一九九七年二月改成

310

归 心

　　一九四九年的春末夏初,九龙青山道连接荃湾一带,除偶有几户人家和厂房建筑地盘,还是一片绿茵茵的山坡和田野。看去窄窄的柏油公路穿过半坡,逶迤而去。南国的炎阳之下,虽然偶有海风吹拂,人们仍旧汗流浃背。此时此地一般人家的生活犹如炭火烤炙,燠热难耐,有时,直叫人意乱神迷。

　　二十出头的我,被自以为神圣无比的浪漫爱情吸出三峡,而今又"无端更渡桑干水",来到香港这个陌生的地方,虽有在当地生活的所爱者 L 的真诚关顾,但她只有一个穷教师家庭,她自己也才开始做一个穷教师,我这个语言不通、人情世故不懂的外省青年,在这里该怎么安身立命?不禁一片惶惑。此刻,我和 L 仿佛鲁迅先生笔下的子君和涓生(《伤逝》),不同的是:四十年代末毕竟没有二十年代初那样的封建重压——自然也不能说一点没有,但却没到可以把我们淹没的程度,于是我成了青山道上一间木屋小店"七咪士多"的店员。L 课余,常带了学生的作业本,到店里找张空桌摊开评改,我只要有空,就陪她一块喁喁而谈,或是写我的文章,或是默然无语,静静地看着她专心工作,从内心深处感受到她为爱我帮助我而加倍努力工作的一片热诚,自己也决心无论多么累多么艰苦,也要努力工作,为了她,为了我们的将来……

请原谅年轻的二人世界之充满魅力的幻想和不切实际的企盼，因为如此，他们可能脱离实际去四处碰壁，也正因如此，他们也可能奋发图强，甚至拼出一条新路。原来的艺术观、恋爱观、人生观如一叶小舟，在生活的风浪里抛起跌落，二人世界不可能是一只密不开窍的蛋壳，它会被撞裂、被挤扁、被揉碎，将你赤裸裸地抛进生活之海，让你尚嫌稚嫩的身心，备尝大时代转换期粗粝风沙搓揉碾磨的痛苦和欢乐。便是亚当和夏娃，也不能一味地待在自己心造的伊甸园里了。此刻，我就站立在青山道"七咪士多"门前，凝视着飞驰而过的各种车辆和车里的各种人物，不禁思绪起伏。这思绪化为了稍后发表在香港《大公报》上的《青山道上的周末》，流露了我那时对香港的粗浅认识。面对挤在巴士或客货车上木然、茫然甚至愁容满面为生活而奔波劳碌的芸芸众生，对那些赶着前去"吃喝玩乐"或是"吃喝玩乐已够，打道回府去的"男女和他们的爱犬，有一种难以言状的反感。我写道：

　　　　那其中坐了人，也坐了狗：人是衣冠楚楚满面愉快的笑容，狗则昂首车窗之外极目四射傲视途人！狗多半是"非我族类"的洋狗，偶尔也有例外，国狗也竟登车，那得意忘形之状，可以气死人！至于人，除掉理合悠然自得的洋人，自然就是国人了。国人之中，除掉作"悠然自得"状的男人外，自然就是女人了，而女人——呜呼！我将怎样去描绘她们呢？……我发现这就是香港社会的缩影，"这就是工人、学生、职员、小生意人……被夹在洋人、大兵、绅士、淑女、骑士、美人和狗之间的青山道上的周末！"

　　香港众多的报刊，令一向眼界闭塞的我如入山荫道上，颇有些应接不暇：反动的、黄色淫秽的、娱乐消闲的、言不及义的、讲风水八卦的、揭人隐私和教人发财的、赌马玩狗的，自然，也有传播知识增广见闻的，还有引人向上追求进步的。如此多样的讯息，尤其是揭露反动统治罪恶，报道解放战争准确形势的消息，在国统区不可能如此充分如此明晰地看到，很是触动我的思绪，引导我去思改一下先前不曾也不想去思考的问题。年轻的心未必便有"千千结"，而一个长久以来便存在的大大的"结"——"艺术至上、爱情至上"看来除掉被现实生活轰毁的一半，另一半似乎也并不那么巍然了，人生好像确然还有更其重要的东西。路，究竟应当怎么走？——我常常在想。

这就是飞速发展的现实和香港《大公报》《文汇报》《华商报》给我的教育和影响，何况还在给了我许多帮助的画家李流丹家里，读到从解放区传来的《李有才板话》《新民主主义论》等不少从未接触过的书刊，眼前展现了一片令人不禁为之神往的崭新天地。

当时还是青年的画家黄永玉，居处就在荔枝角九华径李流丹兄的隔壁，我们在流丹兄家认识了。他曾邀我到他那颇有些艺术气息的斗室里喝咖啡，知道我常在《大公报》《文汇报》《华商报》上发表作品，他不仅把他的木刻和画给我看，还跟我谈起他正在报纸上连载的电影剧本《火凤凰》。他谈锋甚健，意气风发，我虽然也是年轻人，却不善言辞，有点木讷，内心非常羡慕他的多才多艺。他大约看见过我和L在月光下的荔枝角小径徘徊吧，有次向我开玩笑："该结婚了吧？"我却无言以对，心想：生活这样不能安宁，事业更加谈不上，说什么结婚！但对他和他贤淑而活泼的妻张梅溪在海边嬉戏泼水的情景，我和L倒常常谈起，不胜其欣羡之至。

炎夏来到香港，太平洋上生成的热带气旋不时掠过南海，裹风挟雨，直扑港九。一时之间，雷电交加，台风呜呜狂吼，直刮到棚架倒塌、招牌坠地、走石飞沙、人仰车翻。在四川盆地出生长大的我，哪见过这等阵仗的台风？我睁大眼睛，躺在"七咪士多"的小阁楼上，漆黑的夜里一阵阵电闪雷鸣，小店的木屋宛如怒海上的一叶小舟，摇摇晃晃，发出巨大的咯吱咯吱声响，仿佛立刻就要崩塌解体。当木屋发出一声痛苦的巨响之后，我和另一位也住在店里的店员不约而同地跳下床来，夺门而出，站在狂风暴雨一片漆黑的青山道上，有如被从小船抛进大海的两个无助的旅人，全身从头到脚从外到里立即湿透，从心里冷到牙齿打战。借着闪电，我俩奔向附近一间工厂地盘，在尚未砌墙的车间里，找了一处水泥柱下的柱台上躺下，头上虽有楼板挡住哗哗不绝的雨水，四处的海风却无情地扫来，冷到我俩只能背靠背地取"暖"——其实两个早已经成了水人，哪有什么"暖"可取？

等第二天风停雨止，我俩跑回七咪士多一看，小木屋变成了比萨斜塔，要恢复原貌得颇费周章。不久，我发表了《风雨惊心楼杂记》《风雨惊心楼再记》，自然界的风雨和社会现实的风雨，都叫我体味到了许多从未体味过的东西。香港，你这个富人花天酒地的天堂，穷人终日劳作的磨坊，那些豪宅华厦、半山绿荫、啡座歌榭、海滨泳坊、时装靓车、名犬宠猫……岂是为我等升斗小民而设？"天之道损有余而补不足，人之道则不然，损不足以奉有余。"而殖民统治下的社会还有更其刺痛我年轻的心的东西，从报上和亲历亲见，我觉得这里的中国人，尤其是生活在中下层的中国人，那精神上的屈辱，简直没有人的尊严可言。连所谓高等华人，在金发碧眼的统治者之前，有时竟也像个晃头摇尾的哈巴；当其转过身来，对自己的穷同胞又变成了饿狼。一些"打皇家工"的"差人"，腰间"枪仔咯咯"，洋帮办指东他不敢朝西，一到拉"走鬼"、小贩，马上就是一个凶神恶煞的活阎王。英国大兵强奸新界农妇，一些报纸描绘得津津有味，专注于"引人入胜"的细节，以求"收得"（赚钱），被害者的苦痛却视而不见，对整件事的最终没个说法不置一词；而那时在街上倒提鸡鸭却会被控"虐畜"，据说很不"人道"，要罚款判刑。有人当着一位洋太太的面叫了声"鬼婆"，不料对方竟懂得这两个字的含义，立即报警拉人，法庭判为"侮辱人格"，坐牢没商量。

呜呼，人道？畜道？鬼道？竟有些颠来倒去，而且混淆不清。呜呼，四十年代后期的香港，还带着鸦片战争时代的印痕，现在叫得震天价响的"民主、自由"，只不过是升斗小民以外华洋"波士"（老板）的专用品，是他们身上的耳环项链。于是，激愤之情不可抑止地流入我的笔尖，化为斥责、控诉、感慨和对一个崭新社会的企盼。

有一天，我和 L 到尖沙咀坐天星小轮过海，到干诺道报社领取稿费，归来在弥敦道一家影院看了部廉价场电影，又到深水埗元洲街 L 那狭窄的家里小坐，从她爸爸那儿知道香港政府公布了《人口登记条例》，要去指定地方登记、编号、交相片、打指模，发给"香港身份证"。不久流丹兄带了妻女，邀我一道去办了手续，对领证的事我却并未放在心上，因为一来那时不觉得这东西有什么用处，二来我对香港没有多少好感，这里没有也不是我的家，因此竟没有去领证。解放大军直逼广州，接着解放广州的冲击波传到香港，各阶层人士都不能平静了：有的赶快飞英飞美，有的仓皇移民离境，有的大放"共产党共妻共产"之类的谣言，更多的平民百姓和追求进步的人士却欢欣鼓舞，看见了改天换地的曙光。接着十月一日中华人民共和国宣告成立，"中国人民站起来了！"的大声震惊世界，香港也沸腾得如一锅热水，五星红旗飘扬在许多建筑物的上空，我的心和我的笔一同翻滚不已，这才抚触到了做一个中国人的扬眉吐气之感。在流丹兄家里，我看见他和永玉兄正在合作一副床板那么大的巨型木刻，衷心热诚地欢呼中国人民从此站起来了！我们三颗年轻的心，此刻都是热气腾腾的，只觉得精神焕发，浑身是劲。

L给我送来香港罗富国师范学院的招生简章，她自然希望我能再学一门专业，日后在港能有一份稳定的工作，才能营造我们稳定的生活。我理解她的希望，但却厌恶这个先敬罗衣后敬人的香港，更不愿接受殖民统治社会的教育，我对那些"如要停车，乃可在此"之类的香港师爷笔法颇不以为然，甚至觉得连"奥卑利街""羽沙街""嚤啰街""告士打道""亚皆老街""窝打老道"之类的洋泾浜式的街名也听得别扭，无端地感到一种奴气。总而言之，我对香港那时整个社会气氛和文化气氛就不喜欢。于是，我告诉L，想去广州投考华南人民文学艺术学院戏剧系，继续完成在国立剧专尚未完成的学业，招生广告已经刊登在《大公报》《文汇报》了。L虽然不想我离开香港，但却非常赞成我继续完成学业，因为我们都还年轻，应当先充实自己。我们天真地约定：要是我考上了，她仍然教书支持我专心攻读，等我毕业之后，她也到广州去，一块儿从事我们所喜欢的艺术事业，她现在并未放弃在歌剧学校所学的钢琴，到时还想再学芭蕾舞呢。

　　我们既生活在现实的香港，又生活在未必现实的梦中。

　　我终于考上了华南文艺学院戏剧系，有可能在我无限向往的新中国这个美丽的环境里，实现完成学业的梦——请原谅我的幼稚，当时甚至不知道从此就参加了革命。在我的意识里，当然喜欢立志消灭剥削人的社会，尊敬那些为理想出生入死、憨厚淳朴、情操高尚的革命者，但却没把如此神圣的革命二字，和我的读书联系在一起。

　　开学前夕，我和L满心喜悦地来到深水埗的一间茶楼，要了两个菜，一人一小杯青梅酒，庆祝二人世界生活即将揭开的新的一页，然后又到尖沙咀维多利亚海旁，并肩而立，诉说不尽对未来的美好希望。然而，毕竟是要又一次告别，L忍不住流下灼热的泪，并把一张我的香港身份证递给我，说是费了好大劲去给我领回来的，要我寒暑二假再来香港相会。

我自然十分渴望假期中再和 L 相会，却不想做什么"香港居民"，当我赶到学院报到之后，竟把香港身份证撕得粉碎，从内心中涌出一种和外国殖民统治下的一切令人厌恶的丑恶、令人痛苦的生活永远告别的快意！我期待着 L 也快快回到广州来。

　　四十七年前的往事并未被时间完全抹去，我要第三次请求原谅当时一个年轻人真诚的幼稚和偏激。他站不高，看不深，不单看不到后来几十年的风雨曲折，更看不到经历了百年屈辱后的香港，竟有回归祖国的一九九七年七月。他当时身在老牌帝国主义的统治下，强烈地萌发了思念祖国的一片归心；祖国的一颗明珠香港如若有知，经历了百多年的痛苦离散，当更加归心似箭了！

　　　　　　　　　　　　　　一九九七年三月二十日于广州

气派与思路

　　牧惠同志在《姓名里头的文章》里，生动地缩写了一部中国命名史，把古往今来中国人命名的考虑、习惯、忌讳、罹祸、得福等等，扼要地展示于人，令人不禁生出许多感慨。他引述巴尔扎克为一个中篇小说的主人公命名，竟然花了六个月，其要求是："适合于他的一切的姓名！他的容貌，他的人才，他的声音，他的以往，他的未来，他的趣味，他的热情，他的不幸和他的光荣，能说明这一切的姓名。"

　　要求未免太高，但却可见作家的慎重和认真，哪怕只不过一个姓名。先前的普通老百姓给孩子取名，似乎随随便便，不很在意，北方呼铁蛋、二狗，南方唤虾仔、盲牯，其实这蕴含了"贱名易长"的文化心态，浸润着对孩子深切的爱。"文革"中的"东红""学青"，现代的"润发""昌顺"都莫不反映出某种心态，到了即将在人民南路动工兴建的广州商业帝国大厦，发展商承认因取其"气派"。气派本无不妥，问题是在社会主义时代需要怎样的气派？经人一提醒，发展商倒也从善如流，立即向社会公开征求新名。事有凑巧，竟也经历了巴尔扎克那样的半年（还要累多一点），参考了近四千个新名，最后选定为"新中国大厦"，在报纸上发"宣言"曰："中国的大厦，中国的名字""新中国，就是一个充满着无限希望的国度……"

318

气派，可以把人们的思路引到夕阳西下的朱雀桥畔，也可以引到"充满着无限希望"的地方。当然，只不过思路而已，绝无兴邦丧邦之虑，还没注意不好闹出新的套套来。

一九九七年三月二十九日

愿美不再叫人伤心

——读沈从文《喜新晴》诗及其改稿

老烈兄在《荒芜遗诗》（载一九九七年五月二十六日《广东工商报》）里，谈到荒芜转赠他一幅沈从文的墨宝，"那是一幅用墨笔写在毛边纸上的稿，章草体，可见涂改痕迹，无标题，亦无年月，想系近年作品"。刚好近日翻捡旧籍，得花城出版社十六年前即一九八二年五月出版的《文坛老将》，其中收辑了有关巴金、沈从文、端木蕻良三组文字。沈从文的一组，除收有朱光潜的《从沈从文先生的人格看他的文艺风格》、黄永玉的《太阳下的风景——沈从文与我》、黄苗子的《生命之火长明》和〔美〕金介甫的《给沈从文的一封信》外，尚有沈从文手订的《从文习作简目》一篇，另《拟咏怀诗（外一首）》二题。这"外一首"恰好就是老烈兄文中提及荒芜转赠的沈从文墨宝诗稿，有题目，叫《喜新晴》，也有年月，见于诗末小跋——

一九七〇年十月。久病新痊，于微阳下散步，稍有客心。值七十生日，得二儿虎雏川中来信，知肾病已略有好转。云六、真一二兄故去已经月矣。半世纪中，一切学习，多由无到有，总得二兄全面支持鼓励，始能取得尺寸进展。真一兄对于旧诗鉴赏力特高，凡繁词赘

语，及词不达意致误解处，均能为一一指出得失，免触
时忌。死者长已，生者实宜百年长勤，有以自勉也。后
用十字作结，用慰亡灵诸亲友。从文于湖北双溪区丘陵
高处。

一九七〇年十月，沈从文还在湖北咸宁做干校的"五七战
士"，当然是一位年入古稀的"战士"。他看菜园子，时不时和
来侵犯菜园的猪牛战斗。"同学"中有"在嘉鱼大江边码头守
砖"的史学家唐兰，"荣任管仓库钥匙工作"的钱钟书等等，可
谓名家如潮、精英遍地。但凡在干校生活过的人都知道，在那漫
漫长夜似的折磨人的苦难岁月里，必须自己从痛苦中找寻哪怕小
小的"欢乐"，作为渡过苦难的一点支撑——即便多么脆弱都聊
胜于无。沈从文的表侄黄永玉对此有过细腻的描绘，他写沈老
"强作欢悦的忧郁生活"，仍不脱一个老作家入微的观察从而转移
自己的注意，正像用烟头熏烤被恶蚊叮咬的红肿痕痒难忍的手
臂，以转移对痕痒难忍的注意一样，沈老居然在咸宁干校欣赏起
"这儿荷花真好"来了，并且评价与之"斗争"的"牛比较老
实，一轰就走，猪不行，狡诈之极，外像极笨，走得飞快。貌似
走了，却冷不防又从身后包抄转来"。黄永玉谈沈老之下到干校，
"走得非常糊涂，到了湖北咸宁，才清醒过来，原来机关动员下
乡的十几个人最后成为下乡现实的就只有老弱病三个人"，其中
一位便是忠厚的沈老，他就像那被轰赶后竟不知"冷不防又从身
后包抄过来"的牛，当然要肩担起"广阔天地炼红心"的重任，
而年老体弱，不免有点"风萧萧兮易水寒"的凄美。

《喜新晴》这个话题，便是此种凄美的艺术体现。诗后小跋
中，沈老流露了"稍有客心"的情绪，究应如何理解？是"梦
里不知身是客"的初醒，还是"客舍青青柳色新"的感慨，抑
或"无端更渡桑干水"的寄托？不敢贸然断定，但记得当时我所

在的干校，先是让户口粮油关系一同转去，后来有的连家属也动员迁去，其后又谈"跟原单位没有关系了"，更后甚至派大员来干校宣布，要大家"人在干校，干在干校，死在干校，埋在干校"。直让人感到前景一片黯淡，只好认定干校乃此生终老之地，不作任何非分之想，俗语谓"心也死了"！而古圣先贤作过评定："哀莫大于心死。"难道沈老当年"喜新晴"之时，真实地感到干校并非什么洞天福地，而大逆不道地生出"客心"，哪怕只是"稍有"？如然，倒透露出沈老的心似乎有些活了，写出此记正是有些活了的一种体现。不过小跋中又谈到真一生前为他的"旧诗""——指出得失，免触时忌"的事，又显出"活"之不易来。其时"四人帮"正高踞庙堂之上，飞扬跋扈，不可一世，"时忌"之多、之怪、之不可理喻，世上罕有。就是这首《喜新晴》，其初时的面貌，和书赠荒芜时的面貌，就颇有些不同之处，试对照分列如下，以供鉴赏：

一九七〇年十月稿	书赠荒芜稿
朔风摧枯草，	朔风吹秋草，
岁暮客心生。	萧萧斑马鸣。
老骥伏枥下，	只因骨骼异，
千里思绝尘，	俗谓喜离群。
本非驰驱具，	风尘驰驱久，
难期装备新。	难期装备新。
只因骨骼异，	日啮路边草，
俗谓喜离群。	常感岁月增。
真堪托死生，	间作腾骧梦，
杜词寄意深。	偶然一嘶鸣。

（原注：上句用杜诗，下二字相倒）

322

间作腾骧梦，
偶尔一嘶鸣，
万马齐喑久，
闻声转相惊！
枫槭啾啾语，
时久将乱群。
天时忽晴朗，
蓝穹卷白云。
佳节逾重阳，
高空气象清，
不怀迟暮叹。
还喜长庚明，
亲旧远分离，
天涯共此星！
独轮车虽小，
不倒永向前。

万马齐喑久，
闻声转相惊。
朝来经新雨。
林叶积沟深。
时变启人思，
经冬复历春。
天时忽晴朗，
蓝空卷白云。
朝阳跃万物，
空气明且清。
白日忽西匿。
熠火犹荧荧。
不怀迟暮叹，
还喜长庚明。
亲友远分离，
天涯共此星。
吾心苟端直，
僻远情转亲。
独轮车虽小，
前进永不停。

一九七〇年十月久病痊愈……

　　诗末小跋表明，《文坛老将》所收诗写于一九七〇年"佳节逾重阳"之时，而《荒芜遗诗》所引沈老诗，观老烈兄文意，当在其后，而后者对前者有所增删调整。

　　沈老对自己和作品要求严格，往往改了又改。黄永玉曾说他，"真是太认真了，十次、二十次地改。文字音节上，用法上，一而再地变换写法，薄薄的一篇文章，改三百回根本不算一回事"。"三百回"当然是极而言之,但沈老对自己作品"不厌其改"的敬业精神,我在八十年代初参与编辑十二卷本《沈从文文集》工作时,已经亲聆教益,感触颇深的了。半个世纪前的作品了,内容他当然不再改动以存原貌,但仍然在半尺高的复印稿上一页页地改正当年排印时的错别字和标点符号,工整的蝇头小楷清清楚楚,令我们这些一辈子也没把字写好的人惶愧不已。

诗的两次稿,题旨和艺术手法基本相同,细看仍可感知沈老于增删调整之间的一些考虑。例如一九七〇年稿开头便以"千里思绝尘"的伏枥老骥自况(当然也况及遭遇相若的其他"同学")且直接引杜诗"堪托死生"以抒胸臆,这在当时的"左"字号眼里,是知识分子"翘尾巴"之举,可供"大批判"若干场的反面教材。而抄赠荒芜稿中,这些剖心之言都删去了,但见"朔风"中萧萧而鸣的"斑马",在那里"日啮路边草,常感岁月增",不见了"千里思绝尘"的雄风,未知是否如小跋所言,听取了"云六,真一二兄""指出得失"后采取的"免触时忌"的措施?未悉详情,不敢妄断,只好书而存疑。然而沈老毕竟是沈老,要谈的话他依然要说,因而还是保存了"只因骨骼异,俗谓喜离群"这样风骨崚嶒且甚为贴切的心声,还有生动地描绘了"间作腾骧梦,偶然一嘶鸣。万马齐喑久,闻声转相惊"这样令人内心不禁为之酸楚的情景。血肉丰满,筋骨不伤,这是我读沈老改诗后的感觉,尤其结束所增二句"吾心苟端直,僻远情转亲"虽对"亲友远分离"而言,但也表露了逆境中"端直"不曲的内心世界。

沈老是柔若水也刚若水的人,水可由你规范,然而又水滴石穿,读他的诗和他的文字,你无法寻求读"大风歌"的畅快,却多嚼橄榄的回味。他的得其真传的学生汪曾祺,在《沈从文先生在西南联大》一文中,有过极其传神的记述:

沈先生读过的书，往往在书后写两行题记。有的是记一个日期，那天天气如何，也有时发一点感慨。有一本书的后面写道：某月某日，见一大胖女人从桥上过，心中十分难过。这两句话我一直记得，可是一直不知道是什么意思。大胖女人为什么使沈先生十分难过呢？

沈老是一位十分严肃的思想者，所写当然并非信口开河，但如不联系他所读过的"哪一本书"和他当时的生活和思想状态，知师如汪曾祺这样的及门弟子，尚且"不知道是什么意思"，遑论其他。比较之下，《喜新晴》可谓明白如话，但"见一大胖女人从桥上过，心中十分难过"也毫无晦涩之处，何以又有难以捉摸之感？以此，我认为书赠荒芜稿中转赠的"时变启人思，经冬复历春"两句，颇堪玩味。其时"四人帮"虽然还在庙堂之上颐指气使，而天怒人怨之象已显，和一九七〇年十月稿时已不可同日而语。"冬天已经来到，春天还会远吗？""新晴"这种"时变"确也"启人思考"。这不，一九七六年的十月，金秋终于到来，敲响了"四人帮"的丧钟。沈老是在其后十二年，到一九八八年五月辞世的，不但有幸目睹了改革开放给国家和个人带来的生机，还"千里绝尘"地做出了一生最后的贡献。读诗到此，真是酸甜苦辣到心头，说不出是个什么滋味。

沈老曾说："美，总不免得有时叫人伤心"。（黄永玉《太阳下的风景》）他在《拟咏怀诗》里也有"浮沉半世纪，生存近偶然"之句，都是叫人泪下的痛切之言。均可作读沈老诗的注脚。

但愿从此而后，美不再叫人伤心。

一九九七年六月九日

锣鼓声中

听电台报道《鸦片战争》广州首演，导演谢晋说："我想让观众知道，中国这么大，为什么还会败？"播音员接着说："闭关锁国就要落后，落后就要挨打。"自一八四二年鸦片战争战败后签订割让香港，开五口通商，赔偿军费、烟价共两千一百万银元等的《南京条约》，迄今一个半世纪，以一九四九年后也还有零星鬼马的拳头落下，只不过这回拳头打在了磐石上，不再是"味道好极了"而已。

挨打可以使某些人萎靡不振，却也使更多中国心奋发图强，而且生生不息，此之谓"知耻近乎勇"。就中国近代史的主流而言，挨打史同时也是奋斗史。"赫胥黎独处一室之中，在英伦之南，背山而面野，槛外诸境，历历如在几下，乃悬想两千年前，当罗马大将恺撒未到时……"从输送这样去观察认识真实世界的《天演论》，到林则徐、邓世昌、关天培、康有为、梁启超、陈天华、秋瑾、邹容、孙中山、章太炎、黄兴、毛泽东……一连串令中国人脊梁挺直的名字，那奋发图强的结果有目共睹，中国不再是那个任人宰割而苦泪强咽的中国了。于是，才有了一九九七年七月香港主权的回归，中华民族子孙普天同庆、四海欢腾，乃是当然之理，哪怕"有几个苍蝇碰壁"。

当年割让香港、强租九龙"新界"，远因近因、外因内因甚多，其直接动因却在老牌帝国主义者强迫送来的鸦片。两次鸦片战争，破灭了天朝神话，捅穿了清廷腐败，洞开了列强宰割的大门，带给中国人一个多世纪的屈辱。而一朝湔雪，自然快如之何。

遥想当年虎门销烟，何其豪壮；今天我们又在虎门销烟，又何其耐人寻思。我们自然不必把这叫作第三次鸦片战争，然而确也是一场硬仗。虽说早已没有了道光皇帝、慈禧太后，却有着比鸦片毒性更甚的冰毒和白粉之类。报载，全国目前仅登记在册的吸毒者已有五十二万之众，在欢庆香港回归的锣鼓声中，我们必须打好这场"鸦片"之战。

人生驿道上的诗情

——序《心灵的歌》

青年诗人集中有一首诗题为《没有主题的旋律》，流泻的是"共赏春花秋月，共对风雨云烟"而"耕耘理想园地，共探爱的真谛"的纯情渴望。"主题"自然不会"没有"，只不过淹没在"我迷茫惆怅的心海"之旋流里而已。

"旋律"或许"没有主题"，生活则无论怎样令人目迷五色，那"主题"总是或隐或显地存在着的。××派式的"啊！——啊!! ——啊!!! /我的秀发/我的宇宙的午后三点钟/我狂涨狂跌的原始股啊……/请把烧烤炉架在黑猩猩的胸膛上吧。呜哇!"，这似乎没什么"主题"了吧？你只消注视一下他仍无法忘却的物事，就可窥见那题意的某些端倪了——或许他本人反倒没什么觉察。无他，因为世界上原就不存在无缘无故的东西。古人也明白"云腾致雨，露结为霜"的道理，便是杀妻自戕的名家，或是满嘴呓语谵言多么"先锋""前卫"的诗人，都有其何以至此的因由，也就是他的"主题"——假如我们不把这个词看得过于正儿八经、严重呆板的话。

以此，读毕《心灵的歌》，可以感知青年行吟者张丽倩的主题是明确的——虽然文学艺术恰恰要求隐含不露让人心领神会为高；也是昂扬向上，引人为善的，这在物欲高涨不少人精神失落的当前尤为难得，面对诗坛各种大旗迎风猎猎而不致意乱神迷，坚定地走自己贴近现实的路，就更是可贵。诗人清醒地喊出了"人何以为生/人何以存留"这样的天问，于是上下求索，在"人生驿道上苦觅诗情"。罗曼·罗兰说："心中没有生气者，眼中的宇宙是枯萎的宇宙。"（《约翰·克里斯多夫》）可否这样说，心中没有诗情者，难觅"人生驿道"上的诗意？

　　或人谓：现实生活里那么多假冒伪劣、贪污腐化、偷抢拐骗的人面兽行，到哪里找诗意去？难道又要叫我们去粉饰生活么？不敢不敢，这就要看我们怎样去认识和理解诗情诗意了。李白的"犬吠水声中，桃花带露浓。树深时见鹿，溪午不闻钟"，固然是一种静谧的诗情，"飞流直下三千尺，疑是银河落九天"是一种豪兴逸飞的诗情，比较容易明白。但杜甫的"三吏三别"、《北征》、"朱门酒肉臭，路有冻死骨。荣枯咫尺异，惆怅难再述"，这些沉郁顿挫的不朽篇章，难道你能说它不是诗，杜甫心中没有诗情、笔下没有诗意么？他对祖国的热爱、对人民苦难的深切同情，正是他诗情诗意的源泉。他鞭挞丑恶，正是他热烈拥抱美好的诗情之折射。本书作者满心热爱地抒写"桑梓情怀"，在"生活的清唱"中探寻精神家园的拥有与失落，款款情深地弹响"爱的颤音"，甚至在青年诗人中较为少见地注意到了"历史的回音"，有着不少引人思考的佳构，可以见出诗人执着地努力所取得的成绩 。但在颂歌真善美鞭挞假恶丑时，前者较为细致清晰、具体可感，后者稍觉浮泛。我想，这和诗人自己在"人生驿道"上所历不多、所触不深有关，我只提出希望而不苛求立竿见影。但我对青年诗人的头脑的清醒、所坚持的方向，还是颇为赞赏的，或许会有点望之殷切吧！

　　再一个但是，我仍然极其高兴地读到诗人对"人何以为生/人何以尚存"所作出的积极的回答："人生是/以热烈的激情/熨平皱褶的生活/开垦出百花盛开的乐园/而又不放过收获的季节。"

这是一支稚嫩然而真诚的歌。

是为序。

一九九七年八月六日

摸石求是

火车必须按照制订的运行时刻表严格运行，提前和挪后大约都是不许可的，否则便会发生撞车或打乱局部甚至全部运行计划的严重事故，后果不堪设想。然而也不尽然，沈阳白城到阿尔山铁路支线，今年七月初开行的乌兰浩特至大石寨间的"兴安旅游号"客运列车，竟然实行"招手即停，就近下车"且可随身携带一些农副产品的办法，一举扭亏为盈，社会效益和经济效益都有收获，因为此举既考虑了无伤于大局又适应当地短途旅客多而公路不便利的具体情况。我们当然不能据此要求全国铁路取消火车时刻表，都像"打的"似的随便上落，人们优哉游哉，姗姗而来，施施然而去——那将是铁路运行的一场灾难。反之，也不能让白阿铁路支线一直严重亏损下去，活人叫尿给憋死。我们总得研究事物的一般和特殊、现象与本质的诸多方面，从而确定应该怎么办，这就叫"摸着石头过河"，也即实事求是地办事情。

此点今天几乎已成了人们的共识，一国不妨两制，关键恢复主权；职工拥有股份，贵在企业搞活；选举有了差额，逐步施行民主；引资参与建设，利国利我利他。诸多经历了"白猫黑猫"之比较后的切实举措，要是放在"两个凡是"或早一些年代，恐怕会让"大批判"之火烧得连骨头也化了灰。但"焚坑事业"，毕竟只能焚出一片荒芜，焚不来几尺新天——新天只能在改革开放、解放思想而又实事求是之中展露曙光，这叫事实胜于雄辩。"大跃进"升虚火，亩产越报越高，中科院正儿八经地受命紧急研究一个荒唐的课题："粮食多了怎么办？"结果只能在"瓜菜代"、水肿病和饿死人的残酷现实面前草草收场，改为研究粮食不够吃怎么办。这叫不以人的意志为转移，虚火升得多高，终归得落到实地上来，而损失铸成，难以补救，可见今天这点共识的获得确非易事，有了几十年经验教训的铺垫，相信也不易淡然忘之。然而也很难说，前不久不就还有那么几位"念念不忘"的人物，漠视"初级阶段"的实情，在那里惊呼狼来了么！我想，"狼"也许"来了"，固然可以吃人，但人也可以剥下狼皮，制成毛毡，你光是害怕似也并非善策，证之社会和个人生活的巨大变化，"穷过渡"这艘千疮百孔的漏船，理所当然地被人们坚决摒弃，没什么好留恋的，"念念不忘"诸公可以休矣。

我眼光闭塞，但单从这几天的传媒上，就看见不少令人心潮澎湃的信息，可以新人耳目：中国进入世界十大航空运输大国。中国机器人潜入水中六千米，在世界顶尖科技领域居领先水平。国产电脑品牌"联想"首次进入亚洲六强。南航上市筹资七亿美元，位居世界二十一。广州白云区户均资产近十万，"贫困户"也有六万三。广州农业赚钱，吸引外资项目一百七十余个，投资三亿美元，经营优质果蔬花卉，名特优稀禽畜，水产、农产品深加工、农业工厂化生产、观光农业等。内地旅客在港消费额超过日本，升至第一位，占全港旅游消费百分之四十以上。佛山大桥在省内首次试用"路路通不停车收费系统"。《京报》赞扬广东人大监督有力。海南法官熊新宪违背秉公办案被撤职。

这些远非事物全貌的吉光片羽，以我的判断，确是广东话谓之"实打实凿"的事情，"超英赶美"年代是决不会承认只"进入亚洲六强""位居世界二十一"的。那么，是否就诸事大吉了呢？传媒也有报道：广东人口形势不容乐观，年末将突破七千万。广州街头招聘广告花言巧语，无良职业中介骗术五花八门。深圳查获非法加工、销售假冒润滑油及倒卖减免税润滑油大案。广州天河连续摧毁周边农村五个加工厂，查处冒牌 VCD 机一百五十三台、假洗衣粉四十八箱、假盐十一吨及音箱、电器电线等一批。至于贪污受贿、敲诈勒索，恐也非一朝一夕可以尽其全功而消灭之，现在也并不讳言，有了相当的自信。

乱云飞渡，终难掩日月之明，我们不能奢望通体光明圣洁的社会主义，尤其在初级阶段。清香明丽的荷花脚下，毕竟不乏污泥浊水，而将其化为肥料，自己又能"不染"，自然得经历非常的努力。既解放思想，摆脱因袭的重担；又实事求是，避免冲昏头脑的盲目，在从长期正反两端的实践中认识了马克思经济学说"生产力是社会发展的根本动力"后，又在经济稳定发展同时，提出了政治改革的命题，我想，仍然需要"摸着石头过河"的精神。首先要"过"，即下到河里，而不是光在岸边徘徊；其次要"摸"，即搞清情况，稳步而进；然后再摸再进。相信我们今天所面临的许多问题，是可以逐步化解而曲（不是直）抵彼岸的。

中国这辆社会主义列车即将驶入二十一世纪，人民有厚望焉。

一九九〇年九月九日

风月无价

老诗人丁芒对公园的污染有生动的描绘："公园新翻'摩托'浪，花间喜迎'大客'游，赶路官车奔驰过，负贩三轮紧咳嗽。烟喷红萼花消瘦，尘着垂条柳不柔。"但他更其愤然的是另一种污染："风月无价今有价，好水好风价难求。害得公园枉姓公，不如换牌叫'铜臭'！"质问似有失诗歌温柔敦厚之旨，但却可以理解，身经交钱交钱再交钱的游客，面对有价风月之需索无度，是无法不生出此种感触的。

当然，并非所有公园都如此。去年，我就不无惊讶地发现先前入场收门票一元的广州体育中心，不知何时开始，竟然洞开四门，连本不算多的一元也不收了，欢迎人们随意入场锻炼、休憩，我曾著文称许主其事者精神之文明。免费还贴设备，可不是哪家公园都能或都肯办的，尤其在"潮流兴收钱"的时候。事隔经年，我注意到广州体育中心仍然令人欣敬地坚持这一"光荣传统"，并非一时心血来潮，如某些商业炒作之见好就收，接着便搜掠如故，甚至变本加厉。他们确是真心诚意地"为人民服务"。

看来，这个被拜金狂潮淹没久矣的观念，在某些地方似又开始复苏了：昨悉，陈家祠民间工艺馆逢星期六，欢迎学校组织学生前去参观，一律免费入场。荔湾湖公园于今年中秋节前开始，下午五时至次日凌晨二时，从正门入园者免收门票。耐人寻味的是，编者给这消息冠以"免费行动"的标题，很是可圈可点。

　　人们当然不会脱离实际地要求都来"免费"——等咱们的经济发展到那一步再说吧——人们反对的只不过是需索无度而忘了普罗大众。因此，对那些在可能条件下还人们以风月无价的关怀之心，当然要报以掌声和欣敬。

我们怎么做大人

富裕或开始富裕起来的地方，给孩子们的东西，一般是不嫌其多的。放学前半个钟头，试到学校门前看看那引颈驻望的父母，乃至祖父母们，便可体会"可怜天下父母心"，是怎样倾注给了孩子们的。

机智灵活的商业头脑，对父母心和孩子心都能紧抓不放，从衣食住行学，到吃喝拉撒玩，无不新意迭出、新招频现而绚丽多彩。我们小时候玩的泥公仔、竹蜻蜓、稻秆蚱蜢笼之类的"土老帽"，早已踪影难觅，而代之以闪光胶贴、无线遥控车、游戏机、电子宠物、四驱车，连实用性极强的文具盒、铅笔刨等等都加以趣味化、玩具化，有了机关布景般给孩子以惊奇的效果，虽有人认为这会导致孩子学习时注意力分散，厂商仍乐此不疲。至于保健饮料、增高器、语音学习机、立体故事书直到儿童电脑之纷至沓来，真令人感到今天的孩子们有福了。只要家长荷包尚有余裕。

但我仍然感到少了点什么。小时候到公园玩，园中间专门的儿童图书馆，给了我许多的乐趣和知识，至今难忘。今天像广州这样的大都市，碰碰车、过山车之类不少，儿童图书馆尚未听说；航天科普馆还是东圃镇的农民最近办起来的，专为少年儿童而设的科普博物馆也未之前见。这是有形的缺陷，无形的缺陷更添人隐忧："六一"节，有人问一位天真的孩子看柯受良飞车过黄河后可有什么感受，答曰："很紧张，不过我更希望他掉下去！"因为"更刺激"；谈到将来的理想，则是"挣大钱"，且要有命"活着花"。

鲁迅先生当年写下《我们现在怎样做父亲》，希望人们掮起因袭的重担，放孩子们到宽阔光明的地方去。今天看来，那因袭的重担好像又换了一个法子活着，"我们怎样做大人"似乎依然是一个需要考虑的题目。

一九九七年十月八日

新年一愿

　　外电曾经报道，从世界各地拥来香港的大批记者，于"九七"主权回归仪式举行之后，很有些留下不去的。盛典已过，皇家游艇载着末代总督和在总督府上空飘扬了百有余年的米字旗，已不无伤感地悄然驶离维多利亚港，一去不回。那么，这些老记们留下等待什么呢？港报罕见地对此有着一致的分析：记者先生们根据自己的思维逻辑，用一句通俗的话说，便是等着看我们的笑话！他们想看的是：天下怎么大乱，人心如何惶惶，中国怎样手脚失措，"一国两制"如何碰到南墙之上。可惜事与愿违，除了主权转移，香港还是那个香港，他们找不到预计的爆炸新闻，只好一个接一个地悄然离去，"潮打空城寂寞回"，而且没有游艇。

　　一九九八的新年不以好心的或不怀好意的意愿为转移地来了，照例应当有所希望，一般是三愿，犹如品题"八景"一般，但这回我想来想去，却只有一愿——愿国人把改革开放的事情办好一些，争气一点，不给他们笑话看。

　　改革开放至今，带着举世公认的巨大成就和不断出现的新情况新问题，确确实实地深入到社会的各个层面。人们早已不止"换一个活法"，而是换几个活法了。其中的酸甜苦辣，相信读者诸君体会比我尤深。"深化改革"确也并非空话一句，已经触及我们的生活和灵魂了。即以举世瞩目的国有企业改制而言，股份制、合并、破产、资产重组、减员增效、下岗转岗、盘活等等一起来到人们面前，蜕变的阵痛与新生的欢乐相继出现。

争气如果不止于口头谈谈而打算付诸行动，必然有一个不可或缺的前提，即精神支柱。"人生自古谁无死，留取丹心照汗青"，文天祥用生命谱写浩然正气之歌；"春蚕到死丝方尽，愿送温暖满人间"的江姐，义无反顾地昂首走上刑场。他们能为人之难能，皆因他们心头有一个高尚而坚定的不变信念。

经济基础的重要性已成人们共识，但却不必甘于因之沦为可怕的经济动物；我们今天补上资本主义之课，吸取它的某些优点，仍须看到它并非社会发展的极致；歪嘴和尚虽然曾经念歪了真经，以反对个人主义为其原始含义的社会主义仍然蕴涵着思想的辉光；一个公正、民主、摒弃了可能导致绝对腐化的绝对权力而体现了有效监督的运行机制，一个吸取了历史的经验教训而永不凝固的共产主义理想，依然是人们的希望所在，起码在马克思预言其最后亦将消亡而被更高的理想取代之前。

争气而不满于低层次，我想是必须认真考虑一下这些问题的。

一九九七年十二月二十二日

大自然的拒绝

　　和一些人谈环保，仿佛跟他谈外星人伤风感冒，他觉得隔着十万八千里，不知谈来"有乜所谓"。这也难怪，想想楼上吧，就算是八楼九楼，和楼外地面的距离也不过三十米左右，他的感情与之相距已不亚于冥王星之于地球，什么狗屎垃圾都可以从窗口或阳台扔之下去。"跟我隔得远着呢！"他想。其实呢，他离开豪华装修窗明几净的单元，下楼便要踩着"隔得远着呢"的地面，微尘带着细菌、病毒并不因他住在高楼上而特别优待放他一马，依然会往他耳鼻眼口里钻，依然叫他感染、发烧、肺炎，乃至更严重的后果。

　　把各种污水无休止地排入河流，把绿树砍掉草地铲掉辟为食肆游乐之地，让山无植被水少清波野乏生物土多荒砂，让噪音占领城市酸雨毁掉果蔬水不宜饮用空气不宜呼吸，你纵有身家亿万，又到哪里去装修你"五星级的家"？如何实现你"帝豪王霸"的享受？

　　无节制地耗损自然资源，不考虑长久持续发展但求眼前一快，大自然是会加以拒绝的，有时还会拒绝得相当无情。黄河断流次数日增，长江渐成"黄"河，便透露出此中消息。多年犁庭扫穴式的砍伐森林是其严重的原因，到了吞噬田园庐舍人畜财物的滔滔洪水夺堤而出，大自然的拒绝便不止于断流浑黄而已了。

水利部长钮茂生日前发出了警告：饮用水质量差已构成威胁十二亿人口生存的尖锐问题。如不迅速采取行动，三十年内，我国的干净水就会枯竭！

贪婪的象牙搜掠者在非洲疯狂偷猎的结果，是大象拒绝长牙——无牙象在某些地区激增五倍，原本罕见的无牙象才能年复一年地在枪口之下偷生，将其变异基因适者生存地代代相传了。不要以为非洲跟我们"隔得远着呢"，热岛效应、温室效应、厄尔尼诺现象以及各种综合效应是既无洲界也无国界的。地球只有一个，我们就算住上百层高楼，也还是和地面脱不了干系。

环保就是尊重大自然意识。尊重大自然者，大自然必将对之十分慷慨，甚至涌泉相报。

呼唤李天帅

　　东也听说提高素质，西也听说提高素质，大约不提高确也不行了，可见需要提高之迫切。然而，呐喊归呐喊，却不见有提高素质速成师范开办，便是开办了也不能预期果然心想事成，有如模印中山杏仁饼那样，一批批地生产"提高"了的"素质"出来，成为领导群众的南州冠冕。

　　当一百二十双膝盖在韩国女老板的呵斥命令声中弯折，含垢忍辱地跪将下去，唯有孙天帅这个中华男儿宁折不弯，哪怕马上失业，也要维护人的尊严，更何况早已不是处于任人宰割时代了的中国人的尊严。跪下去的同胞和不跪的孙天帅，当时一念之间，也许并未意识到这其中的含义。但他们的行动，却显示了人和奴隶、尊严与屈辱的强烈对比！这素质的差别，并非心血来潮、一时冲动，而是各自思维逻辑发展的必然结果。阿Q当年把辫子盘到头顶，终于起来"革这伙妈妈的命"，乃因先前的各种际遇使他意识到，似乎只有"革命"才可望有条好的活路；至于因"革命"而完成他把"秀才娘子的宁式床搬进土谷祠""我要什么就是什么，我喜欢谁就是谁"的好梦，则是他思维逻辑的必然，不"提高"是非碰到南墙上去不可的。

　　《文汇读书周报》去年十二月十四日载文指出：现代腐败活动正在向党和政府的高层次蔓延。据统计，一九九三年到一九九四年，中纪委、监察部查处有违法违纪行为的省部干部就有八十多名，为五斗米而折腰的下跪工人固然令人遗憾，那影响却还有限，而党政领导干部之腐化，即便是中下层领导干部，于改革开放大业、社会主义建设，都是灾难性的。中国商业出版社的《中国的隐形经济》一书里，就有着令人惊心动魄的记述和分析，其中"腐败分子向低龄化发展"一节，指出某大城市调查，贪污受贿案犯四十五岁以下的占了百分之七十，其中三十五岁以下的从一九九〇年占百分之三十四，上升到一九九二年的百分之四十四。作者忧心忡忡地评述道："这个年龄段的人往往胆大妄为，连续作案，情节特别严重，一些上百万案值的案件大多是他们所为，而他们又已经和正在成为各级岗位上的业务骨干和领导者。"

事情的严重性，不言而喻，"素质"有待"提高"也明显不过，然而却并无可以立竿见影的万应灵丹，除掉事后绳之以法，事前的举措似乎千头万绪，有点老鼠拉龟之感。其实呢，素质虽也涵盖工作能力、技术层次等等内容，而举其纲者依然是思想道德品质；具体化到现阶段的当务之急，我以为则是在，匍匐于"金钱万能"之前的信众中，呼唤不跪的李天帅、王天帅。不仅呼唤他们挺直脊梁昂首而立，还须认真保护他们，不要像鲁迅先生指出过的那样，让不愿直立的众猴把一个敢于直立的猴子咬死——揭露腐化者反被既得利益者们猛泼污水的事之常有发生，不就一次次印证着鲁迅先生的先见之明么。

精神万能论曾害得我们喝西北风，然而人却不能没有一点精神，没有了这点精神，似乎很难称之为人。我欣喜地得知在伤心一跪的众工友前挺身而立的孙天帅并未让失业困扰多久，就有好几家企业负责人看中他的品行，争着聘他负一定责任的工作，且有机会被送大学深造。我就是从这样的孙天帅，这样的企业负责人身上看见希望的。

至于素质的提高，恐怕终于也还是找不到什么捷径，只好这么点点滴滴地做去就是。

一九九八年一月一日

拒绝时髦

——读《无声的诗》

　　美丑颠倒或美丑不分，甚至以丑为荣，为之自豪，为之不无得意之色，大约是自不少人"金钱挂帅"以来，难免产生的社会现象。亿万富×（姐？婆？抑或豪客大款炒家？）的各种豪言壮语、嘉言懿行、偷鸡摸狗、打情骂俏，莫不自以为美而令涉世未深或心防不固者欣羡不已。更有追腥逐臭之徒，张其艳帜混充"香港作家"，炮制一本本不堪入目的东西而"打下经济基础"，其后要来写据说可能传世的宝贝，出其文集了，大言不惭地向记者宣称，他对先前的下作"并不后悔"。呜呼！

　　杀害《人啊人》的作者戴厚英及其侄女的凶手，原是戴家熟人，戴还曾为他介绍工作，只是不久被炒。此人那天来到戴家，听戴的侄女谈及自己即将分配工作时，心理顿然失衡，据其后来向记者陈述，他当时想的是："凭什么你诸事顺利，我就处处倒霉？"于是杀机陡起。我想，那些本应以美润己育人，给人以身心健康，有助社会进步的人，大约在珠光宝气、金碧辉煌之中眼花缭乱、目迷五色而心理失衡，便也干起了——也许谈得严重一点——杀人的勾当，自然，不见血的。

　　于是，我感到了美学工作者肩上担子的分量，虽说未必立竿见影；同时，我也感知了周佐愚君所从事的工作深远影响和现实意义，自然有时不免寂寞。

区分美丑，认识美丑及其各种表现形式，看起来仿佛"易过食生菜"，可做起来就颇有些钉豆格塞之处，尤其当神游于艺术世界和生活天地的交汇之间时，更是不易弄得明白。《巴黎圣母院》的驼背敲钟人之奇丑，与圣母院副主教克罗法之道貌岸然，仿佛美丑分明，一看便晓；而随着时日推移，当人们逐步用心灵感知两人的内心世界时，才明白那美丑恰好颠倒了一百八十度。雨果捕捉住生活中这种表里矛盾或许并不那么强烈、那么集中的现象，提升为作品中一个警醒世人的美的哲理，从而深化了人们的审美眼光。

体验艺术世界的美丑，当以体验生活中的美丑为其基础，而生活是复杂的，事物是多样的，且这一切又处在不断变化之中，这就增加了审美的难度。汪精卫狱中豪赋"引刀求一快，不负少年头"时，美得多么辉煌；当其艳电事敌，自然就奇丑无比了。南唐李后主政治昏庸，终致国破降宋，是其丑的一面，但他此后的词作"最是仓皇辞庙日，垂泪对宫娥""独自莫凭栏，无限江山，别时容易见时难。流水落花春去也，天上人间"等等，一改"花间"词风，感情真挚，艺术颇有创新，甚是凄美动人。有时，美丑还同时混处一个主体之中，要判断其较近于美抑较近于丑，何者为其本质属性，还真不易得其肯綮。有人拾遗不昧，通知失主前去领回，这自然美德可风，但同时又向失主索要寻物招贴许诺的"重酬"，而双方对其额度的歧见过大，闹上派出所，拾主被判"敲诈"而罚拘禁，委屈难受，遂一纸诉状告上法庭，要求法律给以公道。此事若单从道德层面看去，不难得出结论；若还从法律层面观察，似乎尚有法理可说，不好遽尔定论，而其间的美丑判断，一刀切恐会失之粗疏。

看来，生活中的美丑和艺术中的美丑，乃至升华为美学观念中的美丑，根茎相连，血肉难分，不可割裂。周佐愚君在本书中指出的某些半个多世纪前就已"被实践证明是错误的谬论,现在竟然有人把它当作'超前'意识"这种可称为"美学思想的大倒退"现象,那契机就在于审美和生活分离割裂,故而堕入了脱离轨道难以自拔的美学世界的黑洞——美丑难分,一片混沌,终于无美可言。请听听这些梦呓:"美术既可以是我们通常所见的油画版画……也可以是随意吐在地上的一口痰。""非再现、非表现、无主题、无功能、无目标、无意义的纯艺术。"以"摧毁一切"为"创作目标","'不理解'是现代艺术的重要原则",等等。杰出的俄国作家契诃夫在《两个记者》里写道:"生活在沸腾,噼啪地响,嘶嘶地叫,可是又没有什么东西可写!这种该死的二元论啊。"今人似也不乏此种心态,怎么办?自然就要去欣赏"一口痰"于"摧毁一切"之后,创作出"不"可"理解"的、什么也不是的"无意义的纯艺术"来自得其乐,同时也就埋葬了美。

周佐愚君长期在艺术领域穷究美的性状、美的本质、美的形式、美的内涵、美的变异、美的功能……探求美的规律,孜孜矻矻,穷年累月,斐然有成。读他的这本美学、美术论文集的几组文字,无论是学术性和思辨性较浓的"美学研究";探讨、述评、分析颇中腠理的"画家的创作研究";涉及面更为广泛,尤为侧重艺术家个性风格及其艺术语汇的"佳作欣赏";还有"造型艺术规律研究"(《山水画的探索》)等等,照我看来,都一以贯之地体现着一种可贵的精神,即艺术永不脱离生活,永不脱离人民。永不脱离生活,艺术便有血有肉;永不脱离人民,艺术便有精有神。一切形而上的东西,原就源于形而下的土壤,无论你怎样地"先锋""前己"、阳春白雪、抽象概括、神话科幻,一旦剪断和土壤的联系,必将陷于恍兮惚兮不知所云的境地。不要看它一时之间鼓锣喧天,很是热闹,而枯萎凋零,则是其必然的结果。至于集子中"批评与争鸣"和"群众美术与民间美术研究"

两组文字，更是直接地、具体鲜明地体现了作者美学研究植根生活、服务人民的精神，很可见当其孜孜不倦地作形而上的美学思考，努力从理论上提升艺术实践的规律时，始终坚持回到生活去验证，并推动艺术实践，从而推动生活健康前进，这种九死其犹未悔的初衷。我因而感知，他是一位很有社会责任感的艺术工作者、美的探寻者。

当今之世，于多年闭关锁国之后改革开放，"落霞与孤鹜齐飞，秋水共长天一色。"经济蓬勃，建设发展，社会面貌日新月异；同时也无可避免地尘土飞扬、清浊混流，国人同声诟病的腐化顽症疯狂地侵蚀着不少人的灵魂，直欲摧毁改革大业。何者为美，何者为丑，在一些人心目中早已易位，是非也因之颠倒。秋耘同志早年说过："不要在人民的疾苦面前闭上眼睛。"此时此际，尽管"生活在沸腾，噼啪地响，嘶嘶地叫"，一些人——包括某些艺术工作者、美学工作者，心灵的眼睛是闭着或半闭着的——且不说那些为私利驱动参加到杀人得利中去的艺术犹大。此情此景，周佐愚君的美学观和治学精神就显出其美的力度来了。你可以不同意他的某些论断、某些评价、某些分析，你却不能抹杀他的美学研究植根生活服务人民的精神。

时髦原是不必拒绝且应举双手欢迎的东西，尤其当其推动社会朝着健康美好的方向发展时；但拿"一口痰"之类的精神垃圾来混充时髦，或假时髦之名而贩卖陈年鸦片，以及新装海洛因、冰毒、摇头丸，人们当然也有拒绝此等时髦的自由。不趋时的周佐愚君的工作意义正在于此。

一九九八年五月一日至八月十六日

人性和日子

钱钟书于五十二年前致函储安平，有一段话可谓恒久弥新，如老窖陈酿，历半个世纪仍令人感如醍醐灌顶：

> ……浪漫主义者主张摒弃物质文明，亦误认为物质文明能使人性堕落，不知物质只是人性利用厚生之工具，病根在人性，不在物质文明；石斧石箭杀人之效果不如原子弹，然而石斧石箭之原始人与用原子弹之文明人，其存心一也。

信哉斯言。古语云：玩物丧志。然而有点矛盾不好解释——有人确是"玩物""丧"了"志"，有人"玩物"却并未"丧志"，甚至"玩"过之后，洗去疲劳，精神更为抖擞地投入工作。"病根在人性"，钱老当年观察世相何其精确深刻，那解剖之刀多么尖锐锋利。其"性"不佳，玩不玩他也"佳"不起来；反之，你就是用"物"把他埋起来，他依然"志"坚不移。在某些腐化氛围甚为浓重的圈子里，仍然有人能遗世独立，不单出于污泥而不染，有的还敢于不顾后果地去捅一捅马蜂之窝，虽被泼一身污水而不悔者，其"性"使然也。

人性这个东西，先前是很有些忌讳，提不得的，一顶"人性论"的帽子可以压得你透不过气。奈何虽是马克思、恩格斯，他们依旧首先是人，难免有"性"，除了爱情、婚姻、友谊等等方面体现出来之外，尤其体现在其因博爱众生而去深研剥削现象之穷根究底精神，意在助众生解脱苦海。所谓共产主义也者，照我看，似也可从这个角度理解。至于各路歪嘴或不歪嘴的和尚，把经念成个什么模样，恐怕就由不得他们二位的意愿了。而且人性虽有相对的稳定性，但和外部世界并不绝缘，也会渐变而质变。设若当年没有假洋鬼子阻挠，阿Q竟然成功地参加了"革命"，飞升为国府要员之后，他还想着和吴妈"睡觉"，而不去娶三姨太五姨太？当然。这只是一般的变化规律，他在革命熏陶中抛弃精神胜利法，由实践而出了真知，另外创造出新的经典哲学，从而造福人群，也并非绝无可能。

设想不能当真，现在就来让我们看看真的。珠海老板张少华发了财，却脱离常规地不去花天酒地，反而跑到西藏高原那荒无人烟的四公顷河滩，与沙石鸟兽做伴，投资七百万治滩治河，开发"富于科技含量的示范牧场"，终于种下牧草、小麦、蔬菜，养鱼养牛，办起面粉、饲料加工厂，一片兴旺。叫"老板万岁"或"老板万死"似乎都大可不必，但这位老板的人性里头确有可资玩味的东西。他自然也有他的投入和生产的预期，但他同时还能看到，"给西藏留下万亩良田，自己也经历了一段最有意义的日子"。

一切良知未泯、人性未被完全扭曲的人们，你又将怎样拒绝那些看似不可阻挡的腐蚀人性的诱惑，而去创造、开发并"经历"属于你自己那"一段最有意义的日子"？

和沈从文先生的一次工作接触

  无缘熟知我所尊敬的文坛前辈沈从文先生，却有一次令我长久难忘的工作接触。沈老辞世十有一年，谨实录以为纪念，就从沈老写给我和易征兄的一封信说起——

  雪林、易征两兄：在穗一段时间中，多多搅扰，弥增感谢。到长沙工作复半月，回到北京便已进入夏季，为一堆杂事忙忙乱乱，就进入真正夏天。日来北方格外闷热，住处当街一面，经常有上万大小汽车来往闹哄哄情形中，真正是热闹得人昏昏沉沉，长日如猪悟能坐在蒸笼中，只希望悟空师兄即时前来搭救出险。既无从希望成为现实，因之人便不免形成一种半低能痴呆状态中，浑浑噩噩度过此炎炎盛夏，直延续到近三天方从一雨中得救，稍稍松一口气。转来一小文，由弟看来，文章还好，作者似为一医学生，望为看看。如还可用，不论安排在《随笔》《广东文艺》或《花城》均无妨，且可去信将他别的作品寄广州看看（还有不少较长的）。如觉得平平无奇，就还给本人，甚感费神，并候佳好。

  弟从文　八月二十四

七十年代末八十年代初，我和林振名兄正在从事《沈从文文集》和《郁达夫文集》各十二卷本的具体编辑工作，时在出版社领导岗位上的苏晨兄放手由我们去干，大家合作得相当愉快。开始我的工作方式颇为笨拙，跑图书馆搜集文字资料、版本资料、复印编目、做卡片、对比异文勘误，完全手工业操作，进展缓慢。振名兄年富力强，跑北京、下上海、入湖南，不仅拜见了沈从文夫妇、郁达夫后人，征询了文艺界前辈夏衍等人的意见，还和沈从文研究者邵华强、凌宇，郁达夫研究者王自立、陈子善取得联系，并聘四位为特约编辑。他们研究有年，掌握资料丰富，做了不少考核工作，比较客观、务实，和我们的看法基本一致。这一来，一下子越过了我的手工操作，进入实质性的逐卷编辑阶段，大大推动了工作进度。香港三联书店的潘耀明兄也配合得力，提供资料，先期海外推介，反馈各方信息，设计海外版版式，组织粤港两地合作出书的印制等具体工作安排，甚至注意到了沈从文亲笔签名珍藏版的工作，可谓有条不紊，而效率甚高，让我们体味到科学地组织编印发工作的重要性，可惜我们一下子还掌握不好。

　　这期间，振名兄仍需在外面奔跑，我则进入编辑《沈从文文集》前几卷的案头工作，和沈老伉俪时有编务上的书信往来。沈老工作任务甚重，写信不多，有事大都由夫人张兆和代笔。当时商量了些什么具体事务，我已不复记忆，但却留下了沈老伉俪对作品十分认真细致，工作极其负责的深刻印象。作为文集，虽然和全集有别，但我们总想尽可能多地保存历史原貌，以供后人研究借鉴。沈老却总是谦虚地认为当年好些作品写得匆忙，今天已没有什么价值，多次要求抽掉。沈老伉俪都是我们的师长父挚辈，我们当然执礼甚恭，凡有所示，悉皆遵从，唯有此点不敢苟同，于是乎折冲樽俎，据理力争，终于保留下一些，另一些以"存目"的方式达致妥协，这就是后来文集面世后有的篇只有目

352

录而无内文的原因。此点固然说明沈老对读者负责的可贵精神，作为编者却总觉不免有些未窥全豹的遗憾，没能说服沈老，难辞失职之咎。

一九八一年四月间，沈老应邀赴美讲学归来不久，又应香港三联书店之约，和夫人携助手——北京社科院历史研究所服饰研究室的王亚蓉及考古研究所的王予赴港，去审定大型彩色精印的巨制《中国古代服饰研究》这一为海内外瞩目的历史文化大工程。早在九年前，沈老还在湖北咸宁干校时，仅凭记忆，曾为之写下了补充材料，现在作印行前的审校，风尘仆仆，奔波劳累，对一位七十九岁老人来说，可是一个不轻的负担。而他却精神焕发，不知疲累地干得津津有味，盖精神舒畅和精神抑郁，那劲头和效果都是大异其趣的。这不，沈老一行，刚从香港抵穗，又应我们之邀，马上投入审看文集前几卷稿的工作，一面还在广州为"服饰研究"搜集、鉴别、补充新的材料。

抵穗时，沈老一行住在中华商务广州办事处，那里不远便是汽车总站和火车站，民航班机也常从屋顶轰然掠过、降落，其热闹可以想见。苏晨、士非、丹青、司机小区和我，抱了约有几个砖头厚的文集复印剪贴稿，驱车前去和沈老一行相见。

抗战后期我还是个中学生，有机会读到沈老的一些作品，只觉清丽有致，情意绵远，乡土气息特别诱人，在那些豪放率直甚至有些粗野的下层人民心中，不乏浓烈而清纯的人间真情，令我久久回味。时过三十余年，才有机会见到作者本人，那感觉因几十年的风雨弄得熟悉而又陌生——熟悉的是透过他的作品曾经感知的那颗淳朴而热烈的心，陌生的是几十年不闻其声不见其文现在忽地"突兀在眼前"，心中有如倒翻了酸甜苦辣的五味瓶。然而，沈老只是慈祥地微笑，只是轻声地用那乡音浓重的普通话和我们交谈，只是默默地然而顽强地还是坚持删去一些我们认为颇有历史价值的篇章。而依然纤秀的夫人张兆和在一边作一些解释，让我们更容易理解沈老的意见，一边照料着沈老按时服药，加减衣服，使我们猛然想到这正是"最难将息"的"乍暖还寒"时候。七十九岁高龄的沈老，此刻像个听话的乖孩子，令人感到共渡时代风雨的伉俪情深。

盈尺高的剪贴稿留给了沈老，他带到新安排的一处较为安静的宾馆去作了详细的审读。当我们几天后去到宾馆，看见沈老用蝇头小楷作了仔细校改的剪贴稿上，连标点符号都一丝不苟地作了改正，复印不清晰的地方甚至也恭整地填写清楚了。我想，在这宁静的宾馆夜灯之下翻读这些旧作时，沈老的心情是无法平静的，请看他在文集二卷《记陆弢》后面新附上的几句话：

> 一九二一年夏天，这位好友在保靖地方泗水中淹毙。时雨后新晴，因和一朋友争气，拟泗过宽约半里的新涨河水中，为岸边漩涡卷沉。第三天后为人发现，由我为之埋葬于河边。
>
> 一九八一年四月校后记于广州

文章写于一九二六年九月的北京，距"好友"出事已五年，他仍然记挂着这位"高长大汉"的音容笑貌，用文字画下好友的豪放爽朗；再过五十五年，于他即将跨入耄耋之年，虽与青年时的故友"相去日已远"，仍然打开了记忆的闸门，把那悲剧的结局似乎平淡却无限柔情地补记在篇后，老人的心，在为半个世纪之前的旧友颤动。

"几个晚上又睡不好了。"沈老淡淡地说。沈夫人问："这里能买到眠尔通么？带来的都吃完了。"

看来沈老审校旧稿，不免思绪泉源，不可抑止，连夜失眠，那滋味之难受我有体会，于是赶快上街去替沈老找药。其时我也正患着高血压而又自作聪明地坚持不服降压药，搞到脑子昏昏沉沉，一跑路劳累就更其昏昏沉沉，想到沈老远道而来，如此废寝忘餐地工作，便依然一连跑了几家药房，为沈老买回一瓶，希望老人家夜里能睡好一点。

大约有了几个较为可以入睡的晚上吧，沈老又挂念起更多的工作来了。我们陪着沈老一行，驱车去到越秀山博物馆和文明路省博物馆，跟着兴致勃勃的沈老浏览那些色彩早已黯淡的历代南粤兄弟民族的各种衣饰、佩具。一看到这些让历史尘封起来的东西，沈老眼里似乎有两粒温柔而明亮的火星在跳动。他一边细细审视，一边轻声地谈起这件衣饰的来历，那件佩具的特色，这个图案的蕴含，那个贴花的寓意，临走还让助手王亚蓉和王予写下借条，带去几件他还打算过细研究的衣饰。两位中年助手很理解沈老的心情，把借来的文物小心地叠平、包好，双手捧在怀里，好像车行颠簸会弄坏这宝贝似的。沈老和夫人并肩端坐在车上，慈祥的脸上浮起幸福的笑，令我至今难忘——我感知了深深地沉浸在工作中的那种幸福。

工作之余，沈老怀念在广州的旧友。苏晨便把沈老一行请到家中，再开车把容庚、商承祚两老接来，丹青和小区去准备了几样点心、一壶清茶，我和士非也叨陪末座。于是，珠江南岸海珠桥脚苏晨那显得狭窄的五六十年代的小厅里，便有了一次温馨和谐的三位老友的历史性会见。三老时而啜饮香茶，时而小声地交谈几句，话不多，却贴心贴肺，仿佛语言于他们深厚的友谊显得不那么重要，只那么三几个字彼此便心曲互通万语千言，化作了三老饱经风霜的脸上始终不愿褪去的微笑。这境界使我觉得，老友今天坐在一起了，便是幸福，便是赏心乐事，便是无可替代的情愫相适。佛家所谓"不可言谈"大约便是此种境界的传神写照。后生如我，今天竟有幸目睹，心头也不禁生出若干沧桑之感。

然而岁月无情，相聚不易，大约老友们也意识到此后的时日有限吧，不想就此分手，接着又一同驱车去中山大学，到商老、容老家中，还到黄天骥家中小坐移时，直到近黄昏了，才一同到校办餐厅进餐。三老兴趣依然不减，席间还喝了一点酒——沈夫人自然注意着不让沈老过量，一面依旧不时为沈老加减衣服……

工作告一段落，长沙方面又在催沈老前去了。那是一个晴好的春日，我和苏晨送沈老一行到白云机场，在宽敞明亮的候机大厅里，沈老谈起此后的一些打算，因来不及为服饰研究补充一些新发现的珍贵材料，感到很是遗憾。班机误点，天公留客，我们再次谈到一些文集的事，期间有一位候机的老学者李育中老师认出了沈老，热情地前来招呼、倾谈，谈到抗战时期的西南联大，谈到重庆的一些旧友，谈到文化界一些人的情况，甚为热衷。沈老仍然是那慈祥的微笑和轻言细语，直到握别登机，凌空而去。

三个多月之后，收到沈老的这封信。

先前，我读过易征兄的《踏雪初访沈从文》，他相当传神地描绘过沈老的北京居处。在那塞满书卷文物生活用具的书房兼会客室兼饭厅兼各种临时用途的方寸之地，沈老与世无争地潜心做着学问而又出土文物般地被人们发现。他从曾在文末自题为"窄而霉小斋"的地方，向远在南国的后辈道出了心中的烦恼——无法很好工作的烦恼（即便如此，仍然关怀着"似为一医学生"的文章的命运），发出了"希望悟空师兄即时前来搭救出险"的呼唤，而又认为"无从希望成为现实"。一位被别人和自己尘封多年的老作家老学者的一丝心头之痛，竟化为如此平和的幽默，一如其人其文。是的，没有悟空师兄搭救，然而，却有党的总书记讲了话，希望终于成为现实——沈老生命的最后几年，毕竟告别了"窄而霉小斋"，搬进宽而亮单元里专心致志地工作到最后一息。

这期间，沈老还曾书赠条幅一纸寄我，而我识见浅陋，竟对沈老的章草，虽查过书法大辞典，仍有好些字认不准，曾请教过七十九岁高龄的书法家谢家因，他帮助我辨认了若干，仍有几处拿不准。而条幅的内容，还是在请教了梁鉴江兄后，才弄清出处，使我获益良多。现录如下：

载酒无人过子云，掩关昼卧客书裙。
歌喉不共听珠贯，醉面何因作缬纹。
僧侣且陪香火社，诗坛欲敛鹳鹅军。
凭君遍绕湖边寺，涨绿晴来已十分。

七十老翁自腰镰，惭愧春山笋蕨甜。
岂是闻韶解忘味，迩来三月食无盐。

灵均逝矣不堪呼，几欲南游讯楚巫。
城郭烟涛垂白帝，星河风露浥黄姑。
幽人昔恨九关豹，佳士今犹千里驹。
久客资君相慰藉，可能无意谢飞凫。
庐山旧事谁能继，三十年前此会同。
偶尔共来今日雨，萧然犹有古人风。
坐深遥对花如雾，兴来余归酒杯空。
仰止前修那可作，聊追逸响托无穷。

沈从文　时年七十有九岁

除最后一阙尚待查外，其余依序为：一、苏轼《会客有美堂。周邠长官与数僧泛湖往北山，湖中闻堂上歌笑声，以诗见寄，因和二。时周有服。（其二）》；二、苏轼《山村五绝（其三）》；三、范椁《和谢伯雨诗》。梁鉴江兄细致负责，尚有详细注释，因篇幅关系，此处欠录，歉甚。

而今，沈老、商老与容老已先后辞世，三老羊城相会终成绝响。读着沈老的遗札和墨宝，不免勾起当年的回忆，往事犹历历在目，虽有惆怅，却不唏嘘，因为人生的道路总要走到尽头，而学问事业和风范却将入于无穷。沈老固然并非完人，但鲁迅先生仍然给了他一个公正的评价：

自从新文学运动开始以来，茅盾、丁玲女士、郭沫若、张天翼、郁达夫、沈从文和田军大概是所出现的最好的作家。（《活的中国》附录一：《现代中国文学运动》，见花城版《沈从文研究资料（上册）》第三四九页）

这是一九三四年鲁迅先生在和斯诺的一次谈话中所提到的几位作家，此后，这支新文学大军日益壮大，"最好的作家"名单，也添上了更多的新人，而且还将继续添写下去。

一九九八年九月改写

慎独的启示

据新华社银川十月十六日电，今年头八月，我检察机关查办百万元以上案件 655 件、县处级以上干部 1238 人。报纸编者大字标题曰：每天挖出五条大蛀虫。

看了这样的消息，真叫人一则以喜，一则以忧。身处反腐倡廉前沿阵地的检察机关，辛勤作战，一天挖出涉案金额百万元以上的大蛀虫五条，消除了共和国现代化大厦的五处不可小视的隐患，应当高兴才对。然而，一想到这样的大蛀虫居然如此之虫丁兴旺——还没算上由于各种原因尚未挖将出来的，甚至暂时侥幸漏网的——直欲绵延难绝，仿佛蛀虫王国里颇不乏前仆后继之士，贪欲竟如精神海洛因，将原本还算正常的人的最后一丝人性消融殆尽，这样的漫漶浸润，不知将会伊于胡底？

正在读王曼、杨永的《铁骨凌霜——尹林平传》，这位出生在著名的革命之乡江西兴国农村，从小靠伐木砍竹编织箩筐制作桌椅维生的老红军战士，曾经直接领导了广东武装斗争和开创了东江、北江广阔解放区，而在进城之后，依然本色不褪、斗志常青，有些小事，很可于细微处见精神。一九五〇年他挂职广东省军区政委，一身衣着残旧的父母从老远的家乡赶来广州看望儿孙，警卫员按规定到后勤部领了一些布要给两老做套新衣服，尹林平知道后连忙制止，坚持自己掏钱买布。两老临走时他并无什么贵重之物或上佳特产相赠，只嘱事务长代他买十斤生盐给两老带回兴国。事务长实在过意不去，又素知老首长为政清廉，只能自作主张多买了十斤生盐给两老带上。

此事在今天的不少人眼中近乎天方夜谭，奉行不拿白不拿哲学的大小蛀虫，设若稍有若干良知，对之能不愧死？不幸的是，尚能稍为保有一点良知者几稀，良知早已喂了狗者倒是不少，前述每日浮头的五位吃人鳄便是。

我等芸芸众生，乃至那些即将跨入蛀虫行列或单脚跨入而仍保有若干良知者，设若不想在腐化之中沉沦，从此没顶，尚有挣扎上岸之心。那么，传统的道德品质修养的精华之一——慎独，或许可以提供一点切实的帮助。

大庭广众之中，众目睽睽，人们的言行自然比较合乎公认的行为规范。明目张胆地作恶毕竟只占极少数—— 一旦退居暗处，无人监督，或略犯小过，想来大概无人知晓；或放松自律，忖度出轨恐也无碍；或径直铤而走险，以为侥幸可以过关。殊不知闸门一开，祸水涌出而不可收拾，那时便悔之晚矣。大蛀虫就是从这些地方开始其蛀虫生涯的。

柏拉图不无偏激地为人类下定义云："人者，无羽之两足动物也。"（钱钟书《一个偏见》）钱老当年在同文中分析此类"偏宕之论"时"不得不承认""确说透了人类一部分的根性"。处身市场经济大潮中的我们，倘不满足此种境界，认为还需要"有点精神"，那么，慎独便是这精神的一束微芒，足可照出一小片心灵的净土，而众多的一小片净土，足可汇成一方常青不败的精神家园。

一九九八年十月二十二日

焦点访谈来了！

　　某法院在报上公布久久不还债者名单，赖账人即一改先前"睬你都傻"的态度，有的赶快还款清债，有的订出还款计划示诚。山东沂水县的廉政监察车一出动，摄像机、照相机、录音机立即拿下用公款吃喝者的嘴脸，并在电视台亮相，近年千万元的吃喝费用立马下降。

　　看来，舆论并不像某些人所断言那样"起不了什么作用"。自然，如果"舆"得无关痛痒，"论"得离实际太远，只余一片云山雾罩、镜花水月，当然可以摆在檀木架上罩以玻璃而供欣赏，于实人生很少相干，只宜少数人把玩摩挲。而一旦关其痛痒了，又会惹得如英德市大站镇镇委书记、镇长石丰阳之类的人物火冒三丈。这位镇长，因为某报批评该镇政府在夏粮入库中严重违反国务院《粮食收购条例》、派干部进驻菠萝坑村、在小学门口设卡车坐收"二金二费"而大发雷霆。事情曝光第二天，他召开镇干部职员大会，在会上，宣称："大家不要怕，不要给报纸吓倒，天掉下来有党委、镇政府顶着！"

　　连七品芝麻官也不到的镇长，面对舆论都是这等口气，遑论其他。常有记者在打假或反腐前线被围攻、被抢去胶卷或笔记本之类的事发生，须有关方面严重交涉始告秩序恢复，可见舆论还是会起点"什么作用"的，否则当事人就不必如此紧张，闹出镇长肝火陡升，并借党委、政府之名来抵挡之类的活剧。当然，更多的是软钉子，来个"负责人不在"或一问三不知，推得一干二净。这头记者一走，那头便去找揭发人算账。

目前，看中央电视台的节目，《焦点访谈》的记者刚到一个连开办证都没有却有工商干部在场收费的临时摩托车交易市场，准备深入调查赃车销售情况，不料走漏了风声，市场在一片"焦点访谈来了"的惊呼声中作鸟兽散，赃车转移到第二战场，市场负责人和工商人员支支吾吾，要劳记者们撤离之后再来个回马枪，方才逮个正着。"焦点访谈来了！"不仅显示了舆论监督的力量，还负载了人民维护市场经济健康发展的希望。至于镇长的光火，某报回答得极妙，干脆给他来了个"连续曝光"。

不应忽略之“向”

现在的孩子，负荷着双亲乃至双亲的双亲过多的期望。有的还在妈妈的肚子里就得承受"胎教"的折腾而不得安宁。到了幼儿园，还有节假日的"兴趣班"等着加料，至于孩子是否确有"兴趣"抑或以家长们自己的兴趣代替了孩子的兴趣，还真说不准。而督促催逼的结果，反倒叫孩子从兴趣走到无趣。升上小学，期望值接着加码，二胡琵琶小提琴，绘画心算加英文……仿佛想将世界上所有有用的知识，一股脑儿灌进孩子脑袋里去。"可怜天下父母心"，尤其是独生子女，早早地就给他"定"了"向"——向着各种"家"、各种高层人士的宏伟目标，不惜一切地精心培养。

父母心无可厚非，且确有定向切实、进度适宜、措施得当而又机遇降临的幸运儿，取得颇佳的成绩，证明着父母的心血并未白费。然而，也有不少人揠苗助长，结果往往事与愿违，反倒斫丧了孩子们许多本应拥有的童年的欢乐。

但问题的严重性并不在此，在于一个极其要紧的"向"往往被忽略了。请看事实：十月二十六日，兰州初二女生吴鸿开煤气自杀了，只因生来体形较胖。此事听去近乎天方夜谭，却是生活的真实。这位家庭幸福、学业优秀颇有绘画天赋的十四岁姑娘，在遗书里道出了为此而心灵受到伤害的极大痛苦："同学说我是

'厕所''江南七怪''扬州八怪'，或'胖熊'……我在……故意说有臭味……躲着我，不愿跟我站在一队，在众目睽睽之下嘲笑我、骂我……我的自尊心只有拿死来补上了！"

嘲笑人的孩子们也许只不过出于玩笑、淘气、起哄，并无意置人于死地；但先前热衷于"培养"的长者们，似乎忽略了培养孩子们心灵世界里"同情和爱心"这一人性美好之"向"。被嘲笑的姑娘这样经不得风雨挫折，意志脆弱到如一张薄纸，人们同情惋惜之余，也不能不想到培育中的缺失。

一九九八年十二月十六日

骗·历史淘汰·道德再建

　　《南方周末》的"实验特刊Ⅱ·专家视角"版，刊载了连题目都透着激愤的妙文：《骗是历史前进的动力?》。作者杨帆先生感慨系之地指出，"我们社会还不具备市场经济的灵魂：以善意为基础的信用关系"，惊讶于当新的市场经济规则逐步建立，经济活动中过分依赖于私人关系这种家族血缘关系渐渐瓦解时，"竟然采取了'杀熟人'的形式"。广东俗语有"杀熟狗头"一说，方言词典写作"焓熟狗头"，本指人相貌不雅，可为杨文补充。试想被人"杀"了煮"熟"，受害人的尊容有可能"雅"得起来么？

　　杨先生言之有据。他指出——

　　　　……极少数道德品质非常恶劣，不择手段暴富的人，从改革一开始就专门研究骗术，造假货，做假广告，骗社会，骗陌生人，骗国有企业，发展到传销，就达到了更高层次，更大规模。

　　改革开放伊始，人们的眼界才初初越出国门，广州的"龙凤蜡烛两千元巨奖"之类的骗局就破土而出，其后更是花样百出、骗丁兴旺，旧法新招、古怪离奇，令人目迷五色，时有出人意表，不得其解的奥妙。从单独骗到集体骗；从骗陌生人到骗熟人、骗朋友、骗亲戚，乃至骗及父母兄弟，无所不有其骗；从谋财到不惜害命；从偷偷摸摸躲躲闪闪到堂而皇之成行成市；从钱财交易到权钱交易；从单丝飘忽到结成网络；有的甚至从游击战到阵地战，跟正常的改革开放、经济活动反着干、对着干，好不猖獗盛哉！于是有心人呼唤道德修养、品性陶冶，或精神文明，觉得在健全法制建设之外，还需要从人性这个根上作些未必立竿见影的努力。用意确然不错，声音却不如广告的喧哗，与乎金钱的叮当那么响亮。——有如大灾到来之前，对森林植被的保护、江河湖泊的疏浚、水库堤防的投入总不那么经心到位一样，一朝水漫金山，损失惨重方才警醒。只怕未雨少作绸缪，积重势将难返，或"返"得万分吃力。今年就有沉痛的教训。法制这个硬件，主要解决事后的惩罚或处理，并以儆来者；而道德修养这个软件，则是预先调动人们内在的免疫力，自己主动去和邪恶作战，两者交互为用，则将有力地促进市场经济的健康发展。而经济的发展变化，又将推动道德观念的发展变化。

学者论道，"顺从是专制主义道德的主轴"。君君、臣臣、父父、子子，这秩序是不可摇动的，是非倒可不问。皇帝金口玉言，高官口含天宪，"若是老子说话，当然无所不可，儿子有话，却在未说之前早已错了"（鲁迅《我们现在怎样做父亲》）。辛亥革命之后，皇帝再无龙庭可坐，从涓生、子君到林道静，一大批冲破封建专制，争取民主自由个性解放的人物崛起，顺从这个道德权威受到挑战，新的道德观逐渐形成，虽因经济基础改变不大而显得相当脆弱，但毕竟掩盖不了"天赋人权""劳工神圣""德先生和赛先生"等等正义呼唤扑面而来那锐不可当的感召力。我们尚未进展到发达的地区，那里的道德观念自然也起着相应的变化，哪怕吴荪甫的老太爷死抱着《太上感应篇》不放（茅盾《子夜》），曾皓如何以全部身心眷恋着那前后十五年油漆了百多道的棺材（曹禺《北京人》），"大鱼吃小鱼，小鱼吃虾米"的法则依然无情地铸造着金钱万能的悲欢离合。到了"跑步进入共产主义"之风一遍遍横扫神州大地，"宁要社会主义的草，不要资本主义的苗"之类的梦呓，又成了令人啼笑皆非的道德准则，因为大锅饭经济只能孕育出满目疮痍和弱不禁风的苗。终于进入社会主义初级阶段的市场经济，从高速增长到稳步增长，人们又一次体味到了资本原始积累的血腥味——骗，便是这血腥味的基因之一。我们体制上的某些弱点，又让权钱交易、腐化成网的分子融入这血腥之中，其味就愈加浓郁刺鼻了。

有人叹息，世风日下，道德沦丧，人心不古。仿佛人心一"古"，道德便高扬，世风便日上了，其实未必。学者何博传在《答人民日报记者问》里指出："我认为，中国真正的道德危机是在文化大革命时期出现的。那时，无中生有，颠倒黑白，造谣中伤，恶毒迫害，落井下石，处处陷人于绝境，断人生路，这才是真正空前的道德败坏。"如果说，"文革"距离现在还不算太"古"，大跃进的谎言成风，反右的入人以罪，许多运动的腥风血雨仍然"古"得不够久远，道德失落得尚欠水平的话，我们很可以把"道德危机"的"出现"，往前推得更古更远一些：判处反对经院哲学、发展了哥白尼日心说的布鲁诺死刑，把他烧死在罗马鲜花广场的宗教裁判所，是个什么道德水平？焚书坑儒的秦始皇，天下抵定便大杀功臣的封建统治者、五世同堂而妇姑勃豀叔嫂斗法墙外冻死骨厨下酒肉臭的朱门，又是什么道德水平？不必讳言私有财产之兴起，难免引来争夺，从争物、争钱到争权，当然要导致道德危机的出现，"文革"中的道德败坏，不过是在特殊历史条件下，人性弱点的一次集中曝光而已，并非突然从天而降，确是其来有自。

然而，吃大锅饭却不是解决危机的良方，尤其在"初级阶段"。几十年的痛苦经历，和外部世界的水平比较告诉我们，私有财产这把双刃剑，还有着激励奋斗精神，开掘巨大潜力的伟力，只要你善于兴其利而去其弊或防其弊。有趣的是，市场经济的利益阀门，竟也具有这样的调节功能，初无待于有时或许也不可少的道德说教。何博传接下来的分析，可以增加人们的信心：

> ……目前的道德淡化，是一种必须要出现的历史淘汰过程。例如，卖假货的私营业主，不用很久，就会被淘汰出企业界。真正优秀的企业家，就会在这种淘汰过程中成熟起来。

质之世界著名的顶尖品牌，无不以优质而得优价，且砥柱中流而不倒。近年国产电器之著名品牌的产品及服务的优质化，也正好说明何先生的论断有理，且体现着企业家道德之"浓化"。

说到底，道德是文化熏陶的结果。世上并无真正意义的道德速成班，哪怕你急得双脚跳，恨不得一时三刻人们便"提高素质"，大家笑嘻嘻地拱手进入君子之国。然而，事物并不听乌托邦的指挥，总是按照自己的规律运行，我们只有站高一点，了解它的来龙去脉，懂得这个"历史淘汰过程"之必然，不致被困惑所击倒而丧失信心。之外，便是因势利导，犹如这次长江暴发罕见的特大洪灾之后，从上到下，都因有切身之痛而认真地不是一般地注意到退田还湖、退耕还山、修堤筑坝、停伐木改育林、绿化环境、爱护植被，不让水土流失等等的要紧。这些，当然不是一朝一夕之功可竟，注意到了认识到了就是个好的开始。道德再造亦同此理，除了法律法规的制约、市场经济运行的调节，我们当为文化绿地的保护培育、心灵河湖的疏浚固堤、思想环境的植被优化而抛弃骗人骗己的形式主义，下不辞点滴的实际功夫，哪怕种一棵小苗、浇灌一片小草、绿一坡黄土、砌一块堤石，才可望涟漪成波，浸润漫漶，点滴之水汇成大江大海，一秒一分积为历史长河。人心何必太"古"，世风信当日上，经济健康发展，道德重建有日。

之士有识，盍兴乎来。

一九九八年十月三日

可敬的精神

　　为官清贫，"从来不吃'飞食'"的河南汝阳梁上店镇镇长陈金跃，为了改善家庭入不敷出的困境，利用晚上和双休日跑"三轮"拉客。

　　读着这样的信息，不禁对之油然而生敬意。一敬他不倚势谋私，放着镇长的牌子不吃，不虑"有权不用，过期作废"的问题，宁肯清汤寡水、捉襟见肘地过自己的日子，和那些有点小权便用足用够，"该出手时就出手"地捞到盘满钵满的精仔们不走一条道。二敬他不给困难压倒，不怨天尤人，也不眼热那些钱财来路不明不白而锦衣玉食、"小蜜"别墅的时髦人物，宁肯靠自己的艰苦劳动解决问题。三敬他观念中有条不变的主心骨，不以为当了镇长，大小是个官，有了拉不下的架子，像有些一登龙门，便不管人民死活忙着设法让自己屁股冒烟、亲友沾油、衣锦还乡、傲视余子的人物，入不敷出时，宁可贪污盗窃，也不愿自食其力。他却依旧奉劳动光荣而清贫自守。

　　这在当今的某些官场之中，颇有点不合时宜而反其潮流的味道。先贤孟轲云："劳心者治人，劳力者治于人；治人者食人，治人者食于人。"这是古之"官"念，今人依然承其衣钵者不少，当然换了包装，改了说法。例如在"为人民服务"的漂亮口号下行为人民币服务之实的行径之类，就透着"食于人"的血腥味。那些拼命跑官的人，雇人暗杀一把手的二把手，人们温饱不继他倒挪用公款修其办公大楼，甚至私家豪宅的"公仆"等等，无不是想要、为了或正在"食于人"的饕餮。他们若还有一点点良知，应当在业余跑三轮车的陈金跃副镇长之前愧死。

我们呼唤"穷且益坚，不堕青云之志"的精神，同时希望更多地关怀他们的实际困难，甚至帮助他们循正途"后富"起来，无须再去"跑"那被时代淘汰的"三轮"。

一九九九年一月十五日

停车见微

　　所坐的新福利公共汽车忽地在广东大厦附近缓缓停下，前面的一辆小面包车熄火，故障持续了三几分钟吧，我忽地从车窗望见行人道上一副令人怦然心动的图景——

　　一位刚学会走路的孩子，嘻嘻笑着，怀着好奇和纯真的喜悦，蹒跚着摇摇摆摆地朝一位身穿红黄间条背心的环卫工人走去，准确一点，应该说是扑去。——环卫工人是一位三十来岁的中年汉子，被这突如其来的幼儿的热情弄得手足无措。他停下手中的大扫把，本能地伸手去接孩子，但瞬即停留在半空，也是本能地朝后退了一步。但孩子却不理会他这一犹豫的含义，仍然朝前扑去，一下就抱住他的双腿。也许是那红黄间条的背心吸引了孩子，但在孩子明丽无尘的心境之中，肯定不会把环卫工人置于"不可接触"之列，更不会潜意识里把人分为三六九等，且时而"无意识"地形诸行动，如某些动辄谩骂殴打环卫工人的当代"英豪"然。

　　更令我难忘的是，随着孩子扭头后望的眼光，不远处六十开外的老奶奶正面含微笑，给了小孙子一个鼓励的颔首，孩子便笑吟吟地抚摸起环卫工人的红黄间条背心来了，环卫工人也放心地把双手往衣服后襟上猛擦一番，才在孩子的肩上轻拍了几下……

　　这情景令我想起鲁迅先生的《一件小事》里，那位不理会顾客心中的不以为然，只管扶起被车把挂跌，显然不甚要紧的"老女人"的"人力车夫"。他放下生意不做，竟一心一意照料那老人去了。鲁迅写道："我这时突然感到一种异样的感觉，觉得他满身尘土的后影，霎时高大了，而且愈走愈大，需仰视才见。"

　　而此刻，那位带孙子的老奶奶的内心世界里，就正有着值得我们仰视的东西，也正是好些衣冠楚楚的人士所缺乏的东西。

一九九七年五月二十九日

马房碎片

那时节，岁月是破碎的，生活是破碎的，天空和土地是破碎的，连人的精神也是破碎的。我们所在的广东英德黄陂五七干校的生活，自然不会独独完整无缺。岁月流逝已三十年，拾得一渣碎片；聊作心灵祭坛上的供品，咀嚼咀嚼那五味俱全且尚有微温的牺牲，不知是喊"哈利路亚"好抑或"阿弥陀佛"好？就让噩梦从此消逝在历史的尘烟之中，永不再见——阿门！

"光荣"

"热烈欢送干部光荣下放！"红色标语是这么煌煌然张挂招贴的。出发那天，单位"革委会"的头头，给每位"五七战士"胸前戴上一朵红色纸花——虽然纸做，毕竟染上了红色——开专车连同行李送到火车站。那是一九六八年十二月十日，一个难忘的早上。

火车站锣鼓喧天，红旗飞扬，省市不少单位都在这天一早给下放干部送行。气氛热烈不下于过年——但不能细看人们的脸，尤其是眼睛。因为除了极少几张永远带有优越感的脸庞，还得除了不幸落入"牛棚"那黯然而凄惘无助的随队下乡的"牛鬼"的脸，其余似乎多是一片茫然……

抛妻别子，仓促成行，像赶鸭子上架似的给赶出广州，无论如何也体味不到"光荣"在何处——除了时髦的"理论"。

于是我悄然摘下胸前的纸花，把它放进衣袋，拖着行李，随大流上了火车。

马槽床

这是我们的"广东西伯利亚"——英德市山区的黄陂马房——真正的养军马的马房。初来时还看见尚未及处理的几匹马和在此插队的潮州籍知青，其中好几对且已有了婴儿。看他们从革命热情高涨跌落到柴米油盐的生活现实，年轻稚嫩的脸上也不时浮起抹不去的忧郁。

我们自顾不暇，忙着打扫马槽。过去每槽养马两匹，现在每槽睡人三个，床板挨着床板，没有床凳，直接放在地面，洗之不去的马粪味攻鼻而来，幸而久了也就"不闻其臭"，且从此比较中得知马粪并不比人粪更难闻。当然，在这儿话事的军代表，也跟我们一样"百里行军"，一样睡马槽，且带头"早请示晚汇报"，在马粪味中举行这种神圣庄严的仪式，还"万岁万万岁""永远健康"不绝于耳。那时一心赎去原罪，倒还没有后来想起时的滑稽之感。——幸而没有，否则，又得加上一条非原罪，永世不得安宁了。

"走"了一个

驻马房这个"连队"（好像序列"二连"），由我们省出版社、省新华书店、省社科院和省党校的"老九"们组成。距此数华里的良田，还有一、三连，分属《广州日报》和《羊城晚报》。合共为×营（番号忘了）。加上别的营，组成一个团部，

375

也就是黄陂干校的指挥部。

行军来到马房已入夜，幸好先遣队的同志早些时候来此做了些整理安排，最令人感动的是准备了一锅锅的热水给大家洗澡，冲去一身臭汗之后睡进马槽，已近午夜，便在马粪味中熟睡，不知天之既白。

吹哨、集合、行礼如仪、营连排长分别训话，布置一天的工作，然后开早餐。我捧了一钵饭菜，蹲在地头边大口大口地吃起来。这时，依然谐趣十足的易征也捧了饭菜过来，神秘地用筷子头指指近处一间竹篱草顶的独立小屋（后来改为住人的"牛棚"），小声告诉我：

"昨晚'走'了一个！就停在那里。"

我心头猛然一沉："谁？"

"社科院还是党校，不清楚，只晓得老了，又有病……"

我心想：不是说"除老弱病残者外"么？但马上又想起出发时就感到队伍里老弱不少，已起过一丝不得其解的疑问，现在这疑问立刻化为一个大大的问号，悬在眼前晃荡。

伐木丁丁

马房、良田和团部所在地居于丘陵地带，间有一些平原。马房本身，就是几座丘陵夹着两条峡谷，树木稀缺，只有遍地疯长的"日本草"。据说这草从日本传来，是极好的马料。然而现时需要的是建营房的木料，马槽太挤了，实在不够用。于是上山伐木的大行动开始。

那山，看起来似乎没有多远，可是走起来几乎花去半天时间才能到得半山，还没进入稍远处的原始森林。那天北风紧吹，人们汗流浃背，到了伐木点，斧头、锯子、砍刀各显神通，匆匆放倒一批叫不出名目的杂树，去枝，小的整条的分段，托上肩头就下山往回赶。一路上，有的健步如飞，有的紧追慢赶，有的肩头痛得龇牙咧嘴，只好走走停停，百十号人的队伍拉了几里路长。这时候，有过劳作体验的工农干部和体验不多的知识分子，的确显出了差异。

我和画画的区记、书店的老谢、社科院的阿黄、社木工老杨走在一起，只有老杨从容淡定，托起七八十斤的马仔木（做木工凳用的半边粗圆木），走得沉稳迅疾却不匆忙，我们几个可就趔趔趄趄，其相不雅了。不过紧挨慢挨，终于还是周身热烘烘地把轻重不等的木料托回马房，那时天已大黑，北风更紧了。

等到吃饭、洗澡、回马槽睡觉时，才发现还有几个人没有回来，不知是不是在山里迷失方向，天黑找不着路了？

"谁跟我去把他们找回来？"老王抓起电筒就往外跑，一时应者如潮，后经连长和指导员商定，由老王带四个身强力壮的去担此重任，带上全部装备，立马上山。

粤北的风，呜呜吹到后半夜天快亮时才稍稍减弱，老王他们疲惫不堪地失望而归。他们万万想不到，失踪者已经比他们早个把钟头回到马房。他们在路上竟错过了碰头，此刻孩子般地欢呼起来，暂时忘却一切的忧愁烦恼。

双木模

当"逍遥派"的时候，除偷偷折开封存在床底下的"禁书"来看，还买了些木工工具和社纸仓处理的包装木板，自己摸索着做点粗糙的家具自用。总得有谋生的一技之长，单是为了两个还是小学生和初中生的孩子，后来越干越觉得比"阶级斗争"有味得多。到干校迁去了户口，也带上了工具，打算一辈子乐此不疲的了。不料竟获吸收入连队的"工业班"，这工业班后来发展到既有木作，又有铁作，还兼电工，甚至发展到仿制插秧机，甚至自制电动花生脱粒吹选机——我因自己居然按民用风谷车的原理，设计了这部牛高马大的木构为主的机器，又在工业班各组协力之下制作、装配并试机成功，心里暗暗惊讶不已。

可眼前，还只能干点修理锄头泥铲之类的零活。上山伐木后，全校各营连都在忙着打泥砖，准备自建营房，我们就配合制作泥砖木模，有时也带了木模到现场亲身试试打砖效果，以求改进。

那天马房打砖工地真热闹，挑泥的、和泥的、运水运泥的，来来往往，疾步如风。另一边，一字儿排开比试着干的打砖人最为壮观，天虽冷，一个个仍然赤膊上阵，还直冒汗。他们跨开马步，把运来的稠泥双手捧起，往木模里一摔，用拳头把泥压匀、再侧着手掌抹平，提起木模，地上便是一块湿泥砖；然后在旁边放下木模，淋点水润滑，再依法炮制，瞬间又是一块。一个上午干下来，点点数，岑桑打得最多，连里的油印小报马上报道表扬，大喇叭里也直呼喊，夹在阶级斗争的口号声中，热烈里杂着些惊心动魄。

我和岑桑商量，搞个双木模，即一次打两块砖，好不好？他把手一挥：“干！”

我用一个中午做好双木模，岑桑下午就用上了，吸引了好多惊讶的目光。只见岑桑那运动员般结实宽阔的肩膀不停地晃动，运泥的一担接一担几乎供不上，四围一片“加油！”“加油！”的呼喊，催得他成身汗水泥水分不清，一张露着沉醉其中的笑意的大花脸，仿佛扫去了多日的忧郁。

收工点算，功效增加一倍以上。我想岑桑这个晚餐，没有四五两饭以上，恐怕是不会饱肚的。

批判秦牧声中

劳动固然紧张，“斗批改”也没有停过。那天在马房门口休息，大喇叭哇啦哇啦，起劲儿地重复着令人神经近乎麻木的老调，除开某些有实质性内容如谁谁又被江青、梁效点了名之类，公式化的大量水分是没人认真注意的，因为"你不说我好像还清楚，你越说我反而越糊涂"。正在这么胡思乱想的时候，易征提着把阔嘴锄趿着双破胶鞋走来，神秘兮兮地对我说：

"团部布置下来了，要批判秦牧！"

这倒也是意料中事。"文革"序幕一拉开，秦牧已被批得一塌糊涂，连"艺海响尾蛇"之类的雅号都给他强扣在头上了，这回他随报社下干校，自然是个引人注目的大目标，批判只不过迟早的事。我默然了，心想：接下来又会四面开花，批各种各样的"小秦牧"，大凡爱提笔写点东西的怕又要遭罪了。我忽地想到，易征不是被驻军团部借去搞展览会的文字工作去了么——

"怎么又回连队了？"我问。

"大概是大批判的需要吧？"

"连部布置你批？"

他苦笑着："叫准备。"

"你怎么准备？"

他摇摇头："我倒宁愿揸锄头批地球。"

时间一天天过去，批判秦牧的事刮了一阵风，又没了消息，不晓得葫芦里卖的什么药。

有天休息，阳光暖和。我们除了修补洗刷之外，大都会走去只有半条破街的黄陂墟，买点炒花生，或吃碗肉粉之类又回马房。那天我在墟上买了两斤炒花生，边剥边吃往墟外走，忽地看见身形瘦了不止一圈的秦牧，站在墟场一角人家屋檐下，肩挂旧挎包，手里拿着顶泥花点点的破草帽，一脸茫然地看着檐外的天空。叫人想起鲁迅先生当年的自况："破帽遮颜过闹市，漏船载酒泛中流。"令人不禁为之唏嘘。

然而，天空中白云悠悠，无忧无虑地自由飘浮着，叫人十分神往。

我想起还是易征告诉我的秦牧写给在花坪干校的爱人紫风的诗,可惜现时只记得其中的一句:

"青天日夜走二丸。"

当时我却不会想秦牧写寄爱人的诗怎么会传到易征那儿,又传到我身边的奇妙原因,那年月可没有什么"隐私权"一说的。

全校大批秦牧的事,终于没有了下文,新的大运动套小运动又如滚雪球般地轰然而至……

没有关系

有天,社里派了一位"大员"到马房来看我们。"出版社还在关心着我们呢。"心头不禁一热。于是,原出版社的"五七战士"们列队恭候大员训示。

这位"钦差大臣"倒也并不陌生,虽然也并不熟知,但有一个极其令人难忘的印象:他手持的"宝像语录忠字牌"是全社最大的,当然也"最忠最忠最忠",这是不容置疑的了。此刻他手上无牌——谁也不能整天举着"忠字牌"干活——往队列前一站,严肃中露出一点笑意,照例朗读"最高指示"后,就从国际形势讲到社内形势。他的讲话不是知识分子那种引经据典的长篇大论,另有自己的特色。例如"什么帝修反、国际阶级敌人,他妈的统统炒蛋一碟!也该给他们来个斗批改,叫他尝尝无产阶级中国人的铁拳头!"之类,显得自我感觉良好。

终于讲到社里的一片大好形势,"不是小好"!然后接触到实质的一笔:

"你们在干校辛苦了!往后还要认真辛苦地'广阔天地炼红心'。你们的户口转来了,粮油关系、什么关系都转来了。现在出版社也不叫出版社了,叫'毛主席著作出版办公室',专出毛主席的伟大著作，不出那些封资修的东西。你们跟出版社已经没有关系了!"

此语一出，"五七战士"们面面相觑，觉得像给赶出家门的飘零子弟，一时之间，心头像压上块沉重的铅，不知如何是好。

请容许我此刻意识流一下，跳到干校后期，听听省里来的一位大员在全校大会上的训示，可谓前后呼应，异曲同工。

"……同志们，就要有这样的决心：生活在干校，学习在干校，劳动在干校，斗争在干校，锻炼在干校，将来死在干校，埋在干校!"

是的，早就"没有关系"了嘛。

不过夜

那时的"两报一刊"社论，可说是重要中的重要，因为里头常常有"最高指示"的"最新指示"，必须组织学习、传达"不过夜"，即不能等到第二天，确然，"急急如律令"。

干校僻处粤北山区，报纸最快也得隔天到，有时三几天团部无车来回，就只好三几天以后再看。那时信息传递主要靠广播，高音喇叭一叫今晚几时收听中央台广播两报一刊社论，传达最新指示，各连到时迅速到位，济济一堂，围着檐下的大喇叭，或桌上的收音机，静静地恭候、恭听。听完马上分组讨论，讨论毕又一层层地向上汇报，有些聪明人便能从中找出"阶级斗争新动向"来，"战士"和"牛鬼"们岂能不小心谨慎如履薄冰般地"学习"如仪。

李士非有台新买的收音机，曾引起军宣队和工宣队的注意，但始终未发现"收听敌台反动广播"之类的事实，只好猜疑一通之后不了了之。这收音机后来我常借来公用，即在听完中央台广播之后，我被分配到一项"不过夜"的任务：一个人找个安静地方，接着收听中央台的重播，要求一字不错地记录下来，马上交另一位打字员复印多份，发到全连，人手一纸。而这一切，要求当晚完成。其情形有如开水烫脚，弄得头晕脑涨，彻夜不眠，生怕出错，变成"动向"就更难说清了。

要是社论里或其他文章里有"最新指示"，哪怕随意说的三几句话，这晚上连里可就热闹了——立刻锣鼓喧天，红旗招展，兵分数路，给附近的贫下中农送去"最新指示"，而且无论"翻风落水"，绝"不过夜"。

有晚深夜，北风卷起黄尘，吹得呜呜直叫。粤北山区的大静谧中，我们的锣鼓显得低沉无力，我们的红旗在风中啪啪乱响，电筒光和马灯光在大夜之中恍如萤火，简直微不足道，队伍也显得踉跄凌乱。当我们高一脚低一脚地抵达破败不堪的村屋，拍了一家贫下中农的门，门里好久没有动静。于是一阵锣鼓猛敲，那门才惶惶地打开了，出来一位睡眼惺忪的干瘦贫农，茫然地望着这些大声念着"最新指示"的五七战士，不知所措地待在寒风之中……

后来大约觉得这并非宣传最高指示的最佳办法，就不再半夜三更把贫下中农从被窝里拖出来恭听指示了。——那样的时候，他哪里听得进去？他那一晚真是"不过夜"了。

而我们，依然在那儿"不过夜"。

一九九九年三月二十七日

情感无价

　　在校学生参加一些社会实践，有条件的甚至课余创业，体现了学以致用的精神，对他们将来投身社会，大有益处。

　　但山东财经学院季琳旺同学之开办"感情发泄服务公司"，其探索精神虽好，却以为此乃"市场前景广阔"的"朝阳产业""全新的经营理念"，恐怕是搞错了方向。读读《郁达夫文集》，可知早在二十世纪初，国外已经有了提供房间，供人情感不快时狂呼乱叫，任意摔砸物件，而后付费的商店；至于代人求爱，我们街头巷尾那些"代客书写文书信件"的摊档，虽不那么明显那么现代化，其实是在部分地做着此等营生的。

　　然而，季同学确实有些可爱之处。他愿促使有情人终成眷属，避免同床异梦的爱情悲剧，提供宣泄服务以减少不得宣泄引出的社会问题，立意高洁。其二他还保留青年学子的淳朴，未受到某些市侩习气的熏陶，所以收费"平到你笑"——求爱断爱每次二元，宣泄五元。换了个人精，不斩到你一颈血就怪了。

　　先前我们把市场经济视为洪水猛兽，固不足取；现在有些眼光把什么都市场化，恐也会碰上南墙。人世间许多东西都可以买卖，列出价码。唯有精神世界里的东西——尤其是感情，那是不能买卖的。因为情感无价，能买卖的非真感情。

手机不再"大哥大"

车过小街，猛然瞥见一条店招：精工修理大哥大BP机。忽然想到，似乎好久不见先前那种"大哥大"不绝于耳的情景了，人们已在不知不觉中用平实的"手机"代替了那个有点不可一世的豪称。

当年此物初登大陆、风行内地之时，有人手持一部重约半斤的大家伙招摇过市，于众多欣羡的目光中面露洋洋得意之色，有的且特喜欢当众拨号大喊大叫，以满足其摆谱的心理需要。资深报人效贤兄曾对我笑谈："海外老板随身是一般不带这种东西的，伙计才随身携带，以备老板随时传唤。"姑妄言之，刺其浮躁耳。

然而，此间好些人喜欢称王称霸称大，确实也由来久矣。种花好手叫花王，养鱼高人称鱼王，空调有凉霸，电视唤视霸，洗衣粉名洁霸，豪富有船王，歌星数天王，连乞丐界也产生过丐王，腊味甚至皇上皇……群体无意识沾着些历史积淀，不过自豪自得而已，倒不是真的要去当皇帝做山大王。

卢梭说："人生而自由，却又无往不在枷锁之中。"某些历史积淀便是这样的"枷锁"。随着经济的增长，社会的发展，手机不再是"大哥大"，也就群体无意识地脱出"枷锁"，正是社会进步的一种体现——虽说事属"湿湿"之碎。

没带走的云彩

——易征作品编后

　　易征大去，正如诗人徐志摩当年《再别康桥》所言："我挥一挥衣袖，不带走一片云彩。"

　　我和士非用了好些个寂静无人的深夜，在灯下编纂完成了他的三部遗作——《诗的人生》《美的通行证》《花尾渡》。

　　三部著作的云彩在灯下再次送来他的潇洒、机智、幽默和不时闪光的才华。还是那个举止豪放且有点大大咧咧的易征，还是那个热情好客无论高官显宦、士农工商、警员舟客、司机保姆、将军战士、幼童老妪，他都和人家很快谈得拢，谈得投契的易征；还是那个忽然打来电话，不由分说地呼唤"快来老邝，有湖南腊肉！"的易征，还是那个不高兴我向他催还木锯钢钳，把东西往地上一摔，拂袖而去，第二天又在楼下大叫大喊，真诚地力邀我去郊游的易征……读着编着这些从五十年代到九十年代的文字，青年易征，中年易征到进入花甲之年的易征，时不时从字里行间浮现出来，有时简直就是跳了出来，呼吸、喝茶、抽烟、开玩笑，谈那永远趣味盎然且谈不完的话，甚至争得面红耳赤，忽然又一同哼唱端木蕻良的"那一天，敌人打到了我的家乡……"或是徐志摩的"我是天上的一片云，偶尔投影在你的波心……"往事如烟，或往事并不如烟，似乎都有些道理，要看你以什么心

385

境对她。心境如筛，筛去者如烟之迷蒙，筛余者如雾散峰出，别有丰姿。

五十年代末，我随岑桑、伟轩、曾金城由广州文化出版社并入广东人民出版社，和你、士非老沙诸君相识。文艺编辑室仍在财厅前文化社原址，窄小阴暗，却不乏欢声笑语。你那时不过二十出头，简直还像个孩子，却才华横溢，妙语如珠。当知道你的少年时代是在我的家乡重庆度过，和你谈起你的父亲易君左先生，带你到赖家桥政治部三厅，拜访郭沫若等文艺界友人时，谈起你在小龙坎、七星岗等地热心为抗战募捐，爬货车才能回家时，亲切之感油然而生，因为那时我也是个由高小步入初中，同样热衷于抗日的学生，彼此同在一个城市，有着同样的思想感情，却竟然很可能相见不相识，觉得生活真有些奇妙。

那时，正是"反右""大跃进"刚过不久，经济困难的后果逐渐显露，我常和你结伴外出，或因工作，或只参加年轻人才会感兴趣的活动。总而言之，回社时常常错过开饭时间。我们便以旧报纸代柴薪炒其冷饭，加点葱花，有时能打个鸡蛋便算上等佳肴了，两个人吃得又香又甜，至今思及我烧报纸你掌勺的情景，仍有温馨之感。

跨入六十年代，困难终于结结实实地来到面前。我们出差时都有各自定的任务，即设法给妻儿买点食品回家，缓解清汤寡水缺乏营养的生活。半斤花生、几个木瓜、一袋鱼仔干，如能买到几个鱼肉罐头，更是喜出望外。常常是杯水车薪，难解大小几张嘴的饥渴。有次我在光孝路你那狭小到只能容一床一桌的宿舍里，看见从天花正中吊下一只油光水滑的腊鸭，无论从哪个角度，一进门便能看见它，还能隐隐闻到腊香味。在那时，这可算是家中一宝，街市上早已多时难见到踪影。记得你笑着告诉我，是一位湖南老乡送的，还请我尝了一点，佐膳几餐，前后在你天花吊了总有两三个月吧，才告香消鸭殒。

386

一九六二年全国话剧歌剧创作会议在广州越秀宾馆召开，我和伟轩奉命前去大会工作，听了陈毅老总长达四个钟头为知识分子"脱帽加冕"，鼓励文艺工作者尽情展露才华放手创作的报告，我作为报告的记录整理者，感到春天似乎又要到来了。你那时下到中山圣狮大队，协助当地作者余松岩、龙奇创作纪实文学《圣狮风雷》。会后我曾和你去到圣狮，在一座碉堡里住宿、改稿，和余、龙二位商谈修改事宜，你有不少好的主意，又吸取熟悉当地生活的余、龙二位的意见，常手痒痒地自己动手加工，确有好些精彩的篇章、动人的细节令人叫绝。我对你在工作中显露的才华和智慧，佩服而且欣羡。

那时，你还写了不少大块头诗论、文论，贺敬之、郭小川、黄声孝、张永枚、邹荻帆、李六如、李劼人等等都进入你宽阔的视野；同时还写出了《花尾渡》《月是故乡明》等散文和不少短文论短诗论，真有喷薄而出之感。除了编务干得出色之外，你还拉着我一块儿热心地参加集体报告诗的创作，积极参与的还有野曼、柯原、士非、陈忠干，其间还有许诺、岑桑、关振东、梵杨、西中扬、欧阳翎、沈仁康、谭日超等人。后来结集为八十年代初上海文艺出版社出版的《南国诗情》。我想，这一时期正是你的一次创作高潮，打倒"四人帮"后，你还曾有过一次创作高潮，可惜后来你去创办《现代人报》，十载心血，惨淡经营，虽间有动笔，终于零星落索，如李汝伦诗所言，"未尽才"而去！

在阶级斗争忽冷忽热之间生活、工作、创作，那滋味确也"别有一番"。正如一位哲人所言，仿佛"在盐水里泡三回，在血水里煮三回，在烈火里炼三回"，便是大师级作家如曹禺，也因失去了创作个性而找不着艺术生命的感觉，何况你我之辈。想想后来的"路线教育""四清运动"直到文化大革命，其间又穿插以"反右倾""批资批修""开展四大""大串联""横扫""清理阶级队伍""五七指示""大批判""清查五一六""两退一查""批陈整风""批林整风""读红楼批水浒"……直叫人晕头转向，啼笑两非。我们的青春和所谓成熟之年，就在这轰轰烈烈、沸沸扬扬，或是凄凄惨惨戚戚之中悄然远去。幸而还有个改革开放，挽救了所余有限的活力，你才在十年办报中如蜡炬将熄之前的一展辉煌，然后遽尔寂然。

报纸停办后，你成了闲云野鹤，莳花、喂鸟、打打麻将、练大字和学画水墨画，曾兴味盎然地拉我参观你养在洗手间的一只小乌龟，介绍它那施施然的绅士风度和在洗面台下一待几个钟头不动的耐性。你果真忘情世事了么？不，我看你如伏枥老骥，身在草野而神驰万里。

这段时间，你反而写下《但得夕阳无限好》《多伦多来客》《天河小蓬莱》《鳖的幽默》《徜徉小鸟天堂》诸篇，依然宝刀未老。而且，你还有过几个创业的开端，也曾热心地邀我参与商谈，与谈诸君都希望你能重展宏图，为改革开放再做贡献，且准备还一如既往地助你一臂。但不知何故，一次次都闻水响却不见鱼出，终于不了了之。

我觉得，你虽然依旧谈笑风生、客来客往、大大咧咧、兴趣广泛，而内心的寂寞之感却时有流露，带着几分无奈。

我知道你还有一些很好的计划，你想重新办一个理想的别开生面的刊物；你想在书法和水墨画方面闯出一条自己的路；你想编一本确确实实让人过目难忘的诗选，甚至连书名都写出来且也选好一些诗了；你想多到各地跑跑，再写一些沸腾着生活之波的散文；你还想认真写出若干摆脱教条主义之后的新鲜活泼的诗论文论；你甚至有兴趣推广一种效用奇妙的花肥（曾经送过我两小包），想在办实业方面有所作为；你还跟我说过，想和我结伴去一趟重庆，重访你少年时代的弦歌之地……

其实，你是一个闲不住的人。

然而，所有这些美好的计划，都因病情的逐渐加重，最后带你远游不归而随你入于无何有之乡。但愿人在大去之后确有一个"来世"，当我们有朝一日在"来世"相逢之时，我头一件要做的，倒还不是忙着商量你的那些计划如何——落实。在这之前，我得先买两条最好的香烟给你，看你抽得有滋有味，以补偿我在你大去之前的十来天，在病床前残忍地没收了你所有的香烟，换给你小提琴协奏曲《梁祝》、瞎子阿炳的《二泉映月》和如诗似画的《春江花月夜》音带，期望她们能把你从失眠的痛苦中拯救出来，至少能获得若干脑神经的平静。

然而，很快我就明白我又干了蠢事，怎能那么忍心地把你人生旅途最后一点乐趣都剥夺而去？

现在，你没带走的云彩，有一片已由有情的广东教育出版社捧到读者面前，让我代你向所有牵云看云的人们说一声：谢谢。

二〇〇〇年一月十八日

世纪之交的倾听

　　世纪末本来是指十九世纪末叶的欧洲社会，后来也用来泛指一个社会的没落阶段。于是，便有了世纪末现象、世纪末情绪之类的颓废、伤感、失落等自己吓唬自己的物象，叫人莫名其妙地悲观起来。其实，"冬天如果来到，春天还会远吗"？新世纪的曙光，不就正接踵而来么？二十世纪的六十年代，我们从解放翻身的大喜一步步跌落"文革"的大悲之境，几乎把老本折腾个精光，倒真有点世纪末的味道。幸而到了接近世纪末的八九十年代，反而在改革开放的步步深化之中，抖落尘土，抹去血痕，精神焕发地重新站立起来。"众里寻他千百度，蓦然回首，那人却在灯火阑珊处。"虽然影影绰绰，毕竟真实地站在那儿。希望在前，在这世纪之交的时刻，我们可以从人们的声音里，听见新世纪的脚步，感知那微茫的曙光——让我摘取几缕，奉献在读者之前：

　　马克思和恩格斯写于二十世纪中叶的《共产党宣言》，曾经预期在阶级和阶级对立消失之后的社会状态，"将是这样一个联合体，在那里，每个人的自由发展是一切人的自由发展的条件"。我们从"每个人的自由发展"的逐步显露，不正可感知"条件"正在积累，那一天终会到来么？虽然还不明确那一天具体是个什么模样。

日本 NKK（日本钢管公司）、三菱重工年销售额分别为一百六十亿和二百七十亿美元，但他们的常务董事长使用再生纸名片，大楼宾主会谈时空调温度规定为二十八摄氏度。我们不是提出过"能挣会花"么？却有点忽视了这"会花"的另一重含义，即花在不断积累、增加产出，然后才能有更其可靠和充裕的"会花"。"能挣"之后，包二奶、轮盘赌之类能算"会花"么？心血来潮不做科学预测的投入，美其名曰"交学费"能算"会花"么？人家的行动语言对于我们是应该有所启迪的。

经济学家余光远说："我国十年'文革'这段历史总的来说是不应该使它淡化的，它对中国人的教育意义实在是太深刻了……不要忘记过去，忘记过去就不能把握未来。"当然不是我们去纠缠历史旧账，而是深刻吸取教训，避免覆辙重蹈，或变相地重蹈。未来生长于过去的土壤，"把握"的意义正在于此。

写出《心灵史》的张承志和写出《九月寓言》的张炜，不约而同地呼唤精神之升华，难得的是在物欲高涨之际大声疾呼。虽被"侃"派大师讥为"虚伪"，仍然空谷足音，可以振聋发聩。以自己之虚视人为虚，以自己之伪责人为伪，愈显其被那声音击中要害，感到痛了——当然，麻木不仁者不计。

精神是一种境界，绝不能因物质之丰富而降低。

最后，让我们回到物质世界的现实中来，听听百年前恩格斯的告诫："我们不要过分陶醉我们人类对自然界的胜利。对于每一次这样的胜利，自然界都对我们进行报复。"芬兰每年培育的新生树木，要比砍伐的多出四分之一，所以他们的造纸工业依然是支柱产业。而我国在高峰期，砍伐的量大于生长的一至三倍，后果如何，可谓苦不堪言，因而也开始有些醒悟了，就看二十一世纪我们怎么办？新世纪的曙光在前，听听这些声音，可以清心，可以醒脑，可以无畏于道路的曲折蜿蜒。

读洪斯文的"平民文学"

　　洪斯文兄兴冲冲地捧了他的书稿《洪斯文图文选》给我看,希望我对书稿的文选部分谈点意见,真挚而且热诚。和斯文兄共事多年,他的勤奋非同一般,他对生活的执着,对人民尤其是普通劳动者的感情也非同一般。我曾在"五七干校"的马槽房里,目睹了那无异于卖身契的一纸合同,那是他在上海解放前做少年画徒时和画店老板签订的苛刻至极的"协议"。当他把那发黄的纸头从层层包装中取出给我看时,他的手微微颤抖,声音低沉喑哑,眼里噙着盈盈泪花,内心极不平静。当年的连环画徒,作品给老板拿去赚钱,自己只得难以御寒果腹的两餐一宿,还要"生死听天由命",令人想起夏衍笔下的《包身工》。血泪生涯、少年情怀,你说那努力那感情是一般抑或非同一般?因此,我在他数十年后的今天结集的文字里,感受到一种倾注整个生命的历史的重量,正是极其自然的事。

　　不必在他的文字里寻求典雅、雕琢和精致的藻饰,那不属于洪斯文的艺术世界。他的艺术世界有岩岸的粗粝,无庙堂之辉煌;有小草遍地的青葱,无"笙歌归院落,灯火下楼台"的富贵;有对普通人浓浓而又脉脉的深情,无华厦盛筵间的繁文缛节矫揉造作。这就是我对这些文字的总体印象。

　　他多年从事连环画创作,在历史人物连环画方面取得过可喜的成绩，《洪宣娇坚守金鸡岭》和《海瑞》等作品颇获好评。"文革"后他在改革开放的大潮中开创并主持《周末》画报，更是一纸风行，曾创下令人瞩目的辉煌纪录。而集里的文字，便是在创作和编务之间的"合为时而作"的产物，也是一段史实的朴实写照，一朵朵生活之波里激起的跳耀浪花。我们读史，感到世事波谲云诡；我们读辞赋，感到荡气回肠；我们读《清明上河图》，感到近千年前宋代京城的沸腾生活依旧跃然纸（绢）上。现在我读《洪斯文图文集》，觉得他较多地继承了《清明上河图》那种现实主义的传统精神，反映了二十世纪中国尤其是南方社会，那沸腾翻卷的改革开放的生活之波，虽说浓淡有别、粗幼不一，但一脉相承而且痴心不改。《写给大家的中国美术史》（北京三联版）的作者写道："所谓传统，就是活着的文化，不但活着，而且不能只活在学者专家身上，必须活在众人百姓之中。"斯文兄以蘸满感情的文字画下的当代生活，即便不登大雅之堂，相信仍能令人留下难忘的印象而"活在众人百姓之中"。

这是因为：

他醉心地深入并反映"众人百姓"的生活。他的文字，一多半是因工作的需要而写；难的是，同时也是因他自己对众人百姓的感情需要而写。《周末》画报能以一百七十九万份的额度撒向中华大地，以其"图文并茂，生动活泼，老少咸宜，寓思想教育于知识性、趣味性之中"的办刊原则，受到读者自掏腰包热烈购读的肯定，不为无因。他是画家，却贯彻办刊宗旨而写出了"平民文学"——自然和高贵典雅或是"云深不知处"的庙堂文学大异其趣。他的《画扎》，虽似不登大雅，却替平民百姓喜闻乐见的连环画摇旗呐喊，为初登画坛尚寂寂无闻但展示了人民真实生活的青年画家呼吁介绍，笔触还涉及工艺美术、水彩画、年画，甚至摄影，视野是相当开阔的。读他的《访谈》，就可见我何以在前文要用"醉心地深入"来状其"反映众人百姓的生活"

的原因。他办的虽是画报，却以图文两手抓，且不拘一格的胸怀操作，《访谈》正是色彩斑斓，散发着改革开放之波澜的成果之一。

他不仅访谈画家苏家五姐弟、广西画童韦璐、广东法制画报、书法神童江筱西、香港才女张玛丽莉，述评广东连环画和香港连环画的发展情况……这些和美术直接相关的事物，而情之所至，他关注及于社会生活和群众生活的诸多层面；从紫金号列车上的美好新事"七三一七"，到广州汪家的礼貌大使；从珠江隧道工程，到昆明国际花卉展；从从化经济技术开发公司，到亚运前夕的北京；从东纵司令曾生，到少林寺的海灯法师；从羊城交通广播电台开播，到"魔水"之乡三水的醒狮出国；从古城苏州，到文化公园的"汉城"；从广东文物鉴藏家的特立独行，到僧尼生活的新鲜气息……为他所能接触到的大千世界，他都有一种要去探索、去了解、去体验，从而新鲜热辣地介绍给《周末》的广大读者，有时甚至有点可贵的迫不及待的热情。

他说他"走到哪里写到哪里"，"我写是一种兴趣，一种冲动"，我理解这"冲动"正是对沸腾生活的激情。有次出差南京，归来时因气候变化误了班机，改搭"全封闭空调双层列车"紫金号，上车后对这国产的新型列车产生了浓厚的兴趣，立即自己给自己增加一项任务：立即采访列车员、列车长，从而了解到该车创下的新型管理经验（简称"七三一七"），并以文字配以图片介绍给《周末》的读者。他在嵩山少林寺直闯"游人止步"的方丈室，从而把海灯法师及其弟子们对习武者的忠告带给读者，那要点是——不必来少林寺投师学艺，在当地一样可以进行体育锻炼，为国争光。

无论写什么，你可以感受到，他始终注意着健康的导向。这和某些小报之以各种"乌里单刀"（乱七八糟）的东西去迎合某些人的低级趣味大异其趣。

斯文兄说"我没读过新闻系",努力去看、写固然是"工作的需要",同时也是自己"去偷师、去深思问题",启发自己"怎样对待人生、对待工作"从而"去拼搏、去提高"的需要。果然,他在后来为北京《连环画报》所写的关于青年画家卢延光的成长历程的艺术分析时,就显然比过去有所提高。他曾谦逊地说:"有些文章现炒现卖,写得不深,水平自己也不满意,逼得我努力去提高写好一些。"为此,当他写到香港钢笔画家的时候,特地去研究印象派大师莫奈等人的作品和相关资料,从而获得更多的知识。眼界开阔,自然就有了更上层楼的理解和思考。由此可见,写"平民文学",为众人百姓服务,是可以并不拒绝任何有益借鉴的。

斯文兄的努力是有成绩的,自我观照也是冷静求实的,尤其难能可贵的是,那种为众人百姓而画、而写、而奔波劳作的激情、历久不衰的精神,于后来者当大有启迪。

祝愿斯文兄在新世纪里取得新的成果。

二○○○年四月二十四日

铁马冰河入梦来

　　唯物辩证法的含义，一时半会恐怕不容易就说得清楚。对它固不可偏执地理解，也不宜仰之弥高而退避三舍，弄得有如"不懂希腊文而酷爱希腊文学，宝藏着一本原文的《荷马史诗》，玩弄古董也似的摩挲鉴赏"的意大利大诗人贝德拉克（钱钟书《谈中国诗》），做了一个并不打算实际运用的看客。

　　诗我们可以不读，科学的辩证逻辑却无可避逃地围绕着我们运作不息，你躲得开吗？比如说你想静心养老，远离尘嚣，而楼下信箱却被人塞满垃圾广告，有的甚至贴到你房门口的电表玻璃上，且撕之难尽；至于拍门进屋的各种推销，"热情"得让人感到似乎满世界的大小老板们，都在为你那点离退休金服务。那么，托儿孙之福，或别的什么福，躲到山清水秀的"五星级的家"之类的花园别墅去，似乎可以"心如明镜台"，身不惹尘埃了吧？然而又有新的矛盾新的问题随之而来，我们曾见因两老的医疗关系而空置的五星别墅，仍近尘嚣以就老病之便。同事老郑，去美探亲半年，三个月便舍加州阳光、草地、花园洋房和丰富的物质生活而归，说是没人谈话，寂寞难耐。

　　人就是这样，不管你意识到了没有，总是循辩证逻辑而生活。太热固然不行，太冷似也并不好过；不服从商品经济、市场规律我们有过惨痛的教训；弄到唯钱是瞻，怕也是并非人民之福；离退休当然主要是退，但也有或一意义的进……

都退下来了，还"进"些什么？——有人会问。诚然，这"进"和那"进"有些不同。不能理解为依然去当官行政或主管业务谓之"进"，但"进"的心态却不可因自然规律的制衡而全然消失。四川有个"天府肉鸭钓鱼队"，属四川农大老协，现有队员六十二。他们志在钓鱼消闲，从未打出过科技支农的招牌，但他们钓到哪里去，就被哪里的农民热烈地咨询，他们也就尽其所知所能给以帮助。这就是一种顺理成章颇有意义的进。然则，单是打门球、莳花草、逛公园、遛禽鸟、抱孙子等就不进了么？我以为，仅从锻炼好身体，或为后辈分担一点家务来看，当然是一种力所能及的进，因为那中间包含了进的心态。

人的能力有异、志趣各别、环境不同，岂可一概而论。退享晚年是社会对老人劳作一生的酬报，老人们有余热可鼓，当然其志可嘉，其行可勉，但切不可妨害健康，毕竟岁月不饶人，五十肩无法挑百斤担，要紧的是退而有进的心态，或好精神。古人云："哀莫大于心死。"我想，这也许便是关于进退的辩证逻辑的另一面。别的不说，这一面于眼前的健康就大为不利。

自然，有的老人并不满足于单有个好的心态或精神，他们关心世事、针砭时弊、臧否人物，尤其是反腐倡廉，更心急如焚，有时竟奋不顾身，坐言起行，希望曾经满布华夏大地的清廉之风重振。这精神固然可圈可点，但必须有相当的思想准备，有时还得做出某种牺牲。盖此一时也，彼一时也，现而今的有些地方有的部门，正如邵燕祥《说清算》一文所深刻指出的："一个单位几本账，这是公开的秘密。谁揭发谁倒霉。"即便"随梆唱影者众，并不都是坏人"，"若是腐败势力占了主导地位，谁不同流合污，就受排挤，起来斗争则几乎必受打击以至名誉侵权、人身伤害"。第 X 把手买凶杀害 Y 把手的事，不也不止一次地发生过么？被人喷一身污水，形象绝无被绳之以法的贪官污吏"光辉"，就更是小菜一碟。百多年前挪威剧作家易卜生笔下的改革者斯多克芒医生，竟成了"人民公敌"后，依然无怨无悔地孤军奋战的故事，今天在一些地方改编重演仍旧有些面熟，不同的是，从大范围看，"人民公敌"并非孤军而已。

　　退而思进，可以有不同形式不同层次且因人而异，不必过高要求。但思进的精神和辩证的态度，则是不可或易的。"夜阑卧听风吹雨，铁马冰河入梦来"，也许可以把老人们不肯消逝的梦，看成是一种鼓其余勇的精神营养吧？

二○○○年十二月五日

路漫漫，情绵绵

真理是时间的女儿。

不是权威的女儿。

——欧阳山尊

中国新兴话剧运动的开创者之一——欧阳予倩，有一个继承父业的好儿子，后来成长为北京人艺院长、导演的欧阳山尊。他在经历了"反右倾批判"和"文革"的长期磨难，终于获得平反之后，深有感触地写下上引的两句感言，读后让人记起宋朝曾公亮的《宿甘露僧舍》："枕中云气千峰近，床底松声万壑哀。要看银山拍天浪，开窗放入大江来。"两者的境界魂魄相依，耐人寻味。君不见，先前的某些"权威"扛着"真理"的大旗，今天"批判"这个，明天"批判"那个，自觉"真理"在握，定享万古千秋的香火供奉，却终于经不起时间的检验，那气势汹汹的闹闹嚷嚷，不过"枕中云气""床底松声"，当人们"开窗放入大江来"之时，终被"银山拍天浪"冲刷而去。"权威"肩上的大旗也者，不过是一袭斑斓的虎皮，掩盖着很不斑斓的东西而已。于是，欧阳山尊终于悟出：那些拉大旗的"权威"手上并无真理。真理姑娘须得时间的孕育和检验，也就是历史的孕育和检验，方能呱呱坠地，正常成长。

李联海君的《育女日记》，又一次从一个似乎平凡至极的角度，真实地呼应了欧阳山尊的心灵呼唤，引起颇不平凡的共鸣。因此，我把此书所写比作"和谐社会一个美丽的细胞"。之所以"美丽"，因其"和谐"；唯其"和谐"，遂有自然顺势之成长，得似花开果结；虽非名花异卉，而愈见其平实可学。普通农家门前一架欣欣向荣的南瓜花，比之豪门贵宅供奉的价值万金的名兰，自有南瓜花本身的泽彩悦目；名兰固然高贵，却和大众隔着老远的距离，一般大众是并不太想去高攀的。有名言曰："不想当将军的士兵不是好士兵。"诚然，立志高远，可嘉可佩。而我却有些瞎担心：都去挤在那华山一条道上，会不会扰攘之间打斗起来？历史告诉我们，这样的打斗实在数不胜数，而且无情到惨不忍睹。所以我以为：不想当将军的士兵也可以做个好士兵，也可以把士兵的活干得非常出色。而联海君此书的精髓也恰恰在此，曰：可学。只不过不是去当将军，而是普通一兵。

　　三十多年之前，当联海君提笔写此日记之时，并未想将其公之于世，只不过做个生活历程和心灵历程的真实记录，供自己他日重温旧梦，供妻女共念历程艰辛，借鉴些历史经验，增长些前行的勇气和信心。唯其如此，他写时敞开心扉，如实呈现，甚至私密之念，未必"正确"之想，俱保留其真实面貌。所谓原汁原味，恰是日记体的可贵之处。作为母亲的儿子、妻子的丈夫、女儿的父亲，联海君在三十多年的日记中，袒露了极其真诚的关爱之心路历程，看似平凡，却以其撼人心魄的真情，传达出"银山拍天浪"的飞溅水花。不是大波，并非巨浪，却在这几十年风云起伏的历史环境中，这水花迎着逐渐冲开阴霾的阳光，闪烁着晶莹的辉光，自有其动人心魄之处。

　　半个世纪之前和"文革"之后，当我从一个内地的中学生成为飞霜满头的老人，我曾两度读到意大利亚米契斯的《爱的教育》，两度摇动我心，足见那看似平凡至极的真诚的爱的力量，足以跨越时空，飞凌各种形式的战火，投影于人们心波之深处，激起潜移默化的微澜，那样动人地荡漾、荡漾……读联海君墨迹不一、时序漫漫的手稿，心头犹不禁荡起这样的波澜。而今，默默不语的慈祥老人已然步入历史，祝福他在天之灵因儿孙的健康成长而欣慰安息；依然携手前行的老夫老妻安沐晚霞且余热犹温；一对在自己岗位上努力奉献的女儿，有一个较之前辈们理当更其灿烂的将来——平凡而又并不平凡。与联海君共事数十年，亲历了各种酸甜苦辣，读着他的衷心之语、坦诚之情、生活之波、遥遥之路，确有一种"开窗放入大江来"后的欣慰和感慨，沐浴"银山拍天浪"之水花飞溅，涤荡心灵，催人向善，而美，便在这真诚之中花开灿烂。

路漫漫，情绵绵……

二〇〇七年六月六日晨

心历"老照片"

——读《记者的眼睛》

　　原来想早早搁笔过过"山间日月自来去，天际浮云无是非"的养老生活，之后，听取大自然的召唤欣然而去。不料竟读到经历了半个多世纪岁月沧桑的老朋友伉俪的这个结集，把思绪带回"时间隧道"重温一次，未能免俗，有些思潮起伏。本来，起伏就起伏吧，几个来回，让天风抚平，仅余几圈涟漪就罢。但却荡漾不已，有些欲罢不能。盖自己也是那半个多世纪的过来人，集中所写所述所议所感所悟所盼，皆曾有过情景或有小异，感受却大抵类似的情思，因而共鸣、谐振，恍如钟子期听了伯牙的琴韵。当然，春秋战国时的"那些事"，早与我们云天两隔，但二十世纪五十年代前后以来的风云变幻，或热火朝天，或万马齐喑，或血雨腥风，或温情脉脉，及至改革开放，方有了"林断山更续，舟尽江复开"的大有希望的局面。回头一看，能不感慨系之？作者伉俪以艺术形象为我们展示的那些"蹉跎岁月"，过来人当会记忆犹新，便是"新新人类"，于电玩、"酷""爽"之余，在此吃点人间烟火，了解点前人的坎坷来路，吸取点带着血泪的经验教训，让眼界纵横开阔，思路厚重扎实，脚步沉重坚定，确确实实地日新又新，岂不美哉。

　　两位老记者谦称自己的作品为"老照片"，诚然，真实地反映了社会生活的"老照片",自有其动人的明丽光彩,但它还会说话,甚至呐喊。请翻翻终篇那位手持解剖刀的外科主任的梦中天问,惊心动魄之余,能不深长思之,感受到老记者的一腔热血、满腔期盼?艾青诗云:"为什么我的眼里常含泪水,因为我对这土地爱得深沉。"老记者的热血沸腾,便是在某些艺术上仍有不足之处,也搏动着两颗热烈的心的跳动,为改革开放投入了深深的情感和希望,那应是:旧路不再,新景在前。

二○○八年十月二十八日

梦回北碚

先抄一段记事——

二〇一〇年九月十八日，星期日，晴

昨夜居然梦回北碚，不是驱车，亦非徒步，而是踩一快散架的破旧单车（注：广东称自行车为单车），一路张望，一路询问。经过许多简易公路、乡间小道，见路旁多为抗战时期之简陋小店和临街商铺。正在几乎迷路之时，忽然有人指一处所，曰："这就是剧专。"我大出意料，却又觉得合乎情理，阔别半个世纪以上，当然"山不是那座山，房不是那间房"了，心里莫名其妙的有些激动，摸出三星卡片机，照着路人所指，狂拍一气。我想，路人若非六七十岁以上，恐怕是只能回答"不知道"以应的。

正在拍得高兴，忽见泊在路边的破旧单车，竟然不见了踪影，心里着急，担心今夜如何回到重庆。其实我有个五弟忠炽，就在北碚生活工作了好几十年，不知何以梦中竟未想到。好在有个好心的修车之"佬"，看我着急，安慰道："不要紧，我想法子跟你找回来。"不禁大喜称谢，梦遂戛然而止。

醒后有些回味，记之如上。

近期午夜常醒，有梦亦不复记忆，但此梦醒后尚甚清晰，日思夜梦之说我有些不以为然，因我日间确然很少思及剧专，反而是日常家务及所接触之现实人物，常去思及何以呈现当时接触之状况，有些喜恶褒贬，却并不闯入梦中。此问题便是心理专家，恐亦难以解答，其实也无须解答。

今天是二〇一五年三月二十日，距此梦已近五年之遥，却渐渐悟出了一点因由——

我在剧专时间不长，便因少不更事和随校复员南京后的饥寒驱离。但有些事物，却烙印在心，成为哺育我独自成长的滴滴露珠。事情虽如白驹过隙，但有些情景，历数十年之沧桑，甚至巨变，也难免会有些"铁马冰河入梦来"。恒河之沙，小到几乎可以忽略，经历历史大潮反复冲刷，却如恒河之"恒"，并不消失，连狂风暴雨也不能将它刮到别的星球上去。

以下便是几颗沙粒——

进校不久，我们高职科的表演课是由何治安老师辅导。何老师平易近人，辅导极有耐心，指点力求准确到位，尤其对我们这班初入戏门的外行，又是历练极少的年轻人，不因我们的幼稚而稍失耐心，他那不疾不徐的声音，仿佛仍在耳边回响。

有次表演片段，何老师要求我和一位女同学试演久未见面后的拥抱，我因从无拥抱姑娘的经验，弄到面红心跳，动作生硬笨拙，搞到姑娘莫名其妙，全班哄堂大笑。至此，我才体味到表演真是一件极不容易掌握的学问，跳不出自我，进不了角色，入戏更是"门都没有"。

何老师就此作了自我和角色如何转化的问题分析，听得我心服口服，打算按照要求，"平时多做练习"。

章靳以老师那时在北碚嘉陵江对岸的复旦大学任教，常渡江来到剧专授课。他给我们讲授外国文学，语言不疾不徐，和同学们有如共好友西窗剪烛夜语的感觉。先前，曾读过他的散文集《红烛》，此刻，自自然然地便和他的讲课对照起来，可谓一脉相通，我的感觉是：情浓，却相当淡雅，有点如诗似梦。

他面微圆，常被江风吹得有点发红。一袭潇洒的风衣，进了教室便脱了搭在讲桌上。他讲的内容我已不复记忆，但连人带课，都有一种诗意飘忽，令人久久难忘。

章泯老师没有直接给我们授课，但我却心仪他那几种我看不甚懂却十分崇敬的表演理论专著，感到戏剧之深不可测，却升起了愈加强烈地想要了解的愿望。

有次同学们结伴去北碚街面，路过兼善公寓，有同学指着公寓临街的一扇幽窗，说："章泯老师正在写作呢！"

我望去只见一头青丝和前额，伏案的身影的倾斜度，使我想见了他神情的专注和思想的高度集中。

原来一路不知轻重高低的嬉戏笑闹，忽地一齐停止，生怕打扰了他的工作。

"曹禺老师来啦！"

恍如一声洪钟在心头敲响，全班同学连忙拥出课室，来到小操场。小操场早已挤满了老师、同学，满场鸦雀无声，急切而又压抑着自己的兴奋，都想一瞻这位中国戏剧巨匠的风采。

曹禺老师那时已不在学校任教，此刻应邀来此作个讲演的。他人很年轻，大约比我们略长一辈，此刻他站在断垣之前，穿一袭普通"长衫"，微风吹得衣衫飘飘，发丝有点零乱，增添了许多神韵。

他讲话声音不大，仍如平时与人交谈一般，显得温文尔雅、学养有素。我站在人后，被挤得仅可容身，虽然听不真切，却又不便把别人挤到后头，我听到一句半句，却无法连贯融汇，只好努力注视他这个人，想读出点"戏剧真经"来，结果可想而知，但我仍十分珍惜这次远远的聆听——说聆看更为准确。

我这个原来兼善中学的高中生，最先是被他的《雷雨》《日出》在校演出所吸引，从而更多地接触到当时大后方热火朝天的话剧运动的熏陶，又从而不顾父亲反对，毅然决然前来投入剧专的。

曹禺在我心头是一盏灯。

几十年间，无论我在何处，干什么工作，我都兴味盎然地反复读他的《雷雨》《日出》《蜕变》《北京人》《家》《原野》乃至《正在想》《艳阳天》（可惜半部《桥》我无缘得见）。我醉心于他细致营造的氛围，体味他对人物和各种性格特征的深刻描绘，探寻他周到流畅又跌宕起伏的剧情安排，摸索他极具个性特征的人物语言的魅力，努力倾听他力透纸背的真诚呼喊……那梅林侧畔如诗的独白，莽原深处的苦恋，那下等妓院窗外苍凉的"硬面饽饽"叫卖声，那夹在大亨和黑社会小头目之间的小职员的凄切哀叹……一切的一切，如天雨繁花，常来滋润我这个戏剧乃至艺文学徒的心田，令我总愿去思考点什么，努力地力所能及地去做点什么。

当然，这次小操场上的讲话，我未曾听得清楚明白，却又在重温了他的作品之常存的魅力后，仿佛听明白了他不少深情的呼唤和呐喊。

我们十二届学员，是在抗战胜利后入学的。时当盛夏，满街是"下江人"摆卖衣物杂件，以便"却从巴峡穿巫峡，便下襄阳向洛阳"，实现迫切的还乡梦的各种地摊。当初"剑外忽传收蓟北，初闻涕泪满衣裳"的激动兴奋已然过去，此刻摆在人们面前的，已是一大堆难度甚大却又不得不去解决的各种实际问题。就在这胜利前后，从夏及春，至今尚留在我脑海里的大小演出，大约有三次：《日出》《白雪公主》和《清宫外史》，都是高年班同学经名师之手排出的。我们制作道具布景，并负责演出中的紧急换景和其他不少后台事务。虽说辛苦，却觉得其乐无穷。时当二十出头，干得十分卖劲，加之希望参加各种艺术实践的迫切心情，并不觉得疲累，反而相当兴奋。我因在兼中读书时，曾在课余师从复旦大学过来的储师竹老师的指点，学会了拉二胡，便领受了为《清宫外史》营造氛围的一段二胡伴奏的任务。记得是支溪泽演慈禧，刘谟琮演李莲英，两人配合得相当默契。我们只需注意舞台上一声缓慢而响亮的台词"为——光——绪！"，立即丝竹齐鸣，颇有些自得之乐。

《白雪公主》仿佛是在小操场上的露天舞台上彩排的。我们在天幕后面等待换景，一边注意前台演出的进度。晚风吹得天幕一凹一凸，轻快的音乐时起时伏。我不知道扮演白雪公主有否AB角，但那晚的彩排由我们班的 L 担任。她是广东人，普通话不甚娴熟，好在台词不多，舞蹈和动作不少。而七个小矮人中，如今我只记得殷登翼。他小小的个子，和其他几个小老人和着音乐，踏着有点卡通化的舞步，围绕着白雪公主展开剧情。看得台下的不少孩子们兴奋得不禁欢呼雀跃。殷登翼那时十分年轻，却一脸雪白的"络腮胡子"，舞步轻盈，那热诚不亚于当今跳广场舞的大妈大爷。然而，今天的登翼兄却的的确确地华发挂杖，真的老到年近九十了。而他的心态却依然不老，仍旧热心同学事务，东奔西走，不辞辛劳，令我十分感动，且自愧不如。

现在，要谈到《日出》的演出了。

洪深老师排这出戏之严格认真远近闻名，连布景的一个门把手不合当时情景，都要求换掉。先前重庆的报纸上，曾报道他因一时生活困难而全家仰药获救的事，后来据说是在郭沫若的政治部第三厅担任了一个职务，才能依旧安心从戏。

我父亲订有一份《东方杂志》，我曾在上面读到洪深老师的电影剧本，常用些"化入""化出""淡入""淡出""叠印"之类的术语。那时住在孤陋寡闻的乡下，读得津津有味，以为电影剧本就应当这么来写。后来才知道这是导演的处理手法，编剧是大可先不去理会它的。然而洪深老师之所以和盘托出，我想是因为电影传来东方不久，大多对之虽有兴趣，却不熟悉，洪深为之提供一点方便，颇有循循善诱，带着读者以及初涉编导者升堂入室的好意，其实是要付出格外的辛劳的。

《日出》的演出，又一次轰动一时，四乡八里，来观者众，颇有爆满之势。北碚当时是著名的风景文化区，复旦、江苏医学院、西南师范、蚕桑研究所，不远处的育才学校、兼善中学等等云集，剧校的演出，能不如粤语谓之"爆棚"么！

这次演出，除了高年级同学担任的重要角色各有精彩之外，我特别注意王诚德扮演的胡四——这个公子哥儿逢场作戏还特能装腔作势的角色。说来真巧，诚德兄曾是我在巴蜀小学的同学，又是兼中的同班，既是四川同乡，又同时考入剧专（他入专科，我进高职），还是同年出生，再后还都多年从事编辑工作，直到告老退休。世事之巧，竟有如此天造地设者，我们自己戏称"五同"，却也有些非常的感情，数十年间音书不断，也属不易。而当年当时看他在台上演出的胡四，京音虽不算地道，但一言一輦，举手投足，相当流畅引人入胜。他时而摔出手巾，故作女态；时而清唱几句京戏兼口"敲"锣鼓点以充票友；时而和顾八奶奶当众调情，确也丝丝入扣。我感到他确已被洪深老师引入戏门，此后当有更多精彩，前景未可限量，很是为他高兴。

然而，这次演出，却出了一件大事！

据说（我因未处漩涡中心，除亲见亲历的某些情景，其余只能"据说"，希尚有当年当其事的学友加以说明。），北碚的某些不知是黑道抑白道的势力人物，前来观剧，有些胡作非为之处。于是，当场就有血气方刚的同学，在剧场中央跳上凳子，激动万分地吼叫："有人调戏我们的女同学，大家说该不该打?!"而群众的心里也如积压了许久的火山爆发，一片声地高喊："打!""打!""打!"于是一拥而上，当场把势力人物揍了一顿，逐出剧场。

不久，此公率领武装人员前来架枪封锁剧场不让观众离席，不让《日出》上演，四处搜捕带头的同学，一时紧张万分，不知会伊于胡底。然而，带头滋事的同学早已在众人的掩护之下，乘车离开北碚，不知所终了。

在这紧张的僵持之中，我在剧场门口的照壁边，亲眼看见洪深老师在和势力人物谈判。此人张牙舞爪，洪深沉着应对，声调时而高亢，时而低沉，颇有些僵持不下之状。后来据在近处亲聆的同学说，此公欺软怕硬，当洪深抬出他在政治部第三厅的少将身份时，此公只好很不情愿地率武装悻悻而退，《日出》得以继续上演，而观众的反应更其热烈了，大约是文化人同情学生之故。

然而，还有比月夜的青杠林更令我荡气回肠的么?

那天傍晚，我正坐在校门前的围栏上茫然四顾，忽听身后传来一声清脆的喊叫："邝雪林!"回头一看，原来是同班的 L 在呼唤："来吧，去看老师的画。"于是，我应声随行，和她一块儿去到离校不远处的美术老师的住处。美术老师指引我们观看了他的素描、粉彩等等大小不一的成品、半成品，确有相当的素养。可惜我和 L 对之都是外行，不太懂得欣赏，总觉得好，而好在哪里，却又道不分明。此时夜已渐临，天色有些昏暗，窗外已见月移花影，老师依然热心地燃灯指点，我俩却有些心不在焉了。于是，起身告辞，走入清风拂拂月色溶溶的一片青杠林中。

L原在歌剧学校学习钢琴，并入剧专后与我同班，在学习中当然彼此已有一定的了解，却并无什么特别之处。而此刻，寂静的夜色和清凉柔美如诗的月光，忽地把我们的心拉近了。我们并肩缓步而行，仿佛都不愿意离开这片月华似水的青杠林，别有一种从未经历过的暖流淌过心头，忽地觉得我们俩原是可以合二为一的，那么，人间将是多么的温暖可爱。

　　谈话是那样的细碎、热烈，真诚而又幼稚，就这样终于走出月下的青杠林，却不想马上回到宿舍，又一起去到学校对面灯火通明却空无一人的剧场，坐下来继续交谈，越谈越觉得贴心。她从手袋中取出毛线来编织，我坐在旁边为她理线，至今仍记得那时说过"将来我编剧，你来演"这样幼稚却十分真诚的话，心里充盈着热乎乎的从未体验过的初恋的纯真滋味，深深地种入两块洁净而似水如云的心田。

　　此后的岁月，便是离乡别井的生活实际，我也来到她的老家香港，得到她开明的父亲、工程师叔叔和美术家姐夫流丹兄的帮助，L也在德贞女中任教，使我得以投入笔耕，勉力维持最低生活。那情景，恍如鲁迅笔下的涓生和子君（《伤逝》）。

　　此时在香港，我才充分地接触到了革命书报，眼界因之大开，且思考了人生前途。于是，两人决定，我去广州报考华南人民文艺学院完成学业，她在港等我毕业后再去团聚。

　　然而，那时的广州和香港毕竟是两个大为不同的世界。我在广州在校学习不久，便满腔热忱地投入学校组织我们参加的支前征粮工作队，后来又是中山张溪的土改试点工作队，接着又是高要山区大端片的正式土改工作队，且遭遇过敌人在附点村发起暴乱终被解放军入山剿灭等等的实际斗争。由于粤港两地社会的巨大差别和长期隔离，我们虽近在咫尺，却有如远在天涯，我和L的感情交流渐渐困难，终至慢慢失去联系，未能实现北碚月下和香港维多利亚海湾码头的盟誓。

我们生在这个时代，承担这个时代的欢乐之同时，当然也应承担这个时代的某些苦难。L呀L，我实在是辜负了你的一片真心，但我也是此生无论如何也不会忘记你的！

当然，剧专还有许多具体事物长留我心，无法忘记，至老弥"新"。

那么，我之所以梦回北碚，大约还是可说不为无因的吧！

二〇一五年三月二日于广州
二十九日第三稿
时年九十

后 记

编完一看，倒也有些纷然杂陈之状。

当时多为有感而发，必然要触及许多日新月异，或大或小的时事，思考一些或浅或深的因由去来，发出些个人的感叹然否。虽或偶有一得，也难免还有一失。所以，倒并不以为自己所触皆确、所思皆准、所虑皆然、所见皆是。那么，还是得请广大读者来判断指正。

我曾有诗赠老诗人罗沙兄："推窗且看排天浪，掩卷无妨搜地寻。"言世事日新月异，我辈虽已老迈，却也不妨放眼四方，多行碰触浸润，所谓"接地气"是也。且不妨多所思考，而不可满足于"跟着感觉走"。而这，恰是许多论者难以避免的不足之处，本人也不例外。

世事日新月异，变化无穷无尽，已是我们必须面对的现实。那么，如何认知那些甚至前所未见的新物新态？如何理解由此引来的世相变化？准备接纳什么于社会发展有益的新人新念？怎样理解由此而来的思维的波澜？如此等等，只因为我们将面对这个不断飞速变化着的世界。于是，后来者将因之肩负起一个不可推卸的任务——既不失自己的原则，又敞开胸怀接纳有益社会的新事物的发展。

"风物长宜放眼量。"而今信息爆炸，如何取舍？风云骤起，怎么辨识？众说纷纭，何以存真？都对我们每个个人提出新的考验。不满足于浑浑噩噩地过日子的人，不妨对此有所思考，我当也以之自勉。

"九月寒砧催木叶，十年征戍忆辽阳。"（沈佺期）改革开放的"征戍"早已经历了好几个"十年"，艰难而神速地以摧枯拉朽之势，为中国人抛却"寒砧"而开启新颜。我虽年已老去，仍祝贺未来者，崭新奋进的雄姿劲走于前。

二〇一六年九月三十日